海市

TakeHiko
FuKunAga

福永武彦

P+D
BOOKS
小学館

目次

第一部 ――――― 5
第二部 ――――― 105
間奏曲 ――――― 323
第三部 ――――― 335
解説 池澤夏樹 ――――― 508

海上蜃氣。時結樓臺。名海市。

「三齊紀略」

東方雲海空復空
群仙出沒空明中
蕩搖浮世生萬象
豈有貝闕藏珠宮
心知所見皆幻影
……………………
……………………

蘇軾「海市」

第一部

私はこの話を、私が蜃気楼《しんきろう》を見に行ったところから始めたいと思う。その時私は南伊豆の左《さ》浦《うら》という小さな漁村の、これまた小さな沢木屋という宿屋に泊っていた。私はふと思い立ってこの小旅行に出たのだが、東京を昼すぎに立つ頃は桜の花を散り急がせるような雨が降っていて、夕方に目的地に着いた時にはどうやら歇《や》み、次の一日は曲りなりにもお天気だった。しかし続く二日ほどはまたじとじとした春雨で、私は二階の奥の部屋に閉じ籠められたまま、いい加減、気を滅入らせていた。その次の日の午後、やっとのことで雨があがったので、私は蜃気楼を見に岬の向う側へ出掛けて行った。

その前の晩、私は宿屋のお内儀《かみ》さんから、岬の向う側へ行けば蜃気楼が見られますと教えられていた。私は今迄にまだ蜃気楼というものを見たことがない。富山湾の魚津のあたりが名所だと聞いていたが、伊豆の海岸で蜃気楼が見られるなどとはついぞ知らなかった。多少の好奇心は動いたものの、大して本気にはしなかった。お内儀さん自身も実地に見たわけではないので、ただこの土地にそういう言い傳えがあり、もし運がよければ、そして岬の向う側へ行く機会があれば（ということは漁船で沖へ出ているか、または磯釣をしにその辺まで出掛けて行くか、とにかくじっとしていたのでは駄目なのだそうだが）たまには見られるということだった。現に宿屋の主人は幾回か見たことがあると、お内儀さんは真面目な顔で請合《うけあ》った。このお内儀さんはもともと口数の少い、職業柄としては随分と不愛想な、しかし古風な瓜実顔《うりざねがお》をした三十過ぎの女で、この沢木屋という小さな宿屋には飯焚き婆さんの他には女中もいずに、その人が一人で万事を取りしきっていたが、夕食のあとで床を延べながら、私が憮然としているのを憐んだものかこの話をしてくれた。しかし仕事が済むや、おやすみなさいとばかりそそくさと部屋を出て行った。夜は長く、私は雨の音を聞きながら、とても蜃気楼なんぞ見に行く日和《ひより》にはなるまいと思い、いつしかそのことを忘れてしまった。宿屋の主人に確かめてみるほどの熱心さはなかった。

次の日の午後、私は押入から勝手に蒲団を出して敷き、そこに横になって本を読んでいたが、いつのまにかうとうとしたらしい。目が覚めてみると、雨は歇み、硝子戸に薄日が射していた。戸を明けると空には晴間が出て、空地を隔てた向う側の鎮守のある岡の杉林が美しい緑に光っていた。その時、蜃気楼の話が甦った。私は飛び起きるや、急いで宿屋のどてらを洋服に着替え、万一の用意にレインコートを持ち、あとはスケッチブックだけを手にして部屋を出た。帳場に声を掛けると、お内儀さんがお出掛けですかと訊いた。私は蜃気楼の見られるという場所を尋ねてその道順を教わった。

岬へは海岸沿いに行くことは出来ない。宿屋の前の空地を抜けて鎮守のお社の境内に出、岡の中腹の狐でも棲みそうな壊れかけた建物のすぐうしろから、坂道を裏山を越えて向うへ出るのである。

雨は既にすっかりあがり、空は青みの部分を増して来つつあったが、まだ道は濡れてところどころ潦《にわたずみ》になっている。境内に一本の桜の老樹があって、既に枝についているのよりももっと多くの花片《はなびら》を地面に散り敷かせていた。私はその桜の樹を暫く打仰いでから、裏山へ通う細い道を歩き出した。相当に険しい勾配が続いて、身体がいつしか汗ばむのを覚えながら、滑らないように用心して登る。雑木林の中で眺望は利かず、頭の上の枝々からは時々滴が垂れて来る。片側が沢になった道の傍らを小さな溝が切ってあり、そこを潺々《せんせん》と水が流れていた。私は早くもくたびれてそこで一服し、草叢《くさむら》の中に咲いているアイリスの花などを眺めていた。遠くから雉《きじ》の声が二声ばかり聞えて来た。私はゆっくりと煙草を喫み終り、それからまた歩き出すと、漸く道は平らかになってその暫く先からくだりになった。足が軽くなると共に立木の方も次第に疎らになり、やがて海が見えて来た。浜から眺めるのと違って、濃いエメラルド色が断崖の間に光っている。私の足は知らず識らずのうちに一層速くなり、だらだら坂を一気に駆け下りた。

笹藪が終ると道は急に尽きて、その先はもう岩だらけの断崖の片側になっていた。そのそそり立った絶壁の真下を、岩の上から上を拾って歩く。靴の下に冷たくて固い岩の抵抗が感じられ、私が次々に足を動かす度に小さな舟虫が私の跫音《あしおと》に驚いて四散する。私はゆっくりと足許を確かめながら進んで行ったが、あたりはひっそりして波の穏かな音が聞えるばかり。やがてくたびれて、とある岩の上に腰を下した。

岬といってもごく小さなもので、磯釣にふさわしい場所だ。漁村を内懐《うちふところ》に抱くようにして、海岸線が無数のぎざぎざした凹凸を持ち、小さな岬と小さな入江とが互い違いに海に向っている。そうした岬の一つである。私は手で囲って煙草に火を点けると、レインコートとスケッチブックとを岩蔭に残して、荒磯まで出て行った。

波に洗われて時には飛沫《しぶき》のかかって来る岩の上に立ち、私はあたりを眺望した。ここからは左浦の港は見えない。右手にはもう一つの岬が、ここととの間に深い紺碧の水を湛えた小さな入江を擁して、視界を遮っている。左手の側にも幾つかの岬が重なり合って見えるが、どれも殆ど垂直な斜面に、海へなだれ込むような暗緑色の岩肌を露出させ、中腹から上の部分には、ひねこびた小松を一面にしがみつかせている。そして断崖の裾《すそ》は波の飛沫を撒き散らし、単調な響を繰り返している。目前には広い海がある。その海の正面から右半分はやはり畳《たた》なづく絶壁の屏風《びょうぶ》が立ちふさがり、白い波が裾に砕けているのが見えるが、左半分は水平線が遠くの方で薄ぼんやりと空との境を劃《かぎ》っている。私の見ている正面には、漫々たる海を隔てて本土の海岸線がある筈だった。勿論肉眼では見えないだろうが、そこには大きな都会が幾つか海岸に沿って散在する。もし蜃気楼があるとすれば（とその時私は思い出した）、それは空気の屈折で海の向うの都会の一部が拡大されて水平線の上に浮ぶのかもしれない。しかし今は、雨あがりとはいえ薄墨色の横雲が幾重にもたなびき、物の象《かたち》らしいものを見分けることは出来なかった。

私はもとの場所に戻り、スケッチブックを開いた。風は穏かだったが、それでもスケッチブックの端を左手で抑えていなければならなかった。正面の海と、その向うの水平線、断崖の列、たなびく雲、荒磯、そうしたものを私は素早く写し取った。雲の間から、春らしいぼやけたような太陽が時に顔を出し、また雲の間に隠れた。しかし私が二三枚描いている間に風は次第に冷たくなり、空は次第に雲の量を増して来た。あたりは相変らず静かで、たまに小さな機動船がポンポンポンポンという甲高い音を響かせながら、すぐ目の前のところを漁村の方へと通り過ぎた。一日の仕事を終って帰って行くのだろう。釣舟が二三艘波の上に漂っていたが、それも一つずつ消えてしまった。私は手を休め、腕時計を見、そろそろ戻ろうと思って煙草に火を点けた。

夕暮が近づいていた。水平線の向うの西空が素早く変化していた。一面に黄ばんだ雲の群が、明るい橙色《だいだいいろ》の地肌と隈取りをした紫とに染め上げられた。ちょうど水平線の上まで落ちかかった太陽が、雲の間から血潮を滴らせ、その血は黝《くろ》ずんで水平線にこびりついた。「蜃気楼《しんきろう》か、」と私は呟いた。「春さきの、雨あがりの夕方などによく見えるそうですよ、」と宿屋のお内儀さんは言っていたが、すると今はその條件に最もふさわしいことになる。私はレインコートを肩に羽織り、岩の上に立ち上って、水平線の向うに眼をくばっていた。

雲は水平線に平行して幾重にも重なり、その重なりの上に墨の滲んだような模様を或るところでは丸く或るところでは鋭く彫《え》り出していたから、それが或いは丸味を帯びた岡や林であり、或いは屋根や煙突の屹立《きつりつ》する町の風景であると、強いて考えられないことはなかった。つまり私が予兆を信じ、暗示に掛けられ、必ず蜃気楼が見られる筈だと思っていたのなら、私はた易くこの現象を信じただろう。しかし私は（そういう科学的現象は信じられても）ここへ、この岬へ、蜃気楼が見たくて来たわけではなかった。ただそこは景色がいいだろうから、折角の晴間を利用して岬からの眺望を愉しもうと思っただけだ。それ故、これは蜃気楼ではなく、単に夕暮の光線と雲のたたずまいとが作り上げた偶然の模様にすぎないと分っていた。それでも私には充分に面白かった。私は次第に褪めて行くこの抽象的な図柄を眺め、波頭が対岸の岩に白く砕けていたのもやがて識別しにくくなり、海の全体が黄ばみそして蒼黒く翳り、次第に一面の黄昏《たそがれ》の淡い靄《もや》に包まれてしまうまで、見守っていた。そして時の経つのを忘れ、自分の内部に一種の名状しがたい感動が充ち満ちて来るのを感じたが、やがて気を取り直し、帰り道のことを思ってその岩の上から踵《きびす》を返した。レインコートを着込み、落さないようにスケッチブックをしっかと小脇に抱え、さて岩から岩へと四歩か五歩、足許に注意しながら跳ねて来たところで、ふと何かの気配を感じて首を起した。そして先方のとある岩の上に、一人の女が、まるで塑像《そぞう》のようにこちら向きに立っているのを見たのである。

私はぎょっとなったままその場に立ち竦んだ。その女は灰色のスカートに桃色のスエーターを着ていたが、その桃色も日没の最後の餘燼《よじん》に不吉なほど赤く血に染ったように見え、頭に巻いたスカーフのあまりが風のために鳥の翼のように顔のうしろで羽ばたいていた。眼はじっとこちらの方に向けられていた。しかし私を見ていたのではない。その眼は私の頭上を越えて、やはり海を、水平線を、雲を、——そして蜃気楼を、見ていたのだ。私もまた釣られてうしろを、つまりその女の見ている方向を見たが、刻々に変化して行く空の模様が、その瞬間にどんな象《かたち》を描いていたのか、さだかに見るだけの餘裕はなかった。私は磁石に惹かされる鉄片のように、すぐに女の方に向き直り、再び一歩また一歩とそちらへと近づいた。女は眼の焦点を私に合せ、その白い顔に一種の表情が浮んだようだったが、果してそれが驚きなのか、不安なのか、羞恥なのか、それともまったく別の感情なのか、私には見当がつかなかった。油けのない髪が額の半ばを斜めに隠しながら風にそよぎ、殆ど眼の上にかぶさるようになっていたから、それで一層表情が分らなかったのかもしれない。私はやや離れたところから声を掛けた。

「驚かせて済みません。蜃気楼を見にいらっしゃったのですか。」

私は丁寧な口を利いたが、それはこの若い女が土地の人間でないことを直に見抜いたせいだろう。ただ立っているだけで、彼女の周囲には一種の都会的な雰囲気、敢《あえ》て言えば洗練されすぎた一種の頽廢的な空気が感じられた。黙ったまま答えなかった。私はすぐ側まで近づき、女はゆっくりと私の方へ身体をまわした。

「ここは蜃気楼を見るのにいい場所なんだそうですね。宿屋でそう教わったのだが、僕にはどうもあれが蜃気楼だとは思えなかった。あなたにはどう見えました?」

女は尚も黙ったまま、殆ど物問いたげなとでもいうような眼つきで私を見詰めていた。その眼は大きく見開かれ、そこに一種不可思議な、私には理解できない感情が潜んでいた。私は弁解した。

「僕は沢木屋に泊っている者です。怪しい者じゃありません。」

その女には私の取ってつけたような弁解がおかしかったのだろうか、それまでの動かない表情が今にも崩れそうになって、しかしそれを隠すように身体をめぐらし、岩の上を道のある方向へと軽く飛ぶように歩き出した。私も釣られて歩き出したが、既に暗くなり始めた岩の上を、安全なところを選んで歩くためには、女の存在に気を取られている餘裕はなかった。女は私よりずっと身軽で、道の端のところで私を待っていた。

「だいぶ暗くなりましたね、」と言って、私はもう一度水平線の方を振り向いた。そこには残照が尚も西空を染めていたが、もう何かに見紛《みまが》うような風景は残されていなかった。

「さっきは町の風景のように見えないこともなかった。しかしあれは僕の眼の錯覚で、本当の蜃気楼じゃなかったんでしょうね。」

私は未練がましく空の方を顧《かえり》みたまま、他に言うこともなかったので同じことを繰返した。

女はその時初めて口を開き、ささやくような低い声で私に答えた。

「あたしには人の顔のように見えましたわ。」

*

その夜私は例によって寝つかれなかった。意識の閾《しきみ》をさまざまのことが揺曳《ようえい》した。

私が南伊豆のこの小さな漁村に来てみたのは、大して目的のあることではなかった。この左浦の少し北寄りに友江《ともえ》という漁村がある。この方は左浦よりも大きく、町といった方がいいかもしれない。その友江について私を啓蒙してくれたのは、私の弟子分の若い画家木本良作《きもとりようさく》で、そこは観光客の行く筈もない辺鄙《へんぴ》な港町で、名所もなければ旧蹟もないが、景色は大変いいと太鼓判を押した。「桜の頃はきっといいですよ。もっとも日本的な風景だから先生には向かないだろうが、」と彼は言った。それから木本は、友江の手前には左浦という小さな漁村があるし、友江から峠を一つ越えた先の海岸には落人《おちうど》と呼ぶ平家の落武者の住んでいる部落があって、そこはお花畑がそれは見事だというようなことを畳み込んで喋った。私がその話を聞いたのは暫く前のことだったが、新聞で桜のたよりなどを見ているうちに、ふとそのことを思い出した。自然というのも悪くないだろう、明るい海を見ることで内部の衰弱から回復することが出来るかもしれない。そして海を見たいというただそれだけの衝迫が、思い立つや、不意に私の心を促した。私はそこに行って休息と安静とを得たいものだと思った。

従って目的という程の目的があったわけではないし、だいいち目的地は友江で左浦ではなかった。ところが下田からタクシイを傭って友江に着いてみると、そこの二軒の宿屋はいずれも満員というので断られ、しかたなしに私はバスで左浦まで戻って、一軒だけの沢木屋という宿屋に泊めてもらった。この方はひっそり閑としていて、二階建ての建物のどの部屋の硝子戸も、私が着いた時にはぴったりとしまっていた。しかしその方が、満員の宿屋よりは休息に向いているだろうし、内部の衰弱にもいい効果があるだろう、と私は考えた。瓦葺の屋根と藁葺の屋根とが半々ぐらいを占めているこの小さな漁村は、折から満開の桜の花に飾られて、私の心をなごやかにした。

私の内部がどのように、そしてなぜ衰弱していたのか、それを急いでここに説明する必要もあるまい。それは長い緩慢な人生の歩みに伴って起ったことである。私のように、四十歳という若いようでもあれば老いたようでもある中途半端な年齢にいる人間は、この人生をどういうふうに受け入れればいいのか、まだ正確な見当がついていないと言える。諦めるには若いし、しゃにむに突進するには餘分な分別はあっても青年の血気はない。現在の私の精神状況は、さまざまの瑣事《さじ》や偶然の積み重なりの上に、次第に自分の運命をつくって行った結果であり、衰弱の原因がどこにあったか、どの行為がこの状況を招いたものか、一概にきめてしまうことは出来ないだろう。我々の人生は脈絡のない無数の挿話から成り立っている。そのどれがつまらぬ偶然にすぎず、そのどれが重要な運命の一環であるのか、容易に見さだめのつくものではあるまい。しかも時が経つにつれて、それらの挿話の或るものは脱落し、或るものはその人間の生の本質を示すものとして、因果関係のパズルの中に嵌《は》め込まれることが出来る。しかし現在の時間の中にいる限り、我々はその現実が重要なものであるか否かを、まるで分ってはいないのである。私に出来ることは、自分に関しては過去の挿話を一つ一つ、順序もなく、その重みを量ることもなく、思い出すことであり、他人に関しては、彼等のあり得べき挿話を、一つ一つ、順序もなく、想像して愉しむことだけである。人生というものはばらばらの挿話の集積なのだというのが、四十年間の経験によって私の得た認識であり、従って私が自分の衰弱を云々しても、それは明かに系統づけて私の内面の進化を、或いは退化を、私が理解した結果ではなかった。そして私が衰弱という時に、それは私、澁太吉《しぶたきち》、抽象美術協会の会員であり中堅画家として多少は人に知られた筈の人物が、作品の上でこのところろくな仕事もしていないという、ただそれだけを指しているのではない。私は藝術に於けるよりは人生に於て、より多く疲れていた。

その夜、私は寝つかれぬままに、夕方見て来た蜃気楼のことを考えていた。蜃気楼と言い切るわけにはいかない。私はあれが本物だったと信じていたのではない。あれは恐らく雲の描いた模様にすぎなかった。ただその同じ模様が、或る人には町の風景のように見え、他の或る人には顔のように見えたというのが、私には面白かった。それはあの見知らぬ女が、常に忘れることの出来ない一つの顔を、執念のように心に抱いていたことを示すのだろうか。それともあの時の風景が、過去の映像の中の一つの顔を、たまたま思い起させたということなのか。どんな顔だろう。男の顔なのか女の顔なのか。一体あの女はどんな気持で、夕暮の人けのない岬などに現れたのだろうか。

風景も畢竟《ひっきょう》は人間的なものだ、と私は考えた。自然はそれのみでは美しくも醜くもない、それはただそこに在るというだけだ。人間の眼が見るからこそ風景は風景としての意味を持ち始める。そして人間の眼は各人各様に見る。同じ自然は人により異った風景として認識され、そこに各人の感情を吸収する。記憶を喚起する何かがあれば、平凡な風景もその人にとっては感動的なものになるだろう。初めて見る風景は、それが記憶のプールに未だ貯蔵されていないことによって、印象を鮮烈ならしめるだろう。そして私は、心の平和を求めて、この明るい風景のある漁村を訪れたのだ。しかしあの女は、何を求めて岬へ蜃気楼などを見に行ったのだろうか。あの寂しい岬でどのような風景を見ていたのだろうか。

岬からの帰り道を私はその女と連れ立って歩いて来たが、道は細くて二人並んで歩くのは難しかったし、女はしっかりした足取でいつも私より先に立っていた。それに夕闇は裏山にはいると一層濃くなりつつあったから、私はせいぜい後ろ姿を偸《ぬす》み見るだけで、容貌を観察することは出来なかった。小柄な、せいぜい二十三か四くらいの若い女で、スカーフにあまった髪がうなじの近くまで垂れ、その首はほっそりしていた。スカートからこぼれている両脚も細くしなやかだった。その両脚は活潑に、少年の脚のように動いた。登りが終り、平坦な道が続くようになって、私は何かと話の接穂《つぎほ》を探そうと思い、ちょっと足をゆるめた。

「だいぶ風が寒いですね。僕のこのレインコートをどうですか。」

私は片手にスケッチブックを持ち、片袖ずつレインコートの袖を脱ぎながら相手に声を掛けた。女は足をとめて一息吐《つ》くように見えたが、振り返って軽く会釈したかと思うと、その顔にあるかないかの微笑を浮べたまま、またくるりと向きを変えて足早に遠ざかって行った。「結構です、」とたしか言ったような気がする。しかし私はその微笑に気を取られて、脣の素早い動きにも、声にも、気がつかなかった。私があとを追った時には二人の距離はかなり離れていたし、あまり急ぐのは大人げなかった。暗くなった山道で、あの女は私と二人きりでいることを恐れたのだろうか。微笑はごく親密な、殆ど秘密めいたものを私に感じさせ、人を恐れている時の表情とは見えなかった。しかしその微笑はあまりにかすかだったから、私の見あやまりだったのかもしれない。私ははぐらかされた気持のまま道をくだり、やがてお社の境内まで来たが、とうとう女には追いつけなかった。そこからはすぐ前に私の泊っている宿屋が見えた。灯のついた部屋は二つ三つしかなくて、勝手口の煙突から夕餉《ゆうげ》の煙が立ち昇っていた。

私の意識の中を、この女の面影が揺らいでいた。私は昔読んだ探偵小説に、「幻の女」という題名のがあったことを思い出していた。あれはどういう女なのだろう。娘なのだろうか人妻なのだろうか。どんな経歴を持ち、どんな心を抱いて今日まで生きて来たのだろうか。そしてやがて、一つの絵の主題が私の心に浮んで来た。蜃気楼を見ている女。こちら側に背を向けてその女が立っている。海の向うの夕暮の空に、朧《おぼろ》げな都会がその輪廓を既に半ば溶解させながら浮んでいる。女の表情は向うむきでもとより分らない。何を考えているのか知ることは出来ない。しかしその女を経由することによって、その赤いスエーターと灰色のスカートと風に弄《なぶ》られる髪とを経由することによって、風景と我々との間に一つの感情が生れるだろう。その感情が何であるかを、人は自分自分の感受性と想像力とに従って組み立てるわけだ。

その夜、私の意識は幻の女を中心にして揺れていた。蜃気楼からその女へ、その女から絵の主題へと、揺れ動いた。しかしやがて、いつものように、私の意識は一つの固定観念によって占められ、私は私の内部へとまっしぐらに顚落して行った。

＊

「わたしとあなたとどっちが先に死ぬかしら。」

何げなく彼女が言い出した時に、彼は眉を顰《ひそ》めて彼女の様子を窺った。彼女は茶の間の隅で洗濯した子供の下着類を畳んでいた。そして彼は卓袱台《ちやぶだい》に向ってお茶を飲んでいた。夕食後まだ間もなくて、彼女が特に何かを切り出したとは思えなかった。

「そんなこと分るものか。大抵は女の方が長生きするにきまっている。うちだっておふくろの方はああやってぴんぴんしているし。」

「でもわたしは違うわ。わたしは長生きなんかしたくない。決して長生きなんかしない。」

彼女は横坐りになって俯いていたので、その顔の表情は彼には分らなかった。

「ばかに自信があるな。」

「わたしが死んだらあなたどうなさる？」

「さあね。」

「わたし、そうしたらあなたに早く再婚してもらいたいわ。やさしいお嫁さんがすぐに見つかるでしょう。それとももう候補者があって?」

彼はむかむかしたが言葉には出さなかった。彼女はその沈黙に抗議するかのように、首を起して彼の方を見た。

「でも、わたしが生きている間は厭よ。死んでからならどうか自由にして頂戴。でも生きているうちは、わたしはあなたを誰にもやらないから。」

彼女の眼は一瞬熱を帯びてきらきら光った。

「どうしたんだ、つまらないことを言い出して?」

「ううん、どうもしない。でもね覚えていて頂戴、もしあなたが誰かを好きになったら、わたしきっと死ぬ。」

「僕の方が先に死んだらどうする?」と彼ははぐらかした。まともに議論するのは危険だと承知していた。

「そしたらわたしも死ぬわ。あなたがいなかったら生きて行く張りがないもの。それに一人じゃ怖いもの。」

「子供は? まさか忘れているわけじゃないんだろう?」

「おばあちゃんが悦んで世話して下さるわ。今だってわたしよりずっと熱心なんだから。」

「無責任な母親だな。だいたい僕はあとなんか追ってもらいたくはないよ。」

「あら、何もあと追い心中をするって意味じゃないのよ。生きている張りがなくなって、わたしも長いことはないって言っただけ。でもわたしの方が先に死ぬわ。わたし、おばあさんなんかになって、よぼよぼしながら生きているの真平《まつぴら》。」

「近頃は年を取ってもみんな元気がいいじゃないか。」

「そうね。お母さんなんかまるでお若いわね。わたしの方がよっぽど気持が老《ふ》け込んでいるのよ。」

「お前は引込み思案なんだよ。」

「そうは思わない。わたしだってまだ積極的に何かしよう、やり直そうって気はあるわ。でもそれと、いつ死ぬかってことを考えるのとは別よ。あなたはそんなこと考えない?」

「それは僕だって考えるさ。」

確かに彼も亦そのことを考えることがあった。しかし彼女のように、心の内部をそのことだけで満して、満したままで、生きていることは出来なかった。

「人生というのはだんだんに過ぎて行くものさ。じたばたしたって始まらないさ。」

「わたしはじたばたなんかしていない。あなたにとってだんだんに過ぎて行く人生を、わたしもだんだんに過ぎて行かせながら附き合っているのよ。わたしはこれで満足です。あんまりあなたのいい奥さんじゃないけど。」

「そんなことはない、」と彼は打消した。

彼にとって、今彼女が何を考えているのか、分りすぎる程よく分った。これで神経がもっと亢《たか》ぶって来たら、彼女はもっと直接に抗議して、彼の夫としての責任を、理由も何もなしに追求して来るだろう。彼女の不自然なほど落ちついた、冷静な話振りの下には、人生への恐れが隠されているのだ。いくら年を取っても、経験が何物をも附け加えなかった原始的な恐怖が潜んでいるのだ。

「君は退屈しているんだろう、」と彼は慰めるように言った。

彼女は畳み終った下着類を手に持って、箪笥の置いてある隣の部屋へと姿を消した。彼は黙然と煙草をくゆらせていた。やがて彼女は茶の間へ戻って来ると、卓袱台の前に坐り、冷たくなったお茶を飲んだ。そして静かに顔を起して彼の方を見た。

「退屈したからってこんなことを考えるものじゃないわ、」と彼女は言った。

*

「あなたまだお忙しい？　お茶でも入れようかと思って。」

彼女が書斎のドアに凭《もた》れてそう呼び掛けた時に、彼はまるで声のかかるのを待っていたかのように、机から顔を起して椅子の上で反り返った。

「有難い。実は少々くたびれた。」

「あたしもお清書を済ませました。」

二人は洋間に移ってテーブルに腰を下し、彼女が紅茶を入れている間に彼の方は彼女の清書した原稿をぱらぱらとめくっていた。

「大変だったかい？」と彼は訊いた。

「簡単。大したことはなかった。あなたがどんなくしゃくしゃな字を書いても、あたしもう読めてよ。」

「君は実際綺麗な字を書くよ。」

「なにそれ、お世辞？　こんな女学生みたいな字、あたし自分でも嫌いなの。」

彼は笑い、うまそうにお茶を飲み、「時に味の素はないのかい？」と訊いた。

「残念でした。それが切れてるの。明日買っておきます。」

味の素というのは二人だけの間のウイスキイの隠語だった。彼は腕時計を見、「それじゃこれから飲みに行こうか、」と誘ってみた。

「連れて行って下さるの？　嬉しいわ。それで何処へ行きます？」

「アナスターシャへでも行ってみるか。」

「あらまたアナスターシャ？　さてはだいぶお熱《ねつ》なのね？」と言って、彼女はちょっと色眼を使って彼を睨んでみせた。

「そういうわけじゃない。しかしあそこのマダムは感じのいい人だよ。インテリだしね。格別何ということはないさ。だいたい何とかあったら、君なんか連れて行きはしないさ。」

「そんなに弁解するところが怪しいぞ、」と彼女は言った。「あたしね、もしあなたに好きな人が出来て一緒になりたいんだったら、いつでも別れてあげるわよ。」

「爆弾宣言と来たね、」と彼ははぐらかした。

「いいえ本気なの。結婚して長く住んでいれば、夫婦の気持なんてどうなるか分ったものじゃないと思うわ。あなただって今はあたしのことを好きだけど、そのうちに他に誰か出来て、その人と一緒に暮したくならないとは限らないでしょう。あたし、あなたを縛っていると考えるのは厭なの。だからあなたが本当にあたしより好きな人が出来たら、あたしさっさと身を引くつもり。」

「殊勝な心がけですね、」と彼は言った。

「お偉くございましょう。時にちょっと待ってね。支度して来るから。」

「そのまんまでもいいよ。気の置けない店だから。」

彼女が部屋を出て行ったあと、彼は煙草に火を点け、彼女が何げなく言ったことの内容を考え直した。あれはお互いさまということなのか。あなたにいい人が出来たらというのは、反対にあたしにいい人が出来たら別れてくれということなのか。今はそういう徴候は何もなかった。しかし自分よりも遙かに年の若い細君を持っていると、何かにつけて不安を感じないわけにはいかないのだ。万才のような口を利き合って、にこにこしている間にも、彼は時々巧妙に演技している自分に気がついていた。彼女が神妙に、殊勝に、主婦業を演じていると痛感する度に、自分の方もいい亭主でなければならないと考えた。しかしどうすれば彼女の心をしっかりと繋ぎとめておくことが出来るのか。彼女はいつも、彼女だけの、他人には鎖《とざ》された心を持ち、結婚するまでは彼女が果して自分を愛しているのか、それとも自分以外の人間を愛しているのか、その時々によってどちらとも極めかねた。そして結婚してしまってからも、もう大丈夫だ、もう完全に愛によって彼女を所有していると断言することは出来なかった。いつも亭主想いの忠実な細君であると信じてはいても、ふと風に吹かれる風見鶏《かざみどり》のように、彼女の心に別の風が吹いて別の方向を向いているのではないかと疑うことがあった。

「お待ち遠さま。さあ出掛けましょう。」

彼女は口紅をつけた脣に可愛らしい微笑を浮べて現れた。結婚する以前の頃に較べても、今の彼女は一層美しいように、彼の眼には映った。

「よし行こう、」と彼は言った。美しい細君を連れて馴染のバアへ出掛ける自分を、その時ひどく幸福なものに感じた。

次の日は朝からよく晴れていた。薄い粗末なカーテンを通して明るい光線が窓から射し込んだ。私は寝坊したことを後悔し、朝食を認《したた》め終ると、偵察がてら浜の方へ出掛けてみた。

ここへ着いた日に、私は友江を目当にしていたから左浦へ泊るつもりはなかった。タクシイの運転手が、「この峠のすぐ下が左浦です、」と教えてくれた時に、私は窓から桜の樹がグラウンドを縁取りしている小学校や、藁葺の屋根をゆったりと載せているお寺などを見下し、その先に銀色に光っている僅かばかりの海を認めた。それらが二三回車の右側になったり左側になったりしている間に、タクシイは急坂をくだって町中へはいり、忽《たちま》ちにして道の正面に漁船が日なたぼっこをしている浜と、波の静かな小さな港とが現れた。しかしそれもあっという間で車はトンネルの中に吸い込まれてしまったのだが、私はこの左浦というほんの小さな村に、通りすがりに、深い印象を覚えていた。従って友江に着いて宿屋から断られた時にも、左浦へ戻れることを寧《むし》ろ悦んでいた位だった。

浜は今午前のやわらかい日射《ひざし》に包まれて、漁船が幾艘も赤い腹を出して寝そべっているだけで、人影らしいものはまるでなかった。前に見た時には子供たちがボール投げをしたり相撲を取ったりして遊んでいたが、今頃はみんな小学校へ行っている時間なのだろう。海に向って扇型に開いた砂浜の左手は舟着場で、その先に防波堤が入江を劃《かぎ》り、その防波堤の向うには待ちかねたように絶壁が海に迫っていた。砂浜の右手はすぐに低い山になり、その裏側をバス道路が小さなトンネルを抜けて友江に向っていた。

私は防波堤の先端まで歩いて行った。途中の漁業組合の倉庫の前で、カーキ色のズボンをはいた男が二人黙々と作業をしていた。私は風に吹かれながら、コンクリイトの上をこつこつと歩き、煙草を吹かしながら、あたりを見廻した。防波堤の左には、ぶつかる度に単調な波音を響かせている濃い碧玉色の海があり、右は穏かな青い入江だった。港の向う側は小高い山になって、桜の樹が飛び飛びに白っぽく山腹を飾っていた。そこへ行けば、この舟着場も、砂浜も、村も、まさに一眸《いちぼう》のもとに見渡せるだろう。そう私は考えて、またコンクリイトの上を靴音を響かせながら倉庫の方へ戻り、砂浜を渚沿いに歩いて、トンネルの側からその小高い山へ登ってみた。

しかし実際には無駄骨を折っただけで、大して見晴らしはよくなかった。私はくたびれて、それ以上の偵察は午後にまわすことにした。私は斜面に腰を下し、ぼんやりと港を見下していた。春らしい生暖かい微風が汗ばんだ頬に快かった。黄色い蝶が私をからかうようにひらひら飛び、その向うの海は睡たげに光り、波らしい波もなかった。砂浜には相変らず人けがなく、砂浜から石垣で一段高くなったところがバス道路で、時々タクシイやトラックがゆっくりと走り過ぎた。

私は久しぶりに自分がのんびりした自由な気持を味わっているのを感じた。それは広々とした場所に出て来たせいなのか。煩わしいことを忘れて、この風景の中に放心しているせいなのか。いっそお天気がよかったせいかもしれない。そうした一種の幸福感は、或いは諦念ということの裏返しだったのかとも思う。人生とは一つの成熟を求めて次第に自己を富まして行くことではなく、存在することの不安と闘いながら次第にすべてを失って行くことだと私は考えていた。しかし今の私には何の失うものがあろう。私は今あるがままで生きているし、それが私には快いのだ。そう私は感じた。失うものがないならば、人は何かを得ることも出来るだろう。

昼食のために宿屋に戻り暫く休んでから、私は今度は絵具箱、イーゼル、スケッチ板《ばん》などの商売道具を携《たずさ》えて、また先程のところへ戻った。その場所から、絵になりそうな景色を求めて、ゆるい斜面をあがったりさがったりした。とどのつまりは荷物が重くなって、とある桜の樹の蔭に腰を据え、イーゼルを立てて一服した。日射が強くなり、海面を太陽の光が眩しく照していた。入江を囲んで低い山が三方にひろがり、銀色に光る瓦葺の屋根とくすんだ藁葺の屋根とが点在し、桜の花の淡い色が樹々の新芽の濃い緑色に混って村を包んでいた。のんびりした風景で確かに日本的な情緒があった。しかし私の画風から言えば、そういうものはどうも絵にならなかった。

私は左浦というこの漁村にも、不愛想で客扱いの下手な沢木屋という宿屋にも、充分に満足していた。木本良作が私に教えてくれたのは友江の方だったから、謂《い》わば私は独力でここを発見したと言える。ここはまったく観光客なんぞの寄りつきそうもない貧相な漁村だったし、休養のためだけなら願ってもない場所だった。しかし私は、画家という職業上、多少の仕事はして行きたかった。私の描くものが抽象画というジャンルであるとしても、その原形だけはこの自然から偸《ぬす》みたいと思っていた。木本などに言わせれば、最近の私は非具象から具象の方向に向っていて、それが澁太吉の衰弱ということにもなるらしかったが、そのことを私は少しも気に留めていなかった。抽象であろうと超現実であろうと具象であろうと、作品が私という刻印を刻んでいればそれでよいのだ。問題は私という存在の内部を刻むべき刻印の方にあった。

とにかく私は桜の樹の蔭に腰を落ちつけ、パレットに絵具を揃え始めた。これ以上偵察に暇取るよりも、何かを描き始めればモチイフが熟すということもあるだろう。私はスケッチ板に下塗りをすると、眼の下の入江や舟着場や砂浜を、少し窮屈な構図の中に収めて行った。私はそれを色彩のアラベスクのように、細かい線に拘泥せずに描いた。スケッチ板の上に桜の花の間を通して来る太陽の光線がまだらに当り、色彩の感覚を妙に白っぽく変えてしまった。私はもう一枚下塗りをしたが、画面に落ちた濃淡の花影《はなかげ》はその方がよっぽど微妙で面白いようだった。私はまだ何も描いていない真白い画面を睨んでいた。

「御免なさい。またお会いしましたわ。」

私は声を掛けられるまで、まったく絵の中に没入していたのだろう。驚いて振り向き、一瞬それが誰であるか分らなかった。そしてすぐ近くに、昨日の晩岬で会った若い女を認めた。

「ああ、あなたですか。」

彼女は悪戯《いたずら》っ子が悪戯の現場を見つかった時のような、きまりの悪そうな微笑を浮べていた。

「あたしさっきから此所に来ていたんですの。遠くから絵をお描きになってるのを見たものだから、此所へ来てみて、いま気がつくか、いま気がつくかと思って、そわそわしていたんです。でもちっとも気がついて下さらないんでしょう、あたし困っちまって。」

その女子大生のような口振りにも、如何にも困ったような微笑にも、昨日岬で会った時の、神秘的な、物に憑《つ》かれたような女の印象とはまるで別のものがあった。昨日彼女は真剣そのもののといった眼つきで、何か遠くのものを睨んでいた。何か私の知らない感情の中に溺れていた。今は明るくて華かだった。

「そうでしたか。僕は全然気がつかなかったな。」

「そうでしょう、すごく熱心でした。そんなに熱心に絵をお描きになれるってこと、いいなあと思いました。」

「あなたも絵をお描きになる？」

「いいえ。」

彼女はまたにっこりした。そして私は考えた。いいなあというのは、絵を描いていることにではなく、熱心に何かをしているということに向けられているのだろう、と。

「ちょっと掛けませんか。」

私は用意して来た新聞紙を隣の桜の樹の根本にひろげ、そこに彼女を坐らせると、自分も向き合って草叢の上に腰を据えた。今日は彼女は淡い水色の半袖のスエーターに同色のカーディガンを羽織って、スカートはやはり青い色のジャージイだった。そのスエーターは小柄な身体をぴったり包んでいて、日射の中では少し暑そうだった。

「散歩していたんですか、」と私は訊いてみた。

彼女は軽く頷いたが、いつのまにか私のうしろに来ていたところを見ると、恐らくはトンネルの方から来たのだろうと私は推量した。友江にでも泊っているのだろうか。

「暑かったらカーディガンをお脱ぎなさい。今日は日射が強いようだ。」

彼女は口の中で「ええ、」と言って、そのカーディガンを脱いだ。二の腕は健康そうに日の光に輝いた。彼女の上に、ゆるやかな風につれて桜の花片《はなびら》がしきりと散りかかり、一片《ひら》三片《ひら》が膝の上に置いたカーディガンの上に怯《お》ず怯《お》ずととまった。髪にも一片がついていた。髪もまた微風に弄られて、うるさそうに彼女の眼許をくすぐっていた。

「昨日も僕をびっくりさせたし、今日もびっくりさせましたね、」と私はからかうように言ってみた。

「御免なさい。そんなつもりじゃなかったんです。」

「いいんですよ。あなたみたいな綺麗な人におどかされるんだったら、光栄です。」

彼女は子供っぽい茶目な顔をして、「お世辞ですわ、」と言った。

「お世辞じゃありません、」と私はむきになって抗議したが、それがおかしかったのか彼女は声を出して笑い、白い歯並びが脣の間から洩れた。

私という人間はもともと他人に対して愛想のいい方ではない。相手が女性だからといって斟《しん》酌《しゃく》するような性質でもないし、気に入られようと思ったこともない。寧ろ一般的には女性を恐れていると言ってもいいだろう。他人に好意を持つことは私の自由だが、私の欲してもいない好意を人から押し売りされるのは御免だ。特に女性から、好意のような愛情のようなものを振り廻されると、私は必ずびくびくする。愛であっても、相手がその愛をふりかざして私に詰め寄った場合、私にはその愛が重荷に感じられて逃足立って来るのだ。私は愛することを自分に許しても、愛されることを求めない。少くとも私が愛する以上に女性から愛されたいとは思わない。それが今日までの私の主義だった。

私がその桜の樹の下で、一度会っただけの見知らぬ女に向ってあからさまに綺麗な人だと言ったのは、従ってその歓心を買うためのお世辞というようなものではなかった。彼女は審美的に美しい女として私の眼に映った。彼女は若くて活気に満ち、その素早く動く真黒な瞳も、やや低い鼻も、形のいい小さな脣も、すべて美人といった標準にぴったりと当てはまるものではなかったが、全体として実に美しかった。しかし或いは、私は画家の眼からではなく、一個の衰弱した人間の眼から、彼女を眺めていたのかもしれない。彼女には一種の人を呪縛《じゅばく》に掛けるような魅力があった。岬にいた時と今とのあまりにも明かな違い、無邪気そうに見えてその実軽く私をあしらっているような口振り、陽気で茶目な中に隠された一抹の翳《かげ》。

「僕は何も、いつでもこんなことを知らない人に向って言うわけじゃないんです。」

「分っています。」

「あなたのような人に、こんなところに来て会うというのが不思議だ。」

「きっと景色のせいなんですわ、」ときびきびした声で彼女は言った。「春の日射の中で、こうやって綺麗な景色を見ていると、その中にいる人間まで綺麗に見えて来るんじゃありません？要するに綺麗な景色の中の点景人物なんですわ。」

「それは景色ということもあるでしょう。しかしそれだけじゃないな、」と私は独り言のように呟いた。「こういう田舎で、あなたのような都会的な人に会ったということ、僕が此所へ来てまるで新鮮な眼で物を見ているということ、それもあるし、そう、びっくりさせられたのも要素の一つでしょうね。びっくりさせられたから綺麗だと思う、綺麗だからびっくりさせられる、そういうことでしょう。」

「何だか無理をなさって、あたしを綺麗だと言う理由を探していらっしゃるみたい、」と彼女は皮肉を言った。

「そういうわけじゃない。昨日は岬で僕は本当にぎょっとなったんですよ。そういう時は何の期待もないから、心がからっぽで、印象がとても強烈なんです。急にあなたという存在が、僕の意識の中をいっぱいにしてしまったんですね。」

彼女は横ざまにすらりとした両脚を投げ出して、やや俯いたきり黙って私の言葉を聞いていた。そして私は不意にどぎまぎした。相手に親密なものを感じるままに、とんだことを口にしているのではないかと自戒した。私は急いで附け足した。

「そう言えば、昨日はあなたはひどくそっけなかったな。」

彼女は顔を起して訊き直した。「でもあんな寂しいところで人に会ったら、にこにこなんて出来ないんじゃありません？」

「それはそうですがね。」

私は眼のやり場に困って、彼女を通り越して入江の方を眺めた。昨日我々が出会った岬は、ここからは正面の断崖の向う側になっているらしかった。私はすんでに、あの時あなたは何だか思い詰めたような顔をしていましたね、と口に出しそうになって思いとどまった。我々は他人の心の中に立ち入ることは出来ない。自分の心の中の動きでさえもしばしば分らないくらいなのだ。

彼女はその場に立ち上ると、片手にカーディガンをぶら下げて、先ほど私が一應仕上げて樹の幹に立て掛けておいたスケッチ板の前へ行った。そこにしゃがんで、しげしげと絵を眺め出した。

「これはどうもうまく行かなかった、」と私もまたその側まで行って、説明した。「絵というのは、どんな風景を描いても、つまりは描いている本人の魂の表現なんでしょうね。ここの風景が美しいとか美しくないとか言っても、それに感動する自分というものがなくちゃ始まらない。その自分が衰弱していれば、出来上ったものだって衰弱してしまう。こいつは駄目です。」

「でも綺麗な絵だと思いますわ。」

「綺麗なだけじゃ駄目ですよ。」

彼女は首を曲げて私の方を仰ぎ見るようにした。私はその瞳にちらりと光った人をからかうような色を見た。

「そうですよ。あなただって、その綺麗さは外側のものだけじゃない、あなたの内側にあるものだ。魂の表現として美しいんです。」

「大袈裟なんですのね、」と彼女は笑い出した。「そんなに拘泥なさらないで。あたし人から美人だなんて言われたことはないんですから。絵描きのかたにそんなに言われたら、本当に光栄ですわ。」

「僕はそれは絵描きとしての職業的な眼であなたを見ているかもしれない。しかしそれだけじゃないんですよ。僕はきっと自分を立ち直らせるために、何でもいいから探しているんです。こっちの方の絵はまだ下塗りだけだけど、桜の花の明暗がこうして影を落している。これは本当に美しいと思う。しかしどうしたらこれを表現できるんでしょうね。僕は心を空白にして、そういうものを写し取りたいと思う。心を空白にして、自然を見たいと思う。そういう煩わされない心というものが、今の僕には欠けているんです。」

我々は二人ともイーゼルの前に立っていた。彼女は下塗りだけの画面を見ていたが、その髪が風にかすかに揺れていた。

「でもこれはまだ絵じゃないでしょう、」と彼女は私の方に顔を向けて言った。「さっきの絵、わたし好きですわ。」

私は答えようもなくて黙っていた。

「あたしもう行きます。もっとお描きになるんでしょう、あたしお邪魔してしまって。」

「僕はまだ此所にいます。宜しかったら晩にでも沢木屋にいらっしゃい。僕はそこに泊っていますから。」

「ええ、」と彼女は頷《うなず》いた。そして附け足した。「あたし澁先生の絵は好きですわ。」

そして首を傾けてちょっと会釈をすると、振り向きもせずに歩き出した。おや、彼女は私のことを知っていたのだろうか。私が考えていた間に、青いスエーターが草叢の間に消えて行った。

＊

私は二階の自分の部屋へあがると、道具を畳の上に投げ出して、さっそくその日描き上げた三枚のスケッチ板をしみのついた壁に立て掛けた。部屋の中は生暖かく、硝子戸を開くと外の風もやはり暖かだった。夕暮は近かったが表はまだ明るくて電燈を点ける程ではなかった。と言っても壁のあたりは幾分か薄暗く、そこに並べられた三枚の絵は、真昼に開かれた三つの窓のように、光線をたっぷりと含んでこちらを向いていた。

お内儀さんがお茶を持ってはいって来た時にも、私はまだその前にしゃがんだまま身動きもしなかったから、お内儀さんは卓袱台の上にお盆を置いて、私の側へ来て絵を見始めた。

「お客さんは絵描きさんですか」と徐《おもむ》ろに訊いた。

「ああ。何だと思っていたの？」

私は座蒲団のところに戻って胡坐《あぐら》をかきお茶を啜った。この宿屋に来てからまだ宿帳もつけていなかったし、着いてからも雨が多くてごろごろ横になっては本ばかり読んでいたから、道具を持ち出したのは今日が初めてだった。お内儀さんは尚も絵を見ていたが、私の質問にも、また絵の感想についても、一言も洩らさなかった。どうやら落第らしいなと私は苦笑した。お内儀さんは振り返って唐突に言った。

「お風呂は御飯の前になさいますか、それともあとになさいますか。」

「そうさなあ、どうするかな。」

「いつでもどうぞ。」

それだけでさっさと部屋を出て行った。夕食はいつも大体六時過ぎで、それにはまだ間があったから、私はお茶を一啜りするとタオルと石鹸入れとを取り上げた。夕食後にもう少し絵をいじくるつもりでいたから、宿屋の丹前に着替えることもせず、ワイシャツにズボンという恰好のまま、スリッパを突掛けて、階段を下りて行った。そして帳場の横手の廊下にある浴室の硝子戸をがらりと引いた。

「あ、失礼しました。」

私は慌てて戸を締め、そそくさとその前を離れると、夢遊病者のように階段を駆けのぼって自分の部屋へ逃げ帰った。座蒲団の上に腰を下すと、大きな息を一つ吐《つ》いた。それは一秒にも足りない短い時間だったが、私の網膜は正確なカメラのように情景を写し取っていた。

浴室は脱衣場と浴室とに分れていて、廊下と脱衣場との間、脱衣場と浴室との間は、どちらも磨《すり》硝子の引戸になっていた。私が廊下側の引戸を明けた瞬間に、同時に向う側の戸も開いて、白い湯気を背景にそれよりも白い女の身体が（それはまさに彼女、私が昨日岬で会い今日の午後桜の樹の下で会った若い女だったが）アフロディテエのように姿を現した。もしも私が中にもう一歩踏み込んでいたら、殆ど手で触ることも出来た程の距離に。彼女はタオルを片手に持ち、小柄ながら引き締まった身体をやや前屈みにして戸を開いたが、その動作に伴って、彼女の腕や肩や脇腹の筋肉がふるえ、乳房が両腕の間で網にかかった魚のように踊った。すらりとした片脚が前に出て、脱衣場の敷物を軽く踏んだ。

彼女は私を認めただろうか、礼儀も知らぬ野蛮人が、あのお世辞めいたことを口にした画家であると認めただろうか。私はそう考えてまったく憂鬱になった。確かにノックをしなかったのは私の落度だった。しかしお内儀さんはいつでもどうぞと言ったのだし、彼女はスリッパを廊下に脱ぎ棄てないで脱衣場の中へまで履いて行った。あれでは私に分る筈がない。

しかしどうして彼女がこの沢木屋に泊っていると私は気がつかなかったのだろう。左浦の宿屋はここ一軒だし、私は昨日も今日も彼女に会っていたのだ。私は自分の愚かしさにあきれ、とても勘弁してはもらえないだろうなと考えた。

お内儀さんが夕食を持って来るまで、私は畳の上にごろんと横になっていた。私はお内儀さんにあとで宿帳を見せてくれと頼み、鯛の刺身と鰺《あじ》の塩焼とひじきの煮つけという献立を平げた。漁村だけに新鮮な魚が出るのは毎晩の愉しみだったが、あまり感激もなく口に運んだ。

お内儀さんが部厚い宿帳を手にして、夕食を下げに現れると、私はさっそくそれを開いて一番新しいところを見たが、この数日間に女客の名前はなかった。

「この宿帳はだいぶいい加減だね。」

「つけたりつけなかったりです。」

「僕もつけちゃいないけど、つけなくていいんならやめておこう。時に若い女のお客さんが泊っているだろう?」

「ええお泊りです。」

「どういう人なんだい?」

「さあねえ。」

「名前は分らないの?」

「分りませんね。」

お内儀さんは面倒くさそうに答えた。卓袱台の上を片づけ終ると、「床を取ってもいいですか、」と訊いた。

「あとで少し仕事をするから、その隅に出しておいてくれ給え。」

お内儀さんは押入から蒲団を出すと、畳の上に二つ折のまま重ねて、お辞儀をして出て行った。私はよほど呼び止めて、「お暇なら遊びに来るように言ってくれ、」と頼もうとしたが、どうせ彼女は来はしないだろうと思いとどまった。

*

彼は先程から自分を見詰めている妻の視線を感じたが振り返ってみようとはしなかった。彼女の方でも奇妙に黙り込んでいたから、こいつはあまりいい徴候じゃないぞと思いながら、じっと本の上に眼を落していた。しかし細かい活字はいっこうに頭にはいって来なかった。そこで彼はとうとう根負けして「どうしたんだい?」と穏かに訊いてみた。

彼女はそっと彼に近づき、机の端に手を突いて凭れかかった。

「あなたこの頃どうしてお仕事をなさらないの?」

「どうしてってわけでもない。調子が出ないからね。」

「調子なんて描いているうちに出て来るもんじゃないの。」

気が立っている時なら、餘計なおせっかいはやめろ、と口に出すところだった。しかし彼はここで気分をみだしたくはなかった。

「あなた旅行にでもいらしったらどうなの？」と彼女はまた訊いた。

「旅行か。あまり気が進まないな。」

「どうして？　行けばいいじゃないの。わたしに遠慮することはないのよ。」

「何も君に遠慮しているわけじゃない。僕は具象派じゃないから、モチイフを見つけるためにわざわざ遠出することはないいんだ。」

彼は机に片肱を突き、スタンドの笠で暗く翳っている彼女の顔を見上げた。無表情な二つの眼窩《がんか》が彼を見下していた。

「おばあちゃんは、わたしがあなたのことを旅行にも出させてやらないと考えているようね。あなたそういうことをおばあちゃんに言ったの？」

「まさかね。おふくろが何を言ったって気にすることはないよ。」

「気にしてなんかいません。でもあなたがそうやって何もせずに、本ばかり読んでいるのわたし厭だわ。がっかりだわ。」

「何だい、そのがっかりってのは？」

彼は椅子を引いて身体の向きを少し変えた。彼女は相変らず机に凭れかかっていた。

「あなたはわたしと結婚なさる前にいいお仕事をなさった。わたしと結婚したあとでも、それからパリへいらっしったあとでも、いいお仕事をなさったわね。それでこの頃はどうなの、まるで怠け者で、本ばかり読んでいて、ちっとも元気がない。それはみんなわたしのせい？」

「何を言い出したんだ？　そんなことは決してないよ。」

「わたしのせいなのね。わたしがあなたの自由を束縛しているせいなのね。」

彼女は少し酔っているのだろうか、と彼は考えた。

「だけどわたしのことも考えて頂戴。わたしだってこれで精いっぱいなのよ。おばあちゃんのことだって、あなたのことだって、わたし一生懸命でやっているのよ。子供を育てるのだって、上手じゃないけど、これでも出来るだけつとめているのよ。でもこれ以上どうしたらあなたたちの気に入るの？」

「みんな気に入ってるさ。どうしてそんなことを言い出すんだ？」と彼はなだめるように言った。

「わたしはこんなふうになるつもりで結婚したんじゃないわ。わたしはあなたがいいお仕事をなさって、わたしだってもっと希望が持てるだろうと思って、それで結婚したのよ。これなら死んでた方がよっぽどましだった。結局あなたは嘘を吐いたのね。」

「ばかなことを言うな。」

結婚したのはもう何年も前のことで、生れた子供は小学校にはいろうとしていた。彼女にとって、結婚した時から今まで、時間はあっという間に過ぎてしまったのだろうか。彼女の人生はあの時既に終っていて、それからの我々の生活は結局虚無の上に築かれた幻影にすぎなかったのだろうか。疲れたような声で呟いているのを聞くと、彼は若かった日の彼女がやはり単調に呟いていた同じ声を思い出した。「もう駄目なのよ。あたしはもう決して誰も愛せないわ。もう決して愛せないわ……。」しかしそんな筈はなかった。人は生きている限り、愛なしでは生きられないのだ。彼女がたとえ昔のことを今でも忘れないでいるとしても、それから以後愛なしで生きていたということにはならない筈だ。

「あなたは結局、同情しかわたしに感じなかった。あなたのお母さんには、その同情さえもなかった。それでもわたしはずっと我慢して来たわ。何とかうまくやって行こうとしたわ。でももう駄目よ。昔あなたは……。」

「おい、一体いつのことを言っているのだ？　そんな昔のことを蒸し返したって。」

彼女は不意に黙った。そして彼は考えた。そんな昔のことか。彼女にしても己にしても、魂に刻みつけられてしまった昔の事件というものは、絶対に歳月によって消し去られることはないのだ。我々の魂が育って行けば、それにつれて傷もまた傷口を大きくして行く。そしていつかは、殆どもう忘れかけた頃になって、その傷口は再び開き、それは魂の全体を蝕《むしば》んでしまうだろう。彼女は昔の記憶を単に覚えているというだけでなく、その病んだ記憶の中に現に生きている、その昔の滅びてしまった愛によって現在の愛を量《はか》ろうとしている。己がどんなに努力したって、彼女の記憶の中に純粋に保存されている愛には、とてもかないっこないだろう。

彼が考え込んでいた間に、彼女はそっと机から離れ書斎を出て行っていた。彼はそれに気がつき、不安になって廊下を通って茶の間へ行ってみた。彼女はそこの卓袱台に凭れて、上半身を折り曲げるようにして坐っていた。

「もう遅いんだから早く寝ろよ、」と彼は声を掛けた。

彼女の手の中にあるコップが彼の眼に映った。ウイスキイの壜は見えなかったが、コップの中には琥珀《こはく》色の液体が半分以上もつがれていた。「駄目じゃないか、そんなに飲んで、」と彼はその側に坐りながらたしなめた。しかし彼女は取られないように両方の掌でそのコップを覆いながら、蒼白い顔を彼の方に向けて、哀願するように言った。

「わたしは不眠症なのよ。だから飲まずにはいられないのよ。あなたにわたしのこういう気持が分るかしら?」

＊

彼女はバアの棲り木《とまぎ》に腰を据えて、隣にいる夫がマダムと陽気に話しているのを微笑を浮べながら聞いていた。彼は早いピッチでハイボールを飲み、彼女の方はゆっくりとジンフィーズを飲んだ。それが二人の飲みかただった。少しずつ酔が廻って来るのを、彼女は心がすべてのものにゆるやかに開いて行くように感じていた。

夫はよく飲みに行き夜遅く帰宅したが、それに対して彼女はとやかく言うことはなかった。どこそこのバアの女給さんがどうだとかいう話を、いつもにこにこして、時々皮肉の針をちくりと刺しながら聞いていた。それは夫の自由であり、妻である彼女の自由とは関係がなかった。少くとも度を越さない限り、彼女はそれを認めていた。

たまに彼が一緒に行こうと彼女を誘うような時に、彼にとって自分が一種の飾りでもあれば、いざという時の安心のためでもあり、また彼女へのサーヴィスのためでもあることを、彼女はちゃんと知っていたが、それはそれでよかった。彼は自分の愉しみのために飲むのだろうし、彼女もまた夫が一緒にいるいないは問題ではなかった。彼女は謂わば一人でバアにいるのと同じことだった。彼女は彼女の精神の内部でゆっくりと酔っていた。そういう時ほど彼女が孤独でいることはないのに、彼の方は少しもそれに気がつかなかった。たまにこうして二人連れでバアに来ていることが、仲のいい夫婦を証明するものだと信じていた。バアで知人に会うと、彼は浮き浮きして「今日は細君への大サーヴィスなんだ、」と言った。「こちらのかたは先生の教え子の学生さん?」などとマダムに言われて、やにさがっていた。彼女は適当に軽口を叩き、一緒に笑い、ちょっと顔をしかめて酒を飲んだ。そういう時、彼女の心は遠く離れていた。自分自身の中に孤立していた。

彼は梯子《はしご》酒が好きで、直に立ち上って「他の店へ行こう、」と言った。

「もう遅いじゃないの。」

「なにまだ大丈夫だ。」

「軍資金は足りて?」

「ああ、君はあまり飲むなよ。」

彼女は頷き、おとなしくあとについて行った。しかしいよいよ切り上げるべき汐時を見つけるのも、夫の軍資金が欠乏した時に自分のハンドバッグから勘定を拂うのも、また酔っぱらった亭主を介抱するのも、みんな妻たる彼女の役目だった。彼女はそれを誇りに思っていた。

しかし彼女の心は次第に現実から離れ、ここにいない彼のことを思うことがあった。彼もまた夜おそく、こうしたバアからバアを飲み歩いているだろう。彼女が夫と一緒の時に、たまたま彼とぶつかったことは一度もなかった。しかしもし出会ったらどんなことになるのだろう、と彼女は想像した。夫は少しも気にとめずに「久しぶりだね、元気かね、」と言うだろうか。彼は困ったように、蒼い顔をこわばらせるだろうか。そして彼女は「珍しいのね、一緒に飲みましょうよ、」と言うだろうか。それとも、彼女もまた困ったような、済まないような気持になるだろうか。済まないというのは夫に対してではなく、彼に対して。彼の苦しみに自分が無関係であり、のんきそうに夫とバアなどに連れ立って来ていることに対して。それとも彼はもう苦しんでなんかいないだろうか。

「この店、前に来たことがあったかねえ？」

「さあ、あたし覚えていない。」

そういう短い会話が交されることがあった。

「今度は昔行ったルナに行こう。」

「あのお店、まだやっているの？」

そういうふうに、前にとか昔とかいった言葉が、二人が一緒に出歩いている間に合言葉のように呟かれた。それは二人が結婚する以前の頃を指していた。その頃二人はしめし合せてよく表で会い、一緒にバアに行くこともあった。それは愉しい時期だったのだろうか。少くとも今では愉しい時期として思い出しているのだろうか、と彼女は夫を疑った。そのことが、夫が或る点で無神経な人間の証拠であるように思われることもあった。

昔、つまりその頃は、彼女は苦しんでいたし、彼（夫）もまた苦しんだ筈だった。しかし人はそれぞれ別個に苦しむのだし、他人がどのように苦しんでいるのか知ることは出来ない。彼女が首尾よく結婚してから、昔のことは話題にのぼらなくなり、前にとか昔とかいう言葉を彼が平然と使うことは、彼が既に時効とみなしていることを意味していた。しかし彼女はまだ時時そのことを考えた。

あたしは悪い女だったのだろうか。ジンフィーズのグラスを眼の前に持ち上げ、中に浮いている桜んぼを見詰めている時などに、彼女はそのことを考えた。あたしは心を極めかねないままに、あの人を騙《だま》したような結果になった。結婚するためにただ利用しただけだと、彼（あの人）は取ったに違いない。そう取ってあたしの前から、あたしたちの前から、遠ざかって行ったに違いない。心の中に決して癒されない傷を持ち、現在でもまだあたしを赦《ゆる》そうとしていないに違いない。それとももう赦してくれているのだろうか。その偽りだった愛を、果して赦してくれたのだろうか。彼は真剣だったし、彼女はそのことを知っていた。知っていて欺いたのだ。

彼女はそうやって夫のお伴をしながら、彼女を愛してくれた男たちのことを考えた。しかし多くの場合に、彼女はただぼんやりと、快い酔に身をまかせ、あたりの騒々しい物音をうつつに聞きながら、何も考えてはいなかった。ただ陶酔が自分の心を開いているのを感じていた。しかし誰に？　あたしは人を愛したことがあるのだろうか。あたしは愛を知っているのだろうか。そういう問が空しく彼女の心の中で木霊《こだま》し合った。そういう時彼女は眉と眉の間をしかめて、じっと前の方を見詰めていた。

「あの、お邪魔でしょうか。」

襖の外からそう声を掛けられるまで、私は畳の上に新聞紙をひろげ、その上に昼間描いたスケッチ板《ばん》を一枚置いて、俯きになったまま最後の仕上げをしていた。その声に思わず顔を起し、急いで立ち上ると襖を明けに行った。そこにいたのは勿論彼女だった。

「さあどうぞ。まだ仕事をしていたので散らかしていますよ。」

彼女はにっこりして部屋にはいって来た。壁に立て掛けてある二枚の絵を見、それから新聞紙の上に置いてある方の一枚を、上から覗き込むようにしげしげと眺めた。

「随分お出来になりましたのね、」と言って私を振り返った。

私はその間に座蒲団をもう一枚押入から出して彼女にすすめ、私は今迄通りの位置に胡坐《あぐら》をかいた。彼女は私のすぐ横に坐った。昼と同じ青いスエーターの上に同色のカーディガンを着ていた。スカートはベージュ色だった。

「先程はどうも、」と彼女は言いながらお辞儀をした。

「先程ってのはいつですか、」と私は陽気な気分になっていたから、ついひやかすようなことを口にした。ひょっとしたら、彼女は気がついていないかもしれない、と打診する意味もあった。

彼女は急に赧《あか》くなった。「ひどいわ、」と口の中で言って俯いた。それと共に私もひどく狼狽し、つまらないことを口にしたと大いに後悔した。そこで慌てて別の話題を探した。

「あなたは何ていう名前なんですか。」

「あら、名前なんかどうだっていいわ。」

「そうはいかない。何と呼んだらいいか分りませんからね。」

「だって二人きりですもの、名前を呼ばなくったって分るでしょう?」

「しかし僕の名前はあなたは知っているんでしょう?」

「ええ存じています。」

「だから不公平だ。」

「そうかしら。」

彼女はあどけなく首をちょっと横にかしげて私の方を見た。それから新聞紙の上に置かれた絵の方に向き直った。

「ああ絵具がつかないように用心して下さい。……時に寒くはありませんか。」

「いいえ。」

部屋の中に油絵具の匂が籠っていたので、私は硝子戸を少し明けたままにしていた。私は立ってその戸を締めに行き、カーテンを引いた。外には十五夜には少し闕《か》けた月が薄雲の流れる空に懸っていた。その間じゅう彼女は熱心に三枚の絵を見較べていたが、「駄目だなんておっしゃったけど、どうしてなんだかちっとも分りませんわ、」と言った。

「あなたが行っちまってから、一生懸命に描きましたからね。」

一枚は最初に描いた入江や砂浜を見下した風景で、あとから思いきり手を入れた。一枚は桜の花盛りの枝を濃淡だけで模様化したもの、もう一枚はまるで抽象化された風景だった。その最後の絵は新聞紙の上でまだ生ま生ましい絵具の色を見せていた。彼女がその上に俯くと、髪が額から眼の方に垂れ、彼女はうるさそうにそれを手で拂いのけた。その横顔は怖いほど真剣そのものの表情だった。私はその横顔を美しいと思った。

「あたしどの絵もみんな好きですわ。」

彼女は顔を起して私の方に生き生きした眼を向けた。私はさすがにきまりが悪くなり、「あまりお世辞を言っちゃいけません、」と言った。

「あらお世辞じゃありませんわ。本当よ。」

「さっき僕があなたのことを綺麗だと言ったから、どうもそのお返しみたいですね。」

「あたしは綺麗じゃありません。でも澁先生の絵はあたし好き。」

「僕のことを前から知っているんですか。」

「ええ。」

「お会いしたことがあるのかな、」と私は少々不安になって訊いてみた。

彼女は黙って悪戯っ子のようににっこりした。私はますます不安になった。私はもともと散漫なたちで、絵描きのくせに人の顔を覚えるのがあまり上手ではなかった。

「どうもそれは失礼しました。僕には思い出せないんだけど、一体いつのことです？　何処でした？」

「いいんですの。お気になさらないで。」

「弱ったなあ、」と私は嘆いた。「あなたの名前だって聞いたことがあるんだろうにな。一体あなたはどこかにお勤めなんですか？」

「いいえ。」

「それじゃ、まだ学生？」

「いいえ。」

彼女は小さな声で笑い、「もっと大人ですわ、」と言った。

そこで私はふと気がつき、「そうだ、お茶もないから僕の御持参のコニャックでも飲みませんか。大人なら少しは大丈夫でしょう？」と訊いてみた。

「ええ、少しなら。」

私はスーツケースの中から隠し持ったヘネシイの罎《びん》を取り出した。そして彼女が自分で行くというのを断って、階下の台所へコップを取りに行った。ついでに冷たい井戸水を入れた薬罐《やかん》を片手にぶら下げた。宿屋の連中は奥の部屋に引籠っているらしく、台所にも帳場にも誰もいなかった。廊下も階段もひっそりしていて、今晩は泊り客もないようだった。

私が部屋に戻ってみると、彼女は新聞紙の上に載せてあったスケッチ板を他の二枚と並べて壁に立て掛け、要らなくなった新聞紙を折り畳んでいるところだった。

「ああ僕がします、」と私は急いで声を掛け、重ねたままのコップと薬罐とを卓袱台の上に置いた。「絵具が……。」

「平気です、」と言いながら畳み終ったところへ、私は近づいた。私はその畳んだ新聞紙を受け取り、ついでに彼女の片手を取って調べるように少し眼の方へ引き寄せた。彼女はされるままにその手を私に預けていた。

「ほら、やっぱり少しついている。」

小指のつけ根の甲のところに青い絵具が掠《かす》れたようについていた。「そちらは？」と私は訊いて、彼女の差出したもう片方の手も調べてみたが、その手は白いままだった。彼女は爪にマニキュアをしていなかった。

「綺麗でいいわ、」と彼女は自分でも掌を眼の前に返して眺めながら呟いた。私はもう片方の手を取ったまま、一緒にその掌の横についた青い絵具を眺めていた。

そしてどちらからそうなったとも分らないうちに、彼女の身体は私の方に凭れかかった。私は新聞紙をまだ持ったままの左手で彼女の背中を支え、右手で彼女の小さな手を握り締めて自分の胸に引き寄せた。彼女は何やら呟いたようだったが、私はその仰向いた顔の誘うような形をした脣に、夢中になって接吻した。私が脣を離した時に、彼女は眉と眉の間に小さな皺を寄せて、眼を閉じたままでいた。

「あなたは素敵な人だ、」と私は言った。

彼女は顔を隠すようにして私の胸に埋め、それと共に私の口の下に黒い髪があった。私は貪《むさぼ》るようにその髪を口でまさぐった。やさしい匂が私の内部を満した。「生きているってことはいいことなんだなあ、」と私は考えたが、それはかすかな声となって彼女の耳にも聞えたらしかった。彼女は返事の代りに、彼女の手をしっかり摑んでいる私の右手の指の関節のあたりにそっと脣を当てていた。

それから私たちは驚いたように身体を引き離し、私は卓袱台の前に坐ってヘネシイの壜を取り上げた。「ここへいらっしゃい、」と後ろに立っている彼女に声を掛けた。彼女はおとなしく私と筋向いのところに坐った。私はコップにそれぞれコニャックを注ぐと、少めに注いだ方を彼女に渡した。彼女はコップを両手で合掌するように包み、一口啜って「おいしいわ、」と呟いた。そしてきらきら光る黒い眼で私を見、「いや、そんなにあたしを見ちゃ、」と言った。しかし私の眼は吸いついたように彼女から離れなかった。そのやや上気した顔、その青いスエーター、コップを持っている細そりした両手。彼女はコップを卓袱台の上に戻し、片手の甲を自分の脣のところに当てた。子供が困った時にする科《しぐさ》のように、俯いたまま親指の先を脣の間に入れていた。

「僕に名前だけでも教えて下さい、」と私は頼んだ。

「なぜですの？」

「なぜってことはないけど、知りたいから。」

「あたし安見《やすみ》っていうんです。本当は安見子《やすみこ》。変な名前でしょう？」

「安見さん？」

「父がつけたんですわ。万葉集の中に、我はもや安見子得たりみな人の得がてにすとふ安見子得たり、って歌があるんです。」

「由緒のある名前なんですね。」

「軍国主義みたいで、あたし嫌い。」

私は彼女のむきになった声にちょっと笑い、「安見さんなんて、あなたらしくていいや、」と感想を述べた。

「あら、あたしらしいってどんなことですの?」と彼女はまたグラスを一口啜りながら訊き直した。

「安見《やすみ》ししというのは心安く天皇が国を治めるという意味の枕言葉ですよ、たしか。だから平和で、心が穏かなということでしょう。あなたを見ているとそんな気がして来る。」

「まさか。嘘よ、」と彼女は蓮っ葉《はすっぱ》な声を出した。「あたしなんて全然平和な感じじゃありません。もっと猛烈なのよ。」そして彼女はにっこり笑った。

「僕にはそんなことはない。あなたを見ているだけで心が安らいで来る。」

「またお世辞。今に思い知ります。」

彼女は人をおどかすように、ちょっと睨んだ。私は二つのグラスに今度は等分に注いで、一つを彼女に渡した。「そのカーディガンをお脱ぎなさい、暑そうだ、」と私は言った。

彼女は頷き、するりとそれを脱いだ。下に着ているスエーターは薄地で半袖だった。二の腕のやや陽焼のした新鮮な皮膚が現れた。

「いつもあたしにカーディガンを脱げっておっしゃるのね。」

「本当はもっと脱がせたいんですよ、」と私は冗談を言い、「それはあなたの手編みですか、」と取って附けたようなことを訊いた。

「ええ、そうです。」

彼女はまた眉と眉の間にかすかに皺を寄せて、両手に抱えたコップを一口啜った。スエーターの胸が、裸の二の腕に圧迫されて豊かに盛り上った。たとえ両腕が脇から押しつけていなくても、その胸は快いふくらみを見せていた。

「心が安らいで来るって言ったけど、それはこうして一緒にいる時だけですね。さっきはひどかった。」

「さっきって？」

そう口に出してから、小さく「あっ」と驚き、絵具のついている方の手の甲を楯《たて》にして口のあたりを覆った。「恥ずかしいわ、」と楯の向うからささやいた。

「あれは本当に偶然だったんですよ、」と私は少し意地悪く言葉を続けた。「しかしあの偶然は嬉しかった。」

「いやそんなお話。」

「でもね、僕にとってどんなに意味があったか、あなたには分らないでしょう。これは真面目なことなんです。美というのは劇的なもので、その瞬間に完全に魂を占領して、一瞬のうちに人を燃え上らせるんです。僕はあなたを見た時に、それはあなただってことは分ったけど、しかしもっと観念的な美そのものとして見ていたに違いないんです。それはこの人生を燃え尽《つ》くして、一切を虚無に還元してしまうような烈しさを持っていた。人生が虚無であるように美だって虚無ですよ。我々は虚無の上に幻を見ているだけかもしれない、けれども人生の或る一瞬が美に変貌するその瞬間には、それは紛れもない実体となって、膨大なエネルギイを放出するんです。僕はそのエネルギイに圧倒されてしまった……。」

彼女は黙ったまま、また親指の先を口に入れて少し噛んでいた。

「僕等が描きたいものも、そういうエネルギイなんですがね。この退屈で煩《わずら》わしい人生の中から、一切を虚無に返すような美を発見して定着すること。しかしそれはなかなか見つからないんです。魂が疲れて来ると、魂の感動も起らない。作品もただ外側にあるものを写すだけになってしまう。僕はそういう状態から立ち上りたいんですよ。」

「それでさっきは？」と彼女は眼を伏せて訊いた。

「さっきはそれを感じた、そういう瞬間を踏み台にして自分が立ち直れると思った。しかしそのあとは駄目でした。とんだことになったと思って、ちっとも安らかな気持でなんかいられなかった。安見さんか、あなたには人の心を落ちつけるものと、人の心を掻きみだすものと、両方あるんでしょうね。それがあなたの魅力なんだなあ。」

「絵というのは魂の表現なんですの？」と彼女が訊いた。

「そうですよ。」

「抽象画でも？」

「抽象なら一層そうでしょう。」

「あんな絵をお描きになっても、」と言いながら彼女は壁に立て掛けてある三枚の絵の方を見た。「それでもやっぱり駄目だと思っていらっしゃるの？」

「そうなんです。あれは僕の衰弱した状態を表していますよ。」

私もまた絵の方を向いたが、それらは大して明るくもない電燈の光に照されて、今、まるで告白のように、彼女に対する私の気持を表明していた。彼女はいつまでも絵を見詰めたまま親指の先を口に当てていた。

「そんなに指を嚙んじゃ駄目ですよ、」とたしなめて、私はその手を取って自分の方へ引き寄せた。「まるで子供だなあ。」そして彼女は横ざまに私の膝の上に倒れかかって来た。

私は覆いかぶさるように背中を抱き、脣を求めた。その脣は暖かくしめっていて、やがて少しだけ開き、歯の感触が私の舌の先に触れた。しかし彼女はそれ以上脣を開かなかった。吐息のような小さな声を立て、その首を私の肩の上に凭れさせた。私は片手で彼女の背中を支え、もう片方の手で髪のうしろを抑えて烈しくその顔を仰向かせた。彼女は眼を閉じ、脣をやや開いたまま、眼に見えないものを待っていた。接吻が二人の身体を畳の上に押し曲げた。

私がそうやって彼女を抱き締めている間に、背中を抱いている私の手は薄いスエーターを通して汗ばんだ彼女の皮膚を感じていた。その手は貪婪《どんらん》に動き、まくれたスエーターの裾《すそ》に裸の直接の皮膚を探り当てた。その手はスエーターの下で暖かい肉をいとおしみながら、次第に上にのぼってブラジャーの紐のところで止った。

「見せてくれない？」と私は掠れた声でささやいた。

「恥ずかしいわ」と彼女は呟いた。

「さっきだって見せたでしょう。」

私は髪を支えていた手をそっと外《はず》し、両手で彼女のスエーターをブラジャーのあたりまで引き上げた。隠されていた皮膚が私の眼に飛び込んだ。

「あの……」と彼女は言いかけた。

「なに？」

「それは必要なの、……あなたのために？」

「ええ必要ですよ。」

「もしあなたが必要なら……。」

彼女は両手の甲を重ねるようにして顔の前に当てた。それはスエーターを脱がせやすい恰好を彼女が自分でしたということだった。その甲の片方に青い絵具がついていて、それがなまめかしく私の眼に映った。私は彼女の上体をそっと起すと、そのスエーターを肩の方へと引き上げた。彼女の身体は安定を失って少しばかりぐらぐらし、次の瞬間にそれは顔の部分を通り抜けた。白い肩紐なしのブラジャーが上半身を覆っているだけだった。私が背中のホックを外していると、乱れた髪が私の頬に触り、彼女は顔に当てていた両手を下げて今にもずり落ちそうなブラジャーを抑えた。

「ねえ、電気を消して。」

私は立ち上り、電燈の笠を傾けてスイッチを捻った。部屋の中が真暗になり、ついで窓から薄いカーテンを通して月明りが射しているのが分った。しかしそれでも部屋の中は暗くて、彼女の上半身だけが僅かに白く闇の中に浮んでいた。私は殆ど手探りで部屋の隅に畳んであった蒲団を横に延べた。そして彼女のところに戻ったが、彼女は依然として同じ姿勢のまま両腕でブラジャーを抑えていた。私は彼女を抱いてゆっくりと立ち上らせると、蒲団のある方へ歩かせた。彼女はおとなしくついて来て、私がスカートを取った時にもされるままになっていた。彼女がそうやって塑像のように立っている間に、私はその下のものをも脱がせた。私は彼女の頭と背とに手を廻して固く抱き締めた。彼女は足が萎《な》えたようにその場に頽《くず》れ、両腕を私の首に巻きつけた時に今まで胸を抑えていたブラジャーが下に落ちた。私たちはそこに倒れたまま、お互いの息を飲み合っていた。彼女の唇は開き、その舌はまだ怯《お》ず怯《お》ずとはしていたが前ほど臆病ではなかった。甘美な薫《かお》りが私の口を貫き、私の内部へと降り、全身を満した。

私の手は今漸く、スエーターの上から私の眼が見ていたものを直接に知ることが出来た。それは驚くほど豊かな乳房で、私の手の下で暖かく息づいていた。私の手にあまってしなやかに搖れ、固い乳首は私の愛撫を逃れるかのように動いた。私の手は脇腹の張りつめた皮膚の上をゆっくりと往復し、更に下にさがった。彼女は呻き、何やらささやいた。

「なに？」

「あたしにもっとお酒を飲ませて。」

私は身体を起した。眼が少し暗闇に馴れたものの、卓袱台の上のコップを取るのは難しかった。そして私はこの機会をつかまえた。

「電燈を点けなければ分らないよ。」

「明りは厭。」

「でも見せてくれるって言ったでしょう？」

私は立って手探りに電燈の笠を探し、漸く探り当ててスイッチを捻った。彼女はかすかな悲鳴を洩らし、私は振り返って蒲団の上にはすかいの形になって仰向けに寝ている彼女を見下した。

彼女は美しかった。あらゆる裸体が美しいのではなく、彼女の裸体だけが、一切の現実から切り離されて美しかった。彼女は均斉のとれたその白い身体を私の前に曝《さら》していた。両手で顔を覆っていたから、その胸も腹も腰も無防備に電燈の光線の下にむき出しになっていたが、それは放恣という感じではなかった。羞恥が身体のあらゆる部分に滲んでいた。靴下はまだ穿いたままだったから、太腿に食い入った靴下留めがその両脚を蒲団にくりつけているように見え、その上の部分の皮膚の白さを強調した。彼女は靴下を穿いた両脚をぴったりと揃えたまま僅かに曲げてくねらせていた。

私はコップにコニャックを注ぎ、それを片手に持って彼女の側に坐った。それを一口口に含むと、彼女の両手を顔から離し、眩しい光線を自分の頭で遮るようにして彼女の脣に接吻した。その口を開かせて口移しに酒を飲ませた。眼を閉じたままの彼女に、噎《む》せないように少しずつ液体を流し込んだ。彼女の咽喉《のど》がその度にかすかな音を立てた。私はもう一口、ゆっくりと彼女の口に注いでやった。

「もうたくさん、」と彼女は小さな声で言った。

私はコップを置き、「この靴下も取ろうね、」と言った。そして返事を待たずに彼女の横に坐って、片脚ずつナイロンの靴下を脱がせて行った。靴下留めのあとがいたいたしく太腿についていて、私はそこに脣を当てた。

今や彼女は私に見られるためにそこにあった。再び両手で顔を隠している彼女は、全身をあまねく私の貪慾で無慈悲な視線の前に曝していた。これが美だ、我々の生を虚無に返し、我々の生を虚無から回復する美だ、と私は考えた。荒々しい感動が私の意識を隅々まで占領した。

＊

彼は書斎の机に凭れて、黙々と煙草ばかりくゆらせていた。妻が寝室で彼を待っているだろうとは思ったが、そこへ行くのは気が進まなかった。そうかといって仕事をする気にはまるでならず、その辺にある本を読む気にもならなかった。要するに憮然として頬杖を突いたまま、先程彼女との間に交された口論とか、それに附随して思い出される昔のことどもを考えていた。しかし考えたからどうなるというものでもなかった。

不意に背中のドアが開き彼女の声がした。

「わたしちょっと出掛けて来ます。」

「出掛ける？　何処へ？」

「何処だっていいじゃありませんか。」

彼は振り返って、彼女がすっかり出支度を整えているのを見た。確かに行先が何処にせよ干渉するつもりはなかった。ただ相手の態度に変に薄気味の悪いものがあった。

「しかしもう遅いよ。」

「遅くっても平気です。」

彼女は音を立ててドアを締めたが、そのドアの締まる音の高さで彼は妻の機嫌の程度を推し量ることが出来た。今の不愉快な響は危険信号を意味していた。人は心の通い合わない時に、こういう方法によってしか自己の不満を示すことは出来ないのだろうか。彼女の抱いている懼《おそ》れや不平や孤独などを彼は充分に理解し同情することが出来たが、彼女の方は決して分ってもらえないと信じていた。その信じかたがあまりに頑固なために、彼の方でも勝手にしやがれという気持になるのだ。

しかし今、彼は不安になって書斎を出、寝室を覗いてみた。そこは寒々としてまだ蒲団も敷いてなかった。彼は茶の間へ行き卓袱台の上に洋酒の罎とコップとが置いたままになっているのを見つけた。やっぱり飲んでいたのだなと思い、不安が一層高まって来た。

彼は洋服簞笥からレインコートを出すと、それを引掛けてとにかく後を追うつもりで玄関へ出た。その時母屋の方の廊下から、寝衣の上に茶羽織を着た母が姿を見せた。

「どうしたの、何だか玄関の戸が明いたようだったけど、」と母は心配そうな声で訊いた。

「出て行ったようですよ、」と彼は靴を履きながら答えた。

「またかい？　困ったものだね。」

「なにその辺をうろうろして僕が探しに来るのを待っているんでしょう。」

「何かまたわたしのことで？」

「お母さんには関係ありません。いつでも僕が問題なんです。」

「どうしてああなんだろうね。お前があまり甘やかしすぎるからだよ。」

「まあいいですよ。ちょっと見て来ます。」

「気をつけてね。」

彼は生返事をして外に出た。門まで行く間に糠雨《ぬかあめ》が降っているのが分ったが、今さら傘を取りに戻るのも億劫《おっくう》だった。彼は門の潜り戸から表に出、左右を見廻し、とにかく車の通っている大通りの方へ向った。

（しかし彼女はその時、玄関と門との間の植込の蔭に立っていたのだ。雨が降っているのでどうしようかと考え、いっそやめようかと思案していた。遠くへ行く気はなかった。本当は何処へ行く気もなかった。ただ夫に甘えれば、そして夫が甘えさせてくれれば、それでよかった。しかし彼女の中のプライドがそのような口を利くことを許さなかった。彼が玄関の戸を明けて現れた時に、声を掛けてさえくれれば。ただ彼女は同時に姑の声を聞き、そのために心が臆《おく》した。そして彼が雨を確かめるために掌を空に向けていた間に、一言《ひとこと》、自分の存在を示しさえすれば。しかし意気込んで書斎のドアを締めた以上、ここで折れてしまうのは腑甲斐ないようだった。そして彼女は彼が潜り戸を明けて表へ出て行くのをそのまま見送った。とにかく探しに来てくれたのはあの人に愛情がある証拠だと思った。しかし彼に愛情があることを、今までにも、本心から疑ったことがあっただろうか。こうして糠雨に濡れていると酔が次第に醒めて行くようだったが、ふらふらする足を踏み締めて、彼女もまた潜り戸から外に出た。誰もわたしを分ってはくれない、わたしが生きることの意味は何もない、と彼女は考えた。)

その横通りはところどころに街燈が点いているばかりで、ひっそりと人通りもなかった。彼はレインコートの襟を立て、大股に歩き、やがて商店街のある大通りへ出た。ヘッドライトを眩しく輝かせながら、猛烈なスピイドで自動車が左右に走り過ぎた。人通りはここでもちらほらとしかなく、彼女の姿は見えなかった。タクシイを掴まえて何処かへ行ったのだろう、と彼は考えた。それともこの道を勢いにまかせて歩いて行ったのか。

彼はそこから戻ってもよかった。彼女が危険なのは、外にいる時よりも寧ろ家の中にいる時の方だったから、彼女が出掛けたというのは安全なことだとも言えた。今も身の廻りのどこかに彼女が薬を隠し持っていることを彼は疑わなかった。しかし今晩くらいの何でもない理由で、彼女が思い切ったことをするとは考えられなかった。外出というのは単なるおどかしだ、本気ではない筈だ。

しかしもし本気だとすれば、どうしたら留められるか。死にたいという意志を、どのような説得によって翻《ひるがえ》させることが出来るか。彼は雨に濡れながら歩道の上に立って行き交う車を眺めていた。彼女がひどく惨めで、自分もまた孤独で惨めなように感じていた。それから背中を少し屈めながらその歩道を真直に歩いて行った。

＊

彼女はそのヘッドライトの二つの眼が正面から彼女を見据えた時に、見る見る自分に近づいて来る巨大なものを寧ろ待ち受けているかのようにして立っていた。しかしそれはごく短い一瞬で、警笛と急ブレーキの厭な響の前で彼女の身体はちょっと搖らぎ、次の瞬間には軽く身を躱《かわ》していたから、ダンプカーは彼女の身体を掠めるようにして過ぎ去った。

「ぼやぼやしていたら危いじゃないか、」と横断歩道を先に渡っていた夫が、振り返って彼女に声を掛けた。「用心してくれよ。近頃の車と来たら。」

「でもあの車、黄色になったらもう走って来たのよ、」と彼女は抗弁した。

「理窟じゃないよ。君は大体ときどきぼんやりしてるんだ。」

家に帰ってベッドに横になってからも、彼女は向うむきになったまま石のように身体を固くしていた。彼はその腕に触れ、「どうかしたのかい？」と訊いた。

「ううん、放っといて。考えていただけ。」

「何を？」

「さっきあたしはどうしたんだろうと思って。」

「あれか。君は恐怖で一時的なパニックに陥っていたんだ。」

「恐怖？　いいえ、そうじゃない。あたしはちっとも怖くはなかった。もっと別のことよ。あたしはあの時、こうしてじっとしていたら死なれる、死んだ方がよっぽど楽だ、って考えていたのよ。」

「人間には死にたい願望というものもあるさ。」

「でもそれはとてもいい気持だったの、すうっと落ちて行くような感じ。」そして彼女は不意に涙声になって言い続けた。「それなのにあたしは急に身体をよけてしまった、じっとしていられなかった。」

「当り前だ。それは本能というものだろう。誰だっておとなしく死ぬのを待ってはいないさ。」

「するとあたしは、自分の本能に負けたってことになるのね。厭だわ。惨めだわ。」

「どうして？」

「あたしは本能的に生きるなんてのは軽蔑する、獣《けだもの》みたいに生きるなんて厭。あたしはいつも理性的に、何でもちゃんと計算して、自分の納得の行くようにして生きていたい。けれども本当は、やっぱり死ぬのが怖かったんだわ。」

「おどかさないでくれ。まるで死にたいみたいなことを言うじゃないか。」

「死ぬのなんか何でもない筈なのに。」と彼女は泣きそうな声で言った。「あたしはいつでも意識して生きて行くつもりでいるのに。でもやっぱり無意識に動いてしまうのね。」

「人間は意識的に生きているつもりでいる無意識的な存在なのだ。」と彼は講義口調で言った。

彼が眠ってしまってからも、彼女は相変らず身体を固くして、心の中で尋ね続けていた。あたしは死にたかったのだろうか、それとも死にたくなかったのだろうか。死ぬことは恐らく何でもないだろう。それは寧ろさばさばした、もう何の不安もない、安らかな気持のものだろう。しかしあたしは自分で選んだのでない限り、死にたいとは思わない。あたしが選んだのは生きる方だ。どんな辛い時でも、生きようとさえ思っていれば、あたしは死ぬことなんか考える必要がなかった。それなのにどうして、あたしはさっきふらふらと自動車の前に倒れそうになったのだろう。なぜその時、これでいいのだと思ったりしたのだろう。なぜ彼は、身体をよけたのは本能だなどと言う代りに、あたしの中にあるこの気持を分ろうとしてくれないのだろう。あたしは悲しいのに。そして彼女は零《こぼ》れそうになる大粒の涙を暗闇の中でじっと耐えていた。

あくる朝、私は食事を済ませるや否や、彼女を誘って一緒に散歩に行こうと思った。私は帳場で、彼女の部屋が帳場から反対側の鍵の手にある旧館の（といっても私のいる新館とやらも上下に二部屋ずつしかなかったが）二階の一番奥だと教えられた。しかし私がそっちの方へ行きかけると、お内儀さんがうしろから、その人ならもう散歩に出掛けたと附け足した。但しその声に皮肉らしいものは少しもなかった。私は礼を言って、彼女を探しがてら浜の方へ急いでくだって行った。

春らしい暖かなよく晴れた日で、浜辺には相変らず傾《かし》いだ漁船が砂の上に並んでいて、人影らしいものは見えなかった。私は少し不安になり、彼女がバスに乗って友江の方にでも行ったのではないかと考えた。私は砂浜を歩き、防波堤の方も、また私が昨日絵を描きながら彼女に会った反対側の桜の樹の多い斜面の方も、しげしげと眺めたが、彼女の姿はどこにも見えなかった。私はもっとよく眺めるために、漁業組合の倉庫の前を通って防波堤の先まで行き、昨日の場所を更に注意深く観察した。私が失望して眼を返した時に、図らずも防波堤のもっと先の、断崖が海になだれ落ちている麓に、桃色のスエーターを着た彼女を認めた。

私は大急ぎで防波堤のたもとへ戻り、そこから湾に沿って進んで行った。砂地の部分は直に尽きて、波の打寄せて来るすぐ際《きわ》の岩を踏んで、危なっかしい恰好で前進した。彼女は岩の上にしゃがんだままで、私には気がついていないようだった。私は漸く声の届くところまで来て呼び掛けた。

「安見さん。」

「あら、危いから用心なさって。」

「大丈夫ですよ、」と言いながら私は岩の上を滑らないように歩いて、彼女のすぐ側に達した。

「何を見ているんです？」と私は訊いた。

彼女は立ち上り、「ほら御覧なさい、あんなに小さなお魚がそれはたくさん、」と言いながら水の中を指差した。そこには稚魚が一列に並んで、蒼く透明に澄んだ海底を游泳しているのが明かに見えた。私は彼女のうしろから、両手でその身体を支えた。

「落っこちたら大変だ。」

「あたし平気。」

私の両手はスエーターの下の彼女の乳房をそれぞれの掌の中に抱き締めた。

「あら、おいたはいけません。」

振り返った彼女が、やや顔を起して私を見た。私は両手に力を入れ、その脣に接吻したが、私たちの身体は岩の上で微妙に揺れていた。

「駄目よ、危いわよ、」と彼女は子供をたしなめるように言った。

私たちは手をつなぎ合って防波堤の方へ戻った。防波堤の先端は風が強かったから、私たちはその内側の、蔭になったところへ下りたが、そこは内海のすぐ先に砂浜を見はるかしていたし、砂浜の向うの石垣の上は道路になっていて時々自動車が通ったから、私は彼女の手を握っているだけで我慢した。日射は暖かく風も当らなかったので、二人の手は直に汗ばんだ。

「あなたは素敵な人だ、」と私は言った。

彼女は私から顔をそむけるようにし、「いや、」と呟いた。

「あなたに僕のこういう気持が分りますか、」と私は続けた。「僕はお世辞は言わない、言う必要もない。僕が素敵だと言うのは、僕がそう思うので、他の人には関係がないし、ひょっとしたらあなたにも関係がないかもしれないんです。しかし僕にはあなたは素敵な人だ。あなたは僕に、人生にはこういう素晴らしいことがあると教えてくれたんです。僕はそういうものを久しく忘れていたんだなあ。」

「そんなことをおっしゃっちゃ厭。」

「どうして?」

「だって言葉だけですもの。言葉なんて空しいわ。」

「しかし言葉を使わなければ、この気持は言えませんよ。」

「おっしゃらなくてもいいの。」

私たちは黙って手を握っていたが、それは身に沁みるような幸福を感じさせた。確かに、この沈黙の中には、どのような言葉よりも雄弁に心と心とを通い合せるものがあった。ただ私は、どれだけ彼女の心が分っていただろうか。彼女の心には謎のようなものがあって、それさえも私には魅力だったが、それを理解できないことが私を苦しめた。昨晩、彼女は美に捧げられた生贄《いけにえ》のように従順だった。その小づくりな肉体は私の腕の下でしなやかに彎曲したが、しかし彼女は私にすべてを許したわけではなかった。「やめて、」と彼女は喘《あえ》いだ。「どうして？」「どうしてでも。」そして魂を突き刺すような悲しげな声で繰返した。「やめて。」それがなぜなのか、私には分らなかった。彼女は経験がないようには見えなかったから、懼れのためだとは考えられなかった。私は言われるままにやめたが、それは、人は心を所有しない限り肉体を所有しても何にもならないという古くさい思想を私が信じていたせいなのか、それとも私の中の礼儀正しさ、或いは思いやり、或いは臆病さのせいなのか、自分にも分らなかった。彼女が帰ったあとで私はそのことを後悔したが、しかし私の獲得した感動は、たとえその最も重要な部分を欠いていたとしても、私を茫然たらしめるに充分だった。それは一言にして言えば、美を所有したという感動だった。

二人は防波堤を背にして立っていたが、まるで海を踏むように足のすれすれのところに水があって、それは乳房のようにゆっくりと高まったり低まったりしていた。波はなく、その透明な水の底はかなり深かったから、太陽の光線が縞になって海底の方へくだって行った。

「あら、あんなにお魚がいる。」と彼女が無邪気な声で叫んだ。

「安見さんはどういう人なんだろうなあ、」と私は言った。

「あたし、あたしは単純な女よ。」

「そんなことはない、複雑ですよ。しかしあなたはどういう身分なんだろうと思って。」

「身分なんかありません、ただの女。」

「はぐらかさないで。学生でもない、お勤めでもないと……。」

「そんなことどうだっていいじゃありませんか。あたしたち、今、こうしているんですから。」

確かにこうしているだけでよかった。しかし私はもっと彼女を抱き締めたかった。もっと彼女を所有したかった。海はあまりに明るくて太陽の光線を反射したし、防波堤にいれば何処からでも見られる懼れがあった。

「少し散歩しませんか、」と私は誘った。

「絵のお道具は持っていらっしゃらなかったの?」と一緒に歩きながら彼女が訊いた。

「絵を描くよりは安見さんを見ている方がいい。」

「そんなのはあたし厭。絵をお描きにならなくちゃ。お仕事をなさらなかったら意味がないわ。」

「はいはい、」と私は頷いた。「午後から描きましょう。一緒に来る？」

「お一人でどうぞ。お仕事は神聖でしょう、女なんか側にいない方がいいのよ。」

「そっけないんですね。」

「だってそうだもの。」

私たちは砂浜のところまで来て、今度は逆に防波堤の方を見渡した。打寄せる波の音は耳に聞えるか聞えないかぐらい穏かで単調だった。昨日私が絵を描いたあたりは、桜の花もとうに盛りを過ぎて、遠くから見ると少しばかりまだらになっていた。入海の上を鷗《かもめ》が奇妙な甲高い声を立てながら輪をえがき、時々水面に舞い下りた。

「どこかいい場所を知りませんか、」と言ってから私は急いで附け足した。「絵を描くのに。」

しかし彼女は私の内心の考えを読み取ったようではなかった。

「ここは駄目？」

「ここもいいけど、もっと他に。」

「抽象画ならモデルは要らないんでしょう？」

「直接にはなくてもいいけど、何でも物には原型というものがあるでしょう。今の僕のような新鮮な眼から見れば、風景の内部のからくりがじきに分るような気がする。まあそんな理窟よりも、僕はまだこの辺をあまりよく知らないんです。」

「あたしも。向うの山の方へでも行ってみましょうか。」

バス道路にある雑貨屋兼バス待合所の横から、細い道が裏手に通じていて、そのコンクリイトの道はくねくねと曲りながら、浜に面して扇型にひらいた村を貫き、次第に登りを加えて山の方に向っていた。私たちはそこをゆっくりと歩いた。

「左浦は小さいけれど、友江はもっと大きいわ、」と彼女が言った。

「そこはまだです。行くことは行ったんだが、宿屋に振られちまった。」

「落人《おちうど》にいらっしゃれば、景色は断然素敵ですわ。」

「ああ、落人ね。そこのことは話に聞いています。あなたはいらっしゃったの?」

「行きました。とても小さな部落。戸数が二十軒くらいしかないんです。お花畑がたくさんあって、それは綺麗。」

「そこには宿屋なんかあるんですか、」と私は訊いてみた。

「宿屋なんて、」と彼女は可愛い声で笑った。「とっても小さな部落なの。でも頼めばどこかに泊めてくれるかしら。あたしは友江から日帰りで行って来ました。」

「行ってみたいな。一緒に行きませんか。」

彼女は笑っただけだった。

「あなたと一緒に旅行をしてみたいもんだ。そしたら新鮮な眼で物が見られるだろうな。」

彼女は答えなかった。そして私たちは既に村を通り抜けてだらだらの坂道を登りつめた。片側に山羊の入れられた小さな小舎があり、その前に大きな黒犬が番をするように眠っていた。山羊は私たちを見てやさしく鳴いたが犬の方は首を起しただけだった。そこを通り過ぎると、暫くして庚申塚《こうしんづか》が見えた。背面が小高い葱畑《ねぎばたけ》になっている手前に粗末な石塔が立ち、三猿の形が刻んであった。

しかしそこへ来て驚いたのは、あたりの樹という樹の梢に屯《たむろ》している鴉の群だった。それらは絶え間なく鳴き交しながら、塚のまわりに下り立って来たりした。彼女は気味悪そうに身を竦《すく》めていたから、私はその手を取って更に足をすすめた。

やがて見晴らしのいい場所に出て、私たちはそこを終点ということにした。正面には民家の屋根や火見櫓《ひのみやぐら》や倉庫などが散らばり、その向うは防波堤に区切られた港だった。右手には低い山が海から次第に高まって続き、左手は山ばかりでその間にバス道路が見え隠れし、道の側に小学校やお寺などが見えた。葉桜が至るところに雲のように湧いていた。

私たちは樹蔭に佇み、長い間抱き合っていた。彼女は汗ばんで、その額に髪の端がこびりついていた。私はそっとその髪を拂ってやった。彼女はやや眉をしかめて、うっとりと私の為すままにしていた。あたりには新芽の匂が噎《む》せるようで、じっとしていると微風が頬に快かった。彼女の手が私の背に烈しく爪を立てた。

「いつまでもこうしていたい、」と私は言った。

彼女は私の手を取り、それを両手で握り締めた。その捕えた私の手を自分の胸に押しつけ、それから自分の口に当てて指の関節を強く嚙んだ。私はもう片方の手で彼女の髪を撫でていた。形のいい小さな耳を玩具にしていた。

「安見さんはいつまでここにいるつもり?」と私は訊いた。

「さあ分らないわ。」

「今日から僕の部屋に来ませんか。」

「駄目よ、そんなこと、」と彼女は傷つけられたように叫んだ。

「御免。それなら帰りに一緒に帰るのは? 西海岸の方をまわって。どうせ東京へ帰るんでしょう?」

「さあ、」とはぐらかしたが、その眼は笑っていた。

「行きませんか、一緒に?」

「だって左浦が気に入っていらっしゃるんでしょう?」

「左浦じゃなくて、あなたと一緒だってことが気に入っているんですよ。」

私はその唇に軽く接吻した。

「でも駄目よ。出来ないわ。」

「僕はもうあなたから離れてはいられないような気持だな。あなたは一体何処に住んでいるんです?」

彼女は私の手を逃れ、眉をしかめ、真剣な声で言った。

「あたしを探さないで。約束して下さい、あたしを探さないって。」

「それは無理な註文だなあ。」

「いや。約束して。」

私はそれが約束であるかのように接吻した。そして私たちはその場所からまたもとの方へ戻った。庚申塚のあたりでは相変らず群鴉が喧《かしま》しく鳴き立てていて、彼女は私に身体をすり寄せて歩いた。その声は不吉な餘韻をひびかせながら私たちのあとを追って来た。

宿屋の近くまで来た時に、私はもう一度確かめた。

「じゃ午後は一緒に来てくれないんですね?」

「ええ。お出来になる絵をたのしみにしていますわ。」

「それじゃ晩に。晩は大丈夫でしょう?」

「ええ、多分。」

「心細いな。はいとおっしゃい。」

「はい。」

私は笑い、彼女は少し恥ずかしそうに身をくねらせた。そういう彼女は私には幼く見えた。こういう可愛い女性もいるものかと私は思った。私たちは少し間を置いて別々に宿屋の門をくぐった。

*

夜になると時間は一層ゆるやかに進行した。私は夕食を済ませると、昨晩同様に、その日出来た絵を畳にひろげた新聞紙の上に置いて、修正を加え始めた。その日の午後には二枚ほどスケッチ板を物していたが、絵を描いていた間じゅう必ずしも無心に仕事に没頭していたわけではなかった。私はしばしば腕時計を見、しばしば手を休めては煙草をくゆらせた。風景の内部のからくりを見抜くよりは、風景の内部に彼女との照應を求めていた。

そして今や、それでも時間は次第に経って行ったが彼女は現れなかった。私は二枚とも絵を仕上げ、それを昨日の三枚と並べて壁に立て掛けた。しかしその絵を見せるべき相手がいないことによって、絵そのものが何だか魂が抜けているように見えた。私は待ちくたびれて少しコニャックを飲み、それから蒲団を敷いてその上に肱枕をして横になった。

隣の部屋に釣自慢らしい三人の男が泊ったらしくて騒々しい話を交していたが、やがて宿屋の主人がそこに呼ばれて来た。何でも明日釣舟を出したいから舟と船頭とを用意してくれという相談で、そのうちゃれ何が釣れるかとか、いつ釣った魚はどのくらい大きかったかという月並な自慢話になった。私はいらいらして煙草を吹かし、時々起き上ってコニャックを飲んだり絵を見たりした。やがて隣の部屋が静かになり、鼾《いびき》まで聞え出した。私は何度も腕時計を見ては、頭の下に両手を組んでごろりと引繰り返った。そして時間は徐々に経って行ったが彼女は来なかった。

私が決心した時に夜はもうだいぶ遅かった。私はそっと廊下に出、階段を下りて行った。帳場の前を通り、旧館の方へと廊下を歩いて行く間じゅう、誰かに見つかりはしないかとひどくびくびくした。廊下にはしらじらと電燈が点いているばかりで宿屋の中は森閑と静まり返り、その先の旧館の階段は私が一段登るたびに厭な音を立てて軋《きし》った。私は自分が平安朝時代の物語の主人公にでもなったような気がして、ワイシャツにズボンという恰好がおかしかった。しかし自分を滑稽に思うほど客観的な餘裕があったわけではなかった。

かねて教えられた通り私は一番奥の部屋の前まで行き、小さな声で「安見さん、」と呼んだ。廊下から直に襖《ふすま》になっていて、中はどうも真暗なようだった。私は不安になり、その襖を少し明けてみた。そこは三畳ほどの控室らしくて、更に左側が襖になって縦長に細く光が洩れていた。私はやっと息を吐《つ》き、中へはいって廊下側の襖を締めた。もう一度声を出して「安見さん、」と呼んだ。かすかに返事がしたようなので、私は光の射している襖に手を掛けて開いた。

「安見さん。」

「あら、いらっしゃったの？」

彼女はもう寝ていた。枕許のスタンドの明りで本を読んでいたらしく、横坐りに蒲団の上に起き上った。宿屋の浴衣を着ていたから、胸もとを掻き合せながら、「あたしこんな恰好で、」ときまり悪そうに言った。私はその側に坐り、彼女の片手を取った。その手はつめたかった。

「待ってたんですよ、」と私は少々怨みがましく言った。

「御免なさい。」

「忘れたんでしょう？」

「いいえ、忘れはしません。あたし、一度行ったんです。」

「それは知らなかった。」

「そしたらお隣の部屋で声がしているんですもの、怖いから帰ってしまったの。」

「何も怖いことなんかないのに。」

「でも厭だったの。」

「それでもうやめたんですか。」

「ええ。しかたがないわ。」

「それで人を待たせておいて眠っていたんですね？」

「あら眠ってなんかいません。本当よ。」

彼女は真剣な眼つきで私を見、私は彼女の手が暖まると、もう片方の手をも一緒に取った。

「よし、それなら赦してあげる。」

「怖いのねえ。」

「確かに気持のいいものじゃありませんね。僕もここへ来る途中胸がどきどきした。」

「でしょう？　あたしに来させるなんて残酷だと思うわ。」

「だって昨晩《ゆうべ》は来たじゃありませんか？」

「あれは絵を見せてもらいに行ったんです。」

「今晩だって同じことなのに。」

「だって……。」

彼女は身をよじらせ、取られた両手を引き戻そうとした。彼女が昨夜と今晩とを別に考えていることが火花のように私の心を刺戟した。私は反対に強く彼女の手を引き、その身体はなよやかに私の膝の上に倒れかかった。

彼女は昨晩よりももっと従順だったから、それは儀式のように進行した。私は裸にした彼女を立たせて、残忍な審問官のように彼女を見詰めた。私は見ることによって、彼女は見られることによって、美は急激に醸成され、それは如何なる酒よりも芳醇に我々を酔わせた。均斉のとれた引きしまったその身体は眩しいようにスタンドの薄明りに照し出され、豊かな乳房は彼女が身体を動かすたびにやさしく顫《ふる》えた。腹から腰へかけて、腰から太腿へかけての肉づきは、張りつめた緊張と神経質な恥じらいを見せて、やがて細そりした踝《くるぶし》まで流れた。私の眼は美を恣《ほしいまま》に享受して飽きることがなかった。彼女は眼を閉じ、肩をやや怒らせ、私の視線に耐えられないように両手で前を隠したが、私はその両手を背中の方へ廻させた。彼女は首をうなだれ、乱れた髪が眼の上へはらりと落ち、きっちりと揃えられた両脚は平均を失って上体が軽く左右に揺れた。そのたびに乳房も揺れ、彼女の身体はそうやって恥ずかしい部分を覆おうとするかのように次第に前屈みになり、遂に両膝を前に突いてしまった。そして両手で顔を隠した。

「もう駄目、もうやめて、」と彼女は呟いた。

私が彼女の頽《くず》れそうな身体を抱き上げた時に、彼女は夢中になって私にしがみつき、まるで自分の羞恥をそれで隠そうとするかのように私の脣を求めた。私たちの歯がかすかに触れ合って音を立てた。彼女は脣を離すと私の胸に顔を埋め、肩に噛みついた。

それからは私の時間と彼女の時間とは共に混り合って、最早長いとも短いとも判断することが出来なくなった。一人でいる時に感じる孤独とは違い、この共通の孤独は恍惚と魅惑と耽溺《たんでき》とに充ち満ちて、お互いの欲望と充足とを鏡のように映し合った。それは人が死にたくなる時に感じる誘惑にも似ていて、その死の背後に甘美な永生が約束されているために、孤独であることが寧ろ一つの特権であると思われるような、そういう孤独を二人して重ね合せたものだった。死がこのような記憶からの全《まつた》い忘却であり現在の一瞬の幸福な持続であるならば、その死を自ら選ぶことも許されるのではないかと錯覚するほど、死は生に似ていたし、生は死に似ていた。人は愛することによって生を学び、生を学ぶことによって死を学ぶだろう、と私は意識の底でぼんやりと考えた。

私たちはそして烈しく抱き合っていた。彼女は私にすべてを許した。いな我々はすべてを許し合った。そして私はそういう時にも、汗ばんだ額に髪をこびりつかせ、眉をしかめ、眼を閉じ、目蓋を痙攣させ、鼻孔をふくらませ、脣をやるせなく戦《おのの》かせている彼女を見詰めて、苦痛の表情にも似た彼女の歓喜の中に、それを見ることによって一層、私の魂を溺れさせた。彼女はその極限にまで生きていて、その彼女の姿は最も美しかった。彼女は死を教えることによって私に生を教えた。恐らく彼女もまた同じことを私によって教えられたに違いない。

彼女は眠った。「あたしねむいの、」と呟く間《ま》もなかった。私の腕を枕にして、だらりと髪を片側に垂らしたまま、子供のように身体を丸めて横向きに眠ってしまった。あどけない顔つきで、何の不安も懼れもないように私にすがりついていた。私はそうした彼女を見詰め、私の望んでいるものも亦、このような信頼と平和であることを知った。

私がそっと腕を抜いた時に、彼女はかすかに眼を開いた。

「御免なさい、眠ってしまって。」

「いいんだよ。お眠りなさい。」

「おやすみなさい。」

「明日また。いい？」

彼女は頷いたようだったが、もう眠っていて返事は出て来なかった。私は彼女の身体の上に浴衣を載せ、その上にそっと蒲団を掛けた。

翌朝、私は食事を終ってからさっそく彼女の部屋に行った。昨日のその部屋は、明け放した東の窓から朝日がいっぱいに射し込んでいて、人影もなく、彼女の持物らしいものもなかった。私は急いで帳場へ行き、わけを尋ねた。お内儀《かみ》さんがその人は先程立ったと教えてくれた。私に書き残した一枚の手紙もなく、言傳《ことづて》もなかった。

「どういうかたなんですかねえ、」とお内儀さんは言った。

*

子供等の遊園地になっている百貨店の屋上に、彼等は金網に面して立っていた。背後には子供等のきゃあきゃあ騒ぐ声が、地上から瘴気《しょうき》のように立ちのぼって来る都会のざわめきと入り混って聞えていた。その甲高い声の中には彼等の子供の声もある筈だった。

「ここから飛び下りれば簡単ね、ひと思いに死ねるわね、」と彼女が言った。

「ひと思いというわけにはいくまい、落ちて行く間じゅう色んなことを考えるさ、」と彼は答えた。

「でもそれはもう問題じゃない。飛び下りたその瞬間にもう死んでいるのよ。飛び下りるかどうかだけよ。」

「落ちて行く間に後悔するさ。しまった、やめればよかった、ときっと思うさ。」

「わたしは思わないだろうな。そういうことは、決心するまでに考えることでしょう。決心したら、その時はもう死んでいるのよ。」

「人は決心しても、決心した通りにはなかなか出来ないものだよ。」

彼が昔どのように決心し、どのように諦めたかを彼女は知らない。そういう決心をするのはいつも自分だけだと彼女は考えている。しかし彼女だって、やはり決心した通りには死なななかったのじゃないか。そんなに簡単なことじゃない、と彼は思った。

「そんなに簡単なことじゃないよ、」と彼は言った。そして附け足した。「そばについていてやった方がいいんじゃないか。」

しかし彼女は金網ごしにビルディングの立ち並ぶ都会の空を眺めたまま、その場を動かなかった。そういう彼女の思い詰めたような横顔を眺めながら、彼は妻と子を連れてこんな屋上までやって来たことを後悔していた。意識の領域が狭いから、いつでもそこへ戻って行ってしまうのだろう。

「そんなことを考えるのはよしなさい。」

「なぜ?」と彼女は彼の方に顔を向けた。

「死んだらおしまいだ。それは万事の終りだ。」

「そんなことは分らないわ。存外初めかもしれないわ。でもまあ終りなんでしょうね。終りだっていいじゃないの。誰にだって死ぬ権利はあるんでしょう?」

「権利か。さあ権利があるかどうか。そんなことを考えるのがどうかしているよ。」

「もし本当に生きていればね。」

「それじゃ君は本当に生きていないというのか?」

彼女は答えなかった。本当に生きるというのはどういうことなのか、彼女にお説教が出来るほど己自身が本当に生きているのか、と彼は考えた。確かに意志はある、しかしその意志はしばしば挫け、ものうい倦怠の中で、己は己としてではなく、誰でもいい人間のようにして生きているのではないか。寧ろ死を見詰めている彼女の方が、その死が彼女だけのものであることによって、劇的にこの生を生きているのかもしれない。嘗て己自身もそのように生きていた。自ら死ぬことと意志を持って生きることとの間にバランスを取りながら生きていた。しかし人は次第に魂の純粋さを失って、そういうふうには生きられなくなるのだ。彼女のようには生きられないのだ。その純粋さが自分をも人をも傷つけていることを暁《さと》るならば、自己の殻の中に閉じ籠って、死にたいなどと口走ってばかりはいられない筈だ。

「君は君のように生きているのさ。それでいいじゃないか、」と彼は言った。「さあ向うへ戻ろう。」

「あなたはいいでしょう、あなたにはお仕事があるもの、」と彼女は答えた。「わたしには何があるの？」

「生活というものがあるじゃないか。子供だっているんだし。」

「そういうものは、何かこう幻の上に立っているような気がするのよ、わたしには。本当はもうとうに死んでいるような気がするの。」

「ばかなことは言いっこなし。生きる責任だってあるんだぞ。」

しかし彼の声は何となく空々しく響いた。彼はうしろを振り向き、子供が玩具のような小型自動車に乗って走り廻っているのを眼で追った。不意に自分の側にいる妻も、遊園地にいる子供も、いな、この遊園地も百貨店も一切合財が消え失せて、自分一人、見知らぬ場所に立っているような気がした。高い場所にいながら、無限に落ちて行くような気がした。

＊

彼女が一冊の外国製の画集をひろげて見ている側で、彼は煙草をくゆらせながら、そういう彼女と画集とを等分に見ていた。

「これはどういう画家なの？」と彼女は眼を起して訊いた。

「その男は自殺したんだ。ちっともそういうふうには見えない穏かな絵だがね。」

「穏かねえ？　あたしこういう絵好きよ、」と彼女は開いた頁の原色図版をしげしげと眺めた。

「僕も好きだ。恐ろしく孤独な男だったらしいがね。」

「結婚はしてなかったの？　幾つで死んだの？」

「四十歳くらいじゃないかな。子供はたしか三人いた。」

「無責任ね。奥さんもいて子供もいて、それでどうして自殺なんかしたんでしょう?」

「それは分らない。藝術家なんてそんなものさ。デモンが取り憑く、デモンが離れる……。」

「悪魔のせいになんかならないと思うわ。その人にはその人なりの理由があったに違いないでしょうね。でもちょっと無責任。」

彼女はその画集をテーブルの上に置き、「高い本ばかりお買いになるのね、」と言った。

「いけないかい?」

「いけなかないわ。」彼女はにっこりした。「あたしだって好きだもの、」と附け足した。

「僕はね、君が僕と結婚したのは、僕のところに珍しい画集が沢山あったせいかと思っていたよ。」

「まあひどい、」と彼女は彼を打つ真似をし、二人は一緒になって笑った。

「自殺することなんて、本当は何でもないんじゃないかしら、」と彼女は急に真面目な顔つきになって言った。

「怖いことを言い出すねえ。」

「本当は何でもないのよ。色んなことを考えたり、迷ったり、歎いたり、そんなことをしてるから怖くなって、結局はやめてしまうんだと思うわ。死のうと思ったらさっと死ぬ、そうすればわけはないのよ。」

「そんなものかね。御高説をどうも。」

「ひやかさないで。多分そうだろうと思うだけ。あたしはそうと決心したら、もう考えたりなんかしないわ。ちっとも未練なんかありませんわ。」

「僕にもかい?」と彼は訊いた。

彼女は不意に眉をしかめ、彼の顔を見てたじろいだ。

「多分ね、」と彼女は言った。

「君は危険な女だよ、」と彼は言った。

とにした。

私は沢木屋の勘定を済ませると、次のバスで友江に行き、そこから落人部落へ行ってみるこ

友江は左浦よりも遙かに大きな漁村だったが、やはり港を中心に扇型に人家が散らばり、コンクリイトで固められた細い道がくねくねと曲りながら山の方へ通じていた。落人へ行くのもそうした道の一つで、まだ固まらないうちに猫が歩いたと見えて、花片《はなびら》の形をした足跡が模様のように道の上についていた。道の片側に小さいながら川音を轟かせる奔流が流れ、それを覆うように枝を茂らせた山桜が、猫の足形《あしがた》の上に残りの花片を散らせていた。

人家を離れると菜の花畑やアイリスの畑が片側に段をなして続き、道は頗《すこぶ》る険しくなった。そのうちに左右とも山にはいり、猟鳥保護区の札が立っているあたりでは、遠くの方で盛んに雉《きじ》が鳴いていた。私は重たい絵の道具を右手に、レインコートと旅行鞄とを左手に持っていたから、息を切らしてたびたび休息した。切花を背負籠に入れて運ぶモンペ姿の女が、軽々と坂道を下りて来て、「今日は、」と挨拶しながら側を通り抜けた。孫らしい子供を連れた白髪の爺さんが、やはり籠を背負って大股に歩いて来た。私はすれ違いながら落人までの道のりを訊き、

あと十五分だと教えられた。籠の中にはマーガレットが溢れるばかりはいっていた。

私は峠を登りつめるまでに相当にへこたれた。そこは両側が茂みのある切り立った崖になっていて、眺望はまるで利かず、私の休んだすぐ側にからの籠が一つ置いてあった。女の歌う声がかすかに林の奥でした。既に先程から十五分以上は充分に経っていたから、田舎の人の計算はどうも当てにならなかった。汗を拭き、上衣も脱いで腕に下げることにし、ますます重くなった荷物を抱えて再び立ち上った。平らかな道が終ると、左手の崖が切れ、草叢の向うに海が見え出した。道は次第に右手に曲り、海が眼下にひらけて来た。

それは左浦や友江では見ることの出来ない雄大な光景だった。薄雲の靡《なび》いている水平線まで、陽光を受けてきらきら光る波が一面の斑点をなして連なり、手前には形のいい島が鯨のように浮んでいる。右の陸地沿いの果てには大きな岬が海に突き出ていて、浅緑色に煙っていた。私が煙草を吹かしながらしきりに景色を歎賞していると、黒い詰襟の服を着た老人が私の背後を追い越して行きそうになった。私はその爺さんにも道のりを訊いてみたが、あと五分だと言われた。しかし私はまるで信用しなかった。

暫く休んでから歩き出した時には、老人は遙か先を豆粒ほどの大きさになってくだっていた。私は景色の方に気を取られながらあとを追って行った。しかし道が更にゆるく右に曲ると、私の目安にしている落人部落が、海と山との間のそそり立つような斜面に、見事な全景を展開した。緑の樹々に囲まれた瓦屋根がざっと十幾つか、海岸に沿った堤防から山の中腹まで、層をなして順々に高まり、その古い瓦の一枚一枚が陽を受けて黒光りに光っていた。堤防のすぐ内側の砂地にはビニール張りの温室らしいものが蹲《うずくま》り、中腹に少し離れて神社の赤い鳥居が森の蔭に見えた。平家の落武者たちが隠れ住むのにふさわしい別天地という感じだった。

私はそこに佇んだまま彼女のことを考えていた。彼女も亦ここに立ち止り、部落の全景を眺めて私と同じ感動を味わったのだ。彼女はその時一人だったし、私は今一人だった。しかし二人を引き離している時間は密着し、同じ風景を同じ眼で見ているという牢《ろう》として抜きがたい感覚があった。私はそれを友江から山道を登って来る間に次第に感じ始めていたのだが、今や私は、私に倚り添って、というよりも私と二重に重なって、彼女がここに立ち、ここで見、ここで考えていることを、信じて疑わなかった。彼女が黙って行ってしまった時の多少の不満や憤りは跡形もなく消え、私は彼女と共に（私がそう期待したような）小旅行を試みていた。私の心は晴々として孤独を感じなかった。

私はそこからだらだら坂をくだり、やがて部落の手前にある谷川に懸った大きな橋を渡り、更に暫く行って小さな橋に達した。どうやらそこがもう部落の中心らしく、橋のたもとから細い道が岐《わか》れて、それは橋の遙か下にあるコンクリイトで固めた細い道に通じているようだった。私は途中でだいぶ道草をくったが、それでも優に三十分以上はかかっていた。

私は好運だった。橋の近くの小舎で耕耘機《こううんき》の手入をしていた青年が、私が泊れるところはないだろうかと訊くと、親切にも先に立って案内してくれた。私たちはコンクリイトの坂道を海を見ながらくだり、ゴムの樹の生えている塀を反対側に曲って、とある二階家の前へ出た。その家はおばあさんと孫との二人暮しで、中学生の孫は学校へ行っていず、白髪のまじったおばあさんがすぐに私を二階に泊めてくれることを承知した。私は青年に礼を言い、おばあさんにお茶を飲ませてもらいながら、その青年がここの主人の甥に当ることや、主人夫婦は川崎の造船所に勤めていることや、その長男は沼津の機械工場に、次男は東京で大工の徒弟に、それぞれ出ていることなどを教わった。毎朝花の籠を背負って友江まで運ぶのがおばあさんの仕事らしかった。「何も御馳走はありませんよ、」とおばあさんは念を押した。

私は一休みすると、身軽な恰好で表に出、コンクリイトの坂道を登ってみた。部落の中は森閑として軒端《のきば》を燕が行き交い、猫が日だまりで昼寝をしているばかりだった。その道は先程の橋のところで終り、その先は細い山道が土堤にたんぽぽや桜草を咲かせながら続き、ふと気がつくと赤い筋のある蜥蜴《とかげ》が草の中でちょろちょろと舌を出していた。私は爽快な気分で急な勾配を登って行った。山は私の正面に見上げるように聳《そび》えていたが、その頂上の近くまでが畑になっていて、ところどころに小さな人影が動いた。そしてその畑というのが、風囲いのしてあるマーガレットやアイリスやアマリリスのお花畑であることが近くへ行ってみて分った。多くはもう刈り取られたあとだったが、或る畑ではグラジオラスの蕾が出かかっていたし、或る畑では刈り残されたアイリスが大きな花片を垂れていた。私は物珍しげにいつまでも眺めていた。それからいい加減で諦めて道をくだり始め、眺望の利く場所へ行って腰を据えた。

そこからは海がよく見えた。すぐ眼の下は鋤《す》き起されたれんげ畑で、泥の中に緑と紅とがぶちまけられ、左右は笹藪の茂みになっていて、その間から海が、春らしい淡い水色に染められて、荒磯の向うにはるばると続いていた。島が一つ見えたが、それは山道の途中で見た島よりは小さく、その裾《すそ》に白い波飛沫《なみしぶき》を縁取《ふちど》っていた。空も亦ものういような淡い色をしてひろがり、薄雲が群立《むれだ》ち、太陽は中空《なかぞら》にたゆたっていた。そして雲雀《ひばり》がしきりに鳴いた。

その風景の中に私の魂は没入した。それはまるで、この風景が彼女であるかのような、奇妙な錯覚を私に与えた。風景が彼女に似ていたわけではない。彼女の肉体を聯想《れんそう》させる何かが、この海、この空、この島、この太陽、この荒磯、この雲雀の鳴声の中に、あったわけではない。直接に照應し合うものは何もなかったにも拘らず、その全体は彼女を呼吸し、彼女を含み、彼女を抱《いだ》いていた。それは私が昨夜、彼女の中に自分が生き自分が死ぬという感覚を持ったのと同様に、今この風景の中に私が自分自身の魂を放射し、また魂はこの風景のうちに吸収されて、一体をなしていると感じたことかもしれなかった。私は久しくこのような感覚を持ったことがなかった。昔は……。昔はどうだったのか、私はそれを思い出すことが出来なかった。しかし今は、私は嘗てない充実したものの中に生き、彼女も亦（何処かに、私の知らない何処かに、——しかし私と共に、私の中に）生きていることを知った。

私の衰弱はどこへ行ったか。私は孤独ではなかった。私は現実の中にいるようではなかった。一体何が私を現実から引き離し、私の孤独を忘れさせ、私にこのような幸福感を与えたのだろうか。彼女だ、と私は呟いた。安見子。その名前しか知らず、その二日間の記憶しか私が持たない女。しかも彼女はいつのまにか私の衰弱した魂を高みへと持ち上げてしまったようである。これは一体どうしたわけだったのだろう。あれは気紛れのような、旅先の冒険のような、一時的な情熱のような、そんな仮初《かりそめ》のものではなかったのか。——まさにそうではなかった。私は過去に於て、幸福から出発して不幸に終った例を経験した。不幸から出発して不幸に終りつつある例を経験した。今や私は、ひょっとすると、幸福から出発して幸福に終るべき例を経験するのかもしれない。ひょっとすると。

私は立ち上り、畔道《あぜみち》を行き、それから海を目掛けて坂道を逸散《いっさん》にくだり始めた。快い風が私の頬を弄《なぶ》った。私は下りて行く間じゅうただ一つの言葉を呟き続け、その言葉が木霊《こだま》をなして返って来るのを聞き続けた。若い頃にはあれほどの情熱を以て呟き、今はもう過去の遺物のように忘れてしまっていた言葉を。

第二部

私が自分の家の門をくぐった時に、最初に感じたものは奇妙に分裂した感情だった。一つはここが私の住むべき家、私の巣、私の生活の中心だという確乎たる帰巣本能であり、今一つは今や私は最早自由ではなくこの家の隷属物にすぎず、どんなにじたばたしてもここから飛び立って行くことは出来ないという甚だ男らしくない諦念だった。もっともこの諦念は、過去に於て私が外から帰って来た時にしばしば感じたものと較べれば、幾分かその度合を薄くしていた。私は弓子が家にいないことを知っていたし、その分だけ束縛感を減じていた筈である。しかしそこには母もいたし、また息子の太平《たいへい》もいた。妻は私の選んだものだが、母は私の選ばれたものであり、子供もまた選ばされたものという範疇《はんちゅう》に属するだろう。とすれば私をこの家に結びつける絆は、まだまだ充分に強靭だった。現に私が玄関の呼鈴を押してお手傳さんが戸を開いた時に、押しのけるようにして顔を出したのは太平だった。

「パパ、お帰りなさい。」

「おや坊主か。ただいま。」

「お土産あるかい？　お土産なければ家に入れてやらないぞ。」

「威張るなよ。それより学校はどうだい？　面白いかい？　二年生の感想はどう？」

「ちびどもが大勢はいって来たよ。二年生になったからって大したことはないね。」

私は鞄をお手傳さんに渡し、絵の道具は自分で持ってアトリエに行った。さっそくスケッチ板をほどいてアトリエの端に立て掛けた。それと向い合せの位置に椅子を据えて腰を下した。

「パパだいぶお仕事をしたねえ、」と子供が私の膝に凭れかかって言った。私は膝の上に抱き上げてやった。

「まあね。お前は相変らず悪戯に精を出してるかい？」

「そんなにしないよ。おばあちゃんがうるさいからね。おばあちゃん毎日気にしていたよ。パパは葉書一枚くれないってこぼしていた。だから僕は言ってやったんだ、パパは藝術家だから自由に暮すべきだって。そうだろう、パパ？」

「あきれた生意気坊主だな。そんなことを言ったのか。」

「うん。」

「少し出来すぎてるな。誰かの口真似だろう？」

「うん、実はママがそう言ったの。」

「小学校の二年生にしちゃませた白《せりふ》だと思ったよ。いつママに会った？」

「こないだの日曜日。おばあちゃんたらパパが旅行に行ってから、いつ帰るのか気にしてばかりいるって、僕言ったのさ。そしたらママが、藝術家は自由に暮すべきものだって。自由に暮すってどういうこと?」

「さあね。太平だって同じことだろう、自由に暮してるんだろう?」

「僕は自由じゃないよ。学校だってあるしさ、おばあちゃんはうるさいし、パパはいないし。僕も早く藝術家になりたいよ。」

「やれやれ、お前はいい身分だよ。向うへ行ってお土産をお貰い。」

「うん。」

子供がいなくなったあと、私は一人煙草を吹かしながら、旅行中に描いた七八枚の絵を眺めていた。お手傳さんがお茶を運んで来て、「大奥さまがお待ち兼ねです、」と告げたが、私は生返事をしたままそこを動かなかった。母は格式張った人間ではないが、よくよくでなければ母屋からアトリエに出て来ることはなかった。それは父の代からの習慣で、アトリエの主《あるじ》が父から私に変っても、母は私の主権を重んじてアトリエを訪れようとせず、従って結果的には母のいる茶の間なり離れなりへ私が伺候《しこう》するということになった。

私は絵を見ながら、それらを描いていた間に私が家のことを綺麗さっぱり忘れていたことを、母のことも、息子のことも、それに弓子のことさえも、殆ど念頭になかったことを思い出した。旅行の初めのうち私の固定観念はしばしば私をおびやかしたが、やがて別の観念が私の意識を占め、全面的にそこを覆ってしまった。しかもその内部で私は自由だった。一つの幻影を見詰め、一つの観念を追うことによって、かえって人が自由だというのは何たる皮肉だろうか。しかも今や幻影は文字通り幻影となり、一つの観念はさまざまのものに溶解した。私の翼は折れ、私は地面の上を這い廻る情ない存在にすぎなくなった。

母は茶の間にいて、太平がその側で寄木細工をいじくり廻しているのを嬉しげに見守っていた。

「おやお帰りなさい、」と愛想のいい声で言った。「どうでした旅行は？」

「まああです。こっちはまだうそ寒いですね。」

「今年は気候が不順なようね。伊豆の方は暖かだったでしょう？」

「桜はもう終りで、そろそろ山躑躅《やまつつじ》が咲き始めていました。」

つまり家庭というのは、月並なことを口にし、それが月並であることによってお互いに安心し合える場所なのだ。これが弓子だったら、こうも穏かに行くとは限らず、私はもっと家庭というものを意識していなければならなかっただろう。しかし太平が寄木細工に飽きて表に遊びに行ってしまうと、母はがらりと調子を変えて耳ざわりなひそひそ声になった。

「こないだの日曜に、弓子さんがうちに来ましたよ。わたしが留守だってことは分っていた筈なのにね。」

母は熱心な基督教徒で、毎日曜日には教会の礼拝の他にこまごまと忙しい用事があった。婦人団体の名誉職のようなものを幾つか引き受けて、それが母の生き甲斐をなしていた。

「そうですか。弓子が来たからってどういうことはないでしょう。太平に会いたいから来たんでしょう。」

「それがあの子を遊びに連れ出して、晩御飯をどこかで食べさせて、それから送り届けて来たんですよ。そんなことをさせてもいいものかしらね？」

「お母さんは反対ですか？」

「あまり感心しないねえ。わたしも留守、あなたも留守でしょう、蔭でこそこそされているみたいで。」

「何も別れちまったわけじゃないんだし、弓子だって太平に会いたいのは人情でしょうよ。弓子も里心がついたのかな。」

「しかしけじめがなくちゃね。そんなことなら何も家を出ることはないじゃないの。お前の留守中はわたしに責任があるのだし、太平ちゃんのためにもよくないと思って。」

「母親が子供に会いに来るのは当り前ですよ。」

「お前は弓子さんの贔屓《ひいき》ばかりして。それならあの人はなぜ家を出て行ったんです？」

母は不服そうに脣を曲げていた。なぜ彼女が家を出たかは確かに難しい問題だった。それにの一つは表面的な、また内面的な、さまざまの複雑な理由があったに違いなかった。しかしその一つに、母には済まないが、母との折合という問題もあった筈である。母はいつでも自分が正しいと思っていたし、そのために、亡くなった父も、私も、弓子も、しばしば困らされた。議論することが空しいと分って来るとこちらは次第に黙ってしまう習慣が生れ、その結果いつのまにか母の意見が通ってしまう、つまり母が正しいことが我々の沈黙によって証明されてしまう、ということになった。そして恐らく最大の被害者は父だったろうと私は思う。父は私と同じく画家だったが、父と同輩の画家たちがそれぞれ名を為して行った間に、家庭という責任に縛られ、その才能を充分に発揮できずに死んだ。父の才能が至らなかったとすれば、それは父個人の問題で母の与《あずか》り知る限りではなかっただろうが、母がその個性を父に押しつけたことによって父は次第に退嬰《たいえい》的な人間になり、遂には牙を矯《た》められた痩せた獅子になってしまったと私は思う。そして母は常にやさしい羊として夫に仕えていた。父が死ぬまでその心中にやり場のない憤りを蔵していたことを、母は決して気がつかなかっただろう。母は物を一面的にしか、それも母の方の側からだけしか眺められない女なのだ。しかし私はやはり母を深く愛していた。

私は母の気に入るようなことを言った。

「弓子の気持なんて我々には分りませんよ。あいつは変っているからな。」

母は同感するように頷いた。しかし変っているのは弓子なのか、母なのか。それとも私なのか。人にはそれぞれの苦しみがあり、我々はそれを自分の意識のパターンに合せて推量する他はない。弓子が、わたしには耐えられないと言ってこの家を出て行った時に、彼女は決して子供のことを忘れていた筈はないが、子供に会えないことがそれほど切実だとは思わなかったのだろう。わたしは誰も愛せないと弓子が口癖のように言うとしても、腹を痛めた子供を愛していない筈はないし、私をしんから憎んでいたとも思われない。しかし彼女が家を出るというような行為に及んだ以上、母にしても私にしても、彼女を変った女だと言う他に言いようもなかった。私は怒りよりは憐みの方をより多く感じていた。

「一体お前はどうするつもりなんです?」と母が訊いた。

「どうするって?」

「離婚するならしておしまいなさい。だいいち外聞が悪いじゃないの。」

「細君に出て行かれたからって、僕が外聞を気にすることはない。あいつだって、必ずしも離婚する気じゃないんでしょう。」

「じゃどういう気なの?」

「さあね、よく分りませんがね。」

「誰か好きな人でもいるんじゃないのかね?」

「そうは思えませんね。要するにくたびれたんですよ、僕と一緒にいるのが。」

「妻が夫といて、くたびれるなんてことはありません、」と母は断乎たる声で言った。

お母さんはそうでしょう、と私は心の中で言った。しかしお父さんをどんなにくたびれさせていたか、それは分らないんだな。そして私は不意に、このくたびれるという言葉が厭に生ま生ましく身に迫るのを感じた。家庭というのは要するに、夫と妻とがいつのまにかくたびれて行く場所なのだ。くたびれたことを感じるまでに長い時間のかかる場所なのだ。

「お前はまだあの人が好きなんだろう?」と母が訊いた。

「さあどうですかね。」

「女々《めめ》しいねえ、」と母が慨歎した。

私はそれに抗議しようと思ったが、結局黙ったままでいた。黙っていることによって、私が女々しい人間であることを是認した。確かにそのことは私という人間の動かしがたい部分を占めていた。それは私の固定観念とも密接に結びついていた。

*

彼は先程から切り出そうかそれともやめようかと考えながら、側を歩いている彼女の気配を窺っていた。それは海を見晴らす外人墓地の一隅で、秋の涼しい風が強い日射《ひざし》を和らげながら快く頬を吹いて過ぎた。彼女は何か思い詰めたような顔をして、やや俯いて歩いていたから、景色などを見る餘裕はありそうになかった。船を見送ったあと此所まで来たというのも、彼に誘われたからで、恐らく彼女はまるで夢遊病者のように彼のあとについて来ただけかもしれなかった。しかし今が、彼にとっての絶好の機会であることは間違いなかった。

「どうしようか。帰る、それとももう少し歩く?」

「どちらでも。」

彼は何とか彼女に元気をつけてやりたかった。彼女は涙こそ零さなかったが、船がいよいよ出る真際になっても、彼が取ってやったテープを握ることも出来ない程、その手をわなわなと戦《おのの》かせていた。その手はあまりに冷たくて、彼は今にも彼女が倒れるのではないかと心配した。今も、彼は手持無沙汰そうにしている彼女の手を取ることも出来たし、その手がきっとまだ冷たいだろうということも知っていた。しかし彼にはそうするだけの勇気がなく、また彼女を慰めるための上手な言葉も出て来なかった。

「元気を出しなさい、」としごく平凡なことを口にした。

「ええ元気よ。」

「何でもないじゃないか。あんな奴のことなんか気にしないさ。」

「気にしてなんかいません。」

「じゃ笑いなさい。」

「ええ。」

彼女は顔を起して取ってつけたように微笑を浮べた。如何にも寂しそうなその笑顔が、彼を不意に決心させた。彼は唐突に言った。

「僕と結婚しないか。ね、君のためにも僕のためにもその方がいいんだ。」

「まあ。変な人ねえ。」

彼女は前よりももっと自然に笑った。笑うと片頬の笑窪が可愛らしかった。

「ね、いいだろう？　それが一番いい解決なんだ。僕が君を好きなことは君だって知っているんだしさ。君だって僕が嫌いじゃないんだろう？」

「嫌いじゃありません。」

「それならいいじゃないの。」

「でもわたしは駄目よ。」

彼女はまた寂しそうな表情に戻って、じっと海の方を見ていた。水平線の近くに外国航路の汽船らしいのが幾つか見えたが、もうどれがそれなのか区別することも出来ず、無数の波の上に太陽の光がきらきらと反射していた。波止場のあたりは煤煙で濁っていた。

「どうして駄目なんだい？　結婚なんてしてみなくちゃ分りはしないよ。それは創り出すことなんだ。生れ変ることなんだ。二人して新しく生きることなんだ。僕と一緒に生きようじゃないか。」

「あなたはそうよ、そういう人よ。わたしは違うわ。」

「どう違う?」

「わたしは生きられないわ。」

「大丈夫さ。一人では辛くても、二人ならやって行けるってことだってある。僕は君を幸福にしてあげるよ。」

「ありがとう。でもわたしは幸福にはなれないのよ。そういうふうに出来ているの。」

「諦めがいいんだね。」

必要なものはどういう論法なのだろうか、どういう行動なのだろうか。彼は困ったように彼女のすぐ近くに立ったまま、自分のところへは決して帰って来そうにない彼女の心を推し量っていた。諦めがいいのは寧ろ自分の方ではないか、と彼は考えた。自分はもう殆ど諦めそうになっている。彼女が自分をではなく、彼女を置いてきぼりにしてさっさと外国へ立って行った友達の方を愛していることは、もう知りすぎるほど知っているのだ。それなのに己は、未練がましく、友達がいなくなったまさにその瞬間に、結婚しようと彼女を口説いているのだ。しかしどうせ彼女はうんと言いはしないだろう。うんと言う筈もないだろう。

「わたしは同情なんかされたくないの、」と彼女は言った。

「僕は何も君に同情しているわけじゃないよ。君が好きなんだよ。」

「あなたの好きなのは、わたしが弱くて、同情されるようなタイプで、めそめそしている女だからなのよ。わたしは自分がそういう女だってことが本当に厭なの。あなたに憐まれているなんて、本当に厭だわ。」

「それは誤解だよ、そんなことはないよ。」

「わたしなんか駄目。わたしなんていつ死ぬか分らないわ。」

その時彼の記憶が、記憶の或る情景が、甦って、彼は一瞬、この女もまた死を目指して歩いていることを痛切に感じ取った。人はみな死を目指して歩いて行く。自《おのずか》ら老衰と共に来るのではない死、自由に選び取られた死を。愛することの空しさを知り尽した時に、そして生きることの空しさを知り尽した時に、それは来る。それは熱病のように、眩暈《げんうん》のように来る。それは一種の青春の特権のように来る。嘗て彼の許にそれが来たように。

「そんなことはない。人は生きて行くさ。死にたい死にたいと思いながら、それでも生きて行くさ。大丈夫だよ。」

しかし彼の言葉は如何にも空疎にひびいた。それが空疎であることは、彼女が彼の方を振り向きもせず、いつまでも水平線の彼方を見詰め続けていることでも分った。この上何と言葉を掛けて慰めればいいのか、彼が自分の中に隠し持っている苦しみを咀嚼しているように、彼女も亦この覆いかぶさって来る絶望の中で身動きもならず悶えているのだ。

「どうした?」と彼はやさしく訊いた。

その時彼女は振り返った。狂おしい焔を燃やした黒い瞳が、その焔を消そうとするかのような涙に濡れて、彼の心を貫いた。

「駄目よ、駄目よ、わたしはもう愛せない、わたしはもう誰をも愛せない。分って。わたしは愛せないわ。」

その言葉が、この明るい外人墓地にそこだけ闇をつくって、木霊《こだま》もなく宙に飛び散った。

＊

「僕と結婚しないか。」

彼が急に掠《かす》れたような重々しい声でそう切り出した時に、彼女は思わずぷっと吹き出してしまった。そうすると笑いが止らなくなり、まるで自分自身の笑いに噎《む》せたように身体をよじらせた。

「僕は本気なんだよ、」と彼はやや怒ったような声でたしなめたが、その声には一種の不安を含んだ響があった。

「本気かもしれないけれど、でもおかしいわ。」

「どうして?」

「だって先生の、その真面目くさったお顔。」

二人は並んで歩いていたから、彼女に彼の表情がそんなによく見えた筈はない。彼は苦笑し、彼女の手を握り締めた。彼女は蔓薔薇《つるばら》のようにその手にしがみついたまま、漸く笑いやんで、笑いすぎたために眼の縁に滲んで来た涙をこらえていた。

「いいだろう、結婚してくれるだろう?」

「分らないわ。あんまり急なんですもの。」

こんなプロポーズのしかたってあるかしら、と彼女は考えていた。二人はその晩一緒に映画を見て、それがはねてからタクシイを拾って帰ろうとした。いつものように彼が彼女を自宅まで送り届ける筈だった。しかしその晩は空車がなかなか見つからず、たまに手を上げても横合いから現れた他の客に取られてしまう有様で、二人はしかたなしにぶらぶらと歩き出した。彼女の家は門限がやかましかったが、近頃では、彼女の気持はたとえ両親に叱られても彼と一緒にゆっくりしたいという方に傾いていた。その晩も、彼女がいっそお茶でも飲みましょうと誘ったのに、彼の方は車を見つけると言って肯《き》かず、鋪道に沿って歩きながら今見たばかりの映画の悪口を言い始めた。そして悪口が少し途切れたところで、不意に、彼女がまるで予期していなかった瞬間に、そっぽを向いたまま彼女に求婚したのだ。彼女はちらりと相手の顔を見、次の瞬間にはもう笑い出していた。これが笑わずにいられるだろうか。

「笑いごとじゃないんだけどな、」と彼は少し口惜しげに言った。

「それは分っています。でもさっきの映画とどんな関係があるんですの?」

「映画?」と彼は訝《いぶか》しげに彼女を見、「そんなものは何の関係もない。あれは愚作だ、」と吐き出すように言った。

「その愚作を見ようなんて、あたしを誘ったくせに。」

「君があの映画を見たいだろうと思ったからだよ。」

「まさか。あたしああいうメロドラマはもともと嫌い。先生の御趣味だとばかり思っていました。」

「僕はそんなに甘くないよ。」

二人はそれぞれ少しずつ笑ったが、彼の方はすぐにまた真剣な声に戻って、「いいだろう、結婚のこと、」と訊いた。

「そうねえ。まだよく分らないわ。」

「御両親に相談してからという意味?」

「いいえ、」と彼女はやや憤然と答えた。「自分のことは自分できめます。」

「それじゃいいんだろう?」

彼は握っている彼女の手を引き寄せるようにし、彼女の身体は素直に彼の方に凭れかかった。人通りの疎らな、暗い大通りの角に二人は立っていた。もし彼にそれだけの勇気があって彼女にこの場所で接吻していたなら、彼女はすぐにもうんと言っただろう。彼女はずっと以前から彼と結婚したくてしょっちゅうそのことを考えていたし、寧ろ彼がなかなかプロポーズしてくれないのでやきもきしていた位なのだ。しかしいざこうして切り出されてみると、それはあまりにもあっけなかった、事務的だった、ロマンチックではなかった。彼女が空想していたような、魂の顫《ふる》えるような情緒に乏しかった。彼女は何度その情景を頭の中でおさらいしていたことだろう。結婚の申込み、両親への打明け、婚約、友人たちの祝福、そして結婚式、新婚旅行、二人だけの家庭、そういうふうにして彼女は一人前の大人になり、独立する。妻となることは、彼女が職業婦人としてではなしに、両親の許を離れて独立するための、唯一の手段のように思われた。彼女はそれを計算した。妻という身分によって彼女自身が独立できるための、彼女にうってつけの相手として彼を選んでいたのだ。そして今、彼の方もまた彼女を選んだことを漸く表明したというのに、なぜ彼女はすぐにも嬉しそうな顔をしてイエスと言わなかったのだろうか。街燈から少し離れた薄ぼんやりした明るみの中で、彼女は彼に手を取られたまま、道の向うにある何かを覗き見るような眼で、額に軽く皺を寄せて立っていた。

「僕はずっと君と結婚したいと思っていたんだよ、」と彼が言った。

あたしはもっと前からそう思っていたんです、と彼女は心の中で呟いた。あんまり待たされるからそれであたしはああいうことをしたんです。あたしは悪い女なんだから。あなたは知らないけれどあたしはそういうふうに出来ているのだから。

空車がするすると二人の前で止った。

「さあ乗りましょう、」と彼女は言った。

タクシイの中で彼女は黙っていたし、彼の方はもうその問題には触れず、さっきの映画のことを蒸し返した。彼女は首を振って頷きながら聞いていたが、その顔はどこか寂しげで、知らない人と一緒に車に乗せられた子供のような表情だった。

旅行から帰って数日後に、私は弓子に会いに行った。それがどういう衝迫に基いたものか私には分らない。母と議論してやりこめられたことへの反動かもしれないし、弓子に未練があるのではないとしても、彼女の新しい生活に好奇心があったためかもしれない。長い間夫婦として暮して来た以上、このように顔を見ないで幾月も過ぎて行くのは不自然だと、心の底で考えていたのかもしれない。別れるのはしかたがないが、喧嘩別れではなく、友人として後々も附き合えるような別れかたをしたいとかねて思っていた。そもそも本心から彼女と別れたいと私が望んでいたかどうか、それすら怪しいものだ。しかし彼女はそれを望み、それを実行した。妻が自分から言い出して振り切るように家を出て行くというのは、母に言わせるまでもなく亭主を蔑《ないがし》ろにした行為だったし、私がひどく憤慨したとしても当然のことだったろう。ただ私は、怒りを表面に出さず、極力自分を抑えつけようとした。やがてそういう冷静さを自分の気の弱さと取って、持って生れた性格に対しても憤った。しかし一方では、これでいいのだ、これが最初から不自然な結婚をした我々夫婦の当然の結末なのだ、という意外に早く来た諦念も、次第に私の中の煮え滾《たぎ》るものを冷まして行った。彼女がこの家を出て行ったのは、底冷えのする二月の中頃の或る曇った日で、私は春が意地悪く足踏をしているようなそれからの毎日を、なるべく早く弓子のいない新しい生活に馴れようとつとめ、母は私よりも一層早く馴れ、息子の太平でさえも不思議なほどママのいないのを苦にしているとは見えなかった。弓子の言い草通り、彼女はこの滋家に於て邪魔者にすぎなかったのではないかと、ふと思うことさえあった。やがて三月が過ぎ、四月になって私が旅行に出る時まで、内心、私が最も怖れていたことはいっこうに起らず、私が電話するたびに弓子は自由な生活を愉しんでいるようなことを言った。しかし決して私を訪ねて来ようとはせず、事務的な用事で電話して来る他は手紙一本よこさなかった。彼女が新しい環境にはいって何を考えているのか、彼女の固定観念は次第に溶解してしまったのか、それともやはり醗酵《はっこう》しつつあるのか、私には分るべき手立がなかった。旅行の間は私は弓子に関する不安を心の中から拂拭することが出来たが、いざ帰ってみるとそれは熾《おき》のようにくすぶり出さざるを得なかった。留守中に彼女が子供を訪ねて来たという事実も、必ずしも安心のいく行為とばかりは受け取れなかった。

そこで私は弓子の勤め先である旗岡洋裁店に電話して弓子を呼び出し、一緒に晩飯でも食おうと誘った。彼女は持ち前のややそっけないような声で簡単に承知したが、電話を切ってから私は少しばかり小癪にさわった。何となくこちらに未練があるように取られたかもしれない。それに彼女にしても、何とかもう少し愛情のある返事が出来なかったものだろうか。しかし一度切った電話を掛け直すわけにもいかず、私は憮然《ぶぜん》として約束した喫茶店に出掛けた。

しかしあまり遅刻もせずに現れた弓子は、化粧の濃さにも拘らず、溌剌とした若さを漂わせていて、一瞬私はそれが長年連れ添って来た女房であることに気がつかなかった位だ。私の知らない洒落たスーツを着、変てこりんとしか言いようのない大きな帽子をかぶっていた。

「気取った恰好をしているね」と私は言った。

「これ？　いいでしょう。商売がらおかしなものは着れないわ。」

「それがおかしくなければ何がおかしいんだろう。」

「相変らず口が悪いのね。」

弓子のように三十を過ぎた女が、妙に若々しい恰好をするのは私の趣味に合わなかった。しかし日頃に似ず明るい表情をして、女である特権をそのスタイルによって味わっているかの観のある彼女に、私が一種の魅力を感じなかったと言えば嘘になる。もし私たちの別居が彼女にこれほどの活気を与えたのだとすると、やはり我々の十年に及ぶ結婚は失敗だったと認めるべきなのか。

「どうだい、その後？　仕事とやらはうまく行ってるのかい？」

「ええ何とか。」

「面白い？」

「それは面白いわ。家にいてお母さんのお相手をしているよりか、浪子さんのお相手の方がよっぽどましよ。」

また母の悪口か、と私は思ったが、しかし彼女のその言いかたは、あなたのお相手をしているよりはと言われるよりは、私の耳に快く響いた。弓子は姑《しゅうと》との折合が悪いから別居したので、私といざこざを起したせいではないと、私は自分にも他人にも言い聞かせていた。それは外聞の問題ではなく、私自身のプライドの問題だった。家にいた時でも、彼女は母のお相手ばかりしていたのではない。彼女と母とは同じ家庭の中で殆ど口を利き合わないほど別々に暮していたのだ。

「僕の感じでは、不如帰《ほととぎす》の浪子さんの方がよっぽど御しにくそうだがね。」

「そんなことはないわ。浪子さんはさっぱりした、気さくな人よ。根に持つようなことは決してないわ。」

「このところ女史にも会わないけれど元気かい?」

「元気もいいとこ。相変らず女性独立論ばかり打《ぶ》ってるわ。わたしのことを男性の醜いエゴイズムの犠牲になった馬鹿な女だって。」

「それはお前はあまり悧巧じゃなかったよ。」

「だからあなたと別れて、本当によかったって。」

私は苦笑し、彼女と共にその喫茶店を出て近くの或るレストランへ行ったが、道々も、そして食事が始まってからも、彼女は旗岡浪子の話をやめなかった。この女性はもともと私の友人だったし、私と弓子とが結婚してからは数少い家庭の友人でもあった。腕のあるデザイナーで、その洋裁店はよくはやっていたようだったが、彼女の名前は実際の仕事によるよりも、独身女性としてジャーナリズムの上で発言するその議論によって有名だと、言えないこともなかった。彼女は初め油絵をやっていて、それから洋裁に転向するという変った経歴の持主で、そのことも彼女の仕事に一種の独創性を与えていたに違いないが、私は彼女を仕事の面ばかりでなく、その男まさりの性格と、内に隠された女らしい心づかいとによって、尊敬していた。ぼろくそに人の悪口を言っても棘《とげ》はなかった。弓子と結婚する際にも、また彼女と別居する話が持ち上った際にも、私が相談したのはこの旗岡浪子だった。しかしそのことを弓子は知らなかったに違いない。旗岡浪子は自分だけの友達だと、彼女は信じていたに違いなかった。

食事の間、弓子は旗岡洋裁店の話をいろいろ喋っていたが、私には実際に彼女がどれだけの役割を果しているのか見当がつかなかった。貰っている月給はほんの僅からしく、彼女の生活は私が毎月銀行から送る小切手によって支えられているようだった。(人は私を甘い奴だと思うだろうか。確かに弓子は私の意志に反して家を出て行ったが、彼女が自活できない以上、或いは何とか自活できるようになる迄は、私がその生活を支えてやるのは当然だというのが私の考えだった。金の問題で意趣返しをするのは男子の為すべきことではない。但しもしも正式に離婚が成立して、万一彼女から慰藉料を請求される破目になったら、私には支拂うに足りるだけの財産というものはまるでないのだ。弓子も金銭には淡泊だったが、私が送ってやる生活費に対して礼一つ言わなかった。その点でも、彼女には本気で離婚するつもりはないのだろうと私は考えていた。その晩の私と弓子との関係は、従って夫婦別れした男女の会見というよりは、夫が久しぶりに旅行から帰って、一緒に食事に出掛けた夫婦といった感じのものだったろう。少くともそれが無意識に私の望んでいたことだった。)

「それで君は女史の店でどういう位置にいるんだい？」と私はフォークを持った手を休めながら、訊いた。

「位置って？」

「身分だよ。見習いかい、助手かい、お針子かい？」

「そうねえ、」と弓子はちょっと考え込んだ。「わたしは浪子さんの秘書兼顧問ってところかな。」

「買いかぶったな。お前さんが物の役に立つとは僕には思えないね。」

「そう馬鹿にしないでよ。それに、お前さんていうのはやめて頂戴。下品だわ。」

「御免。御立派な職業婦人でいらせられるからな。」

「そうよ、あなたの奥さんでいるより、この方がよっぽどいいわ。」

「そうかい。しかし君の奥さま藝みたいなものが、ちゃんとした洋裁店で一人前に通るとは思えないがね。」

「浪子さんだって、わたしのセンスはいいし、もっと磨けば大したものだって言ってくれるわ。そりゃまだ勉強中だけど。」

「そんなものかね。」

「結婚する前だってやっていた仕事だし。だいいちもし才能がないのなら、浪子さんが手傳ってくれなんてわたしに頼むものですか。」

私は黙って暫くの間パンを千切っていた。弓子がどうしても家を出ると言って聞かなかったので、私は秘かに旗岡浪子に相談を持ちかけ、その店で弓子を雇ってくれるように拝み倒した。もしも弓子に何等かの仕事があり、それも心やすい友達の店で働けるというのなら、彼女の気持も多少は落ちつくに違いない。独りきりで夜も昼もアパートの一室に閉じ籠っていれば、ますます不安定な精神状態になるだけだろう。そういうふうに私は考えた。しかしそれは私と女史との間の秘密だったから、弓子には噯気《おくび》にも洩らすべきでなかった。私がつい口を滑らせてしまったのは、食事の間に葡萄酒を飲みすぎていたせいだろう。

「浪子さんも有難迷惑なのは承知の上で、君に手傳ってもらっているんだよ。君だってそれ位のことは分りそうなものだ。」

「なぜ？」

「なぜって、要するに見るに見かねたのさ。君の奥さま業があんまり下手だから、悪妻であるよりは悪しきデザイナーの方がまだましだと思ったんだろう。」

「わたしはそれは奥さまとしては落第だったかもしれないわ。でも悪妻だなんて……。」

私がしまったと思うよりも先に、弓子の目蓋から見る見るうちに大粒の涙が零れ落ちた。

「冗談だよ。気にするなよ。」

しかし弓子は大いに気にしたらしかった。彼女は顔を俯かせ、低い声で、「わたしは精いっぱいやってみたのよ。十年もやってみたのよ、」と口籠《くちごも》りながら呟いた。彼女がこの悪妻という言葉を嫌っていることは私も勿論知っていたし、冗談以外に口にしたことはなかった。（そして弓子は冗談やユーモアを解しない女だった。）それに私にしても必ずしも彼女を世に言う悪妻だと思っていたわけではない。もしも彼女に深くその心を傷つけた事件が起らず、またその傷を忘れ去るだけの分別があったなら、彼女はしごく上等の奥さんで通せたかもしれない。それに、もしも彼女の結婚した相手がこの澁太吉でなかったなら。しかし彼女の相手はまさにこの私だったし、しかも私の方で彼女を選んだのだから、よしや悪妻だったとしても、それは私の責任で彼女の責任ではなかった。だから私はその責任に耐えようと努力したつもりだ。二人が別れた今となって、彼女を泣かせることは私の本意ではなかった。

「おいみっともないぞ。いい加減にしろよ、」と私は小声で言い、彼女も眼をしばたたいてその涙を隠した。そして私等はひっそりと押し黙ったまま食後の果物などを食べていた。そこは一流のレストランで、外人の家族づれとか若い恋人どうしとかで満員のテーブルの間を、正装したボーイが忍び足で歩いていた。どのテーブルでも愉しげな会話が交されていた。ボーイの眼に私たち二人はどういうカップルに映るだろうか。既に別れた夫婦、心と心との通わなくなった他人、久闊《きゆうかつ》を叙している一組の男女、——しかし我々にも、仲のいい夫婦としてしばしば二人きりで表で食事をしたそう遠くない記憶がある。人は決して未来を見ることは出来ないのだ、と私は考えていた。こういう結果になることを、昔、誰が想像しただろうか。私は藝術と市民生活とが立派に両立することを、その頃、信じて疑わなかった。

「もう出ようか、」と私は言った。

弓子はおとなしく私についてそのレストランを出た。時刻は七時半を少し過ぎたばかりで、繁華街には人通りが多かった。映画を見たければまだ間に合ったし、薄いコートでそぞろ歩きをするにも暑からず寒からずという気候だった。しかし私たちにはこのあと何の予定もなかった。それじゃこれでと言って、私が弓子をそこに残したまま立ち去ってしまえば、それでもよかった。今さら彼女と何の話し合うことがあろうか。それなのに私が愚図愚図して、「どうする?」などと彼女に訊いたのは、結局のところ彼女がさっき見せた泣顔が、私の心に一種の憐《れん》憫《びん》を喚び起していたからに違いない。私は女の泣くのは大嫌いだったが、しかし女に泣かれると弱いという性格は認めざるを得ない。私は昔も、弓子が泣くのを見るに忍びないから結婚したと(多少誇張して言うならば)思っている位なのだ。きっと私はお人よしの騎士《ナイト》に生れついているのだろう。

弓子は私が訊くとすぐに、「わたしのアパートにいらっしゃい、」と言った。

「そいつはちょっと妙だな、」と私はたじろいだ。「君は独りで暮しているんだろう?」

「当り前じゃないの。」

「僕が行ってもいいのかい?」

「当り前よ。いらっしゃいな。何も妙なことはないじゃないの。あなたって変なふうに臆病なのね。」

そうまで言われれば断ることも出来なかったが、恐らく私は、私が彼女のアパートに立ち寄ることによって、折角私の獲得した自由な身分がまた元通りになることを懼れていたのかもしれなかった。淡泊に友情だけで附き合えるには、私等はまだ別れたばかりだったし、そうかと言ってもう夫婦ではなかった。私は弓子のいなくなった現在の生活を、いつのまにかごく当然の、自然な形態として受け入れていたようである。今さら縒《より》を戻そうなどと、どうして私が考えよう。

しかしその小さな二間続きのアパートにあがってみると、ぴちぴちと動き廻る弓子は、この数年来私が見たこともないほどの生き生きした魅力を溢れさせた。水を得た魚というのか、ちょっとうしろを向いて、と言って素早く着替を済ませると、洋箪笥から三面鏡へ、三面鏡からお勝手へ、お勝手から茶箪笥へとくるくる動き、私は椅子に凭れて、見るともなしに彼女の姿を眼の隅に捉えながら、部屋の中の調度やデザインなどを吟味していた。このアパートは小さいながら、そして質素ながら、悪くない趣味で統一されていることを私は認めた。結局私が彼女に与えたのは、物を見る眼だけだったかもしれない。

彼女がコーヒーを沸かしてサイドテーブルの上に茶碗を並べたところで、私は質問を一つした。

「この前太平を連れ出したそうだけど、ここへも連れて来たのかい?」

「いいえ、羽田へ飛行機を見に行って、外で御飯を食べただけよ。どうして?」

「いや何でもない。こんなに狭いところじゃ太平も直に退屈しただろうと思って。」

弓子はコーヒーのカップを手にしたまま、ゆっくりと匙《さじ》でまぜていた。

「あの子に羽田へ飛行機を見せに行ってあげるって、前に約束したことがあるの。だから連れ出したのよ。いけなかったかしら?」

「構わんさ。あいつ悦んだだろう?」

「飛行機には悦んだけど、わたしにはどうかしら。何だか情の薄い子ね。ママこんちは、ママさよなら、一体わたしのことをどう思っているんでしょうね。」

「近頃の子供はドライだから、君みたいに泣虫じゃないんだ。しかし君は何ともないかね、太平にずっと会わないでいて?」

「それは何ともあるわよ。これでも母親ですもの。でも太平ちゃんにだってあなたにだって、わたしなんかいない方がいいのよ。あなたは早くお母さんの気に入るようないいお嫁さんを見つけなさい。わたしいつでも離婚届に判子《はんこ》を押すわ。」

「餘計な心配はしなくていい、」と私はそっけなく言った。「それより君はどうするつもりなんだ。これでやって行けるつもりなのかい?」

「やって行くわ。何とかなるわよ。もっと早くあなたに見切をつけて飛び出してればよかった。」

私は苦笑し、弓子の方はいつもの生真面目な顔を綻《ほころ》ばそうとはしなかった。「レコードでも掛けましょうか、」と彼女が言ったが、私は生返事しかしなかった。そして不意に弓子が口を開いた。

「菱沼《ひしぬま》さんが帰って来たの御存じ?」

「菱沼が？　知らなかった。いつ頃のことだい？」

「この間。そう、御存じなかったの？」

「十年ぶりの帰朝か。どうせまた向うへ戻るんだろうね。」

「知らないわ。」

弓子はまた沈黙し、私はこのニュースの重みを量っていた。菱沼五郎が帰朝したことと弓子が私と別れたこととに、何等かの関係があるのだろうか、それとも偶然だろうか。私はごく自然に、やさしく訊いてみた。

「君はまだ菱沼のことを忘れないでいるのかい？」

「忘れないわ、」と言下に彼女は答えた。

私は格別嫉妬らしいものを感じなかった。可哀そうに、と思っただけだ。ただ、二人の間のこの重くるしい空気を振り拂おうとして、ひやかすように話し掛けた。

「君はどうせ僕との結婚に失敗したんだから、今度は菱沼とやってみたらどうだい？　あいつもパリで苦労をしたろうし、まだ独身の筈だから、存外君と一緒になればうまく行くかもしれんよ。君だって結局はその方が嬉しいんだろう？」

弓子はその時少し首を起し、私の顔を上目遣いに見詰めた。私は悪い予感を感じたがその時はもう弓子の口は火を吹いていた。

「あなたって人はそういうことを言って面白いの？　たとえあの人の気が変ったとしても、わたしが今さら菱沼さんと結婚する筈があるものですか。菱沼さんは菱沼さん、わたしはわたし、もう十年も前に結着のついていることだわ。わたしたちの結婚が失敗したのは、菱沼さんとはまるで関係のないことよ、あなたとわたしだけのことよ。それを今になって菱沼さんに責任をなすりつけようなんて……。」

「僕は何もそういうつもりで言ってるんじゃない。」

「いいえ、あなたは御自分の責任を逃れようと思って、あとを菱沼さんに押しつける気でいるのよ。わたしがあの人と結婚できたら、それはあなたには都合がいいでしょうよ。でもそうはいかないわ。あなたは卑怯なのよ。菱沼さんのことを根に持っていながら、うわべは男らしい顔つきをして、心ではわたしを追っ拂いたくてしかたがなかったのでしょう。だからわたしに親切にしてくれているように見えて、その実はわたしの気持なんかちっとも考えて下さらなかった。二言目には仕事が大事だ、君は仕事の邪魔をする気か、そう言ってわたしをやりこめた。一体わたしがあなたにどんな大それたことを要求したというの？　わたしはただ少しばかりの自由がほしかっただけよ。あなたと二人で暮したい、お母さんとは別れて暮したいとお願いしただけじゃないの。それなのにあなたは御自分の自由だけしか考えなかった。あなたは結婚なんかするべき人じゃなかったのよ。お母さんにお守してもらって、玩具のように絵さえいじくっていればそれでよかったのよ。菱沼さんの方がよっぽど正直です。あなたみたいな偽善者じゃなかったんだから。」

「もういい加減にし給え、」と私は口を挾んだ。「今さら蒸し返すことはない。」

「あなたという人は、女の心が分らないのね。」

「もういい。もうやめなさい。」

弓子は口をひきつらせ、そして黙った。私たちの間の沈黙は耐え難かった。そういう沈黙を、この時までに幾十回、幾百回、持っただろうと私は考えた。しかし今は、幸いにして私は立ち上って帰ることが出来る。折角の久しぶりの会見がこんな結果になったことを私は悲しんだが、しかし此所は私の家ではなかった。

「それじゃ僕はこれで帰る。」

彼女は眼を見開いて私を見た。

「御免なさい。怒った?」

「もう怒る気力もない。」

「わたしは駄目なのよ。どうしても駄目なのよ、」と彼女は繰返した。

「僕たちは要するに失敗したんだ。もうどうにもならない。しかしそのうちに時間が我々の間のわだかまりを押し流してくれるさ。君はそのうちにけろっと癒ってしまうさ。」

「女ってのはそういうものじゃないわ、」と彼女は入口のドアまで私を送って来て言った。「本当に帰るの？」と訊いた。

「勿論さ。まさか泊るわけにもいくまい。」

「そうね。あなたにはお仕事があるんだから、」と彼女は未練そうに言った。

私は弓子のアパートを出て真直に家に帰った。アトリエの中に陣取り、描きかけのカンヴァスに取り囲まれて一服しながら、私は私の取りかかるべき仕事から気持が遠く離れていることを知った。弓子に会いに行くべきではなかった、と私は考えた。それはまったく無駄な行為で、我々の間に何ものをもプラスしなかった。私は弓子のことを思い、菱沼のことを思い、また昔の私のことを思った。そして私はやりきれない気分になり、コニャックを持ち出して来てちびちびと味わいながら、旅先で識ったもう一人の女のことを考えた。

*

私はだだっ広い教室で十人あまりの生徒に指導を済ませると、講師控室へ戻って来た。私の属している抽象美術協会は、その建物の中に附属の研究所を持っていて、そこにデッサン科、デザイン科、油絵科、水彩科などの教室があり、それぞれ希望者に初歩から相当高級な技術までを教えていた。私は毎週二回ほど此所に通い、油絵の実技指導と簡単な西洋美術史の講義とを受け持っていた。父が死んでからは私も亦この研究所の運営委員の一人で、こういう仕事は生活のためには違いなかったが、しかし仕事そのものが面白くないわけではなかった。何しろ生徒たちの間には（生徒と言っては或いは語弊があろう。夜の部には年輩の人も少くなくて、日曜画家が近頃一種のブームをなしていることを遺憾なく示していた。但し昼の部では、小学生や中学生などが学校帰りに立ち寄る文字通りの生徒さんが多く、また受験勉強の学生とか、花嫁学校代りの若い女性などのクラスもあった。）何人かに一人は驚くばかりの才能を見せ、その成長を見守るのは愉しみだった。

控室には三四人の講師が屯《たむろ》してお喋りをしていたが、その中から木本良作が目ざとく私を見つけると、立ち上って私の側に来た。

「先生、旅行は如何でした？」

私等は並んで椅子に腰を下した。

「面白かったよ。確かにあの辺はとてもいいところだった。」

私は煙草に火を点けながら言った。木本は鷹揚《おうよう》に頷きながら微笑した。

この木本良作は近頃めきめき腕を上げて来た青年画家で、私はかねがねその前途を嘱望していた。この研究所で彼を講師にしたのは私の差金《さしがね》だった。彼はしょっちゅう私の家に出入していて、弓子とも親しかったし太平には遊び仲間とみなされていた。私に南伊豆への旅行をすすめたのはこの青年で、「先生みたいに家に閉じ籠ってくさくさしていちゃ、仕事も進まないでしょう。僕の言うこともたまにはお聞きなさい、」と言い張ったものだ。我が意を得たという顔をするのも当然だった。

「友江に泊ったんですか、」と彼は訊いた。

「友江は満員だとかで振られたから、左浦に泊った。」

「へへえ、夏場ならとにかく今頃満員とは変だな、」と彼は眼をくるくるさせた。

「左浦は悪くなかったよ。あそこで蜃気楼《しんきろう》が見られることを君は知っていたかい?」

「さあいっこうに。」

「蜃気楼のほかにも、そこで僕は不思議な経験をした。まったく君に教わって出掛けて行ったお蔭だよ。」

「何です、その経験ってのは?」

私はその質問には答えずに話を続けた。

「左浦に較べれば友江の方は殺風景だね。景色から言えば落人って部落が一番だ。自然は雄大だし、人情はいいし。」

「自然の方はまあ知ってるけれど、人情の方は知りませんね。友江から散歩がてら、ほんのちょっと行ってみただけだから。」

「僕は落人に三日ほど泊った。おばあさんと中学生の孫との二人暮しの家があってね、そこで世話になった。」

「どうも先生の方がだいぶ上だな。そんな泊れるようなところがあるんですか。」

「しかし君がすすめたから僕は落人まで行ったんだぜ。宿屋がないから、誰でもそのおばあさんの家に泊るらしいや。君もたしかそんなことを言っていたんじゃなかったかね？」

「済みません、」と木本は身体を小さくした。「僕のは実を言うと野々宮《ののみや》という友人の受売なんです。こいつは僕の高校の友人で、毎年のように友江の民宿に海水浴に行ってたらしいんですよ。僕は大学生の時に奴と一夏友江で過しただけなんだが、野々宮はあのあたりには詳しいから、あいつから落人へも泊れるという話を聞いた覚えはある。しかし先生が気に入ってよかった。今度野々宮にあったらそう傳えておきます。」

「その人は何をしているんだい？」

「なに、ただのサラリーマンです。僕とは気が合うから今でもしょっちゅう一緒に飲むんです。友江で夏休みの間一緒に泳いで暮した時は愉しかったな。」

木本はそう言って、遠くの方を見るような眼つきをした。しかしすぐに我に返ると、悪戯っぽい表情になって私に問い掛けた。

「先生のさっきの不思議な経験ってのは一体何です？」

「ああそのことか、」と私は少したじろいだ。

「勿体ぶらないで教えて下さい。」

「大したことじゃない。左浦の宿屋で一人の女性と親しくなったんだ。」

「先生も隅に置けませんね。どんな人なんですか。」

「識らない人だ。向うは僕のことを識ってるらしいんだけどね、僕は初めてでね。」

「つまりaventure《アヴアンチユール》というわけですか。そういうのは先生みたいな年頃ではあとを引くんですよ。」

「その年頃ってのは、若いという意味かい、老けてるって意味かい？」

私は少々息巻いて尋ねたが、木本はにやにやしているだけだった。

「あとを引くにも何も、どこの誰だか分らないんだ。名前だけは聞いたけど姓を知らないんでね。」

「名前は何と言うんですか。」

私がその時口の先まで出かかっていた安見子という綺麗な名前を、ぐっと呑み込んでしまったのは、どういう無意識の理由に基くものだったろうか。恐らくは彼が口にしたaventure《アヴアンチユール》という言葉が私の気に障ったのではないだろうか。旅先でのあの短い交渉は、確かにあとくされのない一種の遊び、冒険、情事、といった感じを人に与えるだろう。しかし私には、次第にそれがもっと深い運命に根ざした真の愛であるように思われて来つつあった。たとえこの後二度と会うことがないとしても、私は彼女を決して忘れることが出来ず、彼女もまた私を忘れないだろうと信じ始めていた。安見子という名前は、この掛け替えのない記憶を開く鍵だったから、私は軽々しくそれを口にするわけにはいかないと、その時素早く感じ取っていたに違いない。

「それは秘密だよ、」と私は言った。

「向うは先生を識っているっておっしゃいましたね？」木本は格別気にもしないで、私にそう訊き直した。

「そうなんだ。ところが僕にはさっぱり記憶がなくて。」

「存外ここで先生が教えたことがあるんじゃありませんか。若いんでしょう、その人？」

「若いお嬢さんだ。」

「僕なら受附カードを調べてみるな。しかし名前だけじゃ無理かな。」

「クラスにいたのなら、覚えていない筈はないと思うんだがね。」

私たちが事務員の持って来たお茶を飲んでいた間に、控室は一人ずつ減ってがらんとなった。午後のレッスンは終り、引続いて夜の部を受け持っている講師も、外へ食事に出掛けて行った。

「僕はこれで失礼します、」と木本が腰を上げながら言った。「先生は？」

「もう少しゆっくりしよう。今晩は会があるんだが、まだ少し時間が早いんだ。」

挨拶をして部屋を出て行く木本を、私は慌てて呼び止めた。

「そうそう、木本君。君は菱沼が帰って来たのを知ってるかい？」

「菱沼五郎ですか。知ってます、先生は御存じなかったんですか。」

「ついぞ知らなかったね。」

「先生は旅行中だったからな。しかし御親友なんだから先生のところに通知がなかったとは不思議ですね。」

「菱沼と僕とは親友なんてものじゃないさ。あいつがパリへ行く前は親しかったがね。去る者は日々に疎《うと》しといったものだ。僕がパリへ行った時も、ほんの二三度しか会わなかった。あいつは当分日本にいるんだろうか。」

「さあね。個展でもやってからまた向うへ戻るんでしょう。どんな作品が出て来るのか、画壇注目の的ですよ。」

「なるほどね。それじゃさよなら。」

私は木本良作が立ち去ったあと、がらんとした控室の中に一人残った。菱沼五郎は十年前に自他共に許した私の好敵手だった。彼はパリに住みつき、私はこの国に残った。彼の力量が次第にパリで認められつつあることは私も知っていたが、彼が国際的に名を売ろうと売るまいと私にはどうでもいいことだった。私には私の仕事があった。私の仕事が停滞し、私の精神が衰弱したとしても、それはもう昔の好敵手とは関係のないことだった。

私は椅子に凭れて煙草を一本くゆらせた。それから事務室へ行って、ここ二年間の聴講生の受附カードを借り受けて来ると、また椅子に腰を下してその一枚一枚を丹念にめくってみた。それが終ると、更にまたもう一年分を借りて来て調べた。カードの中に安見子という名前を持つ女性は一人もいなかった。私はその空しい作業の間じゅう、大人げないような羞恥心と一種のうしろめたさとを感じていた。いつのまにか部屋の中が薄暗くなっていることに、私は気がつかなかった。

*

湖の上は波は穏かだったが、高原の空は雲が多くてよく晴れているとは言えなかった。彼が漕ぐたびにボートが小気味よく滑るのを、彼女は舳先《へさき》に坐ってわくわくしながら眺めていた。日焼のした太い腕が彼の白い半袖シャツを如何にも清潔に見せた。ボートはぐんぐんと沖の方へ進んで行き、風が一段と爽かになって彼女の髪をそよがせた。

「さあもうだいぶ来た。今度は君が漕ぐ番だ、」と彼が言った。

「わたしが？」とびっくりして彼女は訊き直した。

「そうさ。」

「だってわたしは漕げないわ。一度も漕いだことなんかないもの。」

「わけはないよ。さあ入れ替ろう。こっちへ来て御覧。」

彼女は、そんなのは厭だと大声を出したかったが、折角こうして二人きりになってみると、彼の言うことは何でも聞かなければいけないような気がした。彼女がちょっと腰を浮すとボートがぐらりと揺れた。

「あら怖い。」

「大丈夫さ。重心を低くして、こっちの方へお出で。」

彼は上手に立ち上ると、彼女の手を引張るようにして今迄自分のいた席に彼女を坐らせた。そして自分は舳先との間にしゃがみ込んだまま、「オールを持って、」と命令した。

彼女は臆病だったが、彼と一緒にいる限り怖いとは思わなかった。言われるままに両手にそれぞれオールを握り、水の表面をばしゃばしゃと叩いた。彼女は笑い、彼も笑った。

「下手だなあ。」

「それは下手よ、初めてなんです。わたしに漕がせるなんてひどいわ。」

「そんなことはない。女だからって甘えていちゃ駄目だ。何でも男と対等にやってのけられるようにならなきゃいけない。さあ、しっかりやってみる。」

彼女は教えられるままにオールを操った。額や頬が汗ばみ、手の甲が痛くなった。そしてボートは酔っぱらいのように千鳥足ながら、それでも進んでいた。

「だいぶうまくなった、」と彼がお世辞を言った。

「もうくたびれたわ。替って。」

「もう少しやって御覧。」

彼女はもう少しやってみて、それからオールを持った手を離し、彼の方へ差し伸べた。そして彼がその手を取った瞬間に、彼の方へ倒れかかった。ボートが激しく揺れた。

「危いじゃないか、」と彼が叫んだ。

しかし彼女は彼の両手の間に抱かれるようにして凭れかかり、彼もまた彼女の身体を押し返そうとはしなかった。二人は狭いボートの中に、不自然な姿勢のままで蹲《うずくま》っていた。それは彼女にとっては偶然のことだったが、彼に抱かれたいという無意識の願望がこんなに易々《やすやす》と実現するとは、まるで予想もしていなかっただけに、いつまでもこうして上気した頬を彼の胸に埋めていたいと思わずにはいられなかった。彼女は動かなかったし、彼も亦じっとしていた。彼の手が背中を抑えているのを彼女は痛いように感じた。

「さあ、僕が艫《とも》の方へ行こう。」

彼はぎゅっと彼女の身体を抱き締めて、上手に身体を躱《かわ》したが、その動作を無限に長く彼女は感じていた。白い雲と青い波とが薄く開いた眼の中へ飛び込んで来た。これが愛なのだ、と彼女は心の中で言った。わたしはこの人を愛している、わたしは一生この人を愛し続けて行く、と心の充ち溢れるような歓喜の中で彼女は祈った。

「ボートが引繰り返ったって助けてなんかやらないよ、」と彼は艫に陣取るとそっぽを向いて言った。

この人は照れくさいものだから、それであんなそっけない声を出すのだ、と彼女は考えた。

＊

彼女は押入の奥から引張り出して来たその風呂敷包みが、何を仕舞い込んだものだったのかすぐには思い出さなかった。風呂敷の派手な柄には覚えがあったが、もう久しく放り込んだままになっていたらしく、かすかに黴《かび》くさい臭いを発散させていた。

彼女は好奇心に駆られて結び目に爪を当てたが、ほどくと同時に幾つもの手紙の束が中から溢れ出た。ああそうだったのかと気がついて、彼女は思わず「あたしの戦利品」と呟いた。脣の端を少し曲げ、思わず込み上げて来る微笑を何とか押し殺した。

戦利品というのは彼女が高等学校の学生時分にボーイフレンドたちから受け取った恋文のことだった。学校で手渡されたのもあれば、郵便で家へ配達されたのもある。母に見つかって没収されたのは含まれていないが、しかし彼女は上手に隠してそれらの手紙を蒐集しておいた。大学生になってからも手紙は来たが、彼女は前ほど関心がなくて、多くはすぐに破り棄ててしまった。従って戦利品の大部分は随分昔のもので、上書のペンの色が黒っぽく変色していた。

彼女は封筒を一つ一つ手に取り、裏を返し、時々中身を取り出して幾行かを読んでみた。必ずしも同じ人から来た手紙ばかりではなかったし、手紙の間には映画の切符や喫茶店の案内状や音楽会のプログラムなども混っていた。それはどれも何等かの記念品なのに違いないが、殆ど半分もその時の相手を思い出すことが出来なかった。手紙にしても、差出人の顔がすぐ眼の前に浮ぶというふうにはいかなかった。彼女のボーイフレンドは沢山いたし、彼女は移り気ですぐに相手を取り替えた。ただ、相手は誰も彼女に対して直に熱を上げるようだった。そして相手が夢中になり出すと彼女の方は何だか怖くなった。

今でも附き合っている友達もいれば、とうに忘れてしまった男の子もいた。彼女は一つ一つの名前を、吟味するように口に出して言ってみた。まるで麻疹《はしか》に罹《かか》るようにあたし達は愛したり愛されたりした、と彼女は考えた。しかしそれはみんな過ぎてしまった。魂の体験というわけでもなく、心の傷というのでもなかった。それは若かったせいなんだろうか。確かにあたしはまだ二十歳《はたち》にもなっていなかったけれど……。

彼女はひろげたままの風呂敷包みを前にして、畳の上にややお行儀悪く坐っていた。結婚式の日取ももう極って、あと数ヶ月もすれば彼女はこの部屋を引き払うだろう。それだからこそ押入の中のものを整理しようなどと殊勝な気持を起したのだ。しかし今、古い戦利品を手にしながら、彼女は果して結婚する相手を愛しているのだろうかと自ら危ぶんだ。

二人の男の間を彼女の心は秤《はかり》のように揺れ続けていた。一人はそんなに若くはなかったし、一人は若かった。一人は安定した社会的身分を持ち、一人は大学を出たばかりだった。一人は裕福で、一人は貧乏だった。一人は係累が少く、一人は故郷に両親や姉妹を抱えていた。一人は……、しかしそういう比較が何になろう。彼女は結婚の相手として一人に眼をつけ、その男が愚図愚図しているのでもう一人の方とも附き合い出した。そしてその間に、心が二つに分裂したように感じ始めたのだ。彼女がもともと願っていた通りに事が運んだ今となっても、彼女は自分の心が意外に乾からびているのを認めないわけにはいかなかった。

あたしは愛を知らないのだ、と彼女はまだ解《ほど》いてない手紙の束を手の上に載せてその重みを量りながら、考えた。こうして幾人もの、幾十人もの、ボーイフレンドたちが、或いは軽率に、或いは真剣に、あたしを愛してくれた。大学を出てからも、今までに幾人もの人があたしを愛してくれた。しかしあたしの方は誰をも愛さなかった。愛したいとは思っても、あたしの心はそういうふうには燃え上らなかった。いつになったら、これが愛だと、——これが遊びじゃなくて本物の大人の愛だと、言えるようになるだろうか。あたしはまだ幼くて、人間の心の奥底へまで足を踏み入れることが出来ないのだろうか。

彼女はぼんやりして暫く考え込んでいた。しかし次の瞬間には、もう決してためらわなかった。風呂敷包みの内容を少しずつ纏めて引き裂き始めた。文殻《ふみがら》が文字通り反古《ほご》となって行く間、彼女は怖いような真剣そのものの顔つきをして、もう過去のことは考えなかった。

その晩、私は都心の某ホテルの広間で催された或る美術評論家の出版記念パーティに出席した。特にその評論家と親しい間柄だからというのではない。かねがね私に対して好意的な批評を書いてくれるので、会うたびにちょっと挨拶はする、しかし内心ではこの男が本当に絵を分っているのかどうか失礼ながら疑問に感じていた位だ。出版記念会といっても、私はその新著を寄贈されたわけでもないし、況《いわん》やわざわざ買って読むほどの物好きでもないから、ただ往復葉書の案内状が来たので義理を立てて出席の返事を出したまでだ。それでも私は、この席上でひょっとすると菱沼五郎に会えはしないかと期待していた。彼が久しぶりに帰国した以上、歓迎のパーティがあっても然るべきだが、今日までのところ私には何の通知もなかった。その時期がもっと先なのか、個展の開催とひっかけて催されるのか、それとも私なんかは無視して既に行われてしまったのか、木本にでも訊けばその間の事情が分るのだろうが、私にはどうでもいいことのように思われた。菱沼がパリにいようと東京にいようと、お互いにいい仕事をすればそれで沢山だ。とは言っても、彼に会いたくないというのではなかった。

私は少し遅刻したから会場は既に込み合っていて、来客の間を縫いながら胸に大きな造花をつけた主賓のところまで行くのに相当手間取った。美術評論家は嬉しそうににこにこしながら、「あなたに本をあげるのをつい忘れたが、すぐに送りますよ、」と愛想のいいことを言った。私も亦、「気にしないで下さい、僕は自分で買いますから、」といい加減なことを口にした。そして私は厭な気持になり、主賓の側を離れ、近くのテーブルの上からコップを取ってビールを注いで飲んだ。そして識合の絵描きや、画商や、為体《えたい》の知れない文化人などと、実《み》のない挨拶を交し、おつまみを少々口にし、ビールをもう二三杯飲み、派手な恰好をした女性たちが泳ぐように会場を歩いているのを、眼の隅で眺めていた。

旅行から帰って、私はとかく外出がちになっていた。もともと私はアトリエに閉じ籠って、ひっそりと絵を描いたり本を読んだりするのが好きな人間だ。その私を外へと駆り立てたのは、伊豆の宿屋で識り合った安見子という名前の女性に、万一にも会えるかもしれないという一縷《いちる》の望みに惹かされてのことだったかもしれない。姓も知らず、住所も知らず、身分も知らないこの若い女に、表に出れば会えるというのは、万に一つどころか百万に一つの偶然もなかっただろうが、それなら私に他のどんな手段が思いつけるか。私は木本には危く安見子という彼女の名前を洩らしかけたが、他に誰一人としてこういう名前の女を知らないかと訊くこともなければ、また訊く筈もなかった。その気さえあれば天はきっと自分に味方すると、私は子供のように信じていたのだろうか。彼女はあの朝以来煙のように蒸発してしまい、私は次第に諦めた。

彼女の方で私に会おうという気を起さない限り、私にはどうにもならないのだ。「探さないで、」と彼女は私に頼んだ。そしてそう言った時の彼女の声音を思い出すと、私はどうしてももう一度彼女に会いたくてたまらない気持になるのだ。この出版記念会に顔を出したのも、そういう気持の現れだったかもしれない。しかしこんなところに彼女がいる筈もなかった。私はますます厭になった。

菱沼五郎も会場にはいなかった。私はそろそろ引き上げようと思い、コップをテーブルに戻して出口の方へ歩きかけた。その時、よく響く声が私を背中から呼び止めた。

「澁、おい澁じゃないか。」

私は振り返り、咄嗟《とっさ》に相手を認めた。

「古賀か。驚いたな。君もこの会に出ていたのか。」

「久しく会わなかったね。奥さんは元気かい？」

「弓子か。」

私は返事に困り、古賀を誘って人のあまりいない横手の方に移動した。帰りかけた客が多くて、会場はざわめいていた。

「君はもう帰るところだったんだろう？」と古賀が訊いた。「よかったらどこかで一杯やろうか。」

「それもいいね。」

「何しろ久しぶりだからな。もう何年になるだろう?」

「三四年も会わないかな。君は連れはないのか。僕はどうも腹が減った。」

「まず飯でも食おう。」

私は思いがけない相手と共に、饐《す》えたような臭いのする会場をあとにした。珍しい友達に会えたことを心から悦んではいたが、私には昔からこの男に一目置くという傾向があって、さて弓子のことをどう説明したものかと、内心気が重くなっていたのも事実だった。彼はエレヴェーターの前で、「面倒だからまずここで腹ごしらえをしよう、」と言い、ホテルの中のグリルへと私を連れて行った。

古賀信介は私の戦争中の友人で、同期の予備学生だった。若い頃は誰にでも渾名《あだな》をつけたがるものだが、私は渋ガキ、古賀はコロ柿と呼ばれていた。私はその渾名が大嫌いで大いに仲間たちに反撥したものの、そういうふうに対《つい》にされることで、二人は一層仲がよくなった、或いは仲がよいとみなされた、と言えないこともない。渋ガキは内省的で、陰気で、引込思案だったし、コロ柿は外交的で、陽気で、リーダー格だった。我々二人の関係に於ても、常に彼は私の指南役だった。もし私が彼に私の一身上の問題を相談していなかったなら、私はどうなっていたか。私たちは幸いにして戦地に行くこともなく、格別危い目にも会わずに復員したが、しかし私はひょっとすると生きていなかったかもしれないのだ。思い出したくはないが、決して忘れることの出来ない過去というものもあるのだ。

復員した後に、古賀信介は大学の文学部を卒業して心理学か何かの講師になり、私は一人前の画家になった。私たちは時々会って旧交を暖め、彼が私の家へ遊びに来たこともある。しかし次第に、一年に一度か二度顔を合すだけになり、そのうちにすっかり疎遠になってしまった。たとえ何年会わなくても、昨日別れたように話し合える古い友人というものがあるとすれば、古賀信介はまさにそういう友人だった。

低く音楽の奏されているグリルの中で、我々はビールと食事とを註文し、お互いの健康を祝し合った。

「君は大学教授らしい恰幅《かっぷく》が出て来たじゃないか、」と私は言った。「新聞や雑誌で君の名前をちょくちょく見るから、久しぶりという気もしないね。」

「君も活躍しているらしいね。奥さんも元気なんだろうね？」と古賀が尋ねた。

私はちょっとためらったが古くからの友人に隠すべきことではなかった。私はなるべくさりげないような口を利いた。

「弓子とは別れているんだ。」

「別れて？　離婚したのか。」

「まだそこまではいかない。目下別居中だ。いずれ離婚ということになるだろう。」

「そいつは驚いたな。いい奥さんだったじゃないか。それでどうしてるんだ？」

「僕？　僕はおふくろと息子と一緒に家にいる。弓子はアパートを借りて洋裁店に勤めている。何とかやっているさ。」

「そうか、ちっとも知らなかった、」と彼は顔を曇らせた。「君は幸福な結婚をしているとばかり思っていたのにな。」

「結婚なんて、そうそううまく行くもんじゃない、」と私は少々やけ気味に言った。「君みたいな独身者が羨ましいよ。」

「僕は独身じゃないぜ、」と古賀は大きな声を出した。「僕も遂に結婚したんだ。おふくろさんが死んだのは君も知っているだろう、そのあと暫くしてから嫁さんを貰ったんだ。」

「君のお母さんのお葬式には僕も出たが、結婚の方は初耳だ。そうか、僕が半年ばかりフランスへ行っていたその間のことだな。」

「多分そうだった。それで君には通知を出さなかった。いずれ紹介するつもりでずっと御無沙汰しちまったからね。」

古賀は張りのある嬉しそうな声で話していた。これでは私と弓子との別れ話を穿鑿《せんさく》することもあるまいと私は安心したが、気分はあまり明るくもならなかった。結婚後十年もして妻と別れる男もいれば、四十に近くなってから嫁さんを貰う男もいる。世の中はさまざまだ。しかし古賀信介が結婚したという話は何だか実感がなかった。

「君が結婚したなんて、どうも本当とは思えないな、」と私は正直に言った。「君は女嫌いだとばかり思い込んでいたよ。一体どういう風の吹き廻しだい?」

「素敵な女性が見つかったからさ、」と彼はとろけそうになる顔を懸命に自制しているように見えた。しかしすぐに真面目な声で、「それは冗談だがね。僕は御承知の通り母一人子一人だったろう。おふくろさんがいる間は、結婚してもうまく行かないような気がしていたんだ。君にそういう話を聞かせたこともあるじゃないか。」

「ああ、そういうこともあったな、」と私は憮然として答えた。

古賀信介が私の家を訪ねて来て、弓子にお姑さんとはうまく行っているかと訊いたことがあった。もう七八年も昔になる、確か太平が生れる以前のことだ。そして弓子はその時、うまく行っている、お母さまとは本当の親子のようにしていると答えたのだ。古賀はそれでもまだ納得しないようだった。私はやはり母一人子一人という同じ境遇だから、君の心配は杞憂だと思うと忠告したが、彼はそれは違う、僕はごく小さな時分から母の手一つで育てられたのだ、と言い張った。そういうことは結婚してみない限りいくら議論しても始まるまい、と私はそこで考えた。父親が赤んぼの時に死んだか一人前になって死んだかは、母親にとっては重大な問題だろうが、結婚したいと思っている当の息子にとっては二の次のことだ。問題は相手の女性にある。彼女が姑とうまくやれるかどうか、それはその人次第だ。私は古賀を女にかけては臆病な奴だと思い、君も弓子のようないいお嫁さんを貰えばいいんだ、と言った。弓子はその時かすかに赧《あか》くなったようだったが……。

私たちは食事を終り、古賀は久しぶりだからもう少し飲もう、と私を誘った。私も反対はしなかった。私は鬱屈した気分でいたから、少し気を紛らせたかった。私たちは連れ立って外へ出、タクシイを拾って走らせた。車の中で、古賀は話題を変えて、我々戦中派の運命は、というような演説をし始めた。私は黙ってそれを聞き、車を下りて彼が馴染らしいバアに私を連れて行こうとした時も、彼の言いなりになっていた。ふと私はひどく疲れている自分を感じた。

バアのボックスに陣取った時も、古賀はまだ戦中派について論じていた。おしぼりで顔を拭きながら、側に坐ったホステスにぶっきら棒にハイボールを註文しただけで、彼は私に向って喋り続けていた。私もまた同じものを註文し、彼の話に相槌を打ち、心の中では大学の教師というのはよく喋るものだと感心していた。

彼の話が途切れた時に、その隣にいた女が「今日は奥さんは御一緒じゃないの?」と訊いた。「そうだな、一つ呼んでやるかな、」と古賀は呟き、「澁、ここへ細君を呼んでもいいか。一つ君に紹介しておきたいから、」と言った。格別気まりの悪そうな顔もしていなかった。

「ああいいとも、」と私は答えた。

「うちへ君を連れて行ってもいいんだが、それも面倒だしね、」と彼は弁解した。

私は頷き、つい今まで玉砕とか散華《さんげ》とか死生観とかいう言葉を吐いていた同じ口が、細君と言った時の甘い発音を少々おかしく感じた。彼が電話を掛けに立ったあと、私の隣にいたホステスが私に耳打した。

「古賀先生は奥さんに夢中なのよ。いつもお店に奥さんを連れて来るの。」

「そうかい。まだ新婚気分なんだろう?」

「でしょうね。奥さんなんか連れて来て面白いんだろうか。」

「どうかなあ。」

私には弓子をバアに連れて行った記憶はなかった。古賀は厳格な母親に躾《しつけ》られた反動として、母親の死後、細君を可愛がることで自分を解放しようとしているのだろう。彼が電話を掛けている声が聞えて来た。「……誰でもいいじゃないか。来てみれば分るよ。うん、君の会いたがっていた人さ。そんなに根ほり葉ほり訊いたら分ってしまう……。」甘いもんだ、と私は考えた。そして自分も亦、結婚してからの何年間かはどんなにか細君に対して甘かったに違いないと顧みた。私は滅入って来た気分を紛らすようにハイボールのお代りをした。古賀が長い電話を掛け終って、もとの席に戻って来た。

＊

「まず約束してくれ、」と彼は言った。「己がこれから話すことは誰にも言わない、そして餘分な干渉はしないと。」

「一体それはどういう意味だ？」と友人の顔が蒼ざめた。

「約束するな？」と彼は訊き直した。

「それはお前の頼みだから約束はする。しかし事と次第では……。」

「そんな曖昧なことでは己は言わないよ。何もお前に言う必要はないんだ。黙っていても済むことだ。ただお前ぐらいには分っておいてもらいたいと思ったものだから……。」

「とにかく言ってみろ。」

「約束するか。」

「する。」

彼は眼を伏せ、彼が信頼している友人の手を握り締めた。それでも彼は一瞬ためらった。それを言ってしまえば自分の運命は決定するだろう。もう取り返しはつかないだろう。しかし友人に言うと言わないとに拘らず、彼は既にそれを決定していた筈だ。

「己は明日、ふさちゃんと一緒に死ぬつもりなんだ。」

友人は一言も口にしなかった。ただ彼の握っている相手の手が、ぴくりと痙攣したのを彼は感じた。彼は何かに追いかけられてでもいるように喋り出した。

「馬鹿げているとお前は思っているんだろう？　分っている。しかし己はそうは思わないんだ。どっちにしたって己たちは死ぬ、運がいいとか悪いとかいうことじゃない。戦争はいよいよ絶望的な状況になって来た、誰も口には出さないが心では知っている、己たちが生き延びられるチャンスが少しでもあると、お前は本気で信じるかい？　内地にいたって、どうせ敵が上陸して来れば最後の一兵まで玉砕だ、戦闘員だけじゃない、罪もない非戦闘員でもみんな死ぬのだ。殺されるのだ。戦争である以上、己たちは自己の意志とは無関係に殺されるのだ。しかし本来、死は平等の筈だ。己は死ぬのなら自分で死にたい、殺されるのは厭だ。自分の意志というものを己は信じたいのだ。生意気な考えだとお前は思うかい？　己は何も反戦思想にかぶれているわけでも、主義主張があるわけでもない。ただ己は大日本帝国のために死ぬとか、陛下のために死ぬとかいうことでは、納得できないいんだな。」

「それでふさちゃんのために死ぬのか、」と友人は唸るような声を出した。

「悪いか。ふさちゃんは、己があの人と別れて戦地に行くという考えに耐えられないいんだよ。それは己だって耐えられない、そいつはつまり死にに行くということだからな。しかし己は男だから、自分の運命を甘受することは、しようと思えば出来る。しかしふさちゃんにはそれが出来ないんだ。己たちはいくらお互いに好きでいても、とても結婚は出来ないってことは分っている。二人とも若すぎるんだから。しかし戦争さえなければ、待つことが可能なのだ。待っているうちに、いずれは結婚できる日も来る筈だ。しかし己たちには待つということはないんだな。時間は今しかない、明日というものはない、今という時間のあとには、己には己の死、ふさちゃんにはふさちゃんの死、それしかないんだ。そういう別々の死には耐えられない、それが己たちの気持だ。己は自分が幸福になりたいとは思わない、が、ふさちゃんを幸福にしてやりたいと心から思うよ。一体どうすればそれが出来る？　己の出来ることは何もないじゃないか。さよなら、元気でいてくれと言って、あの人を残して戦地に行き、そこで惨めな死にかたをするだけじゃないか。己にしてやれることは、ふさちゃんと一緒に死ぬことだけだ。それは己が、己自身の生きていたことを証明する方法でもあるんだ。」

「うん。」暫く二人とも黙っていたあとで、友人は重々しく頷いた。「お前の言うことは分るよ。己は何も、己たちはみな陛下の赤子《せきし》で、国家のために捧げた命だなどと訓辞は垂れない。人間の命は自分ひとりの物じゃないとも言わない。勿論己は、お前の個人主義には反対だがね。己が反対したからって、お前にはお前の考えがあるんだから、己の意見が通せるものじゃないだろう。ただ己はお前の考えかたが論理的に間違っていると思うな。」

「倫理的？」と彼は訊き直した。

「いや論理的にだ。いいかい、第一に、お前は必ず死ぬときめているが、どんな戦争だって無限に続いたためしはない。お前が死ぬより先に戦争が終るかもしれない。そんなに簡単に人間は諦めるものじゃないよ。第二に、お前は自由意志で死にたいと言ったけど、自由意志で死ねるのは天才か狂人だけだ。我々はみな死を選ぶのではなく、選ばされるのだ。だから我々が選ぶのは、死ではなくて生なのだ。我々は生を選ぶ、どのように生きるかを選ぶ、その結果として死が、その人間にふさわしくあるだけだ。それは己だって、戦争で惨めに死ぬのは厭だ。しかし戦争というのは己たちの現実じゃないか。今さら嫌だとか何とか言ったって、戦争は己たちの前に既にあるんだ、それが現実なんだ。その現実に眼をつぶることは出来ない。戦争で死ぬとか殺されるとか言っても、そういう現実しかなければ、その中で何とか生きるより他にはないだろう。どんな悪い現実の中でも、誠実に生きることは可能な筈なんだ。」

「しかし、」と彼は言い掛けた。

「まあ待て。次がある。第三に、天皇陛下のために死ぬのと、ふさちゃんのために死ぬのと、どこに違いがある？　そんな口実では、お前がお前ひとりの自由意志で死ぬということにはならないんじゃないか。」

彼の網膜に寂しい微笑を浮べて立っている撫で肩の少女の姿が映った。彼女は今ごろ何を考えているだろう。明日になればすべては終ることを、彼女は一種の陶酔の中で夢みているだろうか。彼は自分の身体が小刻みに顫《ふる》えているのを感じた。彼が恐ろしいのは、明日の死ではなく、友人の言葉の中に含まれている生への甘美な誘惑だった。

「どうせ死ぬのなら、どういう死にかたを選ぼうと己の自由じゃないか、」と彼は喘《あえ》ぐように言った。

「だからそれは論理的じゃないと言うんだ。もう少し理性的になれ。死ぬとは限らんよ。」

「お前は確かに理性的な男だよ。しかしお前が選ぶという生は、こんな惨めな、非個性的な、束縛的なものであっていいのか。己たちは生きながら既に死んでいるようなものじゃないか。」

「そんなことは分らん。己たちはまだ若いんだ。充分に生きたとは言えない。何とかして生き延びること、一日でも長く生き延びることによって、生を選んだことの意味を見つけ出さなくちゃならん。お前は今、生きるということを、ふさちゃんのことだけに限定しているんだ。しかし世界はもっと広いんだ。たとえ戦争という現実の中ででも、我々の精神世界はもっと広い筈だ。」

「お前は愛というものを知らないんだ、」と彼は強く言った。

友人は鼻白《はなじろ》んだ。

「愛は生きることによって証明されるものだろう、」と友人は自分の言葉を確かめるようにゆっくりと言った。「こう言ったらお前は気を悪くするかもしれんが、お前のふさちゃんに対するものは愛なのか、同情じゃないのか。」

「愛だ。誰が同情なんかで死のうと思うものか。」

「そうだろうか、」と友人は一言一言を吟味しながら呟いた。「己は詳しいことは知らんが、ふさちゃんは肺病なんだろう、あの人はどうせ長くはないと自分でも知っているし、お前だってそのことは知っている。ふさちゃんは一人で死ぬのが厭だから、怖いから、それでお前を誘って……。」

「馬鹿なことを言うな、」と彼は叫んだ。「あの人が病気だってことと、己の決心とは関係のないことだ。己たちは、死ぬことによってしか愛を証明できないんだ。」

「生きることで証明した方がいいんだ。己はそう思う。女というのは、恐らく、みんなエゴイストなんだよ。」

「お前に女が分るのか、そんな経験があるのか、」と彼は居丈高になって訊いた。口にした瞬間につまらないことを訊いたと思った。

相手は怒らなかった。友人は彼の言葉を反芻するように暫く考えてから、「おふくろさんを見ていたって、それ位のことは分るよ、」と答えた。しかし彼は友人がもっと別のことを言いたかったのだという印象を受けた。

「お前には己のこの気持が分る筈はないんだな、」と彼はひっそりと呟いた。「己はふさちゃんを心から愛している。己はあの人のために生きている。だからあの人のために死ぬとしても、それは己にとって極めて論理的で、ちっとも矛盾なんかしていないのだ。己の世界は広くないし、この愛よりも己を充足させてくれるものは、己の世界にはないんだ。」

それを聞いて友人は黙り込んだ。今度は反対に彼の手を固く握り、彼の胸に匕首《あいくち》のように突き刺さる質問を投げつけた。

「もしお前が生き延びた場合に、その世界には、お前が言っていた藝術家としての使命って奴は含まれていないのか。」

＊

「この頃は戦中派の議論がはやっているらしいな、」と古賀が席に就くや私は言った。「君も論客の一人かね？」

「論客という程じゃない。勿論関心はあるが。」

古賀信介はそう言いながら椅子の背に凭れ、グラスを手に取り上げて、「いま電話をした。すぐ来るそうだ、」と事務的に附け足した。私はさりげなく見せようとする彼の態度が気に入らなかった。というより、私には何も彼も気に入らなかった。嘗ては女嫌いを標榜し今は満足し切って細君の来るのを待っているこの男も、思い出したくないことを思い出させる彼の戦中派論議をこれまでおとなしく聞いていたこの自分も。

「戦中派というのはつまり何だい？」と私は彼にぶつかって行った。

「我々の世代さ。戦争体験があって、それもまだ理性や判断力がつかない年頃に戦争に投げ込まれ、死に直面させられた世代さ。つまり犠牲の世代というようなものだな。」

「なるほど、結果的には犠牲者だね。我々は確かに何も分らないうちに戦争になった。マルクス主義も知らなかったし、左翼的な体験もなかった。戦争を与えられて、それが運命だと思って盲目的に受け入れた。とすると、無知の世代とも言えるわけだろう。」

古賀はちょっと厭な顔をした。昔から聡明な男だったし、勿論今では一層よく切れる頭脳を持っているに違いない。

「無知と言ったって、我々の世代はその頃まだ子供みたいなものだったんじゃないか。二十歳《はたち》ぐらいのものだった。無知なのが当り前だ。我々よりも古い世代、つまり当時の大人たちには責任があるだろう、しかし我々は戦争を批判するような身分じゃなかった。羊の群のように鞭で追い立てられて戦争に駆り出された。僕や君は幸運にも生き延びられたが、我々の仲間は実にたくさん死んでいるんだ。犠牲の世代だと言ったっていいじゃないか。こういう過《あやま》ちは二度と繰返してはならないんだ。」

古賀はやや演説口調で喋っていたが、そのうちに私もしきりと喋りたくなった。或いは酔が廻って来たせいかもしれない。或いはまた、私が無意識に感じている負目《おいめ》のようなものが、私をむかむかさせていたのかもしれない。

「過ちを二度繰返すなと言ったたって、無知な者は繰返さざるを得ないんじゃないか。我々が無知の世代だったことは否定できない事実だろう。無知だから犠牲になったんだ。犠牲の世代というのはつまり無知の結果だろう?」

「それはそうさ。だから教育ということが大事なんだ。若い世代への教育、戦争を知らない世代に、戦争が悪であることを如何にして教え込むか、それが我々生き残った者の使命なのだ。」

「君みたいな大学の先生はそれでもいいさ、しかし僕みたいな絵描きはそんな大それたことは出来ないな。生き残るというけれども、考えてみれば生き残るというのは大変なことだった。確かに我々の世代は大勢死んだ。生き残ったのは、君の言うように、幸運ということかもしれない。しかし運だけじゃない、意志だけでもなかった、それ相應の傷を負うという代償によって生き残ったのだ。謂わば他人の犠牲に於て、他人が死ぬのを見ることによって、生き残ることが出来た。そういう体験を無視することは出来ないだろう。第一次大戦のあとに出て来たアメリカの小説家たちはlost generation《ロスト・ジエネレーション》と呼ばれていたそうじゃないか。それは分る。我々だってやはり失われた世代だろう。しかし犠牲の世代だというのはどうも引っかかるな。犠牲というのは死んだ奴等のことだ。彼等を犠牲にして我々は生き残った。とすると君の言うように、悪いのはみんな大人で、我々は無知で無邪気な子供同然だったという意見は少し当らないんじゃないだろうか。無知であったことも一種の悪、犠牲を拂ったことも一種の悪、あまり威張れない世代だと僕は思うよ。」

「僕は何も威張っているわけじゃない、」と古賀は少し顔をしかめて言った。

「だいたい世代というので一緒くたにするのは気に入らない、」と私は言った。「戦争が終った時の気持一つにしたって、みんな同じじゃないよ。悦ぶ奴もいたし、悲しんだ奴もいた。君はどっちだった?」

「悦んださ、しめたと思った。僕は生きる方に賭けていたからな。」

「そうだろう。僕はそうじゃなかった。僕は悲しんだ。それは大日本帝国が負けたからというんじゃない。僕のは特殊なケースだろうが、僕は自分が死ななかったことを悲しんだのだ。これで戦争が終った。自分の意志でない意志によって己が死ぬことは、これで不可能になった、そう思った。」

私は言わなければいいことを言った。しまったと思った時には古賀が真剣な表情をして、低い声で私を追求していた。

「君はやはり後悔したのか。」

「後悔した。勿論君のせいじゃないよ。誤解しないでくれ、決して君のせいじゃない。ただ僕が弱くて、自分の意志を枉《ま》げたことを、僕は自分に許せなかったんだな。」

「ねえ、どういうお話なの？」と私の右隣で、今までひっそりと黙っていたホステスがその時口を挟んだ。

「つまらないことだよ、」と私は言った。私はもうかなり酔っていた。そのホステスが私の肩に殆ど凭れるようにしなだれかかっているのを、うるさく感じた。私にはもっともっと言うべきことがあった。私の無二の親友だった古賀信介の生き残りの幽霊に対して、澁太吉の幽霊は言うべきことが沢山あった。しかし私の激昂はすぐに収った。言ったところで何になるだろう。過ぎ去ったことだ。畢竟《ひっきよう》それは私の心の中だけの問題なのだ。

「あたしは戦争が終った時はまだ赤ちゃんだったわ、」と向い側にいるホステスが言った。

「年が分るね、」と古賀がからかい、「それとも少しさばを読んだかね、」と附け足した。

二人の女がテーブルを挟んで喋り始め、その間に私はまた古賀に話し掛けた。

「僕はね、戦後派だとか戦中派だとかややこしいことを言うより、人間を三つに分類しているんだ。世代とは無関係にだがね。」

「うん？」と古賀は身体を前に乗り出して私の話を聞こうとした。バアの中はざわめいていて、レコードの演奏にまじって人の話声が囂《かまびす》しかった。

「それはね、いずれ死ぬ奴と、死にそこなった奴と、それから生きようと死のうとどうでもいい無関心な奴と、この三つだ。」

「いずれ死ぬといっても、みんないずれは死ぬだろう、」と古賀が言った。

「いや、確実に死ぬ奴だ。自分で死ぬことをよく知っている奴だ。」

「あら怖いのね。占い師みたい、」と側のホステスが黄色い声を上げた。

「戦争中は沢山いた、我々はみな自分たちが確実に死ぬことを知っていた。だから今みたいに平和になると数は少くなるが、それでも病気の場合なんかには、例えば癌《がん》に罹《かか》った病人の場合には、確実な死を予想できるわけだ。しかし僕が言いたいのは精神的な病《やまい》の場合だな。自分の意志でそれを予想している奴……。」

私は古賀の顔を見て、彼が私の話を聞いていないことを暁《さと》った。彼は私の頭ごしに視線を起し、ごく親しげな表情に変った。それと同時に、私のうしろで若々しい声がした。

「遅くなって御免なさい。お待たせしたかしら。」

「いやそれほどでもなかった、」と古賀が言い、腰を浮しながら、「これが僕の家内だ、」と紹介した。

私は振り向いた。その人を見た。

まさにそこに、彼女が立っていた。淡い藤色のトゥーピースを着、白い革のハンドバッグを手に持ち、小腰を屈めて、儀礼的な微笑を浮べていた。そして彼女もまた私を認めた。

「安見、これが澁太吉だ。かねがね君が会いたがっていた天才的な画家だよ。」

彼女の微笑は一瞬凍りついたように見えたが、古賀の隣にいたホステスが立って席を譲ったので、そこに腰を下す動作が彼女の表情を古賀からも、私からも、隠した。腰を掛けた時にはもうよそ行きの表情をしていた。

「初めまして、」と彼女は言った。

「澁です。宜しく。」

そうか、こういうこともあるのか、と混乱した頭脳の中で私は竦《すく》んでいた。悪い夢を見ているような気がした。彼女は落ちついて隣の古賀の方を見、「どんなお話をしていらっしゃったの？」と訊いた。

「戦中派の話でね。澁が今気焔をあげていたところさ。彼は人間を三種類に分類したんだ。」

「面白そうなお話ね、」と彼女は夫の方にやさしく首を傾けた。

「君はジンフィーズでも飲むかい？」と古賀が訊き、彼女が頷き返したのでそれを註文した。

彼女は好奇心をあらわにした眼つきで私の方を見た。

「あたくしにも教えて下さいません？」

「いや、女の人に聞かせるような話じゃありません、」と私は言った。

「まあひどい、」と私の隣にいたホステスが叫んだ。「わたしたちは女じゃないみたい。」

「そういう意味じゃない、困ったな。」

笑い声の中で古賀が助太刀を出した。

「死んだ奴と、死にそこなった奴と、無関心な奴、だったか。」

「最初のは確実に死ぬべき人間だ、」と私はしかたなしに古賀に向って答えた。「謂わば自己の死を目指して歩いている奴だ。次は死にそこなった奴、戦中派は一應そこに属するかな。謂わば死を通り過ぎた人間と言える。最後は死と無関係に生きている人間、幸福なる多数者だ。それは僕にとってはどうでもいい種類の人間だな。問題は第一と第二にある。しかし奥さんは退屈でしょう、こんな話?」と私は眼を起して彼女に言った。

「いいえ、どうぞ、」と彼女はよそよそしく答えた。

私はまごついていた。酔は急速に醒めたが、言葉は私の口から思う通りに出て来なかった。それでも私は、彼女の方を見ないようにして、古賀信介に向って説明した。

「戦争の間は、我々は第一のカテゴリイ、つまり確実に死ぬべき人間に属していた。そして戦争が終って、必然的に第二のカテゴリイ、つまり生き残った者に属することになる筈だった。しかし大部分の人間は、第三の、無関心の多数者というカテゴリイに移行してしまった。だから純粋な戦中派というのは、厳密には第二のカテゴリイを守っている人間だけを指すべきなのだ。それを第三のカテゴリイまで、同じ世代だと言って引っくるめるから、変なことになる。僕はだからもっと個人的なものとして、年齢とは無関係に考えてみたいのだ。あらゆる人間を通じて、戦争体験とは別個に、死の問題があるだろう……。」そこで私は言葉を切り、彼女に会釈した。「どうもますます固苦しい話になって来たから、もう遠慮しましょう。」

「あらなぜですの?」とかすかに眉を顰《ひそ》めながら、彼女が訊いた。

「なぜって、どうもこんな話。」

「どうしてですの? ちっとも御遠慮なさることはありませんわ。」

「家内は議論が好きなんだよ、」と古賀が言った。

「これは真面目な話なんです、」と私は弁解した。

「あたくしは真面目じゃありませんの?」と怒ったように彼女は呟いた。

「そうむきになるなよ、」と古賀がたしなめて、「それで君はどのカテゴリイに属するんだ?」と私に訊いた。

「勿論第二さ。生き残った人間さ。」

「つまり戦中派だな。それで当然だよ。」

「いや、僕のは少し違うんだ。しかしまあもう止そう。くたびれたよ。」

座が白け、我々はそれぞれ飲物を飲んだ。私のグラスの中の氷はすっかり溶けていた。その時彼女が一種の謎めいた表情を浮べて私に訊いたのだ。

「あたくしのような女は、どのカテゴリイに属するんでしょう？」

「さあ、悪いけど第三でしょう。」と私は眩しそうに彼女を見ながら答えた。

「とお思いになるでしょう。でもあたくしは第一のつもりなんです。」

彼女はそう言うと、にっこりとほほえんだ。その微笑は話の合間に誰でもが何ということなしに浮べる微笑に似ていたが、私はそれが特に私に向けられたものであることを感じ取った。彼女は私の心の奥底を見抜こうとするかのような深い漆黒《しっこく》の瞳で、一瞬、私を刺し貫いた。

＊

彼は縁側に並んで腰を下し、藤棚を濾《こ》して柔かく洩れて来る日の光を浴びながら、泉水の方を見ていた。庭はかなり荒れていて、その泉水には青みどろが浮き、時々思い出したように鯉がその中で跳ねた。

「静かだこと、まるで嘘のようですのね、」と彼女が低い声で言った。

「何が嘘のようなの？」と彼は訊き直した。

「何も彼も。いつ空襲があるか知れないっていうのに、こんなに静かでしょう。戦争があるなんて考えられないくらいです。」

彼女の口の利きかたは、多少の訛《なまり》のせいもあって子供っぽかった。それに子供っぽいのは言葉だけではなく、髪をお下げに結《ゆ》って耳の両側に垂らしているのも、くるくると眼を動かすのも、よく笑うのも、彼女の幼さを示していた。ただこの頃、彼女は次第に笑わなくなっていた。そしてしょっちゅう小さな咳をし、顔色も冴えなかった。

「戦争はひどくなる一方さ。僕等ももうじき出発らしい。」

彼女はぎくっとしたように身体を強《こわ》ばらせ、「いつですの?」と訊いた。

「それは分らない。ただもうすぐらしい。お前等もそのつもりで準備をしておけと言われている。」

彼女はかすかに身顫いをしたようだった。藤の花房から噎《む》せるような甘い馨《かお》りが降《ふ》って来た。

「寒い?」と彼は訊き、「そんなに起きていたらいけないんじゃないか、」とやさしく言った。

「平気です。あなたがせっかく来ておいでなのに、寝てなんかいたら勿体ないわ。」

「そんなことはないさ。」

「あたしは嬉しい。」そしてちょっと咳き込んでから言葉を続けた。「あたしなんて、こんな田舎の、こんな古ぼけた家の、何にも知らない娘でしょう、あなたみたいな立派な人と識合になれるなんて、不断ならとても考えられません。あたしはどうせこんな病気だから死ぬのはしかたがないけれど、死ぬ前にあなたという人を神さまが引き合せて下さいました。もしあなたを識らなかったなら、あたしはもっと惨めだったでしょうね。」

「そんな不吉なことを考えるものじゃないよ。君の病気だって、悪くなるとは限っていないさ。」

「気休めはいいんです。」

彼女は顔をそむけたが、それは涙を隠しているようだった。

「君は近頃ちっとも笑わなくなったねえ。こっちを向いて、少し笑って御覧。」

「はい。」

彼女は素直に彼の方を向いた。そして笑顔を見せたが、やはりその眼は潤《うる》んでいて長く彼を見詰めることが出来なかった。

「あたしは病気だから死んでも当り前だけれど、あなたが戦死するのかと思うと、あたしはたまらないんです。」

そして大粒の涙がその眼に滲み出た。彼は顔をそむけ、また泉水の方を見た。鯉の背鰭《せびれ》が水を切り、波紋がゆるやかに広がって行った。

「僕等はあの鯉のように、戦争というこの池の中から出られないんだよ、」と彼は説明した。「お国のためなんだから、今さらくよくよしたって始まらない。みんな死ぬのだから、僕だけが死なないわけにはいかない。君は僕の代りに養生して生きていてくれ給え。」

「あたしは厭、」と彼女は張りのある声で叫んだ。「そんなのは厭。あなたが死ぬのならあたしも死にます。」

そして激情に駆られて、しがみつくように彼の両手を摑んだ。そのはずみに咳が出はじめ、身体を二つに折り曲げるようにしてもそれは止らなかった。彼はその背中をゆっくりと摩《さす》った。

「駄目だよ、そんなに昂奮しちゃ。」

「だって、だって……。」

彼女の身体は小刻みに戦《おのの》き、その暖かい皮膚の感触が着物を透して彼の手に傳って来た。どうせこの人も死ぬのだ、自分も死ぬのだ、と彼は考えていた。そして生きている肉体というこの神秘なものを、まるで礼拝するように彼の手は敬虔《けいけん》に撫で続けた。

「たとえ戦争で死ぬとしても、僕は君を識ったことで満足だよ。もっと早く識っていればよかった。もっと長い間君と一緒にいられたらよかった。でも欲張ったって始まらない。こういうふうに会って、こういうふうに別れるのが僕等の運命だったんだろう。」

「別れるなんて厭。まだ別れたわけじゃありません、」と彼女は必死になって叫んだ。「まだ生きています。まだこうやって一緒にいられます。」

彼は頷くように彼女の背中を撫でていた。その時、警報のサイレンが不意にいきり立つような断続した響を上げ始めた。彼女は苦しげに身を顫わせた。

「警戒警報だな、」と彼は呟いた。「君はいつもどうするの？　防空壕にはいる？」

「空襲警報まではお座敷で寝ているんです。動く方が辛いんだもの。あなたは？　お帰りになる？」

「うん。しかたがない。」

しかしサイレンが暫く休止したかと思うと、それは空襲警報に代り更に不吉な唸り声を轟かせ始めた。擦半《すりばん》の半鐘がそれに和した。屋敷の奥の方から、しきりに彼女の名前を呼ぶ声が聞えて来た。

「こいつはいけない。防空壕へ行こう。こんなに早く空襲警報が鳴る時はあぶないんだ。」

彼は立ち上り、彼女の身体を抱き起した。

「さあ、僕がおぶって行ってあげよう。」

「でも恥ずかしい。」

「そんなことを言ってる場合じゃない。さあ。」

彼はそこにしゃがみ、彼女の両手が彼の肩にかかるのを前の方に手繰り寄せるようにした。サイレンは相変らず断続的に鳴り続けていた。彼は彼女の軽い身体を背負って立ち上った。暖かい息が彼の頰に触れた。

「恥ずかしい、」と彼女が繰返した。

彼もまた恥ずかしかった。二人がこんなに親密に身体を触れ合ったのはこれが初めてだった。彼は彼女の全身を燃えるように自分の背中や両手に感じながら、泉水をめぐって防空壕のある方へと歩いた。

「あたしは死にたい。せめてこうして、あなたにこうしておぶさって、一緒に死にたい、」と彼の耳許に口をつけて、彼女が喘ぐように言った。

その時、彼もまた同じことを思った。こうして死にたい、どうせ死ぬのなら、彼女と一緒にこうして死んで行きたい。なぜそうしてはいけないのか。彼は一歩一歩足を踏みしめながら、心の中に同じ問を繰返した。

*

雑誌の頁をめくった途端に、彼女は思わず小さな声をあげた。

「これ素敵ねえ。」

夫はその側で椅子に凭れてテレヴィを見ていたが、彼女の声に首を向けて、「誰の絵だい？」

と訊いた。もともと食休みにテレヴィを見るのは彼の方で、彼女は見たり見なかったりだった。寧ろ彼女は新聞や雑誌を読んでいることの方が多く、その合間にテレヴィの筋などを批評して、そんな器用な真似は己には出来ないよと夫から感心されていた。

その画家の名前を告げると、彼はテレヴィの方はお留守にして彼女の方にすっかり向き直った。

「どれちょっと見せて御覧。」そして雑誌を受け取り、しげしげとその複製の絵を眺めて、「いい絵だ。こいつは僕の友達だよ、」と言った。

「あらお友達なの？」

「ああ昔の戦友さ。予備学生だった頃、こいつと同じ釜の飯を食った。そのあとでもずっと附き合っている。君は知らなかったかなあ。」

「知らないわ。そんな藝術家のお友達があるなんて、あなたもまんざらじゃないわね。でも戦友が絵描きだなんて、何だか変みたい。」

「変なことはないさ。戦争中は職業なんか問題じゃなかった。それにこいつだってまだ絵描きの卵で、物になるかどうか分らなかった。だいたい生き延びられるとは思っていなかったよ。」

「あたしこういう絵好きだわ、」と彼女はまた雑誌を取り返して、じっと眺めた。

「いつか会えるさ。しかし不思議なような気がするなあ。僕も生きているし、こいつも生きている。二人とも生き延びて僕は大学の教師になったし、こいつはこうして立派な絵描きになっている。しかしひょっとしたら死んでいたかもしれないいんだからな。」

「あら誰が?」

「勿論、こいつのことさ。僕が死ぬものか。こいつは殆ど死ぬところだった、いや確実に死んでいたかもしれないいんだ。」

「確実にってどういう意味?」と彼女は訊いた。

彼はちらっと彼女の顔を見、「或る娘さんと情死しようとしたんだ、」と言った。言ってすぐに、「まあそんな話はよそう、もう二十年も昔の話だ、」とごまかした。

「この人、自殺したの?」

「自殺したら生きちゃいないさ、」と彼は大声で笑った。「その話はおしまい。」

彼はまたテレヴィの方に向きを変えた。そういう軽薄さの故に彼女は夫をぼんやりと憎んでいた。情死しそうになって死ななかった画家とはどんな画家だろう、その相手はどういう娘さんだったのだろう、そう思いながら彼女はまた雑誌に載っている原色版の複製を、それが画家その人であるかのように眉の間に皺を寄せて睨んでいた。

私が家に帰り着いた時に夜はかなり更《ふ》けていて、玄関を自分の鍵で明けてはいっても誰も起き出して来る気配はなかった。弓子ならどんなに遅くても寝ないで待っていたものだが、と私はつい考えたが、その代り必ずしも機嫌よく迎えられたとは限らなかった。玄関をくぐる度に反射的に妻のことを思い出すという習慣もそろそろ消えかけていた。その晩アトリエの隣にある狭い書斎のドアを明け、電燈を点け、合オーヴァーを脱いでどさっと椅子に腰を下した時には、弓子のことはまったく念頭になかった。

酔は殆ど醒めていたが、着替をするのも億劫《おっくう》なほど身心ともに疲れ果てていた。それでも私は立ち上ってアトリエへ行き、そこの電燈を点け、部屋の中央に立ってぐるりの壁面にある旧作や、描きかけの作品や、下塗りしただけのカンヴァスなどをひとあたり見廻した。それは長年にわたるきまりのようなもので、どんなに遅く帰宅しても自分の作品を確かめないうちは寝られなかった。興が乗ると、それから徹夜して仕事をすることもあった。

絵を見ているうちに動くのが厭になった。書斎まで戻る気力もなく、況《いわん》や寝室に行くのさえ大儀で、アトリエの隅の肱掛椅子にそのまま倒れ込んだ。睡くはなかった。眼は冴えていたし、頭も濁ってはいなかった。私には考えなければならないことが沢山あった。

安見子、私がもう一度会いたいと願っていた彼女、その名前の他は何一つ私に教えようとしなかった彼女の、今や姓は古賀であり、身分は古賀の細君であることが分った。まさに私の旧友が長年の独身生活の末に漸く結婚した相手だった。その事実は霹靂《へきれき》のように私の耳許で尚も鳴り続けていた。安見子はお嬢さんではなかったし、ただの人妻というのでもなかった。選《え》りに選って私の最も親しい友人の妻だった。

どうしてそういうことになったのだろう、と私は考えた。私は古賀が結婚したことを知らず、もとより彼の奥さんに会ったこともなかった。しかし彼女の方は必ずしも私を知らなかったわけではないようだった。伊豆の宿屋で彼女は私の名を知っているようなことを口走った。その時彼女は、私がその夫の友人であることを知っていながら、私に抱かれたのだろうか、私を愛したのだろうか。なぜ。彼女はそういうふしだらな、軽はずみな女なのだろうか。

私の答は否《いな》だった。記憶の中の彼女は、素直で、やさしくて、子供っぽかった。私が強制したわけでも、彼女が身を投げ出して来たわけでもなく、我々はお互いに気持の近づき合うのを感じ、お互いに手をのばし、お互いに愛し合ったのだ。あらゆる社会的な束縛から切り離されて、裸の魂と魂とが忽然と燃え上ったのだ。どうしてそういうことが可能だろうか、もしも彼女が私が誰であるかを知っていた時に。

しかし今夜も、彼女は私があのバアに夫と一緒にいることを知っていた筈だ。それとも知らなかったのだろうか。彼女は私を認めて一瞬驚いたようだったが、すぐにその驚きを隠した。彼女は初対面の奥さんという演技を見事に演じ通した。へどもどしていたのは私の方で、彼女は陽気に笑ったり喋ったりした。

私の頭脳の中で、彼女は二人の別々の女だった。一人は私がただその名前しか知らない、初《うい》初《うい》しい、恥ずかしげな、やさしい娘だった。もう一人は陽気で、蓮っ葉で、自分の欲しいものは何でも手に入れようとする気の強い女だった。しかしその二つの印象が、何と鮮かに私の中で一人に混り合ってしまったことだろう。私はバアでテーブルの向う側に坐っている彼女を厭でも観察せざるを得なかったが、彼女の生き生きした黒い眼、時々眼許にかかる髪を振り拂うその科《しぐさ》、夫の方にかすかに傾けた首、脣から洩れる白い歯並、そうしたものは今も尚私を捉えて離さなかった。私はアトリエの壁に懸っている自分の絵を見、それらが私の眼に死んだものとして映るのをどうすることも出来なかった。私は彼女の真の美しさを知っているのだ。生きている彼女の美しさを思えば、それらの絵はあまりにも無力に感じられた。今日の電撃的な再会は、私の記憶を息苦しい程に再現させ、私の心の空隙をどんな酒よりも強烈な液体でなみなみと満した。

しかし彼女は他人の妻だった。

私の心は酩酊と覚醒との間を往ったり来たりした。それは次第に一種の無力感へと私を誘った。私に何が出来るだろう。そして彼女に何が出来るだろう。

私は精神の衰えを、或いは私という精神構造の持って生れた弱さを、身に沁みて感じざるを得なかった。昔の私にはかっとのぼせあがるだけの情熱があった。しかしそれはどういう歪《ひず》みによってか、いつでも次第に消えて熾《おき》となり、その埋み火を掻き立てようとしても長くは続かなかった。私の精神は諦めろ、しかたのないことだと私に告げた。私の愛した女たちは、或いは死に、或いは日常の中にその魂の輝きを喪失した。それと共に私の魂も亦、少しずつ死んで行ったのだ。なるほど絵に対する情熱は残ったし、それを自分に納得させるだけの精神の作用はある。しかしそれは単にメチエというものの惰性、習得された技術の反覆というにすぎないのではないか。それでも私が生きることを自ら選んだ以上、私はこの技術を根柢から突き動かすような、私に生きることが使命であることを教えるような、魂の衝動を無意識に待ち受けていたのだし、それはこの春、伊豆に於ける彼女との出会いという、初めはその意味に気がつかず次第にその内在的な照明によって私の心を照し出した事件によって、まさに実現しそうになっていたのだ。私は今になって漸く、真に生きることを学び得たかもしれないのだ。もしもこの愛が不可能だとすれば、神は何故にかかる偶然を試みたのか。運命は何故に罪深い悪戯を私に強いたのか。

不可能だときまったわけじゃない、と私は再び勇気を奮い起して自分に言い聞かせた。彼女には彼女なりの理由があったに違いない。私に於て、彼女の存在は彼女の夫に於けるよりも遙かに重いのだ。たとえ彼女の夫が古賀であるとしても。――私はこの論理を、多少の良心の痛みなくしては承服することが出来なかった。しかし私は彼女と再会した今、彼女を忘れることも彼女を諦めることも、到底できないことを知っていた。もしも彼女がたちの悪い女、よこしまな女、一時の気紛れから私に近寄った女であったとしても、私の心は必死になって、そうではない、そんな筈はない、と叫んだだろう。私は傲慢にも、私が彼女を選んだ以上は、彼女は選ばれるだけの価値のある女であるに違いないと信じていた。謂わば私は運命に挑戦したかった。

それからまた無力感が来た。私の固定観念が来た。私は一度死んだ人間だ。いや、死のうとして死ねず、空しく屍《しかばね》を曝しながら、人生の価値を、或いは藝術の価値を、暗中摸索しながら生き延びた人間だ。私の人生はとうの昔に終り、ただ形骸だけが生き残っている。そのような人間に、どんな愛が許されるだろう。どんな悦びが、どんな生き甲斐が、どんな創造が、許されるだろう。何もない。ノオ、ノオ、ノオ。私の耳の奥ではいつもその否定語が幻聴となって響いていた。この二十年の間、私は休みなく聞き続けていたのだ。ノオ、ノオ、ノオ。お前の人生は？　お前の愛は？　お前の藝術は？　ノオ、ノオ、ノオ。そして今、私に何が残されているのか。この否定を否定すべき如何なるものが。

人は生きて行く時につまらぬ過去の詮索はしない。我々は正面を向いて道を歩いているので、用もないのに振り返ってばかりはいられないし、不愉快な過去を自然に忘れるような有難い本能を持っている。もしも過去のことばかり気にするとしたなら(例えば弓子がそうなのだが)それは一種の病的な性格と言えるだろう。私は決してそういう種類の人間ではない。自分で言うのもおかしいが、私は健常で平凡な頭脳の持主だ。ただそういう人間にしても、もしも彼の人生を根柢から揺り動かしたような体験を持っているならば、その記憶は好むと好まざるとに拘らず、彼をして過去の事件を振り返らせるようにしむけるだろう。謂わば過去を振り返るのではなく、過去の方で声を上げて追い縋《すが》って来るのだ。

私は力なく椅子に凭れ、内心の声を聞いていた。よせ。お前には人を愛する資格なんかない筈だ。やめるなら今だ。彼女に再び出会った今、お前は彼女のことを忘れるべきだ。それでなければお前はまた同じ轍《てつ》を踏むだろう。お前は自分が不幸になるだけでは済まない、相手をも必ず不幸にする、お前はそのことをよく知っている筈だ。

しかし、と私は過去の声に言い返す。しかし己は彼女を愛している。ばかな、お前はそう思っているだけだ、とその声は答える。愛はまだ始まってはいない。お前が旅先で経験したのは単なる夢のようなものだ。夢でいいじゃないか。あの時はお前は彼女が誰だかを知らなかった。

しかし今は違う。今はただの冒険だった。美的な冒険といってもいい。それは済んだことだ。しかし彼女が誰だかを知っている。冒険や情事ではなく、それが愛になることを知っている。しかしお前は愛してはならないのだ。

しかし、と私は言い返す。一度失敗したからといって、なぜもう一度試みてはいけないのだ。もう一度。弓子の時は失敗した。しかし今度は。ばかな、とその声は答える。お前はあの時も彼女を愛してはならなかったのだ。お前は決して愛してはならないのだ。

なぜ。

なぜと問い返すまでもなかった。私はその答を充分に知っていたのだ。愛することを偽って最愛の女性を殺した男は、決して、二度と、別の女を愛することが出来ないのを。弓子との愛に私が如何に誠意と愛情とを傾けたとしても、過去の声は決して私の耳に聞えなくなることはなかった。そしてもしもう一度私が試みるとしても。

私がその晩うつつともなく考えていたことの大部分は安見子のことよりは寧ろ私自身のことだった。私の過去と、愛するということの不可能な、宿命的な、不吉な代物《しろもの》についてだった。そして生きるということの、この曖昧な、不可避的な、絶望的な代物についてだった。私は生き残り、ふさちゃんは死んだ。二十年前のその事件が、何という重みを以て私を圧倒することか。それもこういう時に、――私が愛する女を見出したと思い、もう一度愛を、いな生きることを、試みようと思ったその瞬間に。

しかし己は何も彼女を愛しているわけじゃないんだ。それが最後に私が椅子から立ち上った時の結論だった。彼女だって己を愛しているわけじゃない。これは愛でも何でもないんだ。私はそう呟き、少しばかり安心し、寝室まで歩いて行くと、寝衣に着替えるのもそこそこにベッドの上にぶっ倒れた。私は夢も見ずに深く眠った。

翌朝目が覚めた時から、私の意識はただそのことに集注していた。私が起きたのは太平が学校へ行ったあとで、私は一人きり母屋の茶の間で遅い朝食を認《したた》めるとアトリエに戻った。しかし仕事をする気分ではなかった。母屋の方から母とお手傳さんとの話し声がかすかに聞えて来ていた。私はアトリエに続く書斎の机の前に腰を下して、すぐ側にある電話の受話器をぼんやりと睨んでいた。昔の手帳には古賀信介の電話番号が控えてある筈だが、私はそれよりも電話帳を繰る方を選んだ。電話帳は私の心のようにずっしりと重かった。

私は番号を書き留めてからも、容易に決心がつかずに肱を突いて考え込んでいた。古賀はまだ家にいるだろうか、それとも大学の講義に出掛けただろうか。たとえ彼がいたところで、昨晩旧交を暖めた以上は電話を掛けて何の不都合なことがあろう。昨日は失敬したと言えば済むことだ。しかし出来ることなら、私は古賀とは話をしたくなかった。古賀とは一切無関係に、ただ安見子という一人の女性と話をしたかった。昨晩のようなよそ行きの彼女ではなく、ありのままの彼女と、――私が左浦の宿屋で出会った時のままの彼女と。

私は恐らく小一時間もそうしてためらっていただろう。私は懼れていたのだと思う。彼女は前に、あたしを探さないで、と言った。私に探す気がなかったとは言わないが、昨夜の出来事はまったくの偶然で決して私が約束を破ったわけではない。しかし彼女はそう取るかもしれないし、昨晩の彼女の態度もひどくつれないものに見えた。亭主が側にいる以上何も私が彼女からやさしくして貰えるとは思わないが、私の自尊心が多少とも傷つけられたことは事実だった。ここで電話を掛けて、もう一度恥の上塗りをする必要があるだろうか。しかし私の記憶の中で、彼女は確かに私を愛していたのだ。少くとも昨晩のことがどういう偶然だったのか、説明する必要はある。また、なぜ彼女が私を私と識っていながらああいうことになったのか、訊くだけの権利はある。そして私は決心した。とにかく声だけでも聞こう。左手に受話器を握って右手の人差指で番号を廻している間に、私は早くも手の湿《しめ》りを感じた。

呼出しの信号が鳴り続けても、相手は容易に出なかった。殆ど諦めかけた時に、信号が歇《や》み、声がした。

「はい。」

「古賀さんですか。」

「はい、古賀でございます。」

「安見子さん?」

相手は沈黙した。それは私の知っている声だった。というよりも、昨晩私が知らされた、やや取り澄ました彼女の声だった。

「昨晩は失礼しました。僕は澁です。」

「分っています。」

「古賀君は留守ですか。」

「ええ、出掛けていますの。」

そしてまた沈黙。しかし彼女はすぐに私の声を認めたのだ、と私は考えた。彼女は私から電話が掛るのを待っていたのだろうか。

「もしもし。」

「はい。」

「僕はゆうべはとても驚きましたよ。まさかあなただとは思わなかった。」

「あたしだと御存じで、古賀にあたしを呼ばせるようになさったのじゃありませんの？」

「まさか。僕はあなたが古賀の奥さんだなんて夢にも考えなかった。」

「そうですの。あたし、御存じなのかと思いました。あたし古賀にも怒っているんです。ゆうべから口も利いてやらないの。」

彼女は少しばかり笑った。その声は次第に伊豆で私と識り合った時の彼女の声に近づいていた。

「何で怒るんです？」

「だって。あなたたち二人してあたしをお酒の肴に呼んだのかと思って。」

「とんでもない。古賀はあなたを自慢したかっただけです。僕はびっくりして息が詰るようだった。」

「あたしだって。あたし、あなたを憎いと思いました。」

「どうして？」

返事はなかった。私は反射的に言い返した。

「あなたの方がよっぽどひどい、知らん顔をしていたじゃありませんか。」

「でも、どんな顔をしたらいいんですの？」

「それはそうだけど。」

沈黙。そして私は少しずつ不安になり、受話器を握り締めている左手の湿りをますます感じた。

「安見子さん。」

「はい。」

「僕はどうしてもあなたに会いたい。今日会いませんか。」

私はそんなことを言い出すつもりではなかった。彼女の声を聞いているうちに、私はふと一切の時間を錯誤した。私が如何なる私であり、彼女が如何なる彼女であるかを瞬時忘れた。会いたいというこの気持の他にすべてが消え去った。

「ゆうべは僕たちは普通じゃなかった。何しろあんなふうな変てこなぶつかりかたをしたんですからね。僕は伊豆からずっとあなたに会いたいと思っていたけど、まさかあんなふうに会うとは思ってもみなかった。だからちゃんと会いましょう。ね、いいでしょう?」

「だって。」

「ね、いいでしょう、いいと言って下さい。」

そして再び沈黙。彼女はその間何を考えていたのだろうか。私は息苦しいほど沈黙の重みを量っていた。

「安見子さん。」

彼女は尚も答えなかった。そして長い時を置いてから、死んだ人間が甦ったようにかすかに呟いた。

「ええ、いいわ。」

それはまるで溜息のように受話器の底から聞えて来たが、それが悦びの溜息であるのか苦しみのそれであるのか、私には区別することが出来なかった。

＊

雨の音が少し静かになると寒さが一段と厳しくなった。彼はカーテンを少し明けてみて、今迄の雨が霙《みぞれ》に変ったのを知り、再び煖炉の前の椅子に戻ると、煖炉の中に小さなシャベル一杯の石炭を掬《すく》い込んだ。古風な煖炉は彼の父の設計によるもので、父がこれまた古風な揺り椅子に腰を下し、パイプを銜《くわ》え、時々石炭を掬っては火の中に投げ込んでいたのが、今でも彼の眼の前に見えるようだった。木彫の飾りのあるその揺り椅子はとうに壊れてしまい、父もとうに死んだ。しかし彼は、石油ストーヴに変えようとかガスストーヴの方が簡単だとかいう妻の意見を決して聞き入れず、あくまで石炭をくべるこの煖炉の使用を固執した。それは暖かだったし、火の世話はどんなに仕事に熱中している時でも自分で当った。時々その前の椅子に陣取って休んでいると、気持がゆったりと落ちついて幸福な気分になった。呼ばない限り妻は茶の間にいて此所へははいって来なかったから、彼は世俗的な問題に煩わされず自分の殻の中に籠ることが出来た。そういう時、冬の夜は長かった。

今、彼は幸福でもなかったし、妻が茶の間から此所へ来ることもなかった。彼女がこの家を出て行ってから既に一週間が経っていて、その後の消息は不明だった。勿論彼は彼女の居場所も知っていたし、その勤め先も知っていた。彼女が無事に新しい生活を送っていることは分っていた。しかし彼は彼女の精神状態を信用することが出来なかった。

彼は側の小机の上に洋酒の罎を置き、手にグラスを持って思い出したように時々グラスを傾けたが、酔はいっこうに訪れなかった。恐らく今頃は、彼女もまた自分のアパートの一室に閉じ籠り、アルコールを呷《あお》っていることだろう、それとも今この瞬間には、既に多量の睡眠薬を飲んで昏々と眠っているかもしれない。そのことを想像すると彼は不安でならなかった。思えば彼は、彼女と結婚してからいつもその不安と闘って来たのだ。一度あることは二度あるだろう、二度あることは三度あるだろう、そして最後には。しかしとにかくこの十年ばかりは無事に過ぎたのだ。曲りなりにも二人は仲のよい夫婦とみなされた。彼女が人目を忍んでアルコールを嗜《たしな》むようになっても、アルコール中毒の方が自殺中毒よりはましだというのが彼の秘かな意見だった。醒めた精神は鏡に映る自我の影を抹殺したい欲望に駆られることがあるが、アルコールはその影を朧《おぼろ》げに歪めて、いつしか歪んだ像をそのまま受け入れるようになるだろう。間違ってでも生きている方が正《ただ》しく死ぬよりはいいのだ、——それが彼の得た人生の教訓だった。もとより彼はそれを文字通り信じていたわけではない。彼女にそう言ってお説教する度に、彼の良心はちくちくと痛んだ。しかし、人間は間違ってでも生きている方がいいと言うことの他に、彼に何と言えただろうか。彼自身が既に間違って生きている以上は。

彼女が遂にこの家を出て行く迄に、最後の衝突をした時からでも既に半月近くの間があったが、その間彼女は割合に平静で、昼は勤め先を探したりアパートを当ってみたりし、夜は茶の間に籠って一人でウイスキイを飲んでいた。彼が側に行っても話し掛けることもなく、時々とろんとした眼つきで彼を見たが、それは厭な予感を伴っていて無気味に感じられた。別居の計画は着々と（彼女の側《がわ》に於て）進行し、彼は手のつけようもなくてそれを見ていたのだ。彼女は彼よりも遙かに酒量があり、壜の半分ぐらいを空にしてもまだ平気だった。そんなに飲んじゃ毒だよと彼が言っても、蔑《さげす》むように彼を見た。そして彼の方も、それが毒だとは思わなかった。その毒は寧ろ彼女の精神の安全弁の役割を果しているのかもしれなかった。それに計画があることは、少くとも生きる意志を示していた。彼女はその計画に従って、今や彼と別れて生きている筈だった。

霙《みぞれ》の音が一層かすかになり、或いはすっかり雪に変ったのかもしれないと彼は思った。どんなアパートに住んでいるのかは知らないが、彼女もまた窓越しに天から降って来る冷たいものを眺めて、自分の歩いて来た道を振り返っているだろう。果してそれが生きるに値《あたい》したか否かを、心の中でまさぐっているだろう。

最後の衝突が起った晩、二人は夜中から朝まで烈しく言い合ったが、それは新しい原因が一つ見つかったという迄で、二人の間に通じ合うものはもう殆ど残っていなかったのだ。しかし彼女は狂ったように怒り、口をきわめて罵った。

「わたしがあの人を愛していることをあなたは初めから御存じだった。それなのにあなたは、あなたが他の女を愛していることを、今までわたしに隠していたのね。」

「しかしその人は死んだんだよ、とうに死んでるんだ、」と彼は弁解した。

「死んだからってそれが何です？　あなたは今だって、その死んだ人を愛しているじゃないの。」

「二十年も昔の話だ。そんなにむきになることはないじゃないか。」

「二十年？　二十年経てば時効だと言うの？　いいえ、死んでいようと生きていようと、あなたがわたし以外の女を愛しているなんて、しかもこの十年もわたしを騙し続けて来たなんて、わたしは決して赦しません。」

「騙したわけじゃないんだ。」

「卑怯よ。あなたは卑怯よ。男なんてみんな卑怯だわ。」

彼の耳にその声は尚も響いているようだった。確かに己は卑怯な男だよ、己は死ぬのが怖かったし、お前にそのことを言うのが怖かったんだ、と彼は心の中で呟いた。しかしお前の論理はまったく変だ、お前には罪がなくて己にだけ罪があるなんて。彼は眼の前に彼女がいるかのように苦笑し、またシャベル一杯の石炭を焚炉の中に放《ほう》り込んだ。己はまだ彼女を愛しているかもしれないんだな、とそこで眉をしかめて考えた。

＊

彼女がデパートの催物会場の入口にその画家の名前を見出したのは、まったくの偶然だった。彼女はその日買物のためにデパートに出掛けて必要なものを買い込むと、紙袋をぶら下げて他の階をも見て廻った。そうやって人込《ひとごみ》の中をぶらぶらするのは本当はあまり好きでなかった。計画を立てて、直線的に目指す売場に行き、用が済んだらさっさと出て行くのがいつもの癖だったから、エレヴェーターで上の方へあがって行ったのは、無意識のうちにその偶然を望んでいたのかもしれないと後になって彼女は考えた。従って画家の名前を発見した時に、彼女はびっくりすると共に嬉しくなった。今晩夫にこのことを話して驚かしてやろうと、入口をはいる時からもうわくわくしていた。

画家の個展会場は入場無料だったが、見物はあまり多くなかった。彼女は受附の台の上にあるサイン帳を横眼で見たが、勿論署名はしなかった。真直に近くの壁の前に立ち、そこに並んだ絵を一つ一つ丁寧に見始めた。

この画家の絵は実物を見るのはこれが初めてだったが、複製なら二三度見たことがあった。

つい先だっても夫の取っている雑誌の中に一枚の絵を見たばかりだった。しかしこうやって沢山の作品を一時《いちどき》に見ると、それは圧倒的な印象を与えて、単に綺麗だとか気に入ったとかいうだけではない、本質的に身近なものを感じさせた。何かしらこの絵描きと彼女との間に共通のものがあるような。作品はここ数年来の近作を集めたもので、抽象と具象との合の子のような、一種独特の画風だった。色彩は華かで人目を惹く美しさがあったが、しかし彼女が打たれたのは、それらの明るい画面の底にある破壊的なもの、不吉なもの、人を闇の方へ振り返らせる奇妙な呼び掛けだった。この世のものでないような情熱をそれは感じさせた。とは言っても、それは彼女ひとりの思いすごしだったかもしれない。

ふと気がつくと会場の中央に長椅子があって、そこに腰を下した一人の人物の前に二人ほど若い男が立っていて、その一人は片手に小さな手帳を持って何か書いていた。新聞か雑誌の記者かもしれない、そうすると……。彼女は好奇心を抱いて長椅子に掛けている男を見たが、大きな植木鉢の棕櫚《しゆろ》の葉蔭にやや横向きになっていたので顔はよく見えなかった。彼女はまた壁の前を傳って歩いて行ったが、今度は絵に対する注意力がだいぶ削《そ》がれて、多分作者であるに違いないその男のことが気になり始めた。暫く行ったところにまた長椅子があり、学生風の二三人の客が休息して煙草を喫んでいた。彼女はその隅に坐り、膝の上にハンドバッグと買物袋とを載せ、そして失礼にならない程度に、中央の長椅子に凭れているその男をしげしげと眺めた。

男は煙草を持った左手を宙に動かしながら熱心に口を利いていた。そしてまるで彼女の視線に気がついたかのようにこちらを見た。彼女ははっとなったが、その視線は電光のように彼女を貫き、それから空気のように彼女を見過してまた眼の前に立っている二人連れの記者の方に戻った。しかしその短い瞬間に彼女は男の顔を正面から見た。ぎょろっとした大きな眼をして、深刻そうなしかめ面をしていた。彼女はちょっと笑い出したくなるような気分になった。藝術家なんて、みんなあんなふうに怖い顔をしているものだろうか。そのことをぜひ夫に話してみようと考えた。

彼女はその横顔を尚も見詰めていたが、その人が夫の友人である画家に間違いないことはもう疑う餘地がなかった。年の頃は若いようにも老けているようにも取れたが、夫とほぼ同年輩なのだろう。その時画家はまた何となくこちらを振り向いた。今度は笑顔を見せていて、それは無邪気そうな、明けひろげたやさしい顔だった。二人の記者が会釈をして立ち去った。画家はそのあとから受附の方へ歩いて行った。

彼女もまた長椅子から立ち上り、壁の前に行って絵の続きを見た。彼女が見終って会場を出る時に、画家は受附の女の子の側に立って署名簿をめくっていた。髪が額の方に垂れて、やや猫背ぎみのその恰好はひどく寂しげだった。この人は単に深刻ぶっているわけじゃなくて、心の底に深い苦しみを持っているに違いない、と彼女は考えた。苦しみがあるからこそ、わざとあんな明るそうな絵を描くのに違いない。どんな人なのか、あたしはもっともっと知りたい。

その晩夫が帰って来てからも、彼女はデパートの会場で夫の友人の個展を見て来たことを遂に口にしなかった。

「御免なさい、お待ちになったかしら？」

やさしい低い声がすぐ耳許でささやかれるまで、私は彼女が来たことにまったく気がつかなかった。たしか昨晩バアに現れた時も、彼女は同じような言葉を口にした筈だ、とその瞬間に思い出したが、今私に呼び掛けた声の調子はその時とはまるで違っていて、周囲にある現実から私を完全に遊離させた。彼女だけが忽然《こつぜん》として私のすぐ側に立っていた。

「いや大したことはない。さあお掛けなさい。」

私は少し慌てながら隣の椅子をすすめた。私と彼女とが選んだ喫茶店は、そこしか二人とも共通して知っている店がなかったせいだが、私が来た時には空席が見つからないほど混んでいた。私はやっとのことで若い女が一人だけ坐っているテーブルの反対側に、会釈をして腰を下したが、その女がちょっと厭そうに私を睨んだところを見れば、やはり人を待ち合せてでもいたのだろう。現にその女は、安見子が私の隣の席に腰を下すのを批評的な眼指《まなざし》でちらっと見たようだった。

私は彼女の代りにウエイトレスにコーヒーをもう一つ註文し、まだ信じられないかのようにすぐ隣にいる彼女を眺めていた。彼女は薄いピンクのワンピースを着ていて、椅子に浅く腰を掛けて軽く身をよじらせるようにしながら私の方を見た。

「あたしとうとう来てしまったわ、」と困ったように言った。

「会いたかった。」

私は小さな声でそう言い、それでも気になってテーブルの向う側の女を窺ったが、その隣には恋人らしい若い男がいつのまにか現れていて、こちらのことなどは眼中にないらしかった。私は安心してまた彼女と眼を見合せた。

「僕はこの一月あなたのことばかり考えていた。こうして会えるなんて夢のようだ。」

「でもお会いしない方がよかったんですわ。」

「そんなことはない。僕は会わないではいられなかった。それなのにあなたがどこの誰なんだか分らないと来ているんだから。」

「あたしはもう決してお会いしないつもりでいたんだけど……。」

「どうして?」

「だって。」

それは私にもよく分っていた。彼女にとって、会うべきでないと考えるのは自然のことだ。しかし私にとっては、最早私の気持を遮るべき何等の理性も働かなかった。彼女は現にそこにいたし、伊豆で会った時のような幻の女としてではなく、現実の女として私の隣の席に、やや小首を傾げ、眉の間に可愛い皺を寄せて、テーブルの上の花瓶などを見ていた。

コーヒーが来ても、彼女はスプーンの先で砂糖を混ぜているだけだった。何を考えているのだろう、と私が俯き加減の彼女の横顔を覗き込むようにした瞬間に、彼女は顔を起したが、そこには意外にも一種の茶目気を帯びた笑顔があった。

「でも会ってしまったんだもの、今さらしかたがないわねえ、」と明るい声で言った。

「おやおや、」と私もまた気分が霽《は》れて行くのを感じた。「どうして気が変ったんです?」

「だってよくよしたって始まりませんわ。あたしはずっと会わないつもりでした。ゆうべは本当にびっくりした、今日お電話があった時だって決して会っちゃいけないって自分に言い聞かせたんですの。でも駄目だったの。」

「僕にしてみれば、あなたのことが分ったのにそれでも会わないでいられるような、そんな気持じゃないんですよ。」

「いいの、そんなことおっしゃらなくても。」

そして彼女は尚も丹念にスプーンで茶碗の中を掻き混ぜていた。

喫茶店の中は満員で入口に立っている客もいた。それに午後の陽《ひ》が硝子戸の外に射していて、その照り返しがあまりに明るかった。

「飲まないんですか、」と私は訊いた。

「ええ、いいの。」

「それじゃ出ましょう。」

私たちは外へ出たが、外の通りもまた人通りが多くて、私たちは連れのような他人のような恰好で、少しずつそっぽを向いて立っていた。

「どうしますか。」

「どうでも。」

私は殆ど途方に暮れていた。こういう時どうすればいいのか私には見当もつかなかった。私は彼女と無性《むしょう》に話がしたかったが、しかし何処に適当な場所があるのか、まさか彼女に訊くわけにもいかなかった。思えば若い女性と二人きりでゆっくり話をするようなことは、もう何年も私にはなかったのだ。

「何処か静かなところへ行きましょう。どこがいいかなあ。」

「どこでも。でも此所でお別れしてもいいのよ。」

「まさか。」私はぎくりとなって彼女の腕を取った。「とにかく車に乗りましょう。」空車を呼び留めてそのドアが開いた時に、彼女は逆らわずそれに乗った。私はそのあとから腰を下すと、運転手に命じてとにかく車を走らせた。

「会いたかった、」と私は同じ言葉を繰返して彼女の手を握り締めたが、彼女はおとなしくされるままになっていた。私の手は直に汗ばんだ。

二人きりになりたいということは、彼女と私との間に共通の時間を持ちたい、彼女の時間を所有したいということで、それは延《ひ》いては彼女自身を所有したいということでもあった。しかし私には場合が場合だけに心の底にある欲望を傳えることは出来なかった。彼女がどんな気持で私に会いに来たのかも分らなかった。私は今頃ならまだ躑躅《つつじ》が咲いているかもしれないと言って、躑躅が沢山あることで知られている或る古い寺の名前を挙げた。彼女はまだ行ったことがないと答えたので、私は道順とその寺の名前とを運転手に告げた。

鳩の群れている広場を通って古ぼけた山門をくぐると、広々とした境内には殆ど人けがなかった。その奥にゆるやかな勾配を見せたかなりの高さの石段があり、その左右の斜面が一面の躑躅で埋められていた。彼女は石段の途中で足をとめ、嬉しそうにあたりを眺めていた。もう盛りは過ぎていたが、緑の葉の間から溢れ零れるような紅や黄や紫の色が鮮かだった。あたりはごく静かだった。

「まっすぐ登ってもいいんだが、一度下におりて別の道から登ってみましょう。そっちの方が面白いから。」

私は彼女を案内して途中から石段を降《くだ》った。下り切った左側に子供のための遊び場があり、母親たちが見守っている中で五六人の子供が戯れていた。その背後に小高い岡が、石段と同じ高さだけ、小さな谷を隔てて聳《そび》えていた。

「これは富士山を形取ったものなんですよ、」と私は説明した。「江戸時代からあるものです。ほら此所が一合目の登り口。」

「あら本当に、」と彼女は笑った。「これは何かしら?」

横手に小さな洞窟があり、「富士の横穴でしょう、」と私は出まかせを言ったが、彼女はその中を覗いてみて、「お地蔵さまがあるわ、」と私に報告した。その小型の富士山には小さな石碑や道標が至るところに立ち、岩だらけの道がくねくねと頂上へまで通じていた。私は彼女の手を取ってそれを登り出した。

「あたしはおてんばだから、手なんか引いて下さらなくても平気、」と彼女は言った。

「転げ落ちでもしたら困りますからね。」

私は弁解してその手を離さなかった。母親に連れられた小さな女の子が、私等よりも先に登って行った。私等が頂上に到《つ》いた時には、先客は既に山のうしろ側の木立の蔭に消え去っていた。その狭い頂上の台地に私たちは立ったまま休んだ。山の麓の遊び場から子供等の声が聞えて来るだけで、あたりに人の姿はなかった。私は彼女を抱き寄せようとしたが彼女は口の中で「駄目よ、」と言って身体を遠ざけてしまった。私はしゃがみ込んで煙草に火を点けようとした。

かすかな風がマッチの火を吹き消し、彼女が風よけのように私の横に来て立った。

「あなたに昨日会えたのは、まるで奇蹟みたいなものだったなあ。」

「でも厭そうな顔をしていらしった、」と彼女は言った。

「そんなことはない。びっくりして、困っていたんですよ。そこに行くとあなたはまるで平気でしたね。」

「あたしお芝居がうまいの。お芝居をしている時には生き甲斐を感じてるんです。」

しゃがみ込んで煙草をくゆらせている私のすぐ側に、ナイロンの靴下を穿いたすらりとした脚がスカートから溢れ出していた。

「伊豆の宿屋にいた時もお芝居をしていたんですか。」

「さあどうかしら。」

「僕にはあなたという人が分らないな。あの時だって、あなたの方は僕が誰だか知っていたんでしょう?」

「澁太吉というお偉い絵描きさんだということは存じていました。」

「皮肉だな。それで古賀の友達だということも知っていたんですか。」

それは私にとっては重大な質問だった。私は顔を上げて彼女の表情を見るだけの勇気がなかった。しかし彼女は平静な声で答えた。

「ええ、知っていました。」

私は黙ったまま、何と言うべきかを心の中で考えていた。彼女の方が先廻りして訊いた。

「それで何をおっしゃりたいの？　あたしが主人がありながら、あなたと……ああいうことになったのがいけないっておっしゃりたいの？」

「そうじゃないけど。」

「あなたはきっと道徳家なのね。そしてあたしは貞操観念のないドライな戦後派だっておっしゃりたいんでしょう。そうかもしれないわ。きっとそうだわ。でもあたし、あの時自由だったのです。自分の心が何ひとつ捉われず、本当に自由だと感じたんです。でも、あたしには上手に言えないわ。」

「そうなんだなあ、僕もあの時ほど自由を感じたことはなかった。」

私は煙草を捨てて立ち上った。彼女の肩に手を掛けたが、彼女はついと顔をそむけて、独り言のように呟いた。

「でもあたし、あれから自由ではなくなったわ。」

「それは帰って来れば御亭主がいるんだから。」

「いいえ、そういう意味じゃありません、」と彼女は低いがしかし強い声で言った。「主人がいたってあたしの心はあたしの物です。その心が自由ではなくなったの。だからあたし、ますますお会いしないようにしたいと思ったんです。主人のお友達だから、いつかどうしてもぶつかるかもしれない、そうしたらどうしようって考えて、とても辛かったんです。」

「でもこうして会えたら、やっぱりその方がよかったんでしょう?」

私は彼女の肩を自分の方に引き寄せた。彼女は悪戯っ子のように笑い、私の脣がその頰に触れそうになってさっと身を躱《かわ》した。

「駄目よ、下で見ているわ。」

しかし富士山を登って来る人間は誰もいなかったし、下の境内や遊び場でこちらを見上げているような物好きはいなかった。私は彼女の髪に軽く脣を当てただけで、その手を取って山のうしろ側の方へと下りた。そこをもう一度登ると木立があって広い道になり、道を曲ると石段を登りつめたところに出て、広場の正面に緑青《ろくしょう》に染った甍《いらか》を葺いた大きな本堂が控えていた。私たちはその廻りをゆっくりと歩いた。

「僕はね、愛するというのは結局意識の量の問題だろうと思うんですよ、」と私は歩きながら話した。「意識の量なんて量れるものじゃないとしても、とにかく愛している時にはそれが愛でいっぱいになる。要領がよければ、意識の領分をちゃんと抽出別《ひきだし》に分けられる人もいるでしょう、そういう人は愛していても、他のものを容れるだけの餘地が意識の中にあるんでしょうね。ところが僕は駄目なんだな。愛するとそれだけでいっぱいになる。他のことは容れる餘地がなくなる。」

「だってお仕事があるでしょう?」と彼女が反問した。

「そうなんです。仕事はしなくちゃならない。だから僕は愛することを、自分で自分に禁じて来たというところもあるんです。僕なんかいっぺん愛し出したら、どうしてもそのことで夢中になってしまって、仕事に手がつかなくなるかもしれないんだな。」

「男の人はみんなお仕事が大事なんですわ。だから男の人は本当に愛することなんか出来っこないとあたしは思うわ。女が愛するみたいには愛せないわ。」

「そうかなあ? 僕はそうは思わないが。少くとも僕は、自分が愛することが出来ると思うから、反対に深入りしてはいけないと自分に言い聞かせて来たんですよ。僕の友人でこう言った奴がいる、藝術家たる者は仕事を大事だと思うならめったに女を愛してはいけない。藝術を選ぶか女を選ぶか、どっちかだってね。僕だってそんなことは分っていた。」

「けれど奥さまを愛していらっしゃるんでしょう?」

彼女は皮肉な眼で私を見た。

「昔はね。今はどうですか。そのことで失敗したから二度と人を愛さない決心をして、やって来たんだけどな。」

「愛さなければ生きていられませんわ。少くとも女は、」と彼女はやさしい声で言った。

私たちは本堂の裏手から墓地の間を抜ける細い道を歩いていた。私は立ち止り、彼女の肩を引き寄せた。彼女はやや顔を上向かせて、そっと倒れかかって来た。私はその脣に接吻した。掠めるような素早い接吻が、私の心の中にあった不安を一瞬に吹き拂い、快い解放感となって私を満した。

しかし私たちはすぐに身体を離して、またその道を歩き出した。道の前後に人影はなく、細い石畳の道はすぐ突き当りになって左に曲った。

「愛するというのはどういうことなんですかね、」と私は話し掛けた。「僕は、愛するか愛さないかは自分の意志の問題だと思っていたんですよ。だから愛さないと心にきめて、どんな女性を見ても心を移さないつもりでいたんです。」

「愛されるのはどうですの？」

「僕は愛されるのは嫌いだ。僕は愛するだけでいいんです。これは一種のエゴイズムでしょうかね。愛されるというのは、意識にそれだけの負担がかかって結局は重荷なんです。こっちが愛してもいないのに愛されるなんてのは真平だ。だから意識の量というさっきの考えかたから行くと、僕の愛している意識の量が、相手が僕を愛してくれる意識の量を、いつでも上廻《うわまわ》っていることが必要なんです。僕が愛されている以上に僕の方で愛していなければならない。しかしそういうことはなかなか起りませんでしたよ。僕が自分で自分に愛を禁じていたんだから、相手の方の量がいつでも上廻る。」

「つまりそれは、あたしが愛してはいけないいってこと？」

彼女はその眼に微笑を湛《たた》えて私を見た。そういう論理になるのかな、と私は考えた。

細い石畳の道が尽きて電車通りに出た。私たちはそこを横切って向う側の石塀に沿って暫く歩き、そこにある門をくぐって中へはいった。そこは縦横に区劃整理された広々とした墓地で、午後の日射の中を墓参りをする人も殆どなく、中央を貫く道の向うに古い大きな欅《けやき》の樹が幾本も聳えていた。

「歩くと暑いくらいですね。少し休みませんか。」

私等は小道に逸《そ》れ、小さな樹の蔭に立った。私たちの身体はいつのまにか寄り添い、しっかりと抱き合っていた。そして私の脣は貪婪《どんらん》に彼女の脣を求め、私の手は彼女の背を、腰を、胸を、薄い生地の上からまさぐった。

「あなたがどんなに愛してくれても、僕があなたを愛している程には愛せない筈だ、」と私は言った。

「そんなこと、どうしてお分りになるの？」と彼女は黒い眼を見開いて私に訊いた。

私は黙っていた。意識の量などというつまらぬことを口走った自分を後悔した。二つの愛があるのではなく、一つの、一つだけの愛があるのだ。私と彼女との間に、一つだけの愛があるのだ。

私たちはまた少しずつ歩き出した。彼女は考え込むようにゆっくりと言った。

「あたしは愛するのよりは、愛されることの方が好きです。」

「どうして？」

「だって、愛されるってのは素晴らしいことよ。そうお思いになりません？　愛するってのは自分のことでしょう、自分でどうにでもなることでしょう。でも愛されるのはそうじゃないわ。愛されるのは、自分の知らないところで、自分以外の人の心の中で、起ることなんですわ。素敵なことよ。」

「そうかなあ。」

「愛してるだけでいいなんてのは、きっと負け惜しみよ。」

彼女はそう言ってにっこり笑った。私は耐えられなくなって再び彼女を抱き締めようとしたが、彼女はするりと身を躱《かわ》すと先の方へ歩いて行った。それから立ち止り、あとから来る私の方を振り返り、いきなり訊いた。

「どうしてお墓なんてつくるんでしょう？」

その質問が急だったので、私は返事にとまどった。

「こんなにたくさんのお墓。大きくて、立派で、一体何のためかしら？」

「それは生きている人間が、死んだ人間を思い出すためでしょう、」と私は答えた。

「思い出すことは誰にでも出来ます。何もお墓がなくてもいいじゃないの。」

「そうはいかないでしょう。或る種の人にとっては、故人の骨を埋めてある場所というのは掛け替えのない場所なのです。死者の思い出がその墓に籠っているんです。」

「或る種の人というのはあなたのことなの？」

私は急に苦痛を感じた。それは私の記憶を刺戟し、いつのまにか拳《こぶし》にした手にぎゅっと力を入れていた。しかし彼女は私の様子に気がつかず、私が黙ったままでいるので更に質問した。

「ゆうべ戦中派のことを話していらしたでしょう。生き残った人間だって。それでいて戦中派というのとは違うって。そのわけを聞かせて下さいません？」

「そうですね。簡単に説明できるかどうか。」私は暫く考え込んだ。それから話し出した。「僕の分類は人間一般というよりは、主として藝術家に関《かかわ》る分類なんです。だから同じ生き残った者と言っても、必ずしも戦争に行って死なないで帰って来た人間というのとは違うんです。ゆうべも言ったように、三つのカテゴリイがあります。第一は、生きることに積極的な意味を見出し得ないで、何とかして生きようとしているけれども結局は死を目指して歩いて行く人間。多くの場合に、自殺を目指して歩いて行く、とも言えます。例えばゴッホのように。勿論このカテゴリイの人間がすべて自殺するわけじゃない。藝術家だからって本当に自殺した人間は僅かです。しかしたとえ長生きして病気で死ぬとしても、生きている間はいつもそこに、自殺という問題に、立ち返って、それを考えずにはいられないような人間です。第二は、一度死にそこなった人間、これまた残りの人生を、死という問題から無関心では生きられない。それから第三の、無関心な人、しかし無関心だからと言って、すぐれた藝術家でないということにはならない。寧ろ幸福な人生を生きて、その生命力を充足させて、ピカソみたいに長生きする奴だっています。ただ僕はそういうふうには行かない。そういう藝術家と僕とは関係がない……。」

「つまり第二なんですのね？」

「そうです。」

「死にそこなった人。本当は自殺しそこなった人っておっしゃりたいんでしょう？」

私は瞬間たじろぎ、あなたは古賀からその話を聞いたんですか、と問い返しそうになってやめた。

「その方がカテゴリイの分類としては厳密ですね。第一は自殺した藝術家、例えばゴッホ。第二は自殺に失敗して生き延びた藝術家、例えばゴーギャンです。ゴーギャンはタヒチ島で青酸加里を嚥《の》んで死のうとしたんですが、量が多すぎてかえって助かったんです。僕はゴーギャンがそのあと死ぬまで何を考えて生きていたのか、分るような気がします。一度虚無を経験してそこを通りすぎた人間は、もう何一つ恐れるものがない――なんて議論を僕は信用しませんね。

そういう人間は、寧ろ何とかして虚無と馴れ合おうとする筈です。虚無が自分の外に、自分の向う側に、待っていると考えるのじゃなくて、そいつは自分の中に巣をくっていると考えるんですよ。彼の生命と虚無とが一体をなしているようなものです。」

「それで……あなたもそうなんですの？」

「僕はゴーギャンみたいに偉くはない、そんな経験もありません。」

私は彼女の眼を避けたが、彼女が横から私を見詰めていることはその感じで分った。

「ニヒリストというわけ？」

「僕なんかお粗末なニヒリストだ。しかし生き残った奴ば、ニヒリストになるか、でなければ楽天家になるかのどっちかでしょう。戦中派というのも、みんなそのどっちかじゃありませんか。」

そして私はまた、古賀は楽天家の方でしょう、と危く口を滑らしそうになった。古賀のことは今や彼女との間ではタブーの筈である。私はその時思い出した。

「あなたはゆうべ、たしか第一のカテゴリイだと言いましたね？」

並んでいた彼女はひょいと私の側から一足遠くへ跳ねた。

「あれは失言です。あたしなんて第三の、無関心組です。戦後派ですもの。」

彼女は真直に前を向いて歩いていた。私は追いつくように少し足を早めながら、その言葉は彼女の真の感情を隠しているのではないかと疑った。しかし彼女は別のことを言い出した。

「あたしはお墓なんて無駄なもののような気がします。生きている人は、死んでいる人とは無関係なんです。」

「必ずしもそうとは言えないでしょう。」

「死んだ人は死んだ人ですわ。生きることはそれで精いっぱいなんだから、あたしたちは自分の都合のいい時に死んだ人を思い出すだけでいいんです。死んだ人だってそれを咎めはしないわ。そういうものじゃないかしら。」

「あなたは精いっぱい生きているわけですね？」

「ええそうよ。」そして彼女は附け足した。「あたしは死んだってお墓なんか要りません。骨なんか、海の中にうっちゃっちまえばいいのよ。」

「乱暴だな、」と私は笑った。

私たちはやがて通りに出て、折よく来た空車をつかまえた。タクシイの運転手に、初めに落ち合った喫茶店のある盛り場の名前を言った。それから彼女を誘った。

「どうですか、いっそ僕の家へ来ませんか。絵もあるし。」

「左浦で描いていらしたスケッチ、どうなりました？」

「いずれ作品に仕上げるつもりなんだが、まだ駄目です。何しろほら、意識の中身がすっかり占領されていてね。」

彼女は明るい声で笑った。眩しいように車の中に反響した。

「しかしスケッチ板はあれからもっと描きましたよ。落人《おちうど》へも行ったし。」

「落人は如何でした？」

「素敵だった。ところでどうです、来ませんか。アトリエの方だったら誰もいないし。」

「奥さまは？」

「別居して家にはいないんです。母と子供は別の棟だし、気は置けませんよ。」

「絵は拝見したいけど、でも今日は駄目、」と彼女はきっぱり言った。「帰って晩のお支度をしなくちゃ。」

「じゃ明日でもいらっしゃい。ぜひいらっしゃい。」

彼女はにっこり笑ったが返事はしなかった。二人の握り合せている手は汗ばんでいた。車は早く走り、私はそれを駅の前に着けさせた。

彼女が切符を買ってから郊外電車の改札口の近くへ行くまで、私は側を離れずについて行った。そこで彼女は振り返った。改札に行く人、改札から出て来る人の波が私たちの左右を洗って行った。

「今日はありがとうございました。躑躅とても綺麗でした、」と彼女は改まった顔で礼を言った。

「会えて嬉しかった、」と私は残り惜しそうに呟いた。「本当は、ここでお別れのキスをしたいところなんだが。」

私は彼女の方に顔を寄せて、人に聞かれないようにそっと附け足した。

「あたしは平気。」

「まさかこんなところで。」

彼女は不意に人が変ったほど怖い眼つきをした。と思った瞬間に、つと背伸びをしたのだろうか、彼女の唇があっというまに私の唇に触れた。我に復《かえ》った時には、彼女はもう向きを変え、その淡紅色のワンピースは改札口の人込の中に吸い込まれていた。

私は茫然として彼女のうしろ姿を眼で追っていた。しかしそれはほんの一瞬で、私もまた大急ぎで踵《きびす》を返したが、少年のようにかっと頬が赧《あか》らむのを抑えることが出来なかった。歩き出してからも、両足は血の気が引いたようにふらふらし、通りすがりのあらゆる視線が、どこまでも私を見詰めて追い掛けて来るようだった。

玄関で呼鈴が鳴ったのも知っていたし、かすかに話し声らしいものがしているなとも思っていた。私はアトリエの長椅子に凭れてレコードを掛けていたが、誰が来ようと気にも留めていなかった。私はそれこそ意識の隅々まで彼女によって占領され、現にその時も音楽を聞きながら彼女のことを考えていた筈なのに、まったく予想もしていなかったというのでは恋人の第六感とやらも怪しいものだ。お手傳さんがドアをノックした時も、私は気分を中断されたのが口惜しくて、不機嫌な声で訊き直した位だった。古賀さんと名前を繰返されて、私はあっとばかり椅子から飛び上り、その驚きぶりをお手傳さんに気づかれないように苦労した。

まだ玄関の戸を開いたまま、和服姿の古賀安見子が、いざとなったら逃げ出しそうな子供っぽいもじもじした恰好で、斜め向きに立っていた。

「いらっしゃい。さあお上りなさい。」

「今日は。あたしちょっとお寄りしてみただけなんです。」

「何です、怖そうにして？　まあお上りなさい。誰もいません。」

私は浮き浮きした声を出していたが、彼女はまだためらっていた。それから決心したように玄関の戸を締め、振り向いて微笑した。私は彼女をアトリエへ案内した。ステレオのそばへ行って電源を切った。

「あら、やめなくてもいいのに、」と彼女は小さな声で言った。

「あなたとせっかく話が出来るのに、レコードなんか聞いていちゃ勿体ない。」

「お仕事中じゃなかったんですの。」

「仕事はさっぱりです。しかし音楽を聞いてぼんやりしているのも、仕事のうちですからね。」

彼女は頷き、立ったまま部屋の中を見廻していた。部屋の中は乱雑に散らかっていて、片側には細長いテーブルがあり、果物を飾った果物皿や、花を盛った花瓶や、積み重ねた本などがその上に載っていたし、また小机の上には絵具や絵具皿や筆壺などが置いてあり、パレットやスケッチブックなどはそこからはみ出して、あたりの椅子の上に投げ出されていた。反対側の煖炉のある方には、ステレオや、レコードケースや、それにジャケットのままのレコードがイーゼルの足許に散らばり、その奥に長椅子があった。壁には至るところに生乾きのカンヴァスが立て掛けてあった。完成した絵が少しばかり壁に懸っていた。

「どうも足の踏み場もないようですね。そこの長椅子にお掛けなさい。少し片づけます。」

「どうぞお構いにならないで。その方が気楽です。」

しかし私はとにかく少しばかり空間をつくり、長椅子の前に自分の坐る椅子を一つ持って来て、彼女と向い合った。

「よく来ましたね。この間はびっくりした。あなたは人をびっくりさせるのが好きだなあ。」

彼女は困ったように、きちんと揃えた両脚を少し横の方へ動かした。今日は小紋染の和服を着て、格子模様の帯を締めていた。私がそれまで腰掛けていた長椅子に浅く腰を下し、膝の上で革のハンドバッグを玩具にし、それからお世辞のように、「いいお部屋、」と言った。

「だだっ広いだけでちっともいい部屋じゃない、」と私は言った。「これは親父のアトリエだったんです。親父は昔ふうの絵描きだったから、このアトリエもよく陽が当るように南向きに設計されているんです。ところが僕は外光派じゃないから、かえって光線が邪魔になる。カーテンを引いて暗くしておいて、電気を点けて仕事をする位なんですからね。隣の狭い書斎に籠ってよく考えてから、このアトリエに来てちょっと仕事をする。それからまた引き返す、そんなふうです。何しろ広すぎて気が散るばかりです。親父が見たらきっと怒るでしょうね、こんなに粗末に扱っているんだから。」

「お父さまは?」

「ああ親父ですか。親父は戦後暫くしてから栄養失調で亡くなりました。うだつは上らなかったけれど、本当はいい絵描きだった筈なんです。」

「筈って?」

「もっと長生きすればって意味です。親父はおふくろに頭が上らなかった。細君に頭の上らない藝術家なんて、惨めなもんですよ。親父は生活のことに追われて、自分の思う仕事の何分の一も果さないで死んだような気がします。もう少し自分というものを主張してもよかったんだと思いますがね。」

「あたし絵描きさんのアトリエを見るの、これが初めてです、」と彼女は言った。

その時ドアにノックの音がして、お手傳さんがお茶を持って部屋にはいって来た。私は立ち上って、小机の上を片づけると、それをこちら側に移動させた。「あとはいいよ、」と言ってお手傳さんを追拂った。私がお茶をすすめても、彼女はこの前の時と同じようにスプーンで掻き混ぜているだけだった。

「よく来ましたね、」と私は言った。

「あたし、ちょっと好奇心を起して、アトリエというのを見たくなっただけなんです。」

「それだって僕は嬉しい。この前別れたあと、口惜しいほどまた会いたくなった。」

「本当かしら?」

彼女の脣はやさしい微笑を含んでいたが、その眼は私を見詰めてきらきら光った。私は思わず彼女の方へ近づこうとした。彼女はいやいやをするように首を振り、紅茶茶碗を楯にとって顔の方へ持ち上げた。しかし軽く口を触れただけでそれをまた元へ戻した。

「あたしお宅へなんか来てはいけないんですわ。」

「どうして?」

「だって、これ内緒なんですもの。それに奥さまにだって悪いわ。」

「いいとか悪いとか考えるのはよしましょう。そういうことでどだい僕たちは縛られすぎている。僕等はもう一度自由を取り戻すことは出来ないんですか。あなたがそこにいて、僕がここにいて、こうして顔を見ながら一緒にいられるってのは素晴らしいことですよ。」

「でも、いつまでもこうしていられるわけじゃないわ。」

「たとえほんの暫くだっていいじゃありませんか。」

「そうかしら。あたしはそうじゃないんですの。あたしは欲張りなの。だからあたし怖いんです。ちょうどいい具合にやめられるかどうか、あたしには自信がないんです。」

ちょうどいい具合にか、と私は考えた。確かにそういうふうにうまくやめられる時機というものはあるだろう。我々にもそれがあった筈だ。恐らく左浦の宿屋から彼女が消えてしまった時が、それだったのだろう。バアで偶然に会って、その翌日私が電話を掛けさえしなければ、それでもやはり終りだった。しかし今ではもう遅すぎる筈だ。

「もう遅すぎますよ。もうやめられない。」

「いいえ。あたしはやめようと思ったら、やめられます。」

彼女は毅然とした声でそう言った。その言いかたは可愛らしく、私はそれが彼女の負けず嫌いから出ているものだろうと思った。私はからかった。

「ではおやめなさい。」

「ええ、いいわ。」

彼女はあっさりそう言うと、怖いほど真剣な眼つきで壁の方を見ていた。私は冗談が過ぎたのを感じ、彼女と同じ長椅子へ行き、その手を取って並んで腰を下した。

「やめられたら大変だ。」

「でしょう?」

彼女はにっこり笑った。拭い去ったようにその表情から暗さが消え、子供っぽい明るさが甦った。私は彼女を抱き寄せようとした。

「でもあたしは、いつかはきっとやめようと決心するわ。きっとするわ。だって……。」

「そんなこと気にしなくったっていいでしょう。」

私たちは抱き合ったがそれは一瞬だった。彼女は身を逃れ、「悪い方ねえ、」と呟き、ついと立って壁の方へ歩いて行った。私は腰掛けたまま彼女が壁に懸った絵を見ているのを眺めていた。多くは下塗りだけで、満足に仕上っている作品はなかった。彼女は暫く見ていてからまた私の隣に帰って来た。

「お仕事をあまりなさっていないのね？」

彼女の小学校の先生のような指摘に、私は彼女を指で差しながら答えた。

「気が散るから。」

「あたしそんなの嫌い。お仕事が出来ないのなら、あたしなんかいない方がいいのよ。あたしはお仕事のためにいるんだから。」

「キスもさせないでいて、そんなことを言うのはずるいな。」

「だって今日はお客さまだもの。ここでは厭。」

「はい、かしこまりました。」

私は浮き浮きした気分でいたから、こういう他愛もない会話がいつまでも続くものと思っていた。すると不意に彼女が、また真剣な顔つきになって、私に質問した。

「奥さまはどうしていらっしゃるの？」

「家内ですか。家内は別居しているってこの前言ったでしょう。離婚準備中といったものです。」

「でもなぜですの？　結婚してもうお長いんでしょうに。」

「もう十年になる。しかし長い短いの問題じゃないんです。初めから他人なんだな。それが何とか理解し合うことが出来ると思って、やって来たんです。砂の上に城を建てていたようなもので、それが砂だってことを初めから二人とも知っていながら、何とかなる気でいたんでしょう。」

「でも夫婦なんて他人ですわ。そんなこと当り前よ。あたしは古賀を愛しているから結婚したんだけど、他人だから愛せるのよ。自分と同じだったら愛せやしませんわ。肉親なんて、自分に似ているから、あたしは嫌い。他人だってことは、ちっとも愛せない理由にはならないわ。」

「理解し合えなくても?」

「どうして理解するんですの? そんなに人と人とが理解し合えるものかしら。好きだってことは、理解してるってこととは違うでしょう。あたしは古賀のことはちっとも分らないけれど、それでも仲良くやって行けますわ。あたしのことだって、古賀はきっと変な女だって思っているでしょうね。あたしは自分を分らせようなんて思ったことはないわ。」

「あなたは、そのよく分らないところが魅力なんですよ。しかし夫婦というのはそうはいかないんだな。理解し合えないでもしっくり行けばいい、しかしそれが次第に溝になって来ると、二人の間に共通の言葉というものがなくなる。話というものが出来なくなる。二人が同時に、別々のモノローグを言い合うだけになってしまうんです。」

「他人ってみんなそうでしょう? あたしたち誰でもモノローグしか言ってないんじゃないかしら。」

私は不意に彼女の素顔を見たような気がした。彼女がいつも快活に、陽気そうに、明るい表情をして喋っていながら、影が射したようにふと黙ってしまうような時に、彼女は他の誰にも理解されない孤独地獄の中にいると自分で感じているのだろうか。しかしそれは何だか彼女に似つかわしくなかった。何物をも生み出さない孤独の中で自分をも他人をも毒して行くのは、妻の弓子には当てはまったが、安見子には当てはまらなかった。安見子はもっと裏のない、まだお嬢さん気分の抜け切らない、積極的な人生の享受者のように見えた。

「あなたみたいな経験の浅い人には分りませんよ、」と私はからかうように言った。

「こういうこと経験でしょうか。あたし子供の時から分っていたつもりなんだけど。」

「僕は夫婦の経験っていう意味で言ったんです。」

彼女は少し赧くなり、それから訊き返した。

「奥さまはそれでどうしていらっしゃるんですの?」

「洋裁店に勤めて、働く真似ごとのようなことをやっている。物になるかどうかは分りませんがね。」

「そんな言いかたって、奥さまにお気の毒だわ。もし物になれなかったら、どうなさるの?」

「その時はまた僕のところに戻って来るつもりでしょう。」

「まあ。」

彼女はしんからびっくりした顔で眼を大きく開き、矢継ぎ早に私に詰め寄った。

「それじゃ奥さまは、うまく一人立ち出来るかどうかためしてみて、それがうまく行けば別れる、うまく行かなければ元の鞘《さや》に収るっていうお考えなの？」

「多分そうでしょう。」

「それであなたもそれを認めて、謂わば執行猶予みたいにしていらっしゃるの？」

「そうですね。」

「そんなことってあるかしら。それじゃ奥さまって人はあんまり虫がいいわ。あなただって、そんなのは単なる甘やかしだと思うわ。だってお二人が話し合う機会はずうっとあったわけでしょう、御一緒に十年も住んでいて、それで理解し合えないことが分って、もうどうにもやって行けないことが分って、それでまだぐずぐずしているなんて。そんな時、もしあたしなら、うまく一人立ち出来るかどうか、考える必要はないわ。別れてしまえば、あとはあたしだけの問題でしょう。あたしが暮せるかどうか、生きて行けるかどうかは、もとの御亭主とは関係がありませんわ。それを、うまく行かなかったらまた戻って来るなんて。離婚するってことは、奥さまがあなたから別れて行く時に、ちゃんときめているべきことよ。そうはお思いにならなかったの？」

「あなたは厳しいんだな。」

「あたし、つまらない同情なんか一番いけないと思うの。そんな同情こそ、本当の愛がなかった証拠ですわ。」

「しかしお互いに愛がないと分ったからこそ、僕等は別れたんですよ。」

「別れたっておっしゃるのは、別居したってことね。でも別居しても離婚してないってことは、まだ愛がある証拠でしょう。同情と言った方がいいかしら?」

「同情はあるんだな。弓子が思い返してまた戻って来るのが、彼女のためにはいいんだろうと僕は思っているんです。」

「それで、あなたのためには?」

「僕か。僕は別れたいな。もうどうにもならないんだから。」

「ではなぜ、きっぱりと別れておしまいにならないのかしら。」

「そうだなあ。」

私は考え込んだ。安見子の言うことはいちいち肯綮《こうけい》に当っていたが、しかし彼女は最も大事なことを知らなかった。

「これは一種の冷却期間みたいなものなんです。」

「何の?」

「そう、弓子が生きることに馴れるためのとでも言いますか。」

「結婚生活というのは、生きることに馴れるためにあるのでしょう？」

「弓子は、それに馴れなかったんです。」

「生きることに不適格な人なのね？」

「そうです。」

「でも誰が適格で、誰が不適格なんでしょう？　あたしなんか、一番不適格な人間かもしれないわ。」

「あなたは大丈夫。安見さんぐらい、生きているって感じの人は僕は知らないな。」

彼女はそれまでの生真面目な顔を綻《ほころ》ばせて、微笑した。その微笑で我々の間の緊張した空気が一時《いちどき》にゆるみ、私は再び自由な人間として彼女を見ることが出来た。私たちがそのまま沈黙し、私が何か話題を見つけようと考えていた時に、ドアにまたノックの音が響いた。私はびっくりし、長椅子から立ち上り、彼女の向い側にある椅子の方に移動した。もう一度ノックが響き、私が返事するのと同時に、お手傳さんが果物を載せたお盆を持ってはいって来た。

「坊っちゃんがくっついて離れないんです、」と弁解するように言った。

太平は肥ったお手傳さんの蔭に隠れるようにしながら、鼠のようにちょろりと顔を出した。

「こら、お客さまの時にうろうろしちゃ駄目じゃないか。」

「うん。でもね、綺麗な小母さんが来たってねえやが言ったから、僕ちょっと見たくなって。」

「こいつめ、」と私は笑った。

お手傳さんがほうほうの体《てい》で逃げ出して行ったあと、太平は物欲しげな顔で小机の上を眺めていた。我々のお菓子の皿には手がついていなかった。

「これは太平《たいへい》っていう名前なんです、」と私は紹介した。「どうも駄々っ子でね。」

「小母さん、今日は。」

「今日は。勇ましそうな坊っちゃんですのね。」

「お前はお菓子の方がいいんだろう、それとも林檎《りんご》にするかい？」

「お菓子がいい。」

太平が私の皿を取って大きなケーキをぱくつくのを、彼女は一種の微笑を浮べながら見ていた。

「そんなに二人して見てちゃ食べにくいじゃないか、」と太平が抗議した。

「御免なさい、」とやさしい声であやまると、彼女も林檎の一切を口に運んだ。

「小母さんは絵の生徒さん？」と太平が食べながら訊いた。

「いいえ。」

「そうだろうね。絵の生徒さんは小母さんみたいにお上品じゃないよ。みんな男の子みたいなのばっかりさ。」

「そうでもないだろう、」と私が口を入れた。

「本当だよ、きりぎりすみたいなのや、かまきりみたいなの。小母さんみたいなのはいないな。僕、小母さんなんて言っちゃ悪いかな。パパ、悪い？」

「さあね。」

「どうぞ。よくってよ。それで坊っちゃんは生徒さんたちとお友達なの？」

「よせやい、友達だなんて。僕が小母さんて呼ぶと怒るんだよ。お姉さんて言いなさい、だって。男だか女だか分らないくせに。」

太平はケーキを食べ終って、林檎の皿の方も物欲しげに見ていたが、諦めたのかまた彼女の方に話し掛けた。

「小母さん、僕の渾名《あだな》を教えてあげようか。」

「ええ教えて。」

「僕ね、モンキイって言うんだ。もう一つあるんだけど、そっちのは少し恥ずかしいな。」

「なあに。それも教えて。」

「それはね、鉄棒どろぼうって言うんだ。僕ね、鉄棒がとてもうまいんだよ。下り藤《さがりふじ》も出来るし、尻上りも出来るし。」

「そう、いいわねえ。」

「今度、学校に来たら見せてあげるよ。」

「ありがとう。今度ね。」

「ああ。さいなら。」

電光石火の如く太平は立ち上ると、また鼠のように部屋を飛び出して行った。

彼女は笑っていたし、私も笑った。しかし私の笑いには少しばかり苦いものも混っていた。

「可愛いお子さんね。」

そして暫く黙っていてから彼女は附け加えた。

「そういう理由もあるわけですのね。」

「どうかなあ。子供は大して理由のうちにははいらないと思うが。」

「そんなことはありませんわ。冷却期間って意味があたしにも分って来ました。」

「僕はもっと別の意味で言ったんですよ。」

私はそれをどういうふうに説明しようかと考えた。しかし気がついた時に、彼女は滑るように席を立っていた。

「おや。」

「あたし帰ります。」

「もうですか。絵を見せるつもりだったのに。向うに置いてあるんです。」

「またにします。今日はあたし、アトリエを拝見に来ただけなんです。それに……。」

「なに？」

「あたし此所には来にくいわ。やっぱし来ない方がよかったと思いますわ。」

彼女は悲しそうな眼で私を見た。取られた手をそっと引き、軽くいやいやをした。どうしても彼女を離したくない、彼女を両手の間にぎゅっと握り締めてしまいたい、そう私が感じた時には、彼女はもう廊下の方へと足を踏み出していた。

＊

「もうその議論はよそう。聞き飽きたよ。」

彼はそう言って、憐むように彼女を見た。卓袱台の上にはウイスキイの角壜と普通の硝子のコップが二つほどあり、彼女のコップには半ばほど濃い琥珀《こはく》色の液体が澱《よど》んでいて、それを両手で抱えるようにして彼女は台の上に両の肱を突いていた。彼は自分の分の残りを飲んだが、酔は殆ど感じなかった。彼女の方もさして酔っている様子はなかった。顔を起して彼の方をじっと見た。

「厭なのね。」

「厭と言うよりも、不可能だと言ってるんだ。」

「そんなにお母さんがいいのなら、何もわたしと結婚することなんかなかったでしょうに。」

「またそんなことを。おふくろの問題じゃない、この家の問題だって言っただろう。これだけのアトリエのついた家が、そうそう他にあるものか。それにおふくろは別棟にいるんだから、別々に暮しているようなものじゃないか。」

「ちっとも別々じゃないわ。あなたはアトリエに閉じ籠っているから、それでいいでしょうよ。わたしは毎日顔を合せているのよ。」

「ちっとは我慢してくれなきゃ困る。」

「ちっとはね。あなたは一体わたしがどれ位我慢したら、分って下さるんでしょうね。もう十年も我慢しているのよ。家が大事だとか、アトリエが大事だとかおっしゃるけど、わたしは一体どうなるの？」

「我慢できないと言うのか。」

「そうよ。一日一日と擦《す》りへって行くだけよ。そんなにあなたがこの家を大事になさるのなら、お母さんに出て行ってもらえばいいじゃないの。」

急に彼の血が騒いだ。しかし彼はじっとそれを押し殺した。

「もうよせ。」

「どうしてよすのよ？　今はどこだって親子は別々に暮していわよ。近頃の若い御夫婦を見て御覧なさい。あなたがそんなにこの家が大事で、此所から出て行けないのなら、お母さんに行ってもらうのもしかたがないでしょう。」

「しかしこれはおふくろの家だ。」

「そんなことはないわ。あなたの家よ。あなたが世帯主じゃないの。お母さんに引越をしてもらえば済むことよ。その方が大体自然よ。親孝行だって限度があるわ。」

「君は僕に、おふくろを追い出せと言うのか。」

彼女は不思議そうに彼を見たが、それは怒る筈のない人間が急に怒り出したので、驚きと多少の恐怖とを混えた表情だった。彼女はそこでコップを手にしてぐっと一息に飲んだ。

「もうよそう。こんな議論をしても何にもならない。」

彼は立ち上り、振り返りもせずに茶の間を出て自分の書斎にはいった。机の前に腰掛け、彼女があのまま飲み続けるだろうか、それともここまで追い掛けて来るだろうかと考えた。怒りは酔と共に少しずつ醒めて行き、彼女への憐みだけが残った。

どうにもならないことを、一種の厭味として言っているだけだろうと彼は解釈した。戦災に遭わなかったこの屋敷は、彼が死んだ親父から相続した唯一のもので、今さら他にアトリエつきの家を探すだけの財力は彼にはなかった。母親に他に移ってもらうというのは論外だった。

そんなことはとても切り出せたものじゃない、と彼は考えた。母親は息子を愛し孫を愛し、嫁さえも決して嫌っているわけではなかった。ただ嫁の方が、病的に姑を嫌っていた。殆ど生理的にと言ってもいい程嫌っていた。

しかし己はそんなにおふくろが好きなんだろうか、そんなにこの生れながらの家が気に入っているのだろうか、と彼は書斎からアトリエの方を見透《みすか》しながら心に尋ねた。必ずしもそうとばかりは言えないだろう。もっと小さな家、もっと狭いアトリエでも、仕事はしようとさえ思えば出来る筈だ。己が彼女の言うことに決して耳を傾けないのは、彼女とだけ暮すことが怖いからだ、おふくろという緩衝地帯がなくなって、二六時中彼女と顔を突き合せるようになるのが恐ろしいからだ、今だって己はびくびくしながら、彼女の御機嫌ばかり取っているのだ。

しかし己という奴も何と哀れな存在なのだろう、と彼はいつしか憐みの対象を自分に替えて溜息を吐《つ》いた。己はこの家でなければ仕事が出来ないわけでも、おふくろと別れられないわけでも、また意地になって彼女に楯ついているわけでもない。己には現状というものを打破するだけの勇気がきっとないのだろう。己はまだ自分の藝術というものを摑んでいないから、何となくなし崩しに、こうやって暮して行くのが一番だと思うんだろうな。彼女が言うように、己は天分のないありきたりの画家で、この年になってもまだ成熟というものから程遠いところで、平々凡々と生きているだけなのだ。もしおふくろと別になって、己たち親子が三人一緒に暮して、それで己の仕事が延びるというのなら、己は悦んで彼女の言いなりになるだろう。しかし己のように衰弱していれば、そんな危ないことをしたって、恐らく何の足しにもならないだろう。生活が己を衰弱させていることが分っても、その生活を建て直すためにおふくろと別になるなんてのは、彼女の妄想にすぎない。生れた家というものは、謂わば身体の一部みたいなものだからなあ。

彼は机に肱を突いてぼんやりと煙草を吹かしていた。アトリエに行って仕事を始める気にはならなかったし、本を読むとかレコードを聞くとかいう気分でもなかった。寝るほかはないな、と彼は時計を見て考えた。そして電燈を消すと、また廊下を通って茶の間を覗いてみた。

「僕はもう寝る。」

彼女は、彼がさっき立って行った時と同じ姿勢で卓袱台に凭れていた。恐らく彼女はあれからしたたか飲んだに違いない。彼が声を掛けても身じろぎもしなかったので、彼はまた襖を締め、さっさと寝室へ行った。この上御機嫌の取りようもないな、と彼は考えた。

横になって煙草に火を点け、枕許のスタンドを消した。暗闇の中で、手に持った煙草の火でしきりに模様を描いていた。その手は無意識に上下に動き、いつしか空間にno《ノオ》という字を型取っていた。ノオ、ノオ、ノオ、と彼は呟いた。すると暗闇で吹かす煙草のように味のない空しいものが、彼の内部へも立ち罩《こ》めて来た。

彼は子供の頃の一つの情景を、何ということもなく思い出した。彼がまだ小学校へも行っていない頃のことだったが、珍しく両親が彼を或る遊園地に連れて行ったことがある。そういうことは殆どなかったから、彼ははしゃぎ廻って、ブランコに乗ったり、遊動円木の上に立って父親に手を取ってもらったりした。父親は熱心に彼のお守をしてくれたが、母親の方はそっけない顔をして、二人を見守っているだけだった。そしていつからか父親と母親とは小声で言い合いを始め、彼が気がついた時に、両親の姿はどこにも見当らなかった。

その時の恐怖を、今彼は煙草をくゆらせながら、思い浮べていた。恐怖、――それは恐怖というよりは寧ろ不安に基く一種の虚脱感だった。何と不意にすべてのものが実在しなくなり、自分だけが、他とはまったく無関係にここにいるという奇妙な感情だった。両親を呼びながら、きょろきょろと眺め廻した。しかし彼の声は虚無の中に吸い取られ、彼の眼は幻影のような人たちの中を空しくさ迷った。彼がどこに走って行こうと、彼の周囲の一切の光景は、雑沓する遊覧客も、揺れているブランコも、人のたかっている屋台も、空いたベンチも、猿のいる檻も、彼が移動するにつれて彼のまわりに真空の輪をつくったまま移動した。彼はどうしてもこの真空を突き破って、向う側にある実在の世界に（そこには必ず彼の両親がいる筈なのに）到達することが出来なかった。そういう空しいものの中に、彼の小さな身体は閉じ籠められ、その呪縛は子供の努力では解けそうにもなかった。

己は今でもまだ真空の輪の中にいるのかもしれない、と彼は考えた。彼は枕の側に置いた灰皿に煙草を投げ捨てた。その時もう一つのことが思い出された。泣き喚いていた彼は、父親の手によって抱きかかえられた。そのすぐ側に母親が立っているのを見ると、彼はばたばたと手足を打ち振って抵抗しながら、しきりにお母さんと呼び立てた。父親は彼の身体を母親の手の中に移した。そしてやっと泣きやんだ彼は、母親の胸にしっかりとしがみついたまま、その肩越しに、父親が一種のうつろな眼で彼を見守っているのを見たのである。そんなにお母さんの方がいいのかい、と父親の眼は語っているようだった。

しかしあの父親の眼は、今の己と同じように、やはり虚無を見ていた眼かもしれなかったな、と彼は呟いた。灰皿の中で、捨てた煙草がいつまでもきな臭くけぶっていた。

*

彼女はその時ゴムのレインコートを着て小さな洋傘を手に持ち、しょっちゅうランドセルを肩の上に揺《ゆす》り上げるようにしながら、小学校への道を急いでいた。学校の塀に沿って片側が空地になっているあたりまで来た時に、三人ほどのやはり登校中の男の子たちが、輪になってがやがや騒いでいるのが見えた。何をしているんだろう、と彼女は考え、足を急がせて側まで行き、傘を傾けて、「何してるの？」と無邪気に訊いた。

「見れば分るだろう、」と一人が横柄に答えた。

地面にはずぶ濡れになった子猫が、男の子たちの靴の先で小突かれながら、かすかな鳴声を上げていた。

「可哀そうに。あんたたち、どうしてそんなひどいことをするの？」

「こいつは捨猫なんだ、」と一人が言った。

「何も僕たち、こいつを苛めてるわけじゃないよ。様子を見ていただけだよ、」ともう一人が言った。

「うそ。靴で蹴っ飛ばしてたじゃないの。」

「ふん悪かったね。それでお前ならどうするんだ？　これは捨猫なんだぞ。」

一番背の高いのが、相変らず威張ったような口調で言い彼女を睨みつけた。その三人連れは確かに彼女よりも上級生だった。きっと四年生か五年生だった。

「おい早く行こう。遅刻するよ、」と一人が側からせっついた。

「どうする気だよ。雨の中を放って行くのか。」

彼女はもともと猫は大して好きではなかった。大きな犬が欲しくて何度も両親にせがんだが、犬を飼うことは許してもらえなかったし、猫で我慢する気には彼女の方でならなかった。猫はどこか意地悪そうで、それにじっと見詰められているとぞっとした。

しかしその時、彼女はまったく衝動的に雨傘を道の上に投げ出して、その子猫を両手の間に掬《すく》い上げた。そしてレインコートの胸に爪を立てている子猫を片手で抱え込むようにし、傘の柄を取り上げた。そのちょっとの間に、仰向きになった傘の中には水が溜っていたし、大粒の雨は彼女の顔を濡らした。

「学校へ持って行くのか、」とさっきの男の子が訊いた。

「ええ。だって可哀そうだもの。」

「先生に叱られるぞ。」

「平気よ。悪いことをするわけじゃないわ。」

「ふん、叱られたって知らないから。」

三人の男の子たちは、つまらなさそうな、ちょっと惜しそうな顔をして、がやがやと言い合っていたが、やがて彼女を残して先に歩いて行った。彼女の方はお荷物を抱えてそんなに早くは歩けなかった。先生に叱られそうだという不安が彼女の足を重くしたが、遅刻するかもしれない不安の方が勝を占めた。いくら急いでも他の生徒たちに出会わないのは、もう餘程遅くなっていることの証拠のようだった。

学校の門をくぐる時には、遅刻したことは確実だと彼女に分った。広い校庭は一面の雨に煙っていて、誰もいなかった。彼女は足を急がせて下駄箱のところまで行った。自分の名前の書いてある下駄箱の中から運動靴を出して履きかえ、濡れた半長靴を奥の方へ入れた。片手に子猫を抱えたままでは、その作業は楽ではなかったが、猫を下におろせば逃げられはしないかと心配だった。しかし子猫は元気がなくて、彼女が下駄箱の中に入れようとすると、少し爪を立てただけでおとなしくされるままになっていた。

「待ってるのよ。お休み時間にまた来るからね。」

子猫はかすかに鳴声を上げた。彼女は教室に走って行った。

次の休み時間に、友達に見つけられないようにしながらそっと来て覗いてみた時に、子猫は逃げもせずにじっと蹲《うずくま》っていた。次の休み時間にはもっと元気がなかった。お昼休みに、彼女はお弁当のお菜《かず》を残して紙にくるむと、下駄箱の中に入れてやった。

授業が終って皆が帰り仕度をしている間も、彼女はわざとぐずぐずして後に残るようにした。仲良しの子が一緒に帰りたがるのも、上手にやり過した。そして安全を確かめた上で、そっと自分の下駄箱に近づき、その蓋を明けた。お弁当の残りを食べた様子はなく、子猫はぼろ切れのように半長靴に倚《よ》りかかっていた。彼女が手で掬い出すと、それはぐにゃりと首を垂れた。雨と泥で汚れた毛並は気味が悪かった。

彼女は子猫の骸《むくろ》をまた片手に抱き、もう片方の手に洋傘を挿して校門を出た。朝がた子猫を拾った、片側が塀で片側が空地になっている場所まで来ると、なるべく遠くまで届くように、力いっぱいその骸を投げた。それはくるくる廻りながら草叢の間に消えた。

何か不意に無駄なことをしているような気がした。このいつ歇《や》むともしれない雨も、お弁当のお菜を食べられなかった子猫も、重たいランドセルを背負っている自分も、みんな無駄なような気がした。彼女はランドセルを揺《ゆす》り上げると、傘の柄を握り締め、一目散《いちもくさん》に走り出した。

ボーイが二つのグラスにキアンティを注ぎ、藁苞《わらづと》にはいった赤葡萄酒の壜をテーブルに置いたまま立ち去ると、私は自分のグラスを指の間に保ちながら、彼女の持ち上げたグラスに軽く触れさせた。それにしては玲瓏《れいろう》たる響が起ったので、彼女は子供が驚いた時のように眼を大きく見開いた。私は口を動かしかけたが、こういう時何と言えばいいのか、A votre santé《ア・ヴォートル・サンテ》とかSkaal《スコール》とかいう外国製の文句はわざとらしく、さりとて恋人どうしが隠れて会う時に使うような日本語の乾盃の文句を私は知らなかった。私は合図のように目配せをしただけで一口飲み、彼女の脣に赤い液体が注ぎ込まれるのを眺めてから、再びグラスを傾けた。

「おいしいわ、」と彼女が言った。

「おなかが空いていますからね。」

私たちは長い間タクシイに揺られて来たあとで、ホテルのグリルでまだ少し早目の時間ながら夕食を取ろうとしていた。「あたし海が見たい、」と彼女がいきなり言い、「今晩は十一時頃までに帰ればいい、」と打明けたので、私は港町の、この海の見えるホテルのことを思い出した。私たちの出会った喫茶店からほぼ一時間ほど車でかかった。

グリルの片側にある窓から、桟橋と、そこに舫《もや》っている汽船と、そして曇っている空と濁った海とが見えた。夕暮が近くて海は殆ど鼠色に澱《よど》んでいた。

「伊豆の海に較べると、何だか人工的な海のような気がしますね、」と私は言った。

「あたしもう一度左浦へ行ってみたいわ。」

「僕も行きたい。どうです、行きませんか。」

彼女はにっこりほほえんだが、それが不可能を示す微笑であることは分っていた。

「あの時はどうしてあなたは行けたんです？」

ボーイがスープを運んで来て我々の前に並べていた。彼女はやや俯いたまま返事をしなかった。スプーンを手に取ると顔を起して答えた。

「あれは特別でしたの。特別の休暇。」

「というと？」

「だって古賀はやれ学会だとか、慰安旅行だとか言って、しょっちゅう家を留守にするでしょう。あたしを連れて行ってくれることなんて、ほんの時たまなの。だからあたしも、たまには旅行させて頂戴って頼んだの。」

「それで承知したんですか。」

「承知するもしないもないわ。でも古賀はあんまり気持がよくないらしいの。今でもちくちくあたしを取っちめるんだもの。」

「なぜ?」

「なぜって、奥さんが四日も五日も家を明けて旅行に行けば、大抵の旦那さまは御機嫌が悪いでしょう。」

そういうものかな、と私は考えた。私の場合に、弓子が一人で旅行に出たようなことは一度もなかった。他で泊って来るということもなかった。僕ならきっと寛大だったろう、と私は自分を判断した。

スープがさがり、代りの皿が並べられてボーイが器用な手さばきで料理を大皿から取り分けている間、私は質問を差し控えていた。私はキアンティを彼女と私のグラスに注ぎ足し、それから訊いた。

「どうしてあなたは左浦なんかに行ったんです? 大して有名なところでもないのに。」

「そうねえ。」

彼女は言葉尻を濁したまま、ナイフとフォークとを操っていた。

「あなたみたいな人に、あんなところで会えるなんて本当に意外だった。」

「あら、あの時もそうおっしゃったわ。」

彼女は明るい声で言い、「あたし御馳走には目がないの、」と言いながら食べ始めた。彼女は何をしても魅力的だ、天使だってこんなに可愛らしくは食べられないだろう、と私は感心し、質問がはぐらかされたことには気がつかなかった。私の方は彼女ほどに食慾がなかったが、それはやっとのことで彼女と二人きり人目につかないホテルで会ったことに上気していたせいかもしれなかった。私は葡萄酒のグラスを傾け、彼女にもすすめた。

周囲のテーブルが漸く満員になり、外国人の陽気な家族づれが私の知らない言葉を喋りながら、すぐ横手にいた。反対側のテーブルには白髪のヨーロッパ人の夫婦がドイツ語で時々短い会話を交していた。兄弟らしいブロンドの二人の男の子が金属的な発音で何やら言い合っていた。一段高くなったステージでは、バンドがゆるやかな舞踏曲を演奏した。

「こんなところで、こうやって会っているなんて、何だか不思議なようだ。」

「お芝居でもしているみたいね。」

「僕は外国にでもいるような気がする。」

「そうかしら。あたしは何だかあたしがあたしでないみたいな気がします。」

「じゃ誰だろう?」

「さあ?　でも人って、決して自分以外の人にはなれないのね。」

私たちは食事を終え、コーヒーを頼んだ。彼女は果物は要らないと言い、その代り私のシガレットケースに手を延して、「一本あたしにも頂戴、」と言った。

「おや喫むんですか。」

「ええ、たまには。古賀には内緒なの。」

「それは知らなかった。」

私は火を点けてやったが、彼女は少々ぎごちない手つきで煙草をくゆらせた。

「無理に喫んでるみたいだ。」と私はひやかした。

「あたし時々隠れて煙草を吸うの、そうすると別の人になったみたいでしょう。でもあたしはお酒の方が好き。」

「何か飲みますか、もう少し？」

「もう結構。あたしさっきの葡萄酒で少し酔っぱらったらしいわ。」

「もっと酔わせてやりたいな。」

それは二人の間の秘密を仄めかしていたから、彼女はかすかに顔を赧らめて、すぐに煙草を灰皿になすりつけた。

私たちはグリルを出てエレヴェーターに乗り、予め取っておいた部屋にはいった。ドアがしまるとすぐに私は彼女を胸に抱き寄せた。

「やっと会えたね。」

彼女は熱い息を返して来た。私は彼女の柔かい髪を掌の中に包み、わななくようにかすかに開かれた口からその息を吸った。しかし脣が離れた瞬間に、彼女は自分の身体を捥《も》ぎ離すように私の手をふりほどいた。それからくるりと向きを変えると部屋の奥にある窓の方へ歩いて行った。

部屋の中は薄暗くなりかけていて、窓際に立っている彼女は外からの明りに包まれて淡い燐光を発しているようだった。私はベッドの上に上衣を脱ぎ捨て、彼女の側へ行ってその肩に手を掛けた。彼女は胸の上に両腕を組むようにして、肩に置かれた私の手の上に掌を重ねた。

窓の外は港の一部を見下していたが、黄昏《たそがれ》が殆ど物の象《かたち》を識別できない程に桟橋や倉庫や汽船などのあたりに漂っていた。ただ空は黄ばんだ雲の破片をそこここに散らして、尚も餘燼のように明るかった。見ている間《ま》に幾つかの灯《ひ》が点き、灯の数が次第にふえて水の上にきらきらと揺らいだ。

「綺麗だなあ、」と私は言った。

「あたし夕暮って嫌い。何だか汚《よご》れて行くみたいなんだもの。」

「そうかしら。」

「早く夜になる方がいいわ。」

しかし彼女は何かに魅せられたように暮れて行く空と海とをじっと眺めていた。

「僕は黄昏というのは好きだ。雀色時《すずめいろどき》っていうんですよ。」

「あたしは夕暮も嫌い、雨の降るのも嫌い。嫌いなものが沢山あるの。」

「僕は?」

私の冗談に彼女は私の手の上を強く押したが、しかし窓の外を見たまま身じろぎもせずに立っていた。私はそっと片手を抜くと、彼女のワンピースの背中のファスナーを下に引いた。もう片方の手を、そこに彼女の掌を載せたまま動かして彼女の肩を露《あらわ》にし、彼女が今や両腕をだらんと垂らしたお蔭で、た易くドレスを肩から滑らせた。シュミーズとブラジャーの肩紐も同じように滑り落した。彼女は相変らず身動き一つしなかったから、彼女の着ていたものは、まるで私の欲望に命令されたかのように胴に沿って足許へと流れ落ちた。ホックを外されたブラジャーも下に落ちた。その間も彼女はじっとしたまま動かなかった。裸の背中から私が両手を前に廻して抱き締めた時に、私は彼女が泣いているのに気がついた。

彼女は涙を流しているわけでも、啜《すす》り上げているわけでもなかった。身体と同様に、その顔も静かでただ一種の表情を浮べているだけだった。しかしそれは、私には彼女が泣いているように見え、その発見は私を不安にした。

「どうしたの?」と私は訊いた。

「ええ。」

そのかすかな声は彼女らしくなかった。それは脣から発せられた声のようではなく、直接に魂の底から響いて来たようだった。

「どうかした？　厭？」

彼女は暫く黙っていて、それからまた低い声で呟いた。

「なんでもないの。」

「悲しそうにしている。」

「ええ。」

「なぜ？」

彼女はちょっと身顫いした。

「寒い？」

「ちょっと悲しいだけ。」

「寒いんなら横になった方がいい。」

私は彼女を横から抱えるようにし、彼女の下着一つの身体は私の腕に取り縋《すが》るように傾いた。私は彼女をベッドまで連れて行くと、カヴァーと毛布とを剝いでシーツの上に彼女をそっと寝かしつけた。彼女は靴を脱ぐと、長靴下を穿いた両脚をくの字に曲げて、広いベッドの端近くに小さくなった。私は毛布を胸のあたりまで掛けてやった。

「御免なさい。」

「いいんだよ。でもどうしたの?」

「何でもないの、じきによくなるわ。」

私は絨緞《じゅうたん》の上に脱ぎ捨てられていた衣類をひろい上げてベッドの足許に載せた。それからまた窓の方へ行き、彼女がさっき立っていた同じ位置に佇んだ。

外はもう暗くなって、いつのまにか桟橋の周囲に数多い燈火が瞬いていたが、空には黄昏の最後の餘燼がくゆり、その仄かな明るみが海の上にもう思い出せない遠い記憶のように落ちていた。人工的な海か、と私は心の中で呟いた。港は希望が船出する出発点でもあれば、また疲れた人生の倦怠が休息する終点でもある。そこでは海が人間の手によって飼い馴らされ、数多い船が、人間の吐く息、吸う息のように、自然の中に夢を紡《つむ》ぐために或いは出て行き、或いは帰って来る。港は人の心を愉しくもさせるし、また悲しくもさせるだろう。それはさまざまのことを聯想させるだろう。海は永遠を思わせるが、港は人間の儚《はかな》さを思い知らせる……。

初めて会った時も、彼女はやはり黄昏の中であの岬に立っていた。私はその時のことを思い浮べていた。あの時も、彼女は何か悲しい思いを抱いていたのだろうか。彼女が左浦の海岸へ行ったのは単なる偶然だったのか、それとも何かわけがあったのだろうか。そして私は、今日という日が、左浦で彼女と会ってから漸くのことでめぐって来た機会であることを思い出した。幻のように消えてしまった彼女は、別の人間として、古賀安見子という私の友人の妻として、再び私の前に現れた。しかし私にとっては、彼女は常に「彼女」だった。私の衰弱を回復させ、私の藝術に（いなそれ以上に私の人生に）生の息吹を吹き込むべく約束された女性だった。今や彼女は、この鍵の掛った部屋の中に、私のほんの近くに、殆ど裸のまま寝ていた。しかし彼女がその悲しさによって鎧《よろ》っている限り、私は彼女に手を触れることが出来ない。なぜならば彼女の悲しみは彼女ひとりのもので、私が共有しているものではなかったから。私は暴力によって肉体を征服することも、憐憫によって心を解きほぐすことも、潔《いさぎよ》しとしなかった。それは私の性質というものだろう。彼女は一つの謎のようにそこにいたし、私には謎を解くべき何等の手懸りも与えられていなかった。

窓の外も内も、私の心そのままに暗くなった。もう何時《なんじ》だろうか。彼女は十一時頃までに帰らなければならないと言っていたから、折角の機会もあます時間は刻々に少くなりつつあった。私はさっき彼女を抱き締めた時の、あの掌の中に零《こぼ》れるようだった乳房の重みと滑らかな脇腹の感触とを、もう一度手の表面に感じた。私はその手を窓の硝子に当てて、暮れてしまった空をじっと眺めていた。

かちっという小さな音がし、窓硝子が明りを反射した。私は振り向き、彼女が片手を延して枕許のスタンドの灯を点けたのを見た。笠の内側の直射光が、彼女の裸の肩とそこからすらりと延びた腕とを眩しいほどに照し出した。

「御免なさい。」

彼女はくるりと向きを変え、毛布を胸のあたりまで持ち上げながら上半身をベッドの上に起した。

「よくなった？」

「ええ。ちょっと悲しかっただけ。」

私は安心し、窓にカーテンを引き、それからベッドのすぐ側まで歩いて行った。

「びっくりしたよ。何か僕のことで気に障ったのかと思った。」

「ううん、そんなわけじゃない。」

彼女は眼と口とで笑って見せ、悪戯っ子が相手をからかう時のように脣を尖らせていた。

「こいつ。」

私は襲いかかるように彼女に接吻し、そのまま向うむきに押し倒した。彼女の両腕は私の首筋に絡みつき、少しの呼吸をも惜しむ程の長い接吻が彼女の頭を枕の上に抑えつけた。臆病な舌が逃げようとするのを私は許さなかった。私が漸く顔を起した時に、彼女の黒い髪は白い枕カヴァーの上に花形に乱れ散った。

「悪い子だね。」

「あたし何だかふっと悲しくなったの。夕暮どきって、時々そういうことがあるわ。」

「もう夜になったよ。」

「あたしって気紛れなのねえ。」

彼女は気紛れであることを実証するかのように笑っていたから、私は彼女のさっきの悲しみを、信じていいのか疑っていいのか分らなかった。

「悪い子はお仕置だ。」

彼女は降伏するように両腕を頭の両側に沿って枕の方に投げ出していた。どうか好きなようにしてと言うようだった。胸のあたりでまくれている毛布を、私はた易く足のところまで引き剝がした。彼女はかすかな声を洩らし、両脚を揃えて身体の方へ引き寄せたが、両手は相変らず無抵抗に投げ出され、白い二の腕から腋の下を露《あらわ》に見せていた。スタンドの明りが乳房の蔭にやわらかい不透明な影をつくり、眼を閉じている彼女の睫毛が、しばたたくように僅かに動いた。

しかしそのあとは私の思うようには進行しなかった。彼女は両手で顔を隠し、両脚を鎖《とざ》して、

「やめて、やめて、」と喘ぐような声で繰返した。

「どうしたの?」と私は訊いた。

「何でもないの、でもやめて。あたしどうしても駄目。」

「また悲しくなった?」

「そうじゃないけど。」

私は無理強いをする気はなかった。こうして彼女といられるだけでも幸福なのだと強いて自分に言い聞かせた。左浦で初めて会った晩も、彼女は私に許さなかった。何かしら彼女の意識の中で彼女の心を鎖したものがあると、肉体も亦それに従うのだろうと私は想像した。ただ、彼女の心を占めているのが何なのか、私には思い及ばなかった。

「あたしはこうしているだけでいい。」

彼女は私の片腕を枕にして、横向きに私にしがみついたまま呟いた。

「君がその方がいいのなら、僕もいいよ。」

「怒った？」

「怒るものか。しかし君は何を考えていたの？」

「さあ、何かしら。」

「君の考えていたことが僕に分らないというのは辛い。何か……家庭のこと？」

彼女はぐるりと身体を動かして仰向けになると、天井を向いてゆっくりと話した。

「あたし、決して古賀のことを考えていたんじゃないわ。それはあの人には済まないけれど、あたしはあたしの考えでこうしているんだもの。その考えがいいか悪いかはまた別のことよ。あたしは道徳なんて考えない。それは人がつくったことで、あたしはあたしの責任でこうしている。でもね……。」

　彼女は言い澱んだ。

「でも？」と私は訊いた。

「でも、あたしはこうやって自分の責任でなんて言っているけど、本当にあなたを選んでいるんだろうかって考えるの。これはお芝居じゃないんだろうか、どこまでがあたしの本当の心なんだろうかって。あたしは怖いの。だってあたしは古賀と別れるだけの気持なんか、ちっともないんですもの。」

「僕は君と結婚したいよ。不可能じゃないと思うんだ。」

「そんなこと不可能よ。それにあなたは決してそんなことを望んでなんかいないのよ。奥さまだっていらっしゃるし。」

「僕たちは離婚準備中だって言ったじゃないか。」

「でも離婚なさらないでしょう。それは気持を偽っているだけよ。あたしだって古賀とは別れられないわ。あたしたちはみんな、結婚する時にもう選んでしまっているんだから。」

「やり直すことは出来る。」

「いいえ、出来ないのよ。あなたは奥さまを愛していらっしゃるのよ。」

　私は言下に否定した。彼女の肩を抱き締めた。

「そうじゃない。僕がいつか冷却期間だと言ったのは、白状すれば弓子には自殺しそうになる癖があるからなんだ。もう二三度そういうことがあった。僕はそれが怖いんだ。」

「自殺しそうなんですの？　それ、自殺したってことと違うでしょう？」

彼女は顔をこちらに向けたが、その眼はきらきらと光った。

「それはそうだよ。自殺してしまえばおしまいだ。」

「だからあなたは奥さまを愛していらっしゃるって、あたし言うのよ。自殺したいのなら、さっさと自殺させればいいじゃないの。二度も三度もそんなことがあったのなら、あなたの奥さま、なぜさっさと死んでしまわないの？　そんなのは矛盾してるわ。死にそうだということで、あなたをおどかしているだけじゃないの。死にたい人は死んだ方がいいんだわ。あたしは生きたい……。」

「僕等は一緒に生きられるんだ、」と私は一層彼女の肩に掛けた手に力を入れた。「僕はいつでも別れられる。弓子もそれを希望している。ただ僕が子供のことを考えるものだから……。」

「あなたはお別れなさい。あたしは駄目よ、あたしは別れない。」

「どうして？　僕は君と暮したいんだ。」

彼女は殆ど眼に涙を浮べていた。

「そんなにあたしを苛めないで。」

彼女の裸の身体はしなやかに私にしがみついた。髪が私の口や頤《あご》のあたりをくすぐっていた。私は抱いている両手に力を入れた。

「僕は君と一緒に暮したい、」と私は繰返した。「僕はもう君を離せそうもない。」

彼女の髪がいやいやをするように私の口の下で揺れ動いた。

*

「でもなぜなの？」と彼女はそれまで伏せていた顔を起して思いあまったような低い声で訊いた。

彼の方はいつもの通り冷静だった。こんなきまり切ったことを彼女が訊き返すのは、わけが分らないという顔で彼女を見た。心からそう思っているのか、それともただそういう振りをしているのか、彼女には判断がつかなかった。暫くして彼は、聞き分けのない子供を諭《さと》すように説明した。

「なぜということはないさ。僕はどうしたってパリへ行かなければならない。これは理窟じゃない、絵描きの本能みたいなものさ。前から行くつもりで準備をしていたんだが、やっと行けることになった。向うでもりもり仕事をする。君にだって、それぐらい分るだろう？」

「それは分るけど、」と彼女は曖昧に言った。「それでいつ帰っていらっしゃるの？」

「そうね、出来たらずっと向うにいたい。日本に帰って来るつもりは本当はないんだ。しかしこれは内緒だよ。君だから言うんだ。」

「ええ、」と小さな声で彼女は頷いた。自分にだけ打明けてくれたのは嬉しかったが、彼に帰って来るつもりがないというのは、自分に希望がないというに等しかった。わたしはどうなるの、と口の先まで出かかったが、それを言うのははしたないようだった。

「でもなぜなの？」と弱々しい声でまた繰返した。

「日本にいたんじゃ駄目なんだ。もっと視野の広い勉強が必要なんだよ。向うに行ったらきっと認められて見せる。とにかく出来るだけ頑張る。」

「それはきっといいお仕事が出来るでしょうね。」

「僕は君がもっと悦んでくれるとばかり思っていたよ。」

「ええ、お目出とう。」

彼女は今にも涙の零《こぼ》れそうな顔で、無理にほほえんだ。

二人がいたのは閑散とした喫茶店の中だった。ウエイトレスは遠くで仲間どうしお喋りをしていたから、彼女の半泣きの顔が人に見られる懼《おそ》れはなかった。それでもいつのまにか顔が下を向いた。彼はまるで気がついていないようだった。

「でも、外国で一人で暮すなんて、御不自由でしょうね、」となるべく自然なように装いながら彼女は訊いた。

「平気だよ、そんなこと。一にも勉強、二にも勉強だ。ちっとやそっとの苦労で一人前になろうたって、そうはいかない。僕のことは心配しなくってもいい。君は早く結婚でもするさ。」

「え?」と彼女は顔を上げた。

「君は結婚していいお嫁さんになるのが一番だ。それが女の幸福というものだよ。男はそうはいかない、特に我々みたいなのは、仕事に取っ憑かれているからね。しかし君にはちゃんと結婚したがっている奴がいるじゃないか。」

「そんなこと。」

「あいつはいい奴だ、僕には分っているんだ。あいつと結婚しなさい。そして幸福になるさ。僕みたいな風来坊は、どこの空の下でどうなるやら分ったものじゃないよ。」

「いや、そんな悲しいことをおっしゃっちゃ、」と彼女は殆ど泣声を出した。ハンドバッグから出したハンカチを膝の上で握り締めていたが、涙が零れないように懸命に自制した。

「さてと。」そして早くも立ち上りかけて、「僕はこの近くの画廊の主人とちょっと大事な用があるんだ。もう行かなくちゃ。」

彼女は殆ど無意識のうちに彼のうしろに従って喫茶店を出た。外の通りは眩しいほど明るかったが、彼女はまるで夢の中にいるような気がした。

「それじゃ、これで。僕は急ぐから。」

彼がずんずんと大股に立ち去ったあと、彼女はその場から歩き始めたが、自分がどこへ向っているのかまるで自覚がなかった。やや首をうなだれ、ハンドバッグを痛いほど握り、人にぶつかられそうになっても身を躲《かわ》すこともしなかった。右足と左足とを機械的に交互に動かしながら、あの人は行ってしまう、わたしを置いて行ってしまう、と心の中で繰返し同じ言葉を呟いていた。

＊

「でもなぜなんだい？」

彼が顔を起して訊いた時に、その怖いほど蒼ざめた表情を見て、彼女は、ああわたしはこの人に対して、またあたし自身に対しても、取り返しのつかないことを言ってしまった、と気がついた。しかし取り返しがつかないのは、言った言葉ではなく、彼女が極めてしまったその決心だった。

「なぜって？」と彼女は弱々しく訊き直した。

「僕はそんなこと、まったく考えてもいなかったよ。僕は君がいずれ僕と結婚してくれるとばかり思っていたんだ。まさかあの人と結婚する気になるなんて、夢にも思わなかった。」

「あたし、あの人が好きだったのよ。」

「それじゃ僕は好きじゃなかったのか。」

「それは……あなたも好きだったけど……。」

彼女は途方に暮れたように彼を見上げたが、彼は胸の上に腕を組んでそこに立ったまま、彼女の手を取ろうともしなかった。

二人が会ったのはいつもの通り公園だった。それは公園というにはあまりに小さかったが、池のほとりのベンチは大抵は空いていたし、電車通りが近くてうるさいせいかロマンチックな場所柄とも言えず、いつも人影は疎らだった。二人はそこで落ち合うと、どちらかが忙しい時には立ち話をしただけで別れ、暇な時にはそこから一緒に他へ出掛けた。

彼女がその告白をした時に、二人は夕暮に近い公園の中を、池に面した小径に沿って肩を並べるようにして歩いていたが、相手はぴたりと足をとめたなりもう身動きもしなかった。腕組みをし、時々神経質に足許の砂利を蹴飛ばした。彼女はつくねんと佇んで、そういう彼を少し怖そうに見ていた。

「僕は君を見そこなっていたよ、」と彼は溜息のような声を出した。「僕たちはそんな水くさい間柄だったのかい？　君があの人と前から附き合っていたことは知っているけど、まさか君が、そんなに本気であの人と結婚する気だったなんて、あきれて物も言えないよ。」

「あたし、よく分らなかったのよ。あなたも好きだったし、あの人も好きだった。」

「しかし向うの方がもっと好きだと気がついたのかい？」

「そうね、まあそういうことね。」

彼は射竦《いすく》めるような眼で彼女を睨んだ。彼女はちょっと小さくなって、相手の機嫌を取るように微笑した。

「そんなに怒らないで。大体あなたはあたしにプロポーズなんかしなかったじゃないの。」

「僕は当然君には分っていると思っていたんだ。ただ僕は安サラリーマンだし、君は結婚なんか急がないような口振りだったから、安心して待っていたんだ。まさかこんなことになるなんて。」

「そんなに気にしないで、」と彼女は少し落ちついた声になってさとすように言った。「あたしなんてちっともよくはないわよ。誰かいい人を見つけなさいよ。どうしたの、そんなにむきになって。あたしたちはいいお友達だったのよ。これからだってそれでいいでしょう？」

「僕は厭だ。」

相手はきっぱりした調子で断言し、彼女は少し顫《ふる》えた。あたしはこの人が、これほど真剣だとは知らなかったのだ、と彼女は考えた。しかし果して本当に知らなかったのだろうか。きっとこういうことになると知っていながら、彼女は彼（あの人）のプロポーズを悦んで受け入れたのではなかったろうか。

公園の中は暗くなり、池の表に黄ばんだ空が立木の影を混えて映っていた。そしてすぐ近くを走っている電車の轟音が、このささやかな自然の風景と如何にも不釣合に、彼女の心を二つに引き裂いた。もうじき夜が来る。――彼女はうつけたように水の上を見詰めながら、夜が来るのを待っていた。

「ねえ、考え直してくれないか。僕は君が他の人と結婚するなんて、とても耐えられないよ。」

「そんなことは言わないで。直に馴れてよ。」

「僕は、僕は夢にも思わなかった。」

あたりが不意に夕暮の光線に燃え立つように輝き、そして忽ち樹々の肌が黒く褪《さ》めて、池の表の影が黒く濁り、そこに映った黄昏の色をした水も黒っぽく翳った。もうじき夜が来る。彼女は連れの方を見て、彼の顔に涙が白く光っているのに気がついた。

「あたし、きめたのよ。」

ひどく自分が悪い女であるような、そして今自分の言っていることが取り返しのつかない大事であるような、暗い予感が心の中を走った。可哀そうに。そんなにこの人はあたしが好きだったのだろうか。本当に？　人は本当に誰かを愛するということが出来るものだろうか。この人のように？

「僕は君が結婚したら、死ぬ。きっと死ぬ。」

彼は独り言のようにそう呟き、彼女は、そうかもしれない、この人は本当に死ぬかもしれない、と考えていた。しかしたとえこの人が死ぬとしても、あたしは彼（あの人）と結婚することをやめないだろう。なぜならばあたしはそう極めたのだから、彼の方を選んだのだから。

黄昏が尽きて、あたりが暗くなった。

私の夕食の時間はもともと不定で、子供と一緒の時もあれば母と一緒の時もあったが、いつのまにかそうした団欒《だんらん》も指を折って数える程になって、外食することが多くなった。というのは来客を迎えて食事をするには弓子がいなくなってからは都合が悪かったし、子供はとにかく、母のお相手は荷が重くて、とんだ親不孝者だと自分でも認めないわけにはいかなかった。

それでもたまに母の部屋に呼ばれて、古風な塗膳を前に据えられ、母の手づくりで一杯やるというのは悪い気持ではなかった。そういう時、私が手酌で盃を重ねているのを、母は嬉しそうに眺めていた。

「飲みっぷりがだんだんお父さまに似て来たようね。」

「そうですかね。僕もそろそろ年かな。」

「お前はまだ若いよ、まだこれからですよ。」

母の眼から見れば、私は相変らず我儘な子供にすぎなかったろう。特に弓子がいなくなってからは、私も独身時代の気楽さに返っていたし、母にしてみれば以前のように水入らずで暮すことが嬉しくてならないらしかった。弓子がいた頃は、こうして差し向いで母と食事することなんかまるでなかったのだ。そして私と弓子とが（太平さえも夫婦にとっての一種の景物というにすぎなかったから）この家庭という一つの潮流の中で別の二人だけの渦をつくっていたにも拘らず、弓子にとってはそんなことは当り前で、満足するに足りなかったし、母の方は苦々しい気持を押し殺して、いつまで経っても嫁の存在を異分子のように感じていた。そして弓子にとっても母にとっても、不満の原因はあくまで私にあった。弓子には私が母のお守から抜け切れないという点で。母には私が弓子の言いなりになっているという点で。

それなら私というものの主体は一体どこにあるのだろう、どこにあったのだろう、と私は少しずつ酔の廻るのを感じながら考えた。私が私として自立できるのは、ただ仕事の中に精神を没頭させている間だけにすぎない。仕事をする以外の私というものは、母と妻との二重の圧力に押し潰されかけている哀れな存在なのだ。謂わば私は、独立というものをどこかに置き忘れて、荷物のように母の手から弓子の手へと渡されただけだ。もしも仕事と家庭とを両立させることが出来ていたら、私はもう少し気楽に息をすることも出来ただろうに。

「もう一本つけさせようか。」

「お願いしますかね。」

お手傳さんがやがてお銚子をもう一本運んで来た。母は教会のことや、婦人会のことや、孫のことや、その他私とは関係のないことを上機嫌に喋っていた。しかし結局は、母の話題は弓子の上に落ちついた。

「お前は近頃弓子さんに会ったかい？」

「そう、このところとんと会わない。何とかやっているんでしょう。」

「一体どういう気持なの？」

「考えているんでしょうね。」

「いいえ、お前の気持。」

「僕ですか。」

果してどんな気持なのか、弓子にしても私にしても、これというはっきりした気持があるようでもなかった。惰性で暮して来たものが、決心して別れる、そうすると今度は別居しているということが惰性になる。

「お前はのんきなんだねえ。」

「のんきと言えばのんきだけど、そうしたものじゃないんですか。寧ろのんきになれただけでも僕はありがたい。毎日神経を研《と》ぎ澄まして十年も暮して来たんですからね。僕と弓子とは、決して合性《あいしょう》の夫婦じゃなかった、それはお母さんが言った通りだった。しかし十年も一緒にいれば、合わないところが逆に合ってしまうような点もある。別れてみれば寂しいような点もある。」

「それじゃあの人が戻って来た方がいいの?」

私は手酌で飲んでいたが、酒は次第に苦《にが》く感じられた。

「そうは思いませんよ、それに弓子は戻る気なんかないでしょう。」

「あの人も強情だからね。」

「僕は自分の方からあいつに戻ってくれと頼む気持はありませんよ。」

「しかし太平のこともあるし。」

「太平がどうかしましたか。」

「いいえ。あの子ったらママのことはちっとも口にしないねえ。寂しくないのかしら、気楽そうにしているけど。でも心の底では何を考えているやら。」

「太平も我慢づよいんだろうな。みんな強情に出来ているんだ。我が家の家風ですか。」

母は少し笑った。茶の間で子供の見ているテレヴィの音が、時々子供の甲高い笑い声にお手傳さんの声を混えて、かすかに聞えて来た。

「情が強《こわ》いのは弓子さんだけですよ、子供にもお前にも、」と母がぽつりと言った。

そしてわたしにも、と母は言いたかったに違いない。弓子が情の強い女に見えるのは、彼女の内部の泉がもう涸《か》れ切っているせいなのだろう。彼女が昔言った言葉を私は忘れてはいない。わたしは誰をも愛せない、もう決して誰をも愛せない、と。その叫び声は、ふと、何でもない時に木霊《こだま》のように私の心に帰って来た。それでも、その時にはまだ彼女の泉は涸れていたわけではなかった。彼女は私を愛することが出来たし、子供を愛することが出来た。しかし今は？

「あいつの持ち前だからしかたがない。」

「そんな人のどこがよかったのだろうね。」

もう過ぎたことなのに（そして現にこうして別居しているのに）母の考えはいつもそこへ舞い戻って行くのだ。それならはっきりと、弓子と離婚する、その手続きを始めると母に言えば、母はそれで納得するだろうか、よかったと安心するだろうか。必ずしもそうではあるまい。或る秩序が生れると、たとえその秩序が虫の喰ったものであっても、母のような人は出来上った秩序を守るように生れついているのだ。父との生活でも、相互に不満がありながら、それは唯一のものとして守り続けられた。破壊することは常に罪悪だった。家というものは、それがどんなに崩れやすい土台の上に建っていても、補修に補修を重ねて保って行くべきものだ。母は弓子の悪口を言いながら、尚も心の中の秘かな部分では、彼女が元の鞘《さや》に収り、私たちが表面上は無事な夫婦で暮すことを望んでいるのだろう。それは母が離婚に対して抱いている基督教的な潔癖さとは違った、もっと封建的な女大学的なものだ。しかし母が常に母自身を中心に据えて物を考える限り、妻たるものは異分子たらざるを得ないのだ。

「もう御飯にしましょう。」

私は盃を置き、母は手を叩いてお手傳さんを呼んだ。間の延びた返事が聞え、廊下を跫音が近づいた。私はぼんやりと床の間の掛軸や竹籠に挿してある草花などを眺めていた。母の部屋は清楚で床《ゆか》しげにととのっていた。それは私の生活、或いは私と弓子との生活に較べて、まるで別の世界をつくっていた。どこからも後ろ指を差されない信心深いつつましい生活。たとえ弓子とは別れることが出来ても、この母とは別れることが出来ない、なぜならば別れるための理由というものがないからだ、と私は考えた。

食事をしている間、私は一つの可能性を心に描いていた。私はさりげなく母に言った。

「お母さん、もしも僕が弓子と別れて、誰か別の人と結婚したとしたら、お母さんどう思います?」

「そうねえ、誰かいい人がいるの?」

「そういう具体的な話じゃなくて。」

「お前さえよければいいでしょう。お前だってもう子供じゃないんだから。」

母の表情には格別の期待も好奇心もないようだった。母の小さな身体が私には壁のように見えた。

＊

人は不意に決心することはない。たとえ私が母との団欒の間にふと口を滑らせて、弓子と別れて誰か別の女と結婚するとしたらなどと洩らしたとしても、それは単なる仮定にすぎなかったし、安見子に向って君と結婚したいと口走ったとしても、それもまた私の無意識の願望というにすぎなかっただろう。すべてこうした心の動きは、私にとって（それは私が意気地のない男であることの証拠なのだろうが）弓子の気持を無視してまで強行したいと思う程、熱意に充ちたものではなかった。弓子がどう考えているか、この別居から彼女がどんな結論に達したかは、常に私の関心事だった。イニシアティヴを取ったのが彼女の方だったとしても、それから今迄の数ヶ月間に彼女がその決意をどのように定着したか、私には見当がつかなかった。私の方はと言えば、私は繰返し熟考したつもりである。そして最後のところこの結婚は失敗だったという風に傾いたが、それは決して私が古賀安見子を識ったことの結果として生じたのではない。たとえそのことがなくても、私と弓子との結婚がお互いの不幸であることは別れるずっと以前から分っていたのだ。ずっと以前、つまりそもそものスタートから間違った結婚をしていたのだ。それでも人生に於て人は常に間違うものだし、それに気がつく度に間違いを是正しながら生きて行くものだと、私はいつからか信じて来た。しかし今となってはもうそれを信じることが出来なかった。

梅雨空の鬱陶《うっとう》しい曇り日で、それでも日が長くなって垂れ込めた雲の間に夕暮の赤みの残っている時刻だったが、私は久しぶりに弓子に会いに出掛けて行った。旗岡洋裁店には眩しいように灯が点っていて、店の中を女客や女店員が華かに動き廻っているのが硝子戸を透かして見えた。私は電話で呼び出さなかったことを少々後悔しながら、店の中にはいった。眼をくばった範囲内に弓子の姿は見当らなかったから、私は近づいて来た店員に女主人に会いたいと告げた。旗岡浪子が奥まった部屋から颯爽《さっそう》と現れた。

「まあ澁さん、お珍しいのね。」

「久しぶり。弓子いますか。」

「ちょっとこちらにおはいりになって。今とても忙しいところなの。」

私は彼女に案内されて、仮縫をするためらしい奥の部屋を更に通り抜け、小さな私室に通された。事務机のそばに椅子が二三脚あるだけの殺風景な部屋で、壁にポスターやらモード写真やらが所かまわず貼りつけてあるのが、かえって部屋を味けなく見せていた。机の上には大判の外国の雑誌や型紙が乱雑に置いてあった。旗岡浪子はじきに戻るからと言って、私を残したまま立ち去った。どうやら弓子はいないらしいなと私は判断した。しかし待ってくれと浪子に頼まれた以上、今さら逃げ出すわけにもいかなかった。

　暫くして女店員がお茶を持って来てくれた時にも、私は手持無沙汰に雑誌の頁をめくってい て、その店員が立ち去ったのも知らず、また旗岡浪子がいつのまにか部屋にはいって来ていたのも知らなかった。その雑誌が格別面白かったわけではない。私はしばしば何を考えるでもなく茫然として時の流れ行くにまかせるということがあった。そういう時、私は見ることが自分の職業の一部でありながら、何物をも見ない状態でいた。いや寧ろ私の日常は、精神を集注した或る特定の時間の他は、ただ眼を明けているというだけだったかもしれない。

「一体何をそんなにぼんやりしているの？」

　旗岡浪子が私の正面に腰を下し、皮肉な表情を浮べながらそう訊いた時に、私には返事のしようがなかった。

「あなたって人は、昔からそんなふうにぼんやり考え込む癖があったわね。」

「そうだったかな。昔は仕事に熱中していたから、ぼんやりしている暇なんかなかったみたいだが。」

「ロマンチックでなかなかよかったわよ。澁太吉の夢みるプロフィルって女の子の間じゃ有名だったわ。」

　旗岡浪子はそう言ってにっこり笑った。

「いつ頃の話?」

「上野の学生の頃よ。わたしたちが夢中でモデルと取り組んでいるのに、あなたったらさっさと描き上げて、ぼんやり窓の外を見ているの。それが餘裕綽々《しやくしやく》というよりも、まるっきり別のことを考えているというふうだったわ。一体何を考えていたの?」

「覚えちゃいないね。」

私は無造作に首を横に振った。それは裸のモデルを中心に扇型に椅子を並べた学生たちのデッサンの時間で、私も、旗岡浪子も、そして菱沼五郎も、同じクラスに属していた。私は窓の外に何を見、何を考えていたのだろうか。戦争が終っても私はまだ虚脱した状態の中で、眼に見える現実以外のものを追い求めていたのだろうか。少年の私が眩暈《げんうん》のように仰ぎ見ていた私の使命、それを私は決して忘れてはいなかったし、戦争が終った後でも私はまだ青年というにすぎず、新しい美の造型は頭の中で常に煮え滾《たぎ》っていた筈なのだ。しかしこの青年は同時に忘れようとして忘れることの出来ない過去を持つことで、既に青年ではなかったのかもしれない。

「浪子さんもちっとも変らないじゃないか。昔より若いみたいだ。」

「それお世辞? 若いなんて言われれちゃ如何にも貫禄がないみたい。」

旗岡浪子はもう一度笑ったが、それは取ってつけた笑いのように見え、取り澄ますといかつい感じのする彼女の容貌を和らげた。彼女は尖った頤《あご》と広い額とを持ち、学生の頃は逆三角形と渾名されていて、お世辞にも美貌とは言えなかった。その代りいつも勇ましく、男など眼中になく、豪傑のように快活な声を出して笑い、今のようにお上品に笑うことは稀だった。とすれば営業用の微笑だったに違いない。そしてその笑顔が不調和だったことは、すぐに彼女が生真面目な顔に戻って切り込んで来たことで証明された。

「漋さん、あなたったら弓子さんをどうする気なの？」

「それで様子を見に来たんだが。弓子の方はどんなふうなんです？　一体彼女は大丈夫なんですか。」

「大丈夫って、あの方？」

それだけで私たちの間には意味が通じ合った。私は頷き返した。

「それは大丈夫でしょう、元気よ。もっともわたしだっていつも監視しているわけじゃないから、保証は出来ないけど。でも、弓子さんは一人立ちの出来る人じゃないわね。誰かに縋っていなければ生きられない人。あなたが駄目なら、今度はわたし。」

「済みませんね、」と私はあやまった。

「あら、そういう意味じゃない。弓子さんのお守をするぐらい何でもない。ただそれが弓子さんのためになるかどうか。つまり漋さんとの現在の関係が如何にも中途半端でしょう。別れたような、別れていないような。それ、お二人のためによくないとわたしは思うな。」

「それは僕も同感だ。で、どうすればいいんです？　浪子さんの意見は？」

旗岡浪子は机の上の雑誌類を横に拂いのけると、身体を乗り出すようにして空いた場所に両肱を載せた。

「わたしはあなたたちはもう駄目だと思う。弓子さんが一人立ちするためにも、あなたがいい仕事をするためにも、今みたいなどっちつかずのことはやめた方がいいと思うな。結局、決心しなくちゃならないのはあなたなのよ。あなたのその温情っていうか、思いやりっていうか、それが一番いけないのよ。一体あなたって人は昔からそんなに優柔不断だったの？　弓子さんと結婚する時はもっとてきぱきしてたじゃないの。わたしあなたからそのことで相談を受けたけど、あれは相談というより、弓子さんを説き伏せてくれって頼まれたようなものよ。」

私は苦笑するほかはなかった。あの時、私は確かに狐疑逡巡はしなかった。逡巡するだけの暇がなかった。それは一人の女を救おうと私が決心していたからだ。しかし果して人間は、他の人間を救うなどという大それたことが出来るものだろうか。思い上ったことだ。少くともその時の私は、時間というものに人間の心を次第に腐蝕して行く作用があることを、知ってはいなかった。

「弓子にはそういうあなたの意見を話した？」と私は訊いた。

「あの人にこぼされれば、わたしだって力づけるようなことは言うわ、つまりさっさとあんな亭主と縁を切って、本気で仕事をやりなさいって。もっと身を入れてしなくちゃ、これで御飯を食べて行くのはなかなか大変よ。でも弓子さんにはわたしのお説教が利いているんだかいないんだか。煮え切らないのね。」

「煮え切らないのは僕も同じだ。夫婦ってのは、そういうところがうつるのかな。」

「のんきなことを言って。」

旗岡浪子ははぐらかされたと思ったのか、ちょっと厭な顔をした。それが彼女の気持を攻撃的にしたらしい。いきなり私に訊いた。

「澁さんは誰か好きな人がいるの?」

私はにやにやして、「いませんよ、」と言下に答えた。しかし私はこの仮面の背後に、もっと真剣な顔と、もっと真剣な答とを用意していないわけではなかった。実はいるんですよ、と口先まで出かかっていた。旗岡浪子にならば、私は秘密を洩らしてもいいと思っていたし、また彼女以外に、すわと言う時に相談を持ち掛ける相手がいないことも知っていた。(既に弓子との結婚の時がそうだった。)しかし私が曖気《おくび》にも出さなかったのは、結局、古賀安見子は他人の妻であり、秘密は私にだけ関るのではないと反省したせいだったのか。それとも、安見子の心をまだ完全に捉えてはいないと私がたじろいだせいだったのか。いな、多分、私はまだこの愛が遊びの域に属していて、本当に真剣であるかどうか自分でも自信がなかったからに違いない。

旗岡浪子は疑い深い眼で私を見ていたが、「それなら言うけど、」と前置して、口を切りそうになってまた止めた。

「どうしたんです、ばかに慎重だな。」

「うん。実は弓子さんのことだけど。」

「弓子がどうかしましたか。」

「あの人は菱沼さんが好きなのよ。」

「それはそうさ、昔からそうだったんだから。」

「今でもそうなのよ。」

私は相変らず微笑していた。弓子が菱沼五郎を好きだということは、何も驚くほどの新事実ではない。昔彼女が菱沼を愛していることを承知の上で、私は彼女と結婚したのだ。一つの愛が枯れ衰え、別の愛が同じ根からまた新しく芽生えるものと私は信じていた。しかし残念ながら、そこに私の期待したような実を結ぶには至らなかった。

「弓子さんは今でも菱沼さんに会っているのよ。知らなかったでしょう? まるで夢中なのよ、子供みたいに無邪気で。」

「しかし菱沼の方で相手にする筈がない。」

旗岡浪子は口惜しそうに意気込んだ。

「澁さん、あなた厭に平気な顔をしているけど、何ともないの？」

「それはどういう意味？　僕をけしかけて、口惜しがらせて、弓子を取り戻せって言うんですか。」

「あなたって随分冷たいのね、」と呆れたように浪子が言った。

「菱沼は弓子のことを迷惑に感じているだけですよ。僕はそういう弓子を可哀そうだと思う。それは僕だって我慢しかねることはあったし、我ながら男の名折だと思うようなこともあった。しかし一度責任を取ると僕が弓子に公言した以上、とやかく言ったって始まらなかった。弓子がいまだに夢を見て、菱沼が帰朝したからって会いに行ったところで、菱沼が動じることもなければ、僕が動じることもない筈だ。」

「変な人ね。あなたには嫉妬心ってものはないの？」

「ないんだろうな。結局は冷たいってことになるのかな。」

「それは愛がないってことよ、」と旗岡浪子は極めつけるように言った。

私は黙っていた。愛がないというのは、一方的な、表面的な見かただと思っていた。私は弓子と結婚してからのほぼ十年間、菱沼五郎に対して嫉妬心を覚えたことは殆どなかった。それでも愛はあった筈だ。もっと大きな愛、すべてを包み込み、すべてを赦せるような愛。しかし同時に、偉そうなことを言うなとたしなめる内心の声がした。現に、その大きな愛とやらは何処にあるのだ。それは要するに幻影にすぎなかったじゃないか。

「嫉妬心がなければ、愛もないのよ。」

旗岡浪子がもう一度強調した。それから親切な相談相手という位置にまで後退した。

「だからあなたがたは、やっぱり別れた方がいいのよ。昔の恋人を今でもまだ追い掛けている妻と、そんな妻に嫉妬心も感じないでのんびり構えている夫、そんな夫婦ってあるものですか。一体それで何が澁さんを支えているの?」

私は相変らず黙っていたが、浪子は追い縋るように訊いた。

「藝術?」

私は首を横に振った。それから、「まあよく考えることにしよう、」と言って席を立った。浪子は私をちょっと睨み、自分も立ち上った。

「あなたは人をはぐらかしてばかりいる。」それから附け足した。「菱沼さんはいつまで日本にいるの?」

「さあね。秋に個展をやってから、フランスに帰るんじゃないかな。」

「澁さんも個展をおやんなさい。澁太吉の才能は菱沼五郎にいささかも劣るものじゃないのよ。ただ、あなたは自信がないのよ。」

「そうかもしれん。しかし仕事はしているよ。」

私は眩ゆいように明るい洋裁店から、既に暗くなった通りに出た。弓子も可哀そうに、と私は思った。それから旗岡浪子が、弓子が店にいないことについて何ひとつ説明しようとしなかったことを思い出した。ひょっとしたら菱沼に会いにでも行っているのか。昔の夢を今も追い続けている馬鹿な女、昔はその馬鹿なところが、純粋で、生《き》一本で、魂の美しさを表しているように思われたのだが。

暗い空から雨がぽつぽつと降り始め、道を行く人たちが足を早めたり、ショウウインドウに身を避けたりしていた。私は傘もなく、レインコートも着ていなかったが、ゆっくりと濡れながら舗道を歩いて行った。そういう馬鹿な女ときっぱり別れることも出来ないで、愚図愚図と仮初《かりそめ》の自由を愉しんでいる馬鹿な男。「それで何が澁さんを支えているの？」と訊いた旗岡浪子の声が、私の耳にまだ痛いほど響いていた。

私は倚り懸りのついてないベンチに浅く腰を下して、眼の前に置かれた灰皿に神経質に煙草の灰を落しながら、着飾った客たちが急いでドアの中に吸い込まれて行くのを横眼で睨む反面、入口の受附に次々に現れる女たちをも見逃さないように監視していた。私は定刻の二十分も前に会場に到着し、まず自分の座席を調べて彼女がまだ来ていないことを確かめると、ロビイに出てプログラムを二冊買い、入口のよく見える場所に陣取った。しかしひょっとして誰かに見られないものでもないと気がつくと、慌てて中の座席に戻った。会場の中のざわめきが一種の浮き立つような雰囲気を次第に盛り上げ、やがてベルが鳴ると、客席は隣の席をのぞいて殆ど埋められていた。

やはり何処かで落ち合ってから一緒に来ればよかったと私は後悔していた。安見子は最初のうちなかなかうんと言わなかった。「しかしもう切符は買っちまったんですよ。もしあなたが行かないんなら、僕はこれをふいにするだけなんだ、」と言って説得し、無理にその切符を一枚彼女に渡しておいた。「上手に言えば多分行けるでしょう。でもどうかしら、」と彼女は悩ましげな表情をしていた。そして私はとうとう音楽会のあるその当日まで、彼女が来るのか来ないのか返事を貰うことが出来なかった。

場内が暗くなり、促すような拍手が起って四人の奏者たちがそれぞれ楽器を抱えて袖から現れた時にも、私の隣の席は依然として空いたままだった。私はがっかりして、彼女がいないのならわざわざ聞きに来る程のことはなかったような気持にさえなっていた。最初の短い四重奏曲が奏される間、私は安見子はどうして来られなかったのだろうと、そればかり考えていた。古賀は彼女に対して何でも自由にさせていると彼女が言っていたことなどを思い合せると、餘程具合の悪いことでも起ったのだろうか。しかしどんな？　不意に病気になった、亭主が彼女の素振りに勘づいた、またはもっとごくつまらないこと……。私は最初の曲目を殆ど上《うわ》の空で聞いていたし、それが終って拍手が轟くように湧き上った時も、まだ彼女の来られなかった理由をあれこれと思いめぐらしていた。

「御免なさい、遅くなって。」

私がはっと驚いた時に、滑るように安見子の身体が私の横に来ていた。薄暗い照明の中にかすかに香水の匂が漂い、薄い桃色のドレスの胸に飾ったブローチがきらりと光った。

「ああ来ましたね。」

「待たされちゃったの。ちょっと遅くなったら案内の女の子がもう入れてくれないんですもの。」

安見子は怨じるような眼つきをし、「満員なのね、」と言って、そっとあたりを見廻した。

「間に合ってよかった。今の曲はほんの附け足りです。」

私は彼女にプログラムを渡したが、彼女はそれを見ようともせずに、そっと私の手に触った。その時また拍手が初めは漣《さざなみ》のように、すぐさま怒濤のようにひろがり始めた。私はしかたなしに手を引いて自分も拍手しながら、舞台の袖から現れた大柄な独奏者を眼で追い、彼女の耳許にささやいた。

「珍しいリサイタルなんですよ。これを聞きそこなったら損をしちまう。」

彼女は頷いた。拍手が潮の引くように歇《や》むと、独奏者は手にしたクラリネットを取り上げた。そして弦が滑り出して第一主題を奏し始めた。

それは確かに珍しい演奏会で、外国から来たクラリネット奏者を加えての、クラリネット五重奏を聞かせる夕べだった。ブラームスとモツァルトとの二つの曲が、あと二つの四重奏曲と共に番組に組まれていた。私は奇妙にこの楽器の音色を愛していたし、深い哀愁を湛えた二つの五重奏曲にはかねてからレコードで親しんでいた。

ブラームスの曲が第二楽章に進んだ時に、私は自分がクラリネットという楽器を好んでいる理由が或いは父の影響かもしれないと考え始めていた。私の父は油絵こそ描いていたが古風なところのある人間で、どういう加減か尺八を嗜《たしな》んでいた。私はそれが上手だったのかどうかは知らない。しかし私の母に言わせれば聞くに耐えない代物で、ぞっと寒気がすると言うのだった。私が子供の頃、父は夏の夕方なぞよく縁側に胡坐《あぐら》をかいて、「太吉、尺八を聞かせてやろうか、」と言ったものだ。そして私の返事も待たずに、へちま棚を洩れる月影に向って尺八を吹き始めた。「お父さん、いい加減になさいな、」と母が叱言を言っても、いっこうにやめそうな気配がなかった。そして私も亦、単調な旋律に耳を傾けながら、団扇《うちわ》を振り廻して藪蚊を追っていた。ブラームスのこの曲を聞いているうちに、そうした子供の頃の思い出が私の脳裏を感傷的に過ぎて行った。父はああいう時に何を考えていたのだろうか。下手な尺八に自分を打ち込んでいる間は、日常の生活からまったく隔離されて、見果てぬ夢を追っていたのだろうか。尺八などというものは、楽器それ自体が過去の遺物にすぎず、それを嗜《たしな》むことも人生の落伍者であることを証明しているようである。私の父は必ずしも落伍者だったとは言えないだろうが、藝術家としては目に立つ程の仕事をなし得なかったし、家庭に於ては孤立した人間だった。しかし父は決して泣き言は言わなかった。

ブラームスのクラリネット五重奏曲の中には、日本人に親しみやすい尺八に似た旋律があると私はかねがね思っていた。私は最早尺八には感動しなかったが、クラリネットには感動した。それは私の受けた西欧的な教育の結果だったとも言える。私は自分が落伍者であるとは思わなかったが、いつのまにか父と同じ道を歩みつつあるような気がしていた。それは私の四十という齢《よわい》のせいだったかもしれない。私はこの曲の中に、老境に達した藝術家の沈潜した情熱と抑圧された諦念とを感じ、それに共感した。

しかし私はまだ老境に達しているわけではなかったから、共感したものは純粋に音楽的な情緒にすぎず、それも隣の席にいる安見子の存在によって、一層甘美に、一種の失墜への恍惚感として受け取っていた。彼女は肱掛の上にその肱を乗せていたから、私はた易く彼女の手を握ることが出来た。私がブラームスのこの曲に後期ロマン派のデカダンスを感じていたとしても、それはブラームスを冒瀆したことにはならないだろう。私は彼女と共に音楽を聴くということの最初の経験が、二人の魂を一つに溶け合せるための媒介となればよいと願っていた。そして私は特に私の好きな作品が彼女の心を一層私に引き寄せることを願っていた。私は、私たちの間にあるものが遊びではなくて愛であることを今や信じ始めていたが、その愛が二十年前のように一つの信念であるとは思わなかったし、十年前のように救いであるとも最早思わなかった。愛は死を孕《はら》んだデカダンスであり、結局はトリスタンとイソルデのように同じ媚酒を飲んで死に至るのだろうと考えていた。と言っても私が死を考えていたわけではない。私の固定観念はこのところ久しく眠っていて、私を呼んでいるものは生に他ならなかった。

拍手が私の夢想を覚まさせ、私もまた惜しみなく手を叩いた。場内が明るくなり、五人の奏者は足早に立ち去って休憩時間を示す赤い数字が出た。通路をぞろぞろと客がドアの方に向った。

「あたし出ないわ。誰かに見つかると厭だもの。」

「それじゃ僕もいよう。」

私はしげしげと彼女の顔やドレスを眺めた。薄すらと化粧をし、仄《ほの》かに上気しているように見えた。

「いや、そんなに見ちゃ。変よ。」

彼女は小声でたしなめ、それから微笑した。

「出にくかったの？　振られたかと思ってがっかりしていた。」

「途中で時間がかかったから。古賀は干渉はしないわ。どんな演奏会だって訊かれたから、クラリネットよって言ったら変な顔をしていた。ジャズだと思ったのかしら。」

「こんな地味な演奏会だから、知らないでも当り前だ。だから幕間《まくあい》に廊下に出たって誰にも会いはしませんよ。もっとも入りは随分といいようだ。」

私はそう言いながら、ぽつぽつと櫛の歯のように欠け落ちて行く客席を眺め廻した。それから彼女の方へ顔を向けた。

「久しぶりに会えたなあ。一体どうしてるの、毎日？」

「あら、あたしこれでも忙しいのよ。亭主の御飯も作らなけりゃならないし、勉強もしなけりゃならないし。」

「何の勉強？」

「古賀の原稿の清書を頼まれてるの。それがひどいのよ。アルバイトの学生さんを頼めばいいのに、あたしならただだもんだからあたしにやらせるの。ひどいったらない。」

「どうせ洋服代とか何とかで、沢山せびるんでしょう？」

「少しは。でもあたしってつましいのよ。きっと良妻賢母なのよ。あなたが考えていらっしゃるみたいなだらしのない女じゃないわ。」

「僕はちっとも安見さんをだらしがないなんて考えたことはありませんよ、」と私は力説した。

「あなたは生きるということにひたむきなんだ。だからやりくりだってうまいだろうし、御亭主の気にも入るだろうし。」

そこで私はやめた。恐らく私は冗談めかして、「僕とこっそり会うのもうまいし、」とでも言いたかったのだろう。私が口を噤《つぐ》んだのは、冗談が不真面目に聞えることを恐れたというよりも、古賀安見子にとって、相手が誰であろうと珍しい音楽会に行くという経験が大切なのであり、それは彼女がいつでもひたむきに生きていることの証拠なのだと考えたせいだった。彼女は常に与えられた時間の中で貪欲だった。左浦でもそうだったし、東京に帰ってから会った時もいつもそうだった。私のいるいないに拘らず、彼女は眼を貪るように見開いて、愉しみながら人生にぶつかっているのだろう。私と一緒でない時の彼女のことを考えるのは苦痛だった。

「もうじき夏になるなあ、」と私は言った。「大学の先生というのは休みが長いんでしょう?」

「ええ、七月になると十日頃にはもうお休みが始まるわ。」

「それじゃ会いにくくなる。」

「あたしたち、夏は軽井沢に行くのよ。今年は旧道に別荘を借りてあるの。お休みになったらすぐに行くわ。」

「それは知らなかった。僕は出無精だから夏も大抵は家にいるんですよ。母は箱根に行くけど。弱ったな、会えなくなるな。」

「会えなくちゃお厭?」

彼女は私の方に首を傾け、私の眼の奥底を覗き込むようにして見詰めた。やわらかい香水の馨《かお》りがして、彼女の眼がきらきらと光った。

その時舞台が明るくなり、待ち切れないような拍手がそこここに起った。いつのまにかベルが鳴ったのも、休憩時間を示す赤い数字が消えていたのも、私はついぞ知らなかった。モツァルトの弦楽四重奏曲の一つが演奏され、それから長身のクラリネット奏者が舞台に加わると、同じ作曲家のクラリネット五重奏曲が開始された。それはすぐさま私を陶酔の中に引き入れた。

そのモツァルトは、この世のものでないやさしさ、柔かさ、物寂しさを持ち、弦に乗ったクラリネットが魂の上を羽ばたくように通り過ぎた。その翼の誘《いざな》いは我々を天の彼方へと高めるものなのだろうが、私には寧ろ底知れぬ深淵へと真しぐらに落ちて行くもののように感じられた。この曲は古典的な緊密さの中に一種ロマンチックな哀愁を含んだものと言われているが、私はここにも一種のデカダンスの匂を嗅ぎつけていた。それは死に隣合って、冥府から吹いて来る風に身を任せているような感じだった。或いはクラリネットという楽器が、私に必ず不吉なものを聯想させたせいだったのか。しかし不吉というのは当らない。音楽に於ける魂の死は、もっと陶酔的な、高潮した生の極限としての死であり、その死は同時に一切の苦しみを洗い流して、恐ろしい程鮮かにこの生とは違った形の生を仄めかすのである。そして私は自分が、藝術家として未だに死を内蔵したそのような生の象《かたち》をカンヴァスの上に捉え得ないでいると、思わずにはいられなかった。

椅子の肱掛の下で、私の左手と彼女の右手とはいつからか絡み合っていた。暖かい体温が傳って来ると共に、私の掌は少しずつ汗ばみ、耳に聞えるのとは違ったもう一つの音楽が、私の内部で協奏しているように感じていた。その微妙な感覚の中をクラリネットが冥府の消息を傳えるかのように通り過ぎた。そこは決して身の毛もよだつような地獄ではない、果しない静けさがひろがり、透明な悲しみがものうく心を捉えているところ、いつまでも暮れることのない長い黄昏、但し永遠に孤独に、一人きりで、……それがモツァルトが私に語り掛けて来る冥府の印象だった。死後の生活がそのようなものならば、私に何の恐れることがあろう。生きることに疲れた人間にとって、これにまさる安らぎが何処にあろう。そして私はまた掌の暖かみを感じ、ステージを見詰めている彼女の眼を感じ、生きることの方へと連れ戻される。私は生きることに疲れてはいない、永遠の孤独なんかはお断りだ、安見子が私を生へと呼び返している限り、これはただ一時の陶酔、音楽の与える魔術的作用、魂を惑わす媚酒というにすぎない。安見子それ自身が音楽、生《せい》の音楽なのだ。私一人のために演奏されている美しい音楽。私はその中でもう一度生きることが出来るだろう。

私は嘗てこのような深い感動の中で音楽会の椅子に坐っていたことはなかった。音楽は一人で聴くものに違いないし、連れの人柄によって印象が変るというのは邪道であることは認める。しかし魂が高潮し集注した状態こそ音楽を聴くのに最もふさわしいとすれば、恋人と共にあることは最良の條件ではないだろうか。彼女が何を考えて聴いていたのかは知らない。しかし私は彼女と魂を共有しながら聴いていたのだ。

長い曲が終り、狭いホールを埋め尽した聴衆の間から爆発するような拍手が起った。五人の音楽家たちは幾度もお辞儀をしてから退場したが、席を立つ客は殆どなく、拍手が潮鳴のように続いた。クラリネットの奏者が舞台に引き返して来た。その外国人はにこやかに微笑してお辞儀を繰返したが、手に楽器を持ってはいなかった。彼が退場しても拍手はまだ歇まなかった。

「アンコールはしないらしいですね。」

私が彼女にそうささやいて立ち掛けた時に、遂にその男は手に愛用の楽器を持って現れ、それと共に今迄の拍手が嘘のように歇んだ。一体伴奏もなしに何をやる気なのだろうと私は危ぶんだが、奏者は無造作にクラリネットに口をつけると、「荒城の月」を吹き始めた。聴衆は僅かにどよめき、沈黙した。御愛敬というにしては、その小曲は演奏者の並々ならぬ力量を示すもので、尺八の音色を巧みに摸して親しみのある旋律を奏でた。私はその時また亡くなった父親のことを思い出した。

惜しみなく拍手が続いても、アンコールはその一曲だけだった。私は一斉に席を立った客たちと通路を押し合いへし合いしながら、彼女と前後してロビイに出た。そこで人波をやり過そうとして暫く片隅に寄って立ち話をした。

「あのアンコールは少々蛇足でしたね、」と私は言った。

「器用な人ですのね。日本に来てから覚えたのかしら。」

「近頃はああいうサーヴィスのしかたがはやるんですよ。あまり褒《ほ》めたことじゃない。」

「可哀そうに。でも上手だったでしょう?」

「上手は上手だけど、モツァルトのあとじゃ滑稽じゃないですか。あれは本人の意志というより、側についている日本人の入れ智慧ですよ。もっとも無伴奏でアンコールをやるとなったら、どんな曲があるんだか僕には見当もつきませんがね。クラリネットという楽器はフルートなんかと違って……。」

私は彼女だけしか眼中になく、帰りを急いでいる客たちにはまったく注意を拂っていなかったから、いきなり「漣さん」と女の声で呼びとめられた時には思わずぎょっとなった。これは地味な演奏会だったし、会場も小さなホールだったので、知人に会う筈はないと勝手に高を括っていた。(それだからこそ、彼女と一緒に人前に出るという危険を冒したのだ。)従って振り返ってそこに旗岡浪子を認めると、この偶然に足が竦《すく》むほど驚いた。

「おや珍しいところで会いましたね。」

「お得意さんから切符を二枚貰ったものだから。」

「そう言えば浪子さんは音楽が好きだったな。」

迂闊《うかつ》な私は、その「切符が二枚」という言葉にもまだ勘づいていなかったから、ふと旗岡浪子の肩越しに弓子が一種の微笑を浮べて佇んでいるのを見た時には、この信じられぬ偶然の連続に殆ど呆気に取られていた。弓子はややはにかんだような顔で首を振って頷いたが、そこに嫉妬とか悪意とかいう特別の感情は働いていないようだった。しかし二人は私が見知らぬ女性と話し合っていたことを、決して見落した筈はない。安見子はお辞儀をしたようなしないような軽やかな動作で横の方に退き、私を二人の強敵の前に残した。

「これも弓子さんのための教育のうちなのよ。この人はあなたに似て出無精だから、わたしが引張って来たの。」

旗岡浪子はちょっと振り向いて、「何をもじもじしているの、おかしいわよ、」と注意した。

「それは御苦労さま。旗岡洋裁店のファッション・ショウをやりに来たんじゃないんでしょうね。」

「からかわないで。でも弓子さん、見違えたでしょう?」

旗岡浪子は地味な、しかしよく見るとなかなか洗練された恰好をしていたが、弓子の方はぱっと人目につくような(年甲斐もなく、と私は思ったが)若むきの明るいドレスを纏《まと》っていた。

「どう、元気でいるの? この前お店に行ってみたけど、君はいなかった、」と私は小声で弓子に訊いた。

「ええ何とか。わたし何もあなたが来そうだからってこのリサイタルに来たわけじゃないのよ。」

「分っているよ。いくら千里眼でもそこまでは見抜けまい。」

弓子が幾分済まなさそうな声で弁解したのを、私は彼女の一種の皮肉だろうと受け取った。

この二人は私に連れがあることを充分に意識していた。

「さあ、わたしたちは行きましょう。」と旗岡浪子が弓子に言った。「澁さん、またお店へでも来て頂戴。」

「ああいずれ。」

あたりに客の姿は疎らになって、その二人は悠々と出口の方へ歩いて行った。背後から見ると、旗岡浪子は高貴な女性のボディガードのように角張って見えた。私は振り向いて、安見子がベンチの上に腰を下しているのを認め、すぐその方に向った。彼女は私の話し相手が誰だかは訊かなかった。

会場の外に出ると、もう客はあらかた散って涼しい風が吹いていた。私たちは肩を並べて歩き出した。

「何処へ行こうか。バアにでも行く？　それとも何か食べる？」と私は訊いた。

「あたし今日は真直に帰らなくちゃ。古賀が家で待っているんだもの。遅くなったら御機嫌が悪いかもしれないわ。」

「よく一緒に行くと言わなかったものだなあ。」

「それは駄目よ。あたしは自分が行きたいから切符を一枚だけ買ったって言ったの。古賀は、ふんクラリネットかって、軽蔑したような顔をしたわ。」

私は笑い、折から近づいたタクシイを摑まえ、郊外電車の発着するターミナルを指示した。

私は車に乗り込んでから、「残念だなあ、」と呟いたが、彼女は私の手をそっと握り返しただけだった。

「恩に着せるわけじゃないけど、今日みたいなリサイタルは珍しいんですよ。あなたと一緒に聞いたってことを僕は決して忘れないだろうな。」

「あたしも愉しかった。でもあたし、あとから思い出して愉しいために、今日来たのじゃないわ。今が愉しければそれでいいの。」

「で今は？」

「勿論愉しいわ、分っているでしょう？」

彼女の手に一層力がはいり、その肩が私の肩に凭れかかった。しかしバックミラーに映っている運転手の顔が邪魔になって、私は彼女の脣を盗むことが出来なかった。夜の街を口惜しい程タクシイは早く走って、やがて私たちは目的地に着いてしまった。

改札口の前は客で雑沓していて、この前のように再び此所で接吻するだけの勇気は私にはなかった。未練がましく私は言った。

「お茶を飲む時間もないの？」

「今日は駄目。本当に駄目。」

そして私ががっかりしたように頷き返した時に、彼女は素早く言ってのけた。

「奥さまって綺麗な方なのね。」

次の瞬間に彼女は足早に人込に紛れ込んで改札口に向っていた。私はその桃色のドレスが見えなくなるまで立っていたが、彼女はこちらを振り返らなかった。

＊

「あなたはいつからそこにいらしたの？」と彼女は落ち窪んだ眼に澱んだ溜り水のような暗い光を映しながら訊いた。

「ずっとだよ。ずっとこの椅子に掛けていた。気がつかなかったかい？」

「ええ。お世話になったのね。」

「世話という程じゃない、ただ様子を見ていたというだけさ。だがまあ大事に至らなくてよかった。つまらないことをするもんじゃないよ。」

果してつまらないと片づけて済むことなのかどうか。ただ彼は、つまらないことだと無造作に言ってのけて、彼女を力づける他に言葉の掛けようもなかった。大体彼女がこういうことをしそうだというのは薄々分っていた筈なのだ。それでいて彼にはどんな手も打てず、すんでのことに彼女の死顔を見るところだった。結局こうして命を取りとめた以上、少しぐらいはきつい言葉でたしなめてもいい筈だ。

しかし彼女にはそれが不服だったに違いない。両眼の暗い淵に内心の光が反射してきらりと輝いたかと思うと、力のない声でとぎれとぎれに呟いた。

「でもしかたがなかったのよ。こうする他にわたしに何が出来て？　わたしはこれでも精いっぱい頑張ってみたつもりよ、それだけは信じて。」

「ああ信じるとも。しかしもう二度とこんな馬鹿なことをしちゃいけないよ。もう君だって懲《こ》りただろう？」

彼女は弱々しく頷いたが、果して彼女が二度と同じ過ちを繰返さないかどうか、何も保証はなかった。そして彼にしてみれば、当然のことながら少しずつ腹が立って来た。なるほど彼女は失恋した、失恋してすべてを失った（と思った）。しかし実際はどうだったのか、果してすべてを失ったのだろうか。そこには二人の男がいた。そこには彼女を捨てて行った男よりも百倍も彼女を愛している彼というものがいた。自分と結婚してくれとあんなに熱心に彼女に頼んだ筈だ。彼女だって気が動かなかったとは言わせない。従って彼女は、この世界には、未知ではあるが恐らくは幸福を実現すべき、より安全な半分があることを教えられていながら、残り半分の、ただ虚無と忘却しかない暗黒の方を選んだのだ。それは彼に対する侮辱ではなかっただろうか。海の見える墓地で、彼が誠心誠意その心を打ち明けたにも拘らず、彼女は数日も経たぬうちに暗黒の誘惑に負けてしまった。まるでそこに彼という者が存在していないかのようだった。

しかし彼はそのような彼女に魅力を覚えていないわけではなかった。小癪《こしゃく》なと思うと共に一筋に思い詰めている彼女が哀れでならなかった。ましてやベッドで呻吟している彼女を見ると、哀れさが怒りに打勝ち、何としてでもこの女を救わなければならないと思った。この女を救えるのは自分一人なのだ。彼女はほんの小娘でまだ人生の何たるかを知らない、ほんの入口のところで躓《つまず》いて、最早何一つ望みはないと信じ込んでいる。それを救えるものは愛、自分のこの愛ばかりだ。それ以外には何の方法もないのだ。

彼は脣を湿して一息に喋り出した。

「僕は何もこういう時にまた蒸し返すつもりじゃないけど、君だってもう憑き物が落ちてもいい頃だ。こうやって元気になったんだから、思い切って昔のことはくよくよせず、新しくやり始めてもいいんじゃないか。僕は君がそんなにしょげ込んで泣きの涙でいるのを見ると、一つ背中でもどやしたくなるよ。」

「ありがとう。でもわたしは駄目なのよ、そういう駄目な女なのよ。好きで泣いてるわけじゃないのよ。ちっとは大人にならなくちゃ。」

不意に零れ出した涙の蔭で、彼女は微笑を見せようと努力していたが、それは如何にも弱々しかった。頬を傳る滴が枕の上に吸い込まれた。彼はポケットから綺麗なハンカチを取り出し、馴々しく彼女の頬を拭いてやった。いつでも彼女に対して控え目にしていたから、そんな自分が不思議でならなかった。

「もう泣きやんでもいい頃だよ。もうたっぷり泣いただろう。」

彼女は頷き、ハンカチを持つ彼の手をそっと握った。電流のようなものが彼の身体を震撼《しんかん》した。彼女の手は小刻みに顫え、その眼は無限の感謝を籠めて彼の内部を貫いた。

「あなたって人は本当に親切なのね。わたしみたいな駄目な人間をそうやってかばってくれるんだから。」

「君はちっとも駄目じゃないさ。自分でそう極め込んじゃいけない。僕ともう一度やり直そう。何でもないよ、結婚してしまえば古いことなんか忘れるさ。別の人間になってしまうさ。」

「そうかしら。そんなものかしら。わたし自分が馬鹿だってことをよく知っているから、時間を掛けたってこの傷は癒る筈はないと思うのよ。あなたがそう言って下さるのは嬉しいけど。」

彼は一層大胆になって彼女の手を握り締め、子供をあやすように言ってのけた。

「君はその馬鹿なところが可愛いんだ。しかし悧巧になったらもっと素敵だろう。傷なんてものはきっと癒る、それでなかったら人間生きて行ける筈はないからね。だから二人してやってみようじゃないか。僕だってあいつに負けないくらい仕事をしなくちゃならん。僕も一人でやるのには少しくたびれたから君の手助けが欲しいんだ。君には僕が、僕には君が必要なんだ。君だってそれ位のことは分っているだろう?」

熱心に、まるで彼女を催眠術にでも掛けているように。(しかしそれは、自分で自分を催眠術に掛けていたのではなかったかと、後になって彼は考えた。)彼女は弱々しく脣をわななかせた。

「わたし、あなたのそういう気持、前から分っていた、分っていたけど魔法に掛けられたみたいに、あの人の方に惹かれていたのね。」

「そうさ。そんな魔法は直に醒めるさ。くよくよしないことだよ。本当の愛ってものは、もっと長続きのする、二人で一緒に苦労を分ち合って、作り上げて行くものだ。一時の夢のようなものじゃないのだ。」

彼女は眼を閉じ、その閉じ合された目蓋の間からかすかに濡れたものが滲み出た。それを見詰めながら、不意に彼は自分の言葉が木霊《こだま》のように心の内部で跳ね返るのを聞いた。魔法は直に醒めるさ……、もっと長続きのする……、一時の夢のようなもの……。果して魔法は簡単に醒めてしまったのか、長続きはしなかったのか、一時の夢のようなものだったのか。過去の幾つかの映像が、閃くように彼の内部に浮び上った。彼もまた魔法に掛けられたことがある。焰のように燃え上りさえすれば、燠《おき》となって滅びても悔がある筈はないと信じたことがある。一時の夢のようなもの、それこそ現在であり、生きることだった。それから何年が経ったのか。今の彼は大人ぶって、愛はもっと恒久的な、持続的な、建設的なものであるような口を利いている。まるで昔の傷はとうに癒《いや》され、跡形もなくそのことを忘れてしまったかのように。

しかしそれだからこそ生きているのだ、忘れるからこそ生きていられるのだ、と彼は必死になって自分に言い聞かせた。

「あなたの言う通りかもしれないわね、」と彼女は呟いた。「多分、そうかもしれないわ。」

「自信を持たなくちゃ、」と彼は言った。

*

「あたし子供の頃から、しょっちゅう自分のお葬式の夢を見るのよ、」と彼女は言った。

「どんなふうな?」と彼は訊いたが、それは好奇心からというよりお座なりの質問のようだった。

「あたしはお通夜とか告別式とかに出ていて、お棺の廻りには綺麗な花束がたくさん飾ってある。そのお棺の中に寝ているのはあたし自身だってことは分っているんだけど、あたしはその中にはいなくて、みんなが泣いたり喋ったりしているのを眺めているの。けれどもあたしの姿は誰にも分らないらしいのね。つまりあたしはお悔みのお客さまの間に、透明人間みたいに混っていて、しかもそれはあたしのためのお葬式なのよ。面白いでしょう？」

「気味が悪くはないのかい？」

「ちっとも。あたしはそこにいるお客さんたちを一人一人見て行くの。両親もいれば親戚もいるわね。可愛い子だったたって泣いている叔母さんもいれば、退屈でしようがないって顔の従兄もいる。お友達になると千差万別ね。不断仲のよかった人が、隣の方を向いて笑ったりしているのを見ると本当に癪。心から泣いてくれる人が何人いるか勘定して、それで安心したものよ。でもいつもあんまりはいないようだった。」

「いつもって、そんなにしょっちゅう見るのかい？」

「ええ、今だって見るわ。」

「驚いたな。今はどんなふうだい？」

「あなたはあまり悲しそうな顔はしていなかった。大体どういうふうにお葬式を進めていいんだか、馴れないことなので困ってるのよ。先に死んで怪しからんぞと言っているような顔ね。まあ大体が賑やかで明るいお葬式なの、あたしの人柄のせいよ、きっと。それに女友達なんてみんな割と冷淡ね、大抵は嘘涙じゃないかしら。」

「誰が泣くんだい？　沢山いた君のボーイフレンドたちはどうだい？」

「泣いてくれる人はちゃんといるわよ、」と彼女はやや憤然として答えた。

「自分の葬式か。そいつはきっとナルシシズムの表れなんだろう、」と彼は至極落ちつきはらって分析した。「それとも自己肥大という奴かな。自己破壊慾というのも混っているだろうな。」

「何とでもおっしゃい。いくら分析したって、あたしってものは分りはしないから。」

「死んじまって可哀そうだと思いながら、自分で自分のことをさめざめと泣くんだろう？　女性的心理の明かな特徴を示すものだ。」

「そんなにセンチメンタルじゃございません。でもまだあるのよ、よく見る夢。」

「今度は誰の葬式だい？」

「茶化さないで。こっちの方は怖いの。変な夢なのよ。あたしはやっぱり透明人間のように外にいて見ているんだけど、その見ているのが地球なの。」

「地球とはまた凄いね。人工衛星にでも乗っているのかい？」

「何処にいるのだかは分らない。山の頂上とか塔の天辺《てっぺん》とかにいるのかもしれない。あたしの見下しているところは、街だったり、海だったり、野原だったりする。そしておかしいなと思ううちにね、その下界が地震のように揺れて、さあっと亀裂が走り始めるの。その幅が見る見るうちにひろがり、裂け目がどんどん深くなって行く。色んなものを呑み込んで、亀裂は先へ先へと走って行く。切り裂かれた地面から溶岩が溢れ出して来て、まるで蜜柑を二つに引き裂いたみたいに、亀裂の右側と左側とがぐいぐい離れて行くのよ。あたしの身体はそのうちに宙に舞い上って、もっと遠くの方からこの地球を見ているんだけど、それがあっというまに真二つに裂けて、地球の上のあらゆるものが空中に飛び散ってしまう。恐ろしい眺めなのよ。」

「ふうん、そいつは奇抜だな。」

「でしょう?」と言って、彼女はにっこりした。「あたし地面がぐらぐらし出すのを見ると、ああ始まった、大変、地球が二つに割れてしまう、って大声で叫ぶんだけど、いくら叫んでも声にはならない。大抵は泣き出して、あたしの大事な地球が壊れてしまう、って言いながら、涙越しにそれでも一生懸命に眺めているんだわ。」

「それはやはりInfantilismus《インファンテイリスムス》の一種だろうな。」

「何、それ?」

「小児的発育不全症といったものさ。脳の発達がどこか少し遅れているのさ。」

彼女はちょっと怖い眼をして彼を睨んだが、むきになって抗議することはなかった。そういうふうにあしらわれるだろうと半分は予期していた。

彼女はこの夢の話を、結婚する前に、彼(もう一人の彼)に聞かせたことがあった。彼は穏かな表情で頷き、「怖いんだろうね、その夢、」と言って彼女に同情した。しかしそれだけだった。彼女はその時、あたしの中のこの暗くて破滅的なものを、どうしてこの人は分ってくれないのだろう、と口惜しく感じたものだ。

今、彼女は口惜しいとも思わず、またもともと分ってもらうつもりで話し始めたのでもなかった。自分自身にもはっきりしないこの悪夢の意味を、分析したからって何になろう。「僕もその夢を見たい、その夢の中で君と一緒に泯《ほろ》びてしまいたい。」誰かそう言ってはくれないだろうか、そういう人にあたしは巡り合うことはないのだろうか、と彼女は彼の横顔を見詰めながら、祈りのように願っていた。

見ることが私の官能の中枢をなしていたとすれば、彼女のそれは恐らく眠ることの中にあった。

「あたし眠いの。お願いだからちょっとの間寝かしてね。」

そう言い終った時には、もう私の方を向いて枕の中に片頬を埋めたまま、すやすやとまどろんでしまった。それはまるで昼の果てに夜があり、生の極限に死があるように、ごく自然に、それが官能の陶酔そのものの一部をなしているかのように、彼女を訪れた。あまりにその移り行きが滑かだったので、私は彼女が空寝《そら》入りをしたものと思い、裸の肩から腋《わき》の下にかけて擽《くすぐ》ってみたが、彼女はかすかに吐息のようなものを洩らしただけで、ぐっすりと眠っているらしかった。

ベッドの枕許のスタンドの光に淡々しく照し出されて、彼女は両手を胸の前に組み合せ、乳房を隠すような形で横になっていた。枕の上に黒い髪が毛氈《もうせん》のようにひろがり、あどけない表情を浮べたまま眼を閉じていた。二人の腰のあたりまでを薄い毛布が覆っていたが、部屋の中は蒸暑く、彼女の足は無意識に蹴ってそれを剝がそうとしていた。私はその毛布をそっと引き下すと、ベッドから下り、新しい欲望に捉えられながら壁にある天井のシャンデリアのスイッチを捻った。

明るい光線が、シーツの上に横向きに寝ている彼女の白い身体に降り注ぎ、その全身に吸い込まれた。彼女は両脚を膝のところから折り曲げ、胎児のように縮こまって眠っていた。にも拘らずその身体は噎《む》せるような香気を放ち、成熟した女の見事な曲線を誇らしげに示していた。しかし私はそれだけでは満足しなかった。私は彼女の片手をそっと取ると、胸の上から離して胴の方に引き戻し、かたわらその身体が仰向けになるまでゆっくりと傾けた。彼女は自然に寝返りを打つような形で仰向けになったものの、顔は依然として枕の上に傾《かし》いで片頬を埋めていたから、電燈が眩しくて目を覚ますということはなかった。零れそうな乳房がそれぞれ僅かばかり脇の方に開いたが、乳首は真直に上を向き、最も高い部分から柔かい曲線がなだらかな傾斜をなして下腹の方に続いていた。両脚はまだ膝のところでかすかに曲げられていて、長く細そりと、しかししなやかに足首に到った。痩せすぎもせず肉がつきすぎてもいないその身体は、造化の妙という言葉をいみじくも示していた。いくら見ていても決して飽きることがない、と同時に、どうしても手を触れてみずにはいられない次の欲望をそそり立て、私はその誘惑に打ち勝つことが出来なかった。彼女の身体はぐにゃぐにゃしていて、私の手が触れるに従って汗ばんだ暖かい皮膚はゴムのように弾み、無抵抗に委ねられた。

眠りというものが一つの死、夜ごとの仮初《かりそめ》の死であるとしたならば、眠りが美しいように死もまた美しいだろうと私は考えた。しかしその時の私の考えは、眠り一般を指すのではなくただ彼女の眠りだけを指していた。眠っている彼女は美しい、その眠りの中で彼女が何を夢みているか、美しい夢を夢みているかどうかは、私の問うところではなかった。それは私のエゴイズムに違いない。私は彼女の無自覚な裸体に美の極致を見、それを一種の死の美しさと同化してしまった。私はその時necrophilie《ネクロフイリー》という言葉を思い出したが、恐らくあらゆる美しいものは、その内部に幾分かずつ死を孕んでいる以上、絶対の美はひょっとすると死そのものと一致するかもしれない、そうすれば死を所有することは美を所有することにもなる筈だ、というようなことを私は考えた。彼女の不断の存在は、生の典型のように気紛れで快活でぴちぴちしていたが、こうして私の手の下にしだらない形を露《あらわ》にしている時に、つまり死んでいる時に、彼女は最も美しかった。人も知らず、彼女自身も知らないような美。そして彼女は眠ることによって死に、私はこの比類のない美を（死の象《かたち》に於て）所有することによって、まさに恍惚のうちに死につつあった。肉体の曲線の織りなすあらゆる微妙な変化が、それが彼女の意志によって作り出されたものでないだけに、眼の眩むような陶酔を私に与えた。

「駄目よ、悪戯をしちゃ。」

彼女は眠たげな、半分は夢の中にいるような声でささやいた。

「君があんまり美しいからだよ。」

「まぶしい。電気を点けたのね。意地悪。」

彼女は眼をうっすらと開きかけて、眉と眉との間に小皺を寄せた。片手の掌を外側にして眼許を覆うようにしながら顔をまた横に向けていた。

「あたしもう少し眠りたいわ。」

「いいとも。僕はお風呂にはいるよ。君ははいらない？」

彼女はもう返事をする力もないように、そのまま眠ってしまった。いつのまにかまた横向きになって、膝を曲げた初めの姿勢に戻っていた。

私は温い湯の中に全身を涵《ひた》しながら、こういうことを考えた。我々は刻々に生きつつあるが、それは同時に刻々に死につつあるということだ。我々は常に美を求め、生の中に美を発見する、しかしあらゆる美が生から発しているとは限らない、死からも美は発生するし、ただ我々はその場合の死を生の一種の変形だと錯覚しているにすぎない。私のように死と馴れ合って生きている人間は、美を求めることで（或いは美を表現することで）この生を瞞着したつもりでいるが、実際は生の中に潜んでいる死によって、反対に騙されているのだ。なぜならば、死が必ずや醜いもの、ぞっとするようなもの、忌わしいものとして姿を見せるとは限らず、寧ろ最も美しいものの中に、これが美の窮極だと感嘆させることによって、こっそり隠れているのだ。物の終りはすべて美だ。終末は陶酔であり、陶酔はデカダンスであり、デカダンスは美によってしか表わされない。最も美しいものを知る時に、我々は死ぬ。しかしこの窮極には、更に次の、より更に窮極である美が約束されていて、我々は無限にそれを求めながら真実の死に近づいて行く。我々は美を体験することによって、このような陶酔を繰返し、一時的な死を繰返し、遂には美の中に泯《ほろ》びることも厭わなくなる。それが生きることではないだろうか。刻々に死から美を奪いながら、この生を豊かにして生きること。

私が衰弱からまったく回復し、彼女を得たことで生きることにこれほど満足しながら、しかも常に彼女の美しさを死と結びつけて考えていたというのは、一見奇妙なことかもしれない。それは私の固定観念とも結びついていたに違いない。しかし彼女の持つ美しさが新鮮な驚きに充ち、嘗て私の知っていた如何なる種類の美とも比較を絶していたとすれば、私がそこに別個の観点を設けたのは当然のことと言えるだろう。私は死を類推することによって、その時最大限に生きていた。彼女の美しさの中に死を発見することによって、生を発見した。

私が風呂から出て来た時に、彼女は三面鏡の前に腰を掛けて髪をとかしていた。既にシュミーズを着て靴下を穿いていた。

「おや、いつのまに起きたの？」と私は驚いて声を掛けた。

「もうさっき。だって悪戯をするんだもの、目が覚めてしまったわ。」

「御免。お風呂は？」

「いいの。だってもう帰らなくちゃならないし。」

私は彼女のうしろに立ち、鏡の中の彼女に眼を合せ、両手を胸の方に廻して抱き締めるようにした。

「駄目よ。せっかく髪を直したところなんだから。」

彼女は首をめぐらして素早い接吻を私に与えると、また正面に向った。私は傍らの椅子に腰を下して彼女が化粧するのを眺めていた。

「もう夏休みの前には会えないかな？」

「ええ、もうきっと会えないわ。十日には向うに立つから。」

「向うから手紙をくれる？」

「さあ、分らないわ。」

「どうして？　それじゃ会いに行こうか。」

「厭。会いには来ないで。」

「しかし何でもないよ。旧道に出掛けて行って、ちょっと寄ってみたって言えば済むことだ。」

「駄目、来ないで。決して来ないで。」

彼女は振り返って真剣な顔つきでそう頼んだ。私はなぜ彼女がそんなにむきになるのか分らなかった。

「それじゃ手紙をくれるかい?」

「ええ、あげる。だから来ないで。」

「それで君たちはいつ帰って来るの?」と私は別のことを訊いた。

「多分九月の初め頃。その間に東京に一度か二度出て来るかもしれない。」

「それじゃ、出て来たら僕に電話をくれ給え。その時会おう。」

「ええ。でもよく分らないのよ。」

「頼りないんだなあ。そんなに長い間会えないんじゃ、僕は気が変になってしまうかもしれないよ。」

彼女はまた私の方を振り向いたが、その表情はいつものやさしさから見ると少し強張《こわば》っていた。

「あなたはお仕事に精を出せばいいの。そのドレスを取って下さらない?」

「いいとも、」と言って私は椅子から立ち、彼女の許にドレスを運んで手渡した。

「もう帰るのかい?」

「ええ、遅くなっちゃった。」

「帰心矢の如しだね。」

私の冗談に、彼女は不意にひどく悲しそうな顔になった。黙って向うむきになってドレスを着始めた。

「御免、そういうつもりで言ったんじゃないんだ。」

「分っているの。でも帰らなくちゃ。」

私はドレスの背中のファスナーを引き上げてやりながら、彼女の肩を抱いた。

「夏の間会えないのは辛いなあ。本当に行っちゃいけないかい？」

彼女はくるりと向きを変え、私の胸に縋りついた。

「あたしだって辛い。でも会いに来ないで。約束して。」

「なぜだい？」

「なぜ？　だってそうじゃないの。会っちゃいけないのよ、こんなことみんないけないのよ、どうかあたしの気持も分って。」

彼女は私の胸に爪を立てるようにしてしがみつきながら、きれぎれの声で叫んだ。それから自分を取り返したように一歩うしろに下った。不意にその女は「彼女」から古賀安見子に戻ってしまい、私の前に消しようもない暗い表情を見せて立っていた。先程のあどけない寝顔とも、その前の狂おしく痙攣する情熱的な表情とも、まったく違った別の顔が、死んだようになってそこにあった。

間奏曲

夏は私にとっておしなべて怠惰の季節だったが、私は猛然と仕事に取り組んだ。仕事と言っても、私の場合にはそこここに旅行して気に入った場所を見つけ、大気の下に自由に仕事場を移せるような風景画家のやりかたとは、軌を異にしていた。そうかと言って、アトリエでカンヴァスに向いさえすればいいというのでもなかった。私の最近の傾向は完全な抽象から次第に半具象の方に歩みつつあったが、それは具体的な物の形の中にある隠された貌《かお》を、或いは隠された魂を、私の手によって抽き出すことだった。その場合隠されたものとは私自身の貌であり魂であると言えないことはなかった。例えばここに机と椅子がある。如何にすればそれらが机と椅子としての実在感を持つか、その機能と存在とを確実ならしめるか、——そういう問題は私の関知するところではなかった。私はその机と椅子の置かれた位置そのものをまず私の視覚の中で変化させ、私の色彩によってそれらを物の世界から魂の世界に飛躍させようとした。「私の色彩」と敢《あえ》て言ったのは、私が形態よりは色彩により多く惹かれていたからであり、この両者は車の両輪のようなものであるとしても、そこに自《おのずか》ら好み、或いは得意ということはあるだろう。私は自分に固有の色彩を、謂わば魂の色相とでも言うべきものを、作り出したいと望んでいた。従って私のえがく机と椅子は、その形態に於て現実離れしているのと同様、その色彩に於ても私がそのように見る色彩によって塗られていた。背景の色彩も私の場合には常に重要であり、その人工的な空間が対象を生かしもし殺しもした。それは結局如何に構図を定め、如何に対象を布置するかという計算にも懸っていた。要するに私は定められた枠の中に、大袈《おおげ》裟《さ》に言えば私の小世界を築き上げようとしていたので、対象の種類は殆ど何でもいいのである。従って私は精神の活動が衰弱してしまえば、何一つ描けなくなる。内部が熟して来ない限り、どんなオブジェがあっても精神が触発されるということがない。美しい風景を、美しい花を、美しいモデルを、ただ見たというだけでは創作的感興は起らない。大事なのはその美しさを定着しようという意志である。そして精神が昂揚して来れば、対象が美しい必要は毛頭ないのだ。古ぼけた机と椅子で結構だし、それが机と椅子のように見えなくても平気なのだ。

もっとも机と椅子を描く場合でも、私はそれを写生しながら抽象化するということは殆どしない。それらの物はただの出発点にすぎない。旅行先でスケッチをして来ることはあっても、スケッチを拡大して作品に仕上げるわけではない。私の作品は一種の記憶術の産物である。未来の作品のために眠っている記憶を意志的に、或いは無意志的に喚び覚ますことに私の方法がある。要するに記憶によってえがくのである。写生やスケッチは精神を触発するための材料であり、作品は私の頭脳の中にはぐくまれ、成長し、カンヴァスの上に定着されて初めて存在する。そのための材料は、自分で物したスケッチである以上に、濫読する書物の内容とか、図鑑とか、写真集とか、画集とか（それも現代絵画とはなるべく縁のないものが望ましい）、その他眼に映るもろもろのオブジェであり、私は乱雑なアトリエの中に色んながらくたを並べ、ソファに寝転んでステレオの音楽に耳を傾け、私の記憶の中の不確定のものが爆発し、燃焼するのを待ち受けている。それ故私の仕事は、カンヴァスに向う時間よりは、それまでに愚図愚図している時間の方がよほど長くて、かつ貴重なのである。

古賀安見子が夫と共に軽井沢に出掛けると言っていた日は、まだ梅雨空の残った曇り日で朝のうちは雨が降っていたが、私は行ったかどうかを電話で確かめることも出来ず、アトリエの硝子戸から空ばかり眺めていた。雨は嫌いだと彼女が言っていたから、せめてお天気にしてやりたいと思った。その一日が過ぎてしまっても梅雨はまだ明けなかったし、私には仕事以外に何も残っていなかった。

春の伊豆旅行で仕入れて来たスケッチのうち、まだ作品に使っていないのが幾枚かあった。私は安見子の記憶をそれらの風景に重ね合せながら、制作に没頭した。面白いように新しい感興が湧き、やがて空が蒼く晴れ炎暑の夏が突然訪れた時にも、私はアトリエの中に閉じ籠ってひたすら自分の小世界を定着していた。嘗て衰弱していたことが嘘のようだった。秋になったら個展を開こうかと考えたが、そういう気持を起すことそれ自体が私を驚かせた。個展と言っても、菱沼五郎と張り合うつもりはなかった。しかしパリ帰りの菱沼にひけを取ろうとは思わなかった。

夏の間私は確かに仕事に熱中したものの、それが純粋に藝術的野心にのみ基いていたかどうかは、少し怪しいところがある。というのは私は安見子に会えないことに予想以上の苦痛を感じ、それを紛らわすために自分を強制せざるを得なかった。そして私の方法が記憶術にある以上、私は安見子に関するあらゆる記憶をまざまざと覚えていたし、また彼女が不在であるために私の孤独は過去の光景をしきりと追想したから、そのためにごく小さな、それまで忘れていたような細部まで、はっきりと思い出すことが出来た。そして記憶はすべて制作を促し、モチイフは次々に生れて、私に手を休めることを許さなかった。

私は大体に於て室内の静物を主要な題材にしていた。(勿論、昔は純粋に抽象画を描いていた。しかし抽象というものは、それが内部の小世界を直接に表現することである以上、深く窮《きわ》めることは大変難しい。よほどの天才でない限り千篇一律のようになり、しかも凡庸な批評家はそれを個性と取り違えるのだ。私は自分で非を認めたから素朴な物の形を写すことからやり直した。それは多分弓子と結婚した頃からである。そして形に捉われずに、具象と抽象の中間を狙うようになった。木本良作を初めとする若い連中が、私がアブストラクトに対して一種の裏切りをしたと考えたのはそのためである。しかし私は裏切りであろうとなかろうと、自分の絵が描ければそれでよかったのだ。そのうち私がアンフォルメルの画家になろうとも、それが私にとっての必然であれば、何の遠慮があろう。）私は花や花瓶や机やコップやガラス壜や灰皿や鍋や皿や、要するに家の中で眼にはいるものを端から描き、次第に物の中にある「死」を捉えることが出来るようになった。普通の画家は、物をえがいてその中の生命を捉えようとするが、私は反対に物を死の象《かたち》に於て見、それが私の絵を奇妙に抽象的にしていたようである。勿論私は風景を描かなかったわけではない。しかしその場合にも、私はどうやら風景の中の死んだものに興味があったような気がする。それはなぜなのか。しかしこれ以上絵を論じても始まらないし、私という人間の精神分析をしても始まるまい。要するに澁太吉は人物を得意としてはいなかったと言いたいだけである。私の本領は人物にはなかった。

夏の間に私はふと人物を描いてみようという気を起した。勿論その対象は安見子の他にはなく、それは彼女の不在の齎《もたら》した極めて当然の要求だった。私は記憶を頼りに彼女の裸体を描き始めた。似ているとかいないとかいうことは私の場合には問題外で、顔は一つの平面に同じ色で塗り潰すつもりでいたが、何と言っても馴れない題材なので仕事ははかばかしく進行しなかった。私はしばしば筆を措いて、ちょっとでも会えればインスピレーションが湧くんだがと嘆息した。

私の父は箱根に小さな別荘を建てて、四季を問わずよくそこで仕事をしていたものだが、父の死後母も夏になると孫を連れて毎年出掛けて行った。小学校が夏休みになってから、母と太平とがいなくなり、私はお手傳さんと二人だけ東京の家に残された。私はのびのびと気楽にしていた。去年までは弓子と一緒だったが、現在特に不自由だとも思わなかったし、寂しいとも思わなかった。仕事をするには最もよい環境で、誰に煩わされることもなく、アトリエは風がはいって結構涼しかったのでクーラーを取りつける必要もなかった。それでも八月の初めに酷暑が続くようになると、私はお手傳さんを連れて箱根の母のところへ行き、数日滞在しただけで体よくお手傳さんを置き去りにして東京へ戻ってしまった。それからは気楽に独身生活を続けた。

私が暑い東京に頑張っていたのは、仕事に精を出すためということも勿論あるが、彼女がいつ東京に出て来て私に電話をくれるか分らないという心配があったためである。

彼女からは一度だけ手紙が来た。たしか母たちが箱根に出掛けた数日後のことで、白い角封筒に薄い便箋が一枚はいっていた。その文面はほんの数行だった。

「また夕暮の海に沈んで行く太陽が見られるでしょうか。港にいっぱいきらきらしてる灯が見られるでしょうか。いくつかの夜々を、真昼を、もうもつことはないようなそんな恐れを感じるから、きっとそれでよけいに忘れはしないのでしょうね。こうして遠くに来ていると、それらのことどもはとても生き生きとして見えます。あたしは毎日買物籠を下げて町へ行きます。

（自転車に乗るよりあるく方が好きなのです。）帰りにはまわり道をして、なるべく知らない細い道をあるいて帰ることにしています。草の茂った庭先のようなところを通り抜けて、どんどん行くんです。あたしはあてのない思いにひたって向う見ずにあるくのが好きです。行きどまりになるのがわかっている道でもあるくのが好きです。まるでいつでも引き返すことができるみたいに。そんなこと誰にもわかりはしないのに。」

細いペンで、大きな四角な字が並んでいた。こんなに綺麗に書けるのなら清書を頼まれるのも無理はないな、と私は考えた。そのことは微笑を誘ったが、文面はあまりに短く、殆ど謎のようなところがあった。普通の手紙のようなところは何もなく、近況報告でも恋文でもなくて日記の一節のようだった。私は諳記《あんき》するまで繰返して読み、彼女が買物籠を下げて歩いているところを空想し、知らない道で緊張している顔つきを空想し、しかし彼女の現在の気持を推し測ることが出来なかった。その手紙のどことなく悲しげな調子はかすかに私を不安にしたが、私はそれを机の抽出に大事にしまい込み、日に数回となく取り出して眺めた。

ちょっとでも会うことが出来たら、こんな不安はすぐに消し飛んでしまうだろうにと思い、私は毎日彼女からの電話を待っていた。彼女がその気になれば、用事にかこつけて上京することは何でもない。その時はきっと電話をくれるだろう。軽井沢からだってこっそり電話ぐらいは掛けられる筈だ。私は焦躁に駆られてそう考えたが、私の方から軽井沢に手紙を出すことは

（たとえ古賀宛てにしても）、その口実がなかった。要するに私は一方的に受身の立場にいて、彼女の方が積極的に何かをしてくれない限り、自分では何も出来ない状況だった。しかし電話は掛って来ず、日は一日一日と過ぎて行った。白く乾いた庭の土に秋の虫がすだき始め、朝ごとに咲く朝顔の花の数が少くなった。

私は電話して何とか予約を取ると、仕事の道具などを少し持って軽井沢のホテルに出掛けて行った。行き違いになるかもしれないという危惧はあったが、一度行ってみようという気を起すと、もう子供のように抑制が利かなかった。私は母に、臨時の一人暮しも少々くたびれたから旅行に出るという旨の手紙を、それなら箱根へ来いと言われる恐れが充分なので、立つすぐ前の日に出しておいた。

軽井沢はあきれる程人が多くなっていて、私が数年前に来た時と較べてもだいぶ俗化していたが、さすがに清涼の気がみなぎって夜になるとうそ寒い程だった。到《つ》いた日の晩は月後《おく》れのお盆に当っていて、盆踊りの太鼓が遅くまで鳴っていた。せっかく涼しいところに来ていながら、私はなかなか寝つかれなかった。

次の日から私はホテルの周囲やあたりの別荘地帯を散歩した。おっかなびっくりというのが私の滑稽な立場だった。私は安見子に会いたくてたまらなかったが、あれほどまでに来ないでとか約束してとか言われていた以上、彼女とばったり会った時の言訣《いいわけ》を考えておかなければならず、そんなうまい言訣は思いつかなかった。それに彼女ばかりでなく古賀信介に出会う懼《おそ》れもあった。寧ろ古賀に会った時の方が何ということはないと思ったが、しかし古賀が自分の別荘に遊びに来いと私を誘った場合そこで彼女に会うのは必定だし、その時彼女がどう出るだろうかと考えると、私は古賀にも会いたくなかった。彼の別荘に行かないとしても、彼は私に会ったことを妻に語るだろう。どちらにしても私は彼女に会いたいような、それでいて会うのは約束に悖《もと》るような、奇妙に分裂した気持を抱いて町を歩いていた。人けのない散歩道で彼女が一人きり買物籠をぶら下げて歩いているところにばったり行き会う、そして彼女は最初は驚き、それから私に駆け寄って来て会えて嬉しいと言う、——それが私の中ではぐくまれていた最も都合のいい空想だった。

古賀の借りているという別荘番号は分っていたから、私はホテルのロビイにあった地図でその場所の大体の見当はついた。しかしそこに近寄る決心はつかなかった。また私は衆人環視の中で彼女に会うのは厭だったから、メインストリートの方にもなるべく近づかないようにしていた。従って私はそうそう近所の散歩ばかりも出来ず、遠出をして景色のよさそうなところへ行ってみたり、自分の部屋で絵を描いたり本を読んだりしていた。しかし気分は昂揚していたが左浦にいた時のようなわけにはいかず、妙に落ちつかなくて絵は描けなかった。ここからほんの少し離れたところに彼女がいると考えただけでも、いつも彼女の幻影に取り憑かれているようだった。

私はそのホテルに五日間いた。立つ前に私は少々破れかぶれの気持で、古賀の別荘の前を通っている道を歩いてみた。その別荘は橅《ぶな》や白樺の木に囲まれた小ぢんまりした平屋の洋館で、人の姿は見えなかった。私は急ぎ足でその別荘の前を通り抜けた。

軽井沢から私は下りの急行に乗って裏日本の方へ出た。約一週間の間気の向くままに旅行を続けたが、その間もしきりに彼女のことを想っていた。東京に行って今頃は電話しているのではないかと心配だった。またどうせ旅行をするのなら、もう一度左浦にでも行っていた方が仕事が捗《はかど》ったろうとも思った。しかし木本良作が左浦や友江は夏は海水浴の客で混み合うと言っていたし、それに仕事なら東京のアトリエに陣取っていさえすればいいので、私はこれは休養だと自分に言い聞かせた。そして結局中途半端な精神状態のまま、月末に東京に帰って来た。

母と太平とは既に箱根から引き上げていて、久しぶりに会った太平は日に焼けてぐんと大きくなっていたし、母は嬉しそうな顔をして、私が箱根に来ずに他へ旅行したことを残念がった。私の気儘な一人暮しは既に終り、家庭の秩序は整然と始まっていた。留守中に安見子からの手紙は来ていなかったし、どうやら電話も掛って来た様子はなかった。私は軽井沢なんかに出掛けて行ったことを後悔し、またアトリエに閉じ籠って猛然と仕事を始めた。

夏はそのように過ぎた。

第三部

学生時代からの親友だという野々宮圭吾《けいご》を連れて、木本良作が私のアトリエを訪ねて来たのは、九月といっても、颱風が過ぎたあとのかえって残暑の厳しい或る日曜日の午後だった。

「先生はずっとこのアトリエで頑張っていたんですか。クーラーもなしで、よくいられましたね。」

木本は臙脂《えんじ》のポロシャツにズボンという恰好でアトリエのソファにどすんと腰を下すと、すぐ無遠慮な口を利いた。

「ずっとというわけじゃない、暫く日本海の方へ行っていた。しかし今日は特別暑いんだよ、いつもはもっと凌ぎ易いんだがね。」

私は扇風機を調節して新しい客の方になるべく風が行くようにした。

「野々宮、そんなに遠慮していることはないぜ。楽にしたまえ。」

木本が私のお株を奪って、行儀よく椅子に掛けている友人に声を掛けた。そして私に説明した。

「野々宮とは高等学校が一緒なんです。こいつは毎年のように夏は友江に行っていて、先生がこの春左浦にいらしたというんで、その絵を見せてもらいに来たんですよ。」

客はにこにこして「お願いします、」と言った。きちんとポーラの背広を着てネクタイを締めていたから、木本のようなボヘミヤンじみた絵描きとはどう見ても人種が違っていた。

「君はどこかにお勤め？」と私は訊いてみた。

「僕は銀行に勤めています。」

「この夏も友江に行ったんですか。」

「いや夏は研修会とか何とかで、休みらしい休みは貰えないんです。木本みたいな楽な身分じゃないんです、何しろ安サラリーマンですから。」

「おいおい、僕だって楽じゃないぞ。ねえ先生？」

「忙しかったのかい？」

「忙しかったの何のって。しかし先生もだいぶお仕事をなさったらしいじゃありませんか。」

アトリエの中の眼に見えるところには完成された作品は殆ど置いてなかったが、それでも彼は職業的な鋭い眼を光らせた。

「ああ、個展をやろうと思っているんだ。」

「へえ、本当ですか。」

木本良作は私の気に入りの弟子には違いないが、どこか人を食ったところがあった。かねて私がスランプだったことを知っていたから、まさか個展をやる程の意気込みが不意に湧いたとは思ってもいなかったのだろう。私は少し皮肉に答えた。

「本当じゃ悪いかね。」

「そういうつもりじゃない、ちょっと驚いただけです。それじゃ友江の絵も勿論ありますね。」

「友江じゃない、僕がいたのは左浦だよ。もっとも友江にも落人《おちうど》にも行ったことは行ったが。」

「ああ落人にもいらっしゃったそうですね、」と客が口を挟んだ。「あそこはまるで別天地でしょう。今でも静かですか。」

「夏は知らないが、僕の行った時は他には誰もいなかった。不便だし、景色の他には何もないところだから、まだ観光ブームも押し寄せてはいないだろうね。野々宮君はあそこに泊ったことはあるの？」

「泊ったことはありません。友江から遊びに行っただけです。先生はお泊りになったそうですね？」

「落人にも三四日いた。それじゃ左浦と落人の絵でも見せようか。もっとも僕のは風景画じゃないから、似ているかどうか期待されても困るよ。」

私はアトリエの隣の納戸《なんど》にはいって、完成した絵を調べて数点を選《え》り出した。木本が「手傳いましょうか、」と訊いたが、楽屋裏を見られるのは厭だから断った。個展までは誰にも見せたくないのが本心で、ただ木本に頼まれて断るというのも水くさく思われるだろうとの懸念があった。そういう点が私の気の弱さだろう。それに彼の批評も聞いてみたかった。

アトリエの壁に一つ一つカンヴァスのままの絵を並べて懸けた。スケッチをまったく抽象化してしまい原型の残っていないようなのは避けたが、それでも相当の点数になった。二人は立ち上って側に近寄って眺めていた。野々宮が「素敵な色をしていますね、」と言うのに対して木本の方は「さすがにこのヴァルールは真似が出来ないな、」と言うような相違があった。しかし素人の前では遠慮したのか、木本はいつものような荒っぽい口は利かなかった。彼は生意気なほど歯に衣《きぬ》を着せないところがあり、私はそれを近頃の青年らしい美点だと思っていた。もっとも私の方も彼の作品に対して辛辣だった。それについて来られなければ私の弟子ではない。

私が椅子に凭れて二人の背中越しに絵の方を見ているうちに、二人は小声で勝手な問答を始めた。

「この海の色は真に迫っているなあ。友江の海の色を思い出すな。」

「野々宮、そういうことを言っちゃ駄目だ。先生は写生だと取られると腹を立てる癖があるんだ。彼は抽象画家だからね、そっくりには描かないんだよ。」

「それはそうかもしれないけど、褒《ほ》めてるんだぜ。こんな海の色は並の絵描きさんには出せないよ。あの水の中に潜《もぐ》って貝を取った時の水の色だよ。」

「そうそう、あれはうまかったな。あの焼いた奴を潮水《しおみず》で洗って食った時の味。あれはトコブシって言ったっけ。アワビみたいな小さな奴?」

「それに何とかいう三角形の巻貝もあったね。」

そこで私が声を掛けた。

「君たち、そんな話をしているのなら、こっちの扇風機のあたる方に来たまえ。」

「済みません、」と木本が妙な顔をして振り向いた。

「あやまることはないよ。一体それはどういう話?」

二人はもとの椅子に戻り、私はテーブルの上を差して、「貝はないけどこの葡萄《ぶどう》でもどうだい、」とすすめた。それは先程お手傳さんが運んで来て置いて行ったものだった。木本はますます弱ったような顔をしながら説明した。

「なにね、民宿してた頃のことを思い出したんですよ。あの辺の海は水が冷たいですからね、焚火をしては水に潜って貝を取って来る。焚火の上に板を渡して、そこに殻を下にしてトコブシを十ぐらい載せて焼くんです。焼けたところで潮水に洗って食べる、それはうまいもんですよ。」

「そのトコブシってのは磯物《いそもの》とは違うのかい? 僕は磯物はだいぶ食わされた。落人の僕の泊っていた家のおばあさんが、昼飯どきというと海岸に行って、岩にくっついている小さな貝を笊《ざる》いっぱい取って来るんだ。それとヒジキの煮たのが昼のお菜《かず》さ。ちっともうまくなかったな。」

野々宮が微笑を見せながら私の誤りを訂正した。

「それは違います。磯物は片つ貝とかマイヤとかいう黒っぽい小さな奴でしょう。トコブシはコブクと言って、アワビの小型の奴で味はぐんといいんです。」

「それに魚がうまかったなあ、」と木本が葡萄を摘《つま》んでいる手を休めて感に耐えぬ声を出した。

「防波堤で釣るんですがね。防波堤の苔を食いに魚が寄って来るんですよ、それを竹の竿に重りと針をつけて水面すれすれに上げたり下げたりしていると、面白いように釣れるんです。」

「まさか、餌もつけるんだろう?」

「それはね。砂浜にイソメってのがいるでしょう、ミミズに足の生えたような奴、あれを毟《むし》ってつけるんです。」

「で何が釣れる?」

「クシロだな、一番多いのは。あとはアジとかベラとか。」

「ハモも釣れたね、」と野々宮が加勢した。「リールを使えばもっと色々釣れます、キスとかヒラメとか。」

「本当かねえ、そんなに魚がいるのかねえ。」

「嘘じゃありません。友江の民宿は愉しかった、今でも忘れられない位です。先生がいらした時はどうでした？」

「左浦の宿屋じゃ魚は毎晩食わせたがね。しかし君等の言うように防波堤に魚が泳いでいるような様子はなかったな。」

「それは春だからですよ、夏ならいます、」と野々宮が断言した。

木本が何か言いたそうな顔をした時に、ドアが開いて太平が顔を出し、「パパ、はいってもいい？」と訊いた。

「太平ちゃんか、お出で。久しぶりだね。箱根へ行ってたのかい？」

「ああそうだよ。おばあちゃんと一緒に。パパは忙しがっていて来なかった。」

太平は例によってテーブルの上に目玉が吸いつけられたという恰好で歩いて来ると、椅子に掛けている私の膝の間に割り込んだ。

「暑いな、お前が来ると、」と私は言いながら膝の上に抱き上げてやった。「葡萄しかないぞ。食べるかい？」

「うん、食べてもいい。本当は西瓜の方がいいんだけど。」

「贅沢言うな。西瓜はもうおしまいだ。あれは夏のものだよ。」

「箱根じゃ西瓜は食べられなかったよ。おばあちゃんがお腹をこわすからいけないって言うんだ。木本さんの小父ちゃんはお土産は持って来た？」

「やられた、」と木本が大きな声で喚《わめ》いた。「小父ちゃんは忘れたが、この野々宮さんて人が何かくれたよ。」

太平はちらりとお客を見、「ありがとう、」と礼を言った。

「自分が貰ったものと思っているな、」と私はからかい、野々宮に軽く頭を下げた。

「坊やは学校へ行ってるの？」と野々宮が訊いた。

「二年生だよ。」

「それじゃ君も忙しいね？」

「当り前だよ。学校がなかったら、僕もっと箱根にいたかった。つまんないな、学校なんて。僕はもっと自由なのが好きなんだ。」

客の二人は呆気に取られ、私はしかたなしに註釈を入れた。

「生意気坊主でね、早くも自由に憧れているらしい。太平、自由というのは、ちゃんと学校に行って大人にならなければ貰えないんだよ。」

「分ってるよ。木本さんみたいになればいいんだろう。そっちの小父ちゃんも藝術家なの？」

太平が片手に葡萄の房を握りしめ、もう片方の手で次から次へと粒を口に放り込みながら訊いたので、客はちょっと聞き取れなかったようだ。それから笑った。

「僕は違う。」

「ふうん、スポーツは出来る?」

「水泳ならね。」

「野球は?」

「野球は駄目だ、坊やは出来るの?」

「出来るさ。木本さんの小父ちゃん、僕と野球をやろうよ。」

矛先《ほこさき》を転じられて、木本は苦笑した。

「小父ちゃんも忙しいんだ。パパとお話もあるしさ。」

「何だ、小父ちゃんは近頃はちっとも家に来ないじゃないか。僕と遊んでくれないじゃないか。」

「うん、悪かった。自由だってのは忙しいってことなんだよ。」

「そんなのないや。」

そこへ野々宮が割ってはいった。

「太平君、それじゃ僕が野球しよう。キャッチボールだろう?」

「打撃もやるんだ。だけど小父ちゃんは野球知らないって言ったじゃないか。出来る?」

「それ位なら出来る。」

太平は手にした葡萄の房を皿の上に置くと（もっとも殆ど食べ尽して柄《え》だけになっていた）私の膝から飛び下りて野々宮にくっついた。客は「失礼します、」と私に断り、上衣を脱ぎ、ネクタイを取った。太平は手を引張らんばかりにしてドアの外へ客を連れ出した。

「やれやれ、野々宮君も可哀そうに、」と私は言った。「あの子も段々に手に負えなくなる。」

「ママがいなくても平気なようですね、」と木本が尋ねた。

「どうなんだろうね。おばあちゃん子になるのも感心しないが。そう言えば野々宮君というのは気のいい青年だな。君の身代りになるのに厭そうな顔もしなかったじゃないか。」

「野々宮圭吾はいい奴ですよ。銀行の寮にいるから、たまには子供と遊びたいんでしょう。毎日銀行と独身寮とを往復していて、よくまあ退屈しないもんだ。」

「まだ独身なのかい？」と私は訊いた。

「僕と御同様です。もっとも理由はだいぶ違う。あいつは失恋したんですよ。失恋してもう何年になるかな、二年か三年ぐらいになるのに、まだ失恋中で、結婚する気にならないんだから気の長い奴だ。」

「真面目そうな青年だし、銀行員とあれば縁談降るが如しだろうにね。君の方はどうだい？」

「僕の方はからきし駄目です。大体忙しくて、恋をする暇も失恋する暇もあるもんですか。」

「何がそんなに忙しいんだ？」

木本はちょっと下を向き、言おうか言うまいかという表情をした。それからごくつまらないことだと言わんばかりの口を利いた。

「何ね、若い連中でグループをつくろうかと思っているんですよ。」

「抽象の方のグループかい？」

「そうです。純粋に抽象だけを目的にして集るんです。何しろ近頃は具象派が盛り返して来たでしょう。それにボブ・アートとかアンフォルメルとか色々ある。アブストラクトはどうもはやらないというので下火じゃないですか。そこで狂瀾を既倒に廻《かえ》そうというわけです。」

私にはその意味がぴんと来た。そこには近頃の私の作風なんかを飽き足りないとする木本良作の、一種の陰謀の匂があった。仲間がいるとしても、その音頭取りは木本に違いない。しかし私は格別皮肉を言おうとは思わなかった。

「少し頭の痛いような話だな。で、進んでいるの？」

「目下進行中です。いずれ詳しく報告します、」と一方的に打切り宣言をすると、木本は急に悪戯っ子のようににやにやして、声を潜ませた。

「時にね、先生。」

「何だい、どうかしたのか。」

私は彼が話題を変えようとしていることは分ったが、その意中は見抜けなかった。

「この春先生が左浦で会ったという女性の話、いつか先生に聞かされた、覚えていますか。」

「ああ覚えている。」

「ひょっとしたらという心当りを思い出したんですよ。」

私はかすかに胸が騒いだ。木本良作は、私がその後東京で彼女に会ったことを知ってはいない。そして私は木本から、友達を連れて遊びに行きたいという電話があった時に、幾枚かの裸婦の作品はみな納戸にしまい込んだ。それは表面上は、個展までは誰にも見せないであっと人を驚かそうという動機に基いていた。しかしひょっとすると、木本が推理を働かせて、これらの作品から左浦で会った女性と私との関係を見抜きはしないかという、無意識の恐れが隠されていたのかもしれない。

「さっき野々宮が失恋したという話をしたでしょう、」と木本はやはり低い声で話し始めた。「その女性は僕もよく知っているんですが、この春、偶然その人に会って話をしてるうちに、何となく口を滑らせて、先生が友江に行くかもしれないと喋ったんでさ。友江は景色がいいから気晴らしにもって来いの場所だと先生に推薦したってね。」

「ふん。それでその人も友江に行くと言ったの?」

「そんなことは言いません。大体彼女が行ったかどうかも知らない。その後会ってないんです。

ただ他に心当りがないから、ひょっとしたらと思っただけです。しかしひどいんだなあ、あの人は。」

「ひどい女ですよ。」と私は訊き直した。

「ひどい女ですよ。何しろ野々宮とは古くからの識合で、野々宮の方は彼女が自分と結婚してくれるものとばかり思っていた。ところが好敵手がいましてね、彼女はずっと年上の大学の助教授とも附き合っていたんです。何でも彼女の教わった大学の先生ですがね。心理学の、たしか古賀って人だ。」

庭の方からボールをバットで叩く音がして、その度に太平が嬉しげな声ではしゃぐのが聞えていた。野々宮圭吾の声は聞えなかった。短い沈黙の間に太平の叫び声が澱《よど》んだ空気を引き裂いた。木本は私が黙っている意味を暁《さと》らなかった。

「それでさっさと大学の先生の方に鞍替《くらが》えしちまって、野々宮には諦めてくれと引導を渡したんだから、あいつががっくり行ったのも無理はないでしょう。それまでは野々宮にさんざん気を持たせていたんだから、悪い女なんだなあ。」

「野々宮君は今でも忘れられないってわけか、」と私は訊いた。

「魅力はありますからね、」と木本は笑って答えた。

*

私の気持を深く苦しめていたものは、木本良作の意外な話よりは彼女のこの長い沈黙だった。木本が話した女性が安見子であることは間違いなかったが、彼女がひどい女、悪い女であるというのは木本の一方的な見かたにすぎないと、徐々に私は信じ始めた。なぜならば結婚の相手として二人の男が現れた場合に、そのどちらかに決定するまでに時間がかかるのは、そしてそのどちらにも気があるように見せかけるのは、若い娘にとっては当り前のことのように思われた。しかもそれは昔のことにすぎず、他人に関る問題だった。しかるに彼女の沈黙は、現在の、しかも私に関る問題であり、比較にならない程の重大事なのである。

彼女は夏の間、一度手紙をくれただけであとは電話一本掛けて来なかった。もとより彼女が電話した時に私が家にいなかったという場合もあり得る。そのために怒っているということもあり得よう。しかし怒っていればいるで、電話でその気持を傳えることが自然だろうし、たかが私が電話に出なかった位で赤の他人になってしまう筈はない。それも軽井沢から東京に帰って来ていれば、せめて電話で儀礼的な挨拶ぐらいはしてもいい。そう私は考えた。

一体なぜこのように沈黙しているのか、それが私には不思議でならなかった。彼女が私を愛していることは（男はいつも自惚なものだが）疑いを容れなかった。私がこんなに彼女と会いたがっているのに、彼女の方はすっかり醒め切って、もう私のことを忘れてしまったとは思いたくなかった。ひょっとしたら病気かもしれない、――その考えは私を不安にしたが、彼女は夏までは健康そうだったし、まさか電話も掛けられない程具合が悪くなっているとは想像できなかった。誰か他に別の恋人が出来たのか、――しかし私は彼女を信じていたし、そこに少し奇妙な論理がはいるが、彼女が夫に対してもやはり愛を持っていることを信じていた。たとえ彼女の愛が夫と私との間で振子のように揺れることはあっても、第三者のはいる餘地はなかった。要するに私は（私の論理から言えば）結婚後に彼女が新しく見出した男であり、選択は彼女の責任に於てなされており、数ヶ月経ったら飽きて変るといった性質のものではない筈だった。

毎日考えあぐねた末に、私は彼女に電話してみようと決心した。その決心は早くついたが実行に移すには時間がかかった。というのは私は彼女の返事を恐れていたし、電話に夫が出ることをも恐れていたから。しかし逡巡して不安な気持でいるよりは、早くけりをつけた方がましだ。私は諳記している電話番号を廻し、呼出しの信号が鳴っている間、彼女が出てくれることを祈っていた。もう大学が始まっていて、古賀が家にいないことを祈っていた。

「はい、古賀ですが。」

それは古賀信介の声だった。電話を切るわけにはいかなかった。

「もしもし、古賀かい、僕は澁だ。」

「澁か、久しぶりだな。その後どうしている?」

「うん、まあまあだ。君の方は?」

「忙しくってね。何か用かい?」

私は途方に暮れた。まさか君の奥さんに用だとも言えない。

「何ね、久しぶりだから一緒に飲もうかと思って。」

彼はすぐ嬉しそうな声を出した。

「そいつはいい。飲もう。僕は今晩ちょっと会があるから、九時頃でどうだい?」

「いいとも。何処にする?」

「この前のバアにしよう。アナスターシャ。いいね、九時。」

「うん。」

電話が切れた。彼女のことについては古賀は一言も言わなかった。従って電話は私の不安を夜の九時まで延長したにすぎなかった。

私は研究所に出て夕刻まで生徒たちの相手をし、一人で夕食をし、街をぶらぶらして約束の時間にバアに行った。

奥まったボックスに古賀信介がいるのはすぐに分った。安見子はいなかった。古賀と向い合って連れらしい男の背中が見えた。古賀は私を認めると手を上げて合図をし、彼の隣にいたホステスが立って私に席を譲った。

「早かったね、」と私は言った。

「ああ、会が早くはねたものだから。」

そして彼は向い側にいる連れを紹介した。会から一緒に来たという或る出版社の社員だった。その男は愛想よく名刺などを取り出した。

「君たちは仕事の話があるのかい？」と私は訊いた。

「それはもう済んだ。いやこの夏は忙しくてね、この人にさんざん苛められたよ。」

「古賀先生には大層お世話になりました、」と編輯者《へんしゅうしゃ》は言った。

「仕事をしていたにしちゃ日焼けしてるじゃないか。」

「うん、軽井沢にいたものだからね。そこで一般大衆むけの心理学の本を書いていたんだ。近頃は心理学といっても幅が広いから、アカデミックなものを書くばかりが能じゃない。」

「どういう本？」

「現代人の心理という題名で、副題は欲求不満と疎外っていうんだ。」

「何だかあまり売れそうもない題だな、」と私はひやかした。

「題名はまだ考慮中なんです、」と編輯者が口を入れた。「しかし売れますよ、内容が面白いんだから。」

「如何に売るかというのも、心理学の應用の一つかね?」

「それはそうさ。何しろ少し儲けて家内の御機嫌を取らなくちゃならん。」

それは私が彼女の様子を訊く絶好の機会だった。しかし私がほんのちょっと躊躇《ちゅうちょ》したために編輯者に先を越された。

「澁先生、実は私どもの社で挿絵入りの全集の企画があるのですが、先生にも何かお願い出来ないでしょうか。」

「僕に?」

「はあ。先生は挿絵はお描きになったことはございませんか。」

「僕は挿絵は描いたことがない。描く気もありません。」

私はにべもない返事をした。もし私が挿絵でも描くような器用なたちだったら、それこそ私も少しは儲けていただろう。それにこういう席上で、顔を見たら直に探りを入れるという根性が私には気に入らなかった。どうも我ながら愛想が悪かったが、これも心理学的には何とか名前がつくのだろうと思うと、少々おかしくなった。私はホステスの運んでくれたハイボールを黙って飲んだ。

「君、この澁太吉という男はちょっと変っているからね、そう簡単には引き受けないよ。」

古賀は笑いながら編輯者をたしなめていた。編輯者の方は恐縮した。

「どうも失礼しました。」

「そう言われては僕も困る。挿絵は性《しょう》に合わないというだけです。それに僕は具象というわけじゃないから。」

「近頃は色んな方が挿絵をやっていられます。」

そして編輯者は数名の画家の名前を挙げたが、古賀がすぐに引き取って抗議した。

「君、それは比較にならんよ。澁太吉はそんな画家と一緒くたになるようなへっぽこじゃない。大体君の挙げた名前はみんな具象派じゃないか。」

「先生は絵の方も詳しいんですか。」

「絵は好きさ。澁の友達だから好きなわけじゃない、もともと好きなんだ。僕は心理学の専門書よりも、画集の方をよっぽど沢山持っている位だよ。」

「これはお見それしました。古賀先生はそういう御趣味ですか。」

古賀は嬉しそうににやにやしていた。しかし私には、彼が酔って少し口を滑らせたとしか思われなかった。言い換えれば画集ほどにも専門書を持っていないということになる。まさかそういうことはないだろう。古賀は私が皮肉そうな顔をしていると思ったのか、また私を槍玉に挙げた。

「この澁太吉は根性があるからな、いくらお世辞を使っても挿絵は描かんだろうな。こいつは僕と同じ戦中派でね、死にそこなっているからいざとなると強いんだ。戦中派というのはみんな頑固者さ。」

「そう言えば前に、難しい議論をなさっていらしたわね。」

今まで手持無沙汰そうにしていた向い側の、編輯者の隣にいたホステスがやっとのことで口を挾んだ。

「君もいたっけ、あの時？」と古賀が訊いた。

「勿論いました、ねえ？」ともう一人のホステスに助太刀を求めて、「わたしたちみたいな学のない者には、ちっとも分らなかったわ。」

「澁によれば、戦中派に三種類ありと言うんだったな。うん、そう言えばこういうのはどうだ、君？」

古賀は編輯者に向って人差指を突きつけた。

「いい智慧が浮びましたか。」

「うまい企画が浮んだぞ。戦中派の告白というんだ。待てよ、それは副題にして我信ずという題にするかな。要するにだね、戦中派の連中を十人ぐらい集めて、彼等の経験と信條告白とを一冊の本に纏《まと》めるんだ。なるべく違った経歴と違った職業とを持っている連中……。」

「なるほど。」

「戦歿学生の手記というようなのは色々あるね、こっちは生き残った者たちの手記だ。うん、この題も使えるな。」

「それは面白そうですね。」

私は聞きながら次第に嫌気《いやけ》が差して来た。出版社の社員にとっては、それが商売だから熱心になるのも当然だろう。(もっとも本気で熱心なのか、それともお義理で相槌を打っているのか、私には見抜けなかった。)しかしこれが古賀信介なのかと思うと情なかった。細君の惚気《のろけ》を言うのはまだいい、が戦中派を金儲けの材料にするのは許せない。それは、我々の代りに死んだ連中を冒瀆するものではないか。昔古賀信介はもっと真面目な、生きることに熱心な、友達に対して誠実な男だった。私は二人のやり取りを聞きながら、自分に何の告白すべき信條があるだろうかと考えた。そして次第にうしろめたくなって行った。一つの愛によって衰弱から漸く回復した男、しかしその愛のために私自身が友達に対して誠実ではあり得ないのだ。このようなデカダンスが、戦中派の、生き残った者の、不可避的な運命というものなのだろうか。我々は昔のように純粋には、決して生きられないのだろうか。ゆるやかに下降の線を辿《たど》る衰弱と頽廢、その涯には何があるか。

編輯者が中座した間に、私は素早く古賀に質問した。

「今日は奥さんは呼ばないのか。」

「ああ。今日は呼んでも来ないだろう。」

「元気なの？」と私はなるべくさりげない声で訊いた。

「どうなんだか。軽井沢ではあまり具合がいいようでもなかった。亭主は忙しいのに、安見は加勢もしないでだいぶ怠けていたよ。ひょっとすると……。」

彼はそこで口を噤《つぐ》んだ。

「何？」

私は無意識に悪い前兆のようなものを感じた。

「何ね、ひょっとするとこれかもしれん。」彼はそう言いながら片手で一種の微妙な動作をした。

「僕も訊いてみないし、安見も何とも言わないがね。」

その時編輯者が帰って来て、「場所を変えましょう、」と言ったので私たちは立ち上った。勘定は既に済んでいて、識らない男に奢られるのは私には面白くなかったが古賀は馴れっ子のようだった。編輯者が馴染のバアに案内すると言ってすすめ、古賀も一緒に行こうとしきりに言ったが、私は帰って仕事をするからと断った。人出の多い通りに新秋の爽かな風が吹いていた。

＊

「やれやれくたびれた。旅行も旅行だが、おふくろの相手も楽じゃないよ。」

彼は煖炉の横のソファの上に腰を下し、隣の空いたところに妻を誘った。旅行から帰って来て、母に好物の千枚漬けを渡しながらお喋りをしていた間に、彼女は気を利かしてこの部屋の煖炉に薪を積んで部屋を暖めておいてくれた。そのことは暫く家を留守にしたにも拘らず、彼女の御機嫌が悪くないことを証拠立てていた。彼女は火の様子を見、彼と並んで腰を下した。

「寒かったでしょう？」と訊いた。

「ああ、今頃の京都は底冷えがしてね。もっとも炬燵《こたつ》にはいって飲む酒はうまいがね。」

「一本つけましょうか。」

「面倒だからいい。コニャックでも飲もう。」

彼女はいそいそと立ち上り、隣の部屋の食器戸棚から洋酒の壜とグラスを二つ持って来た。彼が母親を相手に土産話をしていた間、彼女は側へは来なかったから同じ話をまた繰り返すのかと思うと少々うんざりしていた。しかし彼女は夫よりも早いピッチでグラスを傾け、その合間に留守中のこまごまとした話題を喋っていた。彼はくつろいだ気持で聞きながら、煖炉の火と飲物とが快く身体を暖めてくれるのに任せていた。

「京都の節分ってそんなに面白いんですの?」

不意に彼が気がついた時に、質問が彼に向けられていた。

「京都の年中行事はみんな面白いがね。今年の節分は吉田神社に行ってみたが、あの辺から真如堂、法然院、永観堂、南禅寺あたりは今頃散歩するとてもいい。観光客はいないし、枯れ枯れとした東山を見ながら、乏しい日の射している坂道を歩いて行くのは風情《ふぜい》のあるものだ。もっとも寒いことは寒いが。」

「あなたみたいな無精《ぶしょう》な方が、わざわざこんな寒い時に旅行に行くなんて。」

「何となく気が向くんだろうね。今が一年中で一番観光客の少いシーズンだ。暖かくなると混み出す。僕はやたら人の多いところは嫌いなんだ。」

彼女は考え込むような表情で頷き、二人のグラスにコニャックを注ぎ、それから顔を起した。

「でもちょっと変ね。」と言った。

「何が変だい?」

「昔は春休みになったからって、今みたいに観光シーズンじゃなかったわ。いつ行ったからって、そんなに人が多くはなかったでしょう?」

彼はぼんやりしていて、まだ彼女の意図しているところに気がつかなかった。

「それはそうだな。」

「それなのにあなたは、毎年節分っていうときまって京都に出掛けるのね、昔からよ。」

彼は足許を掬《すく》われたように感じ、とぼけてみせた。

「そうでもないだろう。」

「京都じゃない時もあった。でも今頃になると、いつの年でも家にいなかったわ。変じゃないの?」

「そう言えばそうかな。君は記憶力がいいね。」

彼女は頷いた。

「あなたのことなら何だって覚えているわ。わたしてっきり、京都に恋人でもいるのかしらって考えたこともあるけど、七夕様《たなばたさま》じゃあるまいし、毎年同じ頃に会いに行くってのは不思議だわね。」

「偶然だよ。偶然出掛けるだけさ。随分気を廻したもんだなあ。」

彼は笑い、幸いにして彼女も機嫌よく声を立てて笑った。しかし彼はその笑い声が針のように自分の胸に突きささるのを感じた。

＊

夫の仕事が一段落して茶の間で一緒にお茶を飲んでいた時に、彼女がふとそのことを話題にした。

「ねえ、子供ってどうしても要るものかしら？」

「また妙なことを言い出したね。」

彼は機嫌よく穏かな声で言った。

「ちっとも妙じゃないわ。」そして彼女は、子供のことでなければ夜も日も明けない近所の若い奥さんの悪口を言い、附け足した。「あたし、あんなの馬鹿げていると思うの。」

「その人はきっと母性愛が過剰なんだろう。」

「母性愛とは違うな。あれは子供を自分の代用品にしていじくりまわしているのよ。そのうちに自分の個性がなくなって、みんな子供に吸い取られてしまうわ。」

「代用品というのはよく分らないね、」と彼が質問した。

「つまりこういうこと。子供が生れるまでは、あの奥さんは自分というものを持っていて、それを大事にして来た筈よ。ところが子供が生れると、もう自分のことはどうでもいい、自分の代りに子供が育って行けばいいので、御自分は蛻《もぬけ》の殻《から》になっているの。悲しいわねえ。」

彼はそういう時の、如何にも悲しげな彼女の表情を見て、微笑した。

「で、君ならどうするってわけだい？」

「あたし？　あたしは自分が大事だから、いくら自分の子だからって犠牲になるのは厭ね。子供と一緒に成長するんでなくちゃ。」

「そういう人はいくらでもいるじゃないか。」

「そうかしら。母性愛が過剰で磨《す》り減って行く人と、子供なんか勝手に育つと言って放ったらかしのドライなママさんと、どっちかのようね。あたしはどっちも厭。それ程までにして子供が要るの？」

「そうね、子供を欲しがるのは本能だろう。育てるのも本能だろう？」

「あたしそんな本能なんかで動くのは嫌い、」と彼女は大きな声を出した。「それじゃ犬や猫やお猿さんと同じじゃないの。人間はもっと別の筈よ。」

「君は子供が欲しくはないのかい？」

彼は一種の期待を籠めて彼女の方を見た。彼女は試験場で難しい問題と取り組んでいる女子学生のような、真剣無比な顔つきをしていた。

「ただ欲しいからって、後先も考えずに欲しいものに手を出すのはお猿さんの本能でしょう。

あたしは自分にその資格があるかしらって、まずよく考える。」

「いくら考えたところで資格が貰えるわけじゃないだろう、」と彼はひやかした。「卒業論文とは違うよ。」

「はぐらかさないで頂戴、これは重大なことよ。それだけの責任を持つんでなくちゃ、生れて来る子供が可哀そうでしょう。母親の責任は重大なのよ。ただ可愛がればいいっていうんじゃないんだから。」

「分った。それで資格はあるのかい?」

「なさそうなのよ、それが。」

彼女は歯を見せて笑い、彼は少しがっかりした。

「あたしみたいな女をママにしたら、子供が可哀そう。あたしって本当に駄目なんだもの、」と彼女はまだ笑い続けながら、甘えるように言った。

古賀とバアで会った日の翌日、私はためらわずに彼の家へ電話した。たとえ古賀が在宅していても電話を掛けることは不自然ではないと判断した。しかしその電話は呼出しの信号が鳴っているばかりで、誰も出なかった。

古賀の話によって安見子が具合を悪くしているらしいと知って、私は半ば安堵《あんど》し、半ば不安に駆られた。安堵したのは彼女の沈黙は病気のせいで、精神的な理由によるものではないと分ったためであり、不安の方は古賀が匂わせた彼女の妊娠の疑いのためだった。もしそういうことが起ったら、私たちの間はどういうことになるだろうか。それに、誰の子なのか。万一の場合に私はそこまで友人を裏切ることは出来ないと考え、また反対に古賀夫妻に子供が生れたら、それは彼女が夫を愛している証拠ともなるだろうと推測した。この疑いがもしも本当なら、どっちにしても私たちは現在のような曖昧な状態から抜け出して、決断を餘儀なくされるだろう。彼女の沈黙は、一人で苦しんでいる証拠なのだ。とにかく一日も早く私は彼女に会わなければならない。

次の日、また電話した。やはり誰も電話には出なかった。恐らく彼女は買物にでも出掛けているのだろう、きっと病気の方はもう癒ったのだろう。

次の日もまた電話には誰も出なかった。私は為体《えたい》の知れない不安を覚えた。どこかに引越してしまったのではないかという殆ど子供じみた恐怖さえも覚えた。

次の日は日曜だった。その次の日、私はまた電話してみた。執拗にいつまでも信号音を鳴らしていた。そして私が殆ど諦めかけた頃になって、かちりというかすかな音がした。

「もしもし安見さんですか。」

返事はなかったが、それが彼女であることは本能的に分った。私はせっかちに言葉を続けた。

「安見さん、僕は澁です。」

「ええ、分っていますわ。」

「僕はこのところ毎日電話していたんですよ。やっとのことであなたを捉まえた。」

「知っています。」

「知ってる？　いたんですか、具合でも悪かった？」

「いいえ、ちっとも具合なんか悪くない。でも電話はきっとそうだろうって思っていました。いつも同じ時間だし、なかなかお切りにならないんだもの。」

初めのうちのよそ行きの声が、少しずつ彼女らしい快活な悪戯っぽい声に変って行った。

「何だ、僕だってことが分っていながら電話に出なかったんですか。」

「ええ、自分がどのくらい我慢できるかと思って。」

「じゃ今日は?」

「とうとう我慢できなくなっちゃった。だってあんまりベルがうるさいんだもの。」

私は笑った。そして彼女の方もくすくす笑っていた。

「それで身体の方は何ともないんですか。」

「何ともないわ。どうして?」

まさか古賀から聞いたことを傳えるわけにもいかなかった。

「だってうんともすんとも言って来ないんですからね、少しひどいじゃないか。」

「お手紙をあげました。」

「一度だけでしょう、夏の間に一度じゃあんまりだ。東京には出て来なかったんですか。」

「ええ、だって暑いんだもの。」

行き違いになったわけではないと分って、私は少し安心した。と同時に相手に詰め寄った。

「帰ってからもうだいぶになるでしょう。どうして電話をくれなかったの?」

「だって……。」

「だって何?」

「だって会わない方がいいと思ったんです。」

「冗談じゃない。僕の方は会いたくて死ぬ苦しみですよ。会いましょう。明日はどう?」

「あら、そんなの駄目よ、あたしは忙しいんだもの。」

「それじゃ明後日《あさって》、明後日はどうです?」

「明後日も忙しいの。あたし軽井沢まで行く用があるの。」

「彼と一緒に?」

「いいえ一人で。別荘の後始末が残っているし、それに同じとこを来年も借りることに極めたんです。古賀が売れそうな本を書いたので何とかなるから、来年も借り続けておいていいって言ってくれたんです。軽井沢に別荘を借りるってのは、もともとあたしが考えたことなの。古賀はプチブル思想だとか、レジャ的風潮にかぶれるのは馬鹿だとか、さんざん悪口を言ったのに、向うの方が涼しくて勉強が出来たものだから御機嫌なのよ。」

「ふん。それで僕は暑い東京であなたに会えなかったってわけだ。」

「御免なさい。あたし暑さには弱いの。」

「それで何時の汽車で行くんです。僕も一緒に行きたいな。」

「駄目よ、そんなの。」

彼女の喘ぐような息が聞えた。しかし私は諦めなかった。

「せめて見送りに行きますよ。ちょっとでも会わなくちゃ変になりそうだ。」

「あら、どんなふうに？」とからかうような声で訊いた。

「あなたに食いついてやりたい。この受話器に食いついてやるかな。」

彼女は明るく笑い、「九時八分の第一軽井沢って急行で行くつもりなんです、」と教えてくれた。

「随分早いんですね。」

「ええ、だって日帰りでしょう。本当はもっと早いのにしたいんだけど、あたしたちお寝坊だから。」

「それじゃ上野駅で会いましょう。」

「でも困るわ、」と彼女は言った。それから改まった声で、「それじゃ、さようなら、」と言って電話を切ってしまった。私は暫くの間、その受話器をじっと手に持っていた。彼女の声を聞いてしまえば、もう何ということもなかった。ほんの昨日会ったばかりのようで、夏の間の長い不在が殆ど信じられないようだった。

＊

上野駅は混んでいたが、さすがに九月も下旬になると私が一月ほど前に出掛けた時のような物凄さではなかった。私は定刻の三十分ばかり前に第一軽井沢の発車するプラットフォームに着き、一等のところに行列している客のうしろに並んだ。眼を走らせた限りでは彼女の姿は見えなかったし、どっちにしても席を取っておいた方が安全だろうと考えた。列車がフォームにはいり、行列といっても大したことはなかったから私はた易く隣合った席を二つ取った。その片方に上衣を置き、もう片方に煙草とライターとを置いて席を確保すると、通路を傳って二等の端まで歩いて行った。彼女の姿はどこにも見えず、また急いで戻って来た。それからプラットフォームに出て、眼を光らせながら改札寄りの列車の端のところに立っていた。国電のフォームの方から来るのか改札口を通って来るのか分らなかったから、見張りをする場所はそこしかなかった。無関心な人の波が私の側を通り抜けた。

彼女はいつも遅刻するのだ、と私は考えた。しかし列車は音楽会のようなわけにはいかない。さすがに私も発車の五分前になると気を揉み出した。この急行に彼女が乗りおくれた場合にはどうするか、プラットフォームに残って次の列車まで彼女の来るのを待っているか、赤羽から乗って来る可能性もある以上、せっかく確保した座席に陣取っている方がいいのか。私はたしか上野駅に見送りに行くと電話で言った筈だったが。せわしなく頭と眼とを働かせていた間も、私は彼女が嘘を吐いたとか、わざと別の急行に乗るつもりだとかは、決して考えなかった。

そこへ彼女が急ぎ足で国電のフォームのある方から走って来た。私が認めるのと殆ど同時に彼女は私を認めた。

「御免なさい、遅くなっちゃって。」

「さあ急いで乗りましょう。もうじき出ますよ。」

彼女はハンドバッグ一つしか持っていなかった。私はその手を引くようにしながら一等車に乗り込んだ。

「あたし遅くなったから、よっぽど赤羽に廻ろうかと思ったんです。でも上野駅ってお約束でしょう、困っちゃった、もう駄目かなと思っていたの。本当に間に合ってよかった。」

「どうせあなたのことだから遅くなるとは覚悟していたけど、こんなにはらはらするとはね。スリル満点だった。」

「御免なさい。あらもう出るわ。」

列車が動き出したが私は悠然と腰を下していた。彼女は私の顔をちらっと見て、「あたし二等なのよ。」と言った。

「あとで車掌にそう言えばいい。あなたが一等なのか二等なのか分らなかったものだから。」

「もちろん二等よ。あたしが一等に乗っちゃ申訣《もうしわけ》ないわ。古賀はいつも二等、身分相應ね。」

「身分と言えば彼は大学教授なんだから、ちっともおかしくない。」

「あら助教授よ。それがこの春教授にあがれそうだって噂もあったんだけど、駄目だったので嘆いていたわ。馬鹿ねえ。」

「どうして？」

「つまらない、そんなこと。大学の先生なんて勉強さえしてればいいんだわ。ねえ、そうでしょう？」

私は微笑し、教授の奥さんともなれば年より老《ふ》けて見られるのが厭なのかと訊こうとしてやめた。そんなことで嘆く古賀信介も哀れだったが、安見子はその古賀のところに嫁に行ったのだ。彼女が古賀に惹かれた最も大きな要素は何だったのだろうと私は考えた。しかし私は直にそんな気持を拂いのけた。久しぶりに彼女に会ったというのに、わざわざ彼女の亭主のことを思い出す必要はあるまい。

列車が赤羽の駅に着いても私はやはり悠然としていた。彼女はちょっと躊躇し、私に訊いた。

「ここで降りるんじゃないんですの？」

「もう少しお見送りする。」

「じゃ大宮まで？」

「さあ。」

彼女は笑い、私の意中を見抜いたようだった。

「物好きねえ。それにお暇なのねえ。」

「暇じゃありませんよ。この秋に個展をやろうと思っているから、とても忙しい。目下ぞくぞく制作中です。」

列車が赤羽を出ると彼女は一層気楽そうになった。私が煙草を喫んでいると、「一本あたしにも頂戴、」と言った。そして指の間につまんで不器用に煙を吐いた。しかしそのあとはいくらすすめても喫まなかった。大宮を出て暫くすると車掌が検札に来たから、彼女の切符を一等に買い換えた。私は初めから軽井沢までの一等の切符を持っていた。

「僕安見さんが怒るかと思っていた、」と私は白状した。

「どうして?」

「お見送りというのが少し遠くまでになったから。」

「ひどいわ。それだったらあたし汽車の時間なんか言うのじゃなかった。」

「おやおや、改めて怒り出すんですか。」

「怒りはしません。だってしかたがないもの。今さら汽車から降りて下さいってわけにはいかないでしょう。」それから息を吸い、「旅行っていいわねえ、」と言った。

「随分御機嫌がいいなあ。これが電話一つくれなかった人とは思えないな。」

「だってあたし、こうやって汽車に乗っているの、大好きなんです。いつまでも乗っていたいわ。」

「僕も。」

彼女は窓硝子の外を過ぎて行く日の当った林や畑などを嬉しげに眺めていた。淡いグレイのブラウスにベージュのスラックス、それに薄い白のカーディガンを着ていた。私はそっと彼女の手を取った。

「いつまでもこうして乗っていられたら、どんなにかいいのに。」彼女は私の方を振り向いて眼を輝かせて言った。しかしその光はすぐに褪《あ》せ、溜息のようにそっと呟いた。「でもそんなことは出来ないのねえ。」

「どうして？　それは僕たちの決心次第だ。決心さえすれば、何処までも行ける。」

「そんなことは無理よ。必ず帰らなければならないのよ。よくお分りのくせに。」

「決心さえすれば逃げられる筈だよ。」と私は力を籠めて彼女の花車《きやしや》な手を握りしめた。

「いいえ、それはあなたの勝手な言いかたよ。決心すればっておっしゃるけど、決心するのはあたしなんです。あなたじゃありません。」

「それはどういう意味？」と私は訊き返した。

「あなたにとっては何でもないことだわ。奥さまとは別居中でしょう、正式に離婚なされば済むことでしょう。誰も何とも言わないわ、なぜってあなたは藝術家なんだから。お母さまだって、太平ちゃんだって、あなたがそうなされば、それでいいんだとやがてはお思いになる。もっともあたしは、あなたが奥さまと離婚なさるとは思わないけど。でもあなたにはそんなに難しいこととは思えないの、悪いけど。」

「なるほど、それで君は？」

「あたしは大変よ。あたしは古賀を愛しているし、古賀もあたしを愛しています。あたしが古賀と別れるってことは、あたしの一方的な仕打なんだから、あの人を傷つけるにきまっています。あの人だけじゃなく、あの人の身内も、お友達も、みんな傷つけてしまう。大学での身分も、学者としての経歴も、駄目になってしまうかもしれない。そういう苦しいことが、みんなあたしの決心に懸っているんです。あたし古賀を駄目にしてしまうようなことは出来ないわ。」

「うん。」

私は眉をひそめ、自分の心の中を覗き込んだ。彼女の言うのはいちいちもっともだ。お前は彼女が、尻の軽い、無責任な女だと思っていたのか。彼女がその選択の前でどんなにか苦しんでいるのが分らないのか。お前はただエゴイストとして、彼女を欲しがっているだけなのだ。昔の親友を裏切ってまで、自分の欲しいものを取り上げたいのか。

「君はそんなに古賀が好きなの？」

「あたしは選んでしまったのよ。もう取り返しはつかないわ。あなただってそうでしょう、奥さまを選んでしまったのよ。」

彼女は低い声でささやいた。こんな場所で話し合うにはあまりにも内輪の話題だったが、一等車の乗客は少かったし、列車の振動音のために声が他に洩れることはなかった。私は彼女の手を一層自分の方に引きつけた。

「僕は何もかも捨ててしまってもいいと思っているんだ。君の苦しみは分っている、しかし僕も一緒に苦しむよ。確かに僕等は既に選んだ。しかしもう一度選ぶことがどうして出来ないのだろう?」

「あたしは捨てられないのよ、」と言って、彼女は取られた手をそっと引いた。「何もかも捨てるなんて、そんなのは言葉だけでしょう? どんな涯まで逃げて行ったって、心の中の罪の意識は消えはしない。苦しむことがあらかじめ分っているのに、そんなことは出来ないわ。」

彼女はまた窓硝子の外を眺め始めたが、私には風景が前のように明るくは感じられなかった。初秋の眩しい陽光に照されて、すべてのものは、野も、畑も、森も、防風林に囲まれた農家も、人も、電柱も、刻々に過ぎ去りつつあった。そして地平線に漂うちぎれ雲が、既に我々が選んでしまったものたちのように、どこまでもあとを追い掛けて来た。

「でもねえ、」と言って彼女は私の方に顔を向けたが、それは意外に明るい表情だった。「もし本当にどこか遠くに逃げ出すことが出来たらって、あたし時々考えるの。」

「遠くって何処?」

「そうね、アフリカとかスペインとか、日本人の一人もいないところね。でもアフリカは駄目、あたしは暑さに弱いんだもの。」

「メキシコなんかもよさそうだね。」

「あたしはスペインに興味がある、ポルトガルでもいい。識っている人の誰もいないところで、一生暮したい。」

「パリなんかは？」

「パリなんか、だあい嫌い。」

彼女は眼に茶目な色を浮べてにこにこしていた。絵描きがみなパリへ行きたがるのを皮肉ったのだろう。彼女のその思いつきは私に閃光のような希望を与えた。スペインか。一生スペインの片田舎で恋しい女と一緒に暮せるならば。

「本気にしちゃいけないわ。あたしって気紛れで、ただ考えてみただけなんだから。」彼女は素早く釘を刺した。「それにあなたはすぐに飽きてしまうわ、スペインにも、あたしにも。」

「そんなことは決してない。」

私はむきになったが彼女は取り合わなかった。それから彼女は旅行の話をし、私はパリにいた頃の思い出などを語った。

列車が高崎を出てやがて勾配が登りになると、彼女は熱心に窓の外を眺め始めた。更に横川を過ぎると色づいて来た楓《かえで》や蔦《つた》などを素早く見つけては私に教えてくれた。まるで小学生のようだなと私は考えた。

軽井沢の駅に着いたところで、改札口の方へ歩きながら彼女は私に訊いた。

「これからどうなさるの？」

「まさか此所から帰れって言うんじゃないでしょうね。」

「だってあたしこれから家主さんのところへ行って、それに別荘にも行かなきゃならないし。」

「ついて行ってあげようか。」

「そんなの駄目よ。古賀じゃない人と行ったら、向うでびっくりするわ。」

私たちはタクシイ乗場の前で立ち話をしていた。そこには既に山と木と草の匂がし、肌寒い風は日向《ひなた》にいても気持がよかった。

「じゃ待っていよう。」

「でもどの位かかるか分らないのよ。」

「そんなことはちっとも構わない。」

「どこでお待ちになる？」

私は考え、あまりよい智慧も浮ばなかったので、ふと思いついたことを口にした。

「あなたの別荘の割に近くにホテルがあるでしょう、あそこのロビイにいよう。」

私はタクシイに合図をして彼女を乗せ、私もあとから乗り込んだ。

「あなたの別荘っておっしゃったけど、何処だか御存じなの？」

「知っていますよ。その前でおろして僕はホテルに行こう。」

「どうして御存じなの？」と彼女は不思議そうに訊いた。

「実を言うとね、先月あのホテルに三四日泊っていたんです。帰る前に散歩をして、あなたの別荘の前を通った。あなたの姿は見かけなかった。」

「まあ。来ないでって頼んだのに。」

彼女はちょっと怨むような眼つきをした。私は笑った。

「だから訪ねはしなかったでしょう。毎日ホテルに閉じ籠っていた。何しろ東京は暑いし、僕も暑さに弱いものだから。」

彼女も笑い出した。タクシイが林間の狭い道を走って行くうちに、「此所でいいわ。あと歩きます、」と言ってタクシイを停めさせた。「なるべく早くいらっしゃい、」と私は念を押し、彼女は頷いた。車はすぐにまた走り出した。

夏の間と違ってホテルはもう空いていたから、予約なしでも部屋を取ることが出来た。それにこの前の短い滞在の間に私は風変りな客だという印象を与えたらしく、フロントの係もボーイも私を覚えていた。あとで連れが来ると断って、私は部屋に通り、急いでバスを浴び、そこそこにロビイに陣取った。私がロビイに姿を見せていなければ、彼女はフロントに訊くだけの勇気がなくてそのまま帰ってしまいはしないかと心配したせいである。ロビイの長椅子に凭れると、前よりもかえって汗が流れ始めた。私が勝手に部屋を取ったと知ったら、彼女がどう思うだろうかという点も気懸りだった。しかし手持無沙汰に長椅子に坐って彼女の来るのを待っているうちに、私は少しずつ空腹を覚え出した。既に午後も一時を廻っていて、どの位彼女が暇取《ひまど》るものか見当もつかなかった。汽車の中では彼女はちっともお腹が空いていないと断ったし、私も同様だった。私はそこで素早く決心し、大急ぎで食堂に行ってサンドイッチを平げた。それからまた飛ぶようにロビイに戻って来た。人が見たらさぞかし滑稽に映るようなそんな動作も、私にしてみれば真剣そのものだった。私はその短い間に彼女が来てそして行ってしまったのではないかと、どんなにか後悔した。彼女が姿を見せたのは殆ど三時頃だった。

「ああくたびれた、」と彼女は私と並んで長椅子に腰を下したが、格別疲れたような顔もしていなかった。

「用事は済んだ?」

「みんな済みました。大家さんの奥さんがゆっくりして行けって言うんでしょう、あたし困っちゃった。運送屋さんを呼んで残りの荷物を出したり、これでも大変だったのよ。」

「御苦労さま。しかしどうして引き上げる時に残して行ったんだろう?」

「あの時はあたし少し具合が悪かったから。」そして生き生きした表情で私を見詰めながら言った。「これからどうなさるの？　すぐお帰りになる？」

「君はどう？」

「あたしは今日じゅうに帰ればいい。見晴らし台にでも行きましょうか、今日はお天気がいいから遠くまで見えることよ。」

「うん、それもいいな、」と私はためらい、思い切って彼女の意向を訊いた。「実はね、さっき部屋を取ったんだ。あまり暑いからバスを使おうと思って。ちょっとその部屋に行って、何か飲物でも取ろう。ね、いいだろう？」

「そうねえ、」と彼女はしぶっていた。

「そう言えばお昼はどうしたの？　何か食べた？」

「何にも。お腹ぺこぺこなの。」

「行こう。」

私はそっと彼女の手を取って立たせた。彼女は一度きめるともじもじしてはいなかった。優雅にロビイを横切って歩き出した。

部屋にはいると、彼女はカーディガンを脱いで椅子の上に置き、窓のところに行って外の景色を眺めていた。木々の緑がその顔に映っていた。私は電話で冷たい飲物を二つあつらえた。

「サンドイッチは出来ないそうだよ。夕御飯まで持ちそうかい？」と私は訊いた。

「あなたは何か召し上った？」

「うん、僕は大急ぎでサンドイッチを食べた。君がその間に来はしないかと思って気が気じゃなかった。」

「あたし我慢するわ。」

ボーイが飲物をテーブルの上に置いて部屋を出て行くまで、彼女は窓のところに向うむきに立っていた。

「飲まないかい？」

私は上衣を脱ぎ、返事のない彼女の方へ近づいた。彼女はこちらを振り返った。

「あたし、まるで誘拐されたみたい。」

「どうして？」と私は笑いながら訊いた。

「だってそうでしょう。こんなところへ来る気なんか全然なかったのに、あなたったら無理やりにあたしを連れて来たんだもの。」

「後悔してる？」

「ひどい。」

彼女は武者ぶりつくように私の胸に縋《すが》り、眼を閉じて脣を私にあずけた。その細そりした身体は私の両腕の間で揺れ動いた。

「会いたかった、」と私は夢中になって呟いた。

私たちは長い間絡み合ったまま立っていた。彼女はそっと身を引き離すと、私の頰に軽く片手を当てた。

「悪い人ねえ。」

「君が悪いんだよ。君が素敵だからさ。」

「あたしなんて、ちっとも素敵じゃない、」と彼女は拗《す》ねたように言った。

椅子に腰を下してテーブルに置いてあった飲物に手を出しながら、私は立ったままでいる彼女にもすすめた。

「あたしお風呂にはいってから飲む。汗くさいから、」と彼女は恥ずかしそうに頼んだ。

「どうぞ。僕はさっきはいった。」

私は風呂の構造を説明し、また椅子に凭れて残りの飲物を乾した。そのうちに悪魔がこっそり耳打したので、私は立ち上って跫音を盗みながら彼女の脱いだものを纏めて持って来てしまった。バスの中から水を使う音がしていた。待っている間に窓の外でしきりに小雀《こがら》が鳴いていた。

「あら、あたしの着るもの?」と彼女が叫んだ。

「こっちにある。しかし君は何も着なくていいんだよ。」

彼女はバスタオルを身体じゅうに巻きつけて、恐る恐るこちらを見詰めた。まだ濡れている足が光って見えた。

「意地悪。あたし厭よ、明るいんだもの。」

「いいんだよ、こっちに来たまえ。」

私が近づくと、彼女は逃げるような振りをして小声で叫んだ。

「助けて下さい。悪い人があたしを摑まえます。」

「だって君は誘拐されたんだろう?」

私もまた芝居気を出して、逃げ出す彼女を追い掛け、バスタオルを剝《は》すようにして引張った。彼女は半ばタオルにしがみつき、半ば逃げようとして身体をよじらせた。私はすぐに彼女の胸に手をまわして抱き寄せようとした。

「助けて下さい。悪い人がお腹の空いた可哀そうな女の子を苛めるんです。」

「君がおとなしくしないからだよ。」

彼女は私の隙を見てさっと身を躱《かわ》すと、小さな兎のように跳ねた。私の手にはタオルだけが残り、彼女は笑いながらベッドのある方の空間に走った。しかし私はすぐにあとを追って彼女の片手を捉え、それをうしろに引くようにした。彼女は片膝を突き、前向きに身体を傾け、更に残りの片膝を床に突いた。

「ほら摑まえた。」

「負けないわ、まだ逃げてみせる。」

彼女は振り拂おうとして身を踠《もが》いていたから、私は自由な方のもう片方の手も素早く捉えて、ともども背中の方に廻してしまった。今や彼女は犠牲《いけにえ》のように膝まずき、乱れた髪を顔の前に垂らして俯いていた。捉えられた両手の中で指がぴくぴくと蠢《うごめ》いた。

「さあもう逃げられない。おとなしくなるか。」

「いや、」と彼女は駄々っ子のように叫んだ。

その上半身がしなやかに左右に搖れ、背中の皮膚は湯上りのせいか汗のせいか滑らかに光った。私は捉えた両手を肩の方に少し捩《ねじ》り上げた。腕白小僧たちと一緒に遊んでいた頃の遠い記憶がふと甦り、相手が成熟した女であるだけに異様に艶かしい快感があった。

「痛いわ。」

「降参?」

彼女は尚も暫く首を振って踠いていたが、「もうゆるして、」と小さな声で叫んだ。私が手を離すと、床の上に足を揃えて坐り、両手の手頸《てくび》を交る交るこすりながら振り向いて乱れた髪の間から私の方を睨んだ。

「ひどいわ、痛くするんだもの。」

「御免ね、痛かったかい？」

彼女はくすくす笑い、「ちっとも痛くなかった、」と言い、追い縋るように私に頼んだ。「タオルを取って頂戴。」

「君はタオルは要らないんだよ。」

「いや意地悪。だってこんなに汗掻いちゃったんだもの。」

私は落ちていたタオルを取り、ついでにテーブルの上の飲物のコップを取って彼女のところに運んだ。

「さあ立って。君はこれを飲み給え、僕が代りに拭いてあげるから。」

彼女はコップを渡されて何か言いたそうにしていたが、おとなしく立ち上った。私は彼女のうしろに立って濡れた背中を拭き始めた。

「ぬるくなっちゃった、これ、」と言って半分ほど飲んだコップを私に渡した。「あとは自分で拭きます。」

私はタオルを手に持ったまま、そのコップをテーブルの上に戻した。そして向うむきに立っている彼女に命令した。

「君はもう降参したんだから、僕の言う通りにならなきゃいけないんだよ。僕が拭いてあげるからこっちを向くんだ。」

「意地悪、苛めっ子。人権擁護委員会に提訴しちゃうから。」

「へえ、何て言うの。」

「可哀そうな女の子を、御飯も食べさせないで、裸にして苛めるんですって。」

「君はよっぽどお腹が空いたらしいね、」と私は笑い出した。

「お腹が空いてなきゃ、もっともっとあばれるんだけど。」

「さあ、可哀そうな女の子はじっとしているんだよ。手を上にあげて。」

私はタオルをあてがいながら肩から胸を拭いて行った。彼女はいやいやをするように首を振り、その度に乳房がタオルの下でやさしく揺れた。タオルが腰から腹の方へ下りて行くと、屈み込んだ私のすぐ眼のところに露《あらわ》になった乳房が私を誘うように若々しく動いた。掌を外にした両手で眼を隠していた。

「もうやめて。自分で拭くから。」

「駄目だよ。君は僕に摑まったんだろう、縛られているのと同じなんだ。だから両手を背中に廻して、じっとしているんだ。いいかい？」

「ひどい人、」と呟き、それでも彼女はおとなしく眼にあてがっていた両手を背中の方に廻して、そこで組んだらしかった。私は額や頰にこびりついている髪を拂ってやった。彼女は眼を閉じたまま心もち脣を尖らせた。

「まだ駄目だよ」と私は言って、タオルで腹から下を拭き始めた。

彼女は両脚をぴったり揃えて立っていたから、私がタオルに力を入れる度にその身体はぐらぐらした。しかし決して足を開こうとせず、柳のなびくように私の手に身を任せていた。私は両脚をざっと拭いただけで、二三歩しりぞいて彼女の全身を隈《くま》なく眺めた。

肩から腕にかけてと腿《もも》から下が日焼けしていて、そのために不断は覆われている部分は驚くほど色が白かった。その鮮かな対照の中で乳房は眩しいように盛り上り、呼吸につれてかすかに動いた。窓からの明るい光線が、たとえ彼女が足をくねらせても、腹から腿にかけての秘密の視野をすべて私の眼にさらけ出した。新しく見ることは新しく発見することであり、私が記憶を頼りに制作していた作品は、この新しい発見の前には単なる影というにすぎなかった。彼女は少し痩せたような気がしたが、細そりしていながら肉づきは豊かで、あらゆる曲線は誘惑的だった。皮膚は弾力に富み、もううっすらと汗ばみ始めていた。それは羞恥のせいだったかもしれない。彼女は声にならない呟きを洩らした。

私は前に進んで私の眼が愉しんだものを手の皮膚によって確かめた。彼女は眼を閉じ脣を嚙んで顔をのけぞらせ、振り離そうとするように上半身をよじったが、そのために乳房は一層私の掌の中に密着した。眼と手のあとに口が共犯として加わった。遂に彼女は呻き声をあげながら両手をひろげて私の方に倒れかかった。

「もうゆるして。」

彼女の両手は私の肩を抱き寄せ、その脣は私の脣を貪《むさぼ》り探った。狂気のように彼女は私に嚙みつき、今まで堪えていたあらゆる情熱を一気に迸《ほとばし》らせた。私は彼女を抱き上げてベッドに運んだ。小柄なその身体は軽やかで釣針にかかった魚のように飛び跳ねた。

恍惚というものは女の顔を別の顔に作り変えるものだ。不断の彼女は確かに美しいが、それは謂わゆる美人の美しさからは遠く、間断なく変化する表情の持つ複雑な味わいなのだ。或る時は子供っぽい恥らい、或る時は成熟した女の豊かな微笑、或る時は無邪気でやさしく、或る時は技巧的で意地悪に、或る時は感情を素直に示し、或る時は理性そのもののよそ行きの顔。しかし恍惚の瞬間に於て、彼女は決して誰にも見せたことのない、また自分でも見たことのない別の顔になる。それは歓喜と憧憬と欲望と苦痛と虚無との入り混った顔、その顔は私には最も美しいのだ。誰がこのような美しい顔を見たことがあったろう。それは恐らく死の顔なのだ。不断の彼女は生の顔を表に向けて生きているが、恍惚の瞬間に於て、隠された死の顔は彼女をまったく別のふうに生かしている。彼女はまったく別の女になる。死は彼女を征服する。

彼女が眠ってしまってから、私は彼女の寝顔を見詰めながらそういうことを考えた。眠りが一つの静的な状態としての死を表すならば、恍惚は動的に齎《もたら》された死だ。恍惚は我々が手を触れてはならなかったもの、危険と滅亡とに導くと教えられたもの、嘗てタブーであったもの、死、——その美的な表現なのだ。死は神聖であり、日常性の彼方に苦痛と不安との象徴として在った。しかしそれは本来美しいものであるべきだったし、生が未知の彼方に追い求めているものが醜いなどということは許されるべきではなかった。従って死は、瞬間的に、恍惚の中に身悶えする女の表情の中に、その隠された貌《かお》を現し、それを見た者に恐ろしい程の魂の陶酔を与えたのだ。だからこそ道徳が闇を強制して、この秘密を我々の肉眼から奪い取っていたのだ。

恍惚が彼女を襲うと、眼は閉じ合され、目蓋はふるえ、鼻孔はふくらみ、眉は皺を刻み、頬は痙攣し、口は半ば開き、歯は軋《きし》り、声は末期《まつご》の悲鳴を洩らす。それは死が彼女を捉えた時だ。どんなにその顔は美しかっただろう。それは激情の嵐に乱される髪のそよぎのように、計算によって作り上げることの出来ないものだ。生は計算するが死は計算しない。それは悲劇的なものを予感として孕《はら》みながら、突如として来る。死そのものは虚無にすぎず誰一人それを見た者はないとしても、彼女の顔は悲劇的なものを純粋に結晶させて、虚無を現前する。この世のものでない美がその象《かたち》を示す。

そして彼女は眠った。虚無は溶解し、死は彼女の身体の隅々にまで行き渡った。死は今や穏かな休息にすぎなかった。

しかしどうして已はこんなに死にこだわるのだろう、と私は考えていた。現在のような与えられた束の間の時間の中でも、私はいつも同じ問題のまわりを深淵を覗き込むようにして歩いていた。それは嘗て私の固定観念だったが、衰弱から回復したと自覚している今でも、やはり死は私を捉えて離さなかった。モツァルトでさえも死に捉えられて生きていたのだ、と私は呟いた。クラリネットの旋律が耳の中に甦った。死をその根本の形で捉えた藝術作品……。

彼女が薄すらと眼を開き、微笑した。

「あたし、眠ったわ。」

「そうのようだった。」

彼女は小さな欠伸《あくび》をし、「煙草を一本頂戴、」と頼み、指先でつまんで煙を吐いた。

「君の煙草の喫みかたは実に下手だね、」と私はからかった。

「だって殆ど喫まないんだもの。人の前では決して喫まないでしょう。古賀なんか、あたしは煙草を喫まないものと思っているわ。」

「それじゃ、いつ喫むの？」

「そうね、お風呂から出て一人きりの時なんか。裸のまんまで煙草を喫むの。お行儀が悪くて娼婦みたいな気がする。」

「驚いたね。今もそう？」

「今は娼婦じゃなくてあなたの奴隷になったみたい。」

「可愛い奴隷だ。ずうっと僕の奴隷にしておきたいな。」

「駄目よ。今だけよ。」

そう言って彼女は腹這いになって煙草の吸殻を消したが、その声は少しばかり悲しそうに響いた。しかし両肱を突いてこちらに向き直った顔は微笑を含んで明るかった。

「あたしが眠っていた間、何をなさっていた?」

「考えていた。」

「何を?」

「モツァルトのことなんか。」

彼女はすぐにどのモツァルトであるかを理解した。

「あのモツァルト素敵だったわね。ブラームスもよかったけれど。身体がずんずん引き込まれて行って死んでしまうようだった。」

「君もそう思ったの? あれは死に隣合っている音楽なんだろうな。」

私は枕の上に垂れ下っている彼女の髪をまさぐり、やがて髪ごと彼女の頭を抱いて引き寄せた。その頭は私の手を枕にして横向きになり、死のように冷たい髪が私の掌の中から溢れ出して湿った海の香りを漂わせた。腹這いのために乳房が一層豊かになった。

「あたしね、時々考えるのよ。もっと昔に生れていたらよかったろうなって。」

「昔っていつ？」

「例えば八百屋お七ね、西鶴だったかしら。ああいうふうに純粋に自分の情熱の中で生きられたらどんなにいいでしょう。」

「火焙《ひあぶ》りになっても？」

「だってそれは結果だもの。結果なんか考えないから純粋に生きられるんだわ。恋人の顔が見たさに火をつけるなんて、まったく馬鹿らしいってあたしたちならすぐに考える。近松でも、そういうふうに恋で盲になった女たちが出て来るでしょう。『曾根崎心中』とか『天の網島』とか。あたしたちは恋で盲になんかなれはしない。どうしても眼を開いて他のものを見る、見たくなくても見えてしまう。それは分別とか理性とか言ったものね。自分の恋だけを見詰めて、その恋が死に終っても悔いないなんて、とてもあたしたちには出来っこないわ。だいたい恋《こい》煩《わずら》いなんて言葉、現代語にないでしょう？」

「つまり君は、封建的な時代の方が、純粋な恋が出来たって言うんだね？」

「あたしたちはあまり自由すぎるのよ、そういう時代なのよ。だからどんなに真剣でも、いつのまにかお遊びのようになってしまう。命懸けってことがないのね。」

「しかし僕は命懸けで君が好きだと言えるよ、」と私は彼女の頭を一層自分の方に近づけながら言った。

「そんなの、おかしいわ、」と彼女は答えたが、その声に嘲るような響は少しもなかった。「あなただって、他の色んなことが頭の中にいっぱいあって、あたしのことなんか頭の中のほんのちょっとしか占めていないんだわ。いいえ、咎めて言うんじゃないのよ。でもいつか墓地のところで、意識がいっぱいになるのは御免だっておっしゃったでしょう？」

「しかし君のことで意識がいっぱいで仕事に手がつかないって言った筈だがな。」

「ええ。でもあれからお仕事は出来ているんでしょう？　個展をするってお話だったわね。」

「しかし君を愛していることに変りはないよ。」

「そうかしら。そう思っている、いいえ、そう思いたがっているだけじゃないかしら。死んでもいい程愛するなんてのは、もう昔のことよ。理性とか分別とか自由とかがなくて、自分たちの運命というものが極められていて、その中で僅かばかり反抗するっていったような時に、本当の恋ってものがあったんだと思うわ。今では崇高とか、純粋とか、命懸けとかいうのは、みんな滑稽なのよ。どんな情熱だって、ほんのお遊びにすぎないのよ。」

「しかしね、本当に愛していたら死ねる筈だよ。」

彼女は頭をのけぞらせてごろりと仰向けになり、私の手から逃れた。それからからかうように言った。

「じゃ死んで御覧なさい。でもあたしは厭よ。」

「よし、それじゃ殺してしまおう。」

私は彼女に飛びかかり、彼女は笑いながら脣を差し出した。彼女の爪が私の肩の肉に食い入った。部屋の中が少しずつ暗くなった。

私たちが食堂に行った時に、テーブルは半分ぐらい塞《ふさが》っていた。私たちは端ちかくのテーブルに座を占めた。彼女は別人のように取り澄ましていて、また驚くほど健啖だった。しかし私は彼女が先程までの、部屋の中に二人きりでいた時とは、文字通り別人になっていることにやがて気がついた。食事という日常的なものが、彼女を現実に押し戻したのかもしれなかった。

彼女は殆ど口数を利かず、食事が終ったらすぐに帰ると言い出した。

「どうしても駄目かい？　泊って行けないかい？」と私は未練がましく訊いた。

「勿論駄目よ。日帰りだって約束したんだもの、心配するわ。」

「それじゃ時間表を見に行こう。」

私たちはフロントで時間表を見、今となっては八時四分に軽井沢を出る急行しかないことを知った。タクシイを予約してから私たちはバアへ行った。バアの中は殆ど客がいなかった。

「どうしたの、急にふさぎ顔になって？　八時じゃ遅すぎる？」

「大丈夫、十二時過ぎには帰れるから。今日じゅうに帰れさえすればいいの。」

それでも彼女はまずそうにジンフィーズをちびちび飲んでいた。

「じゃどうしたんだい？　後悔してるの？」

彼女は真直に私を見詰めた。真剣な眼つきをしていた。

「いいえ、そうじゃない。でも分って。あたしにはもうこんなことは出来ない。あたし苦しむのは厭なのよ。」

「しかし……。」

「あたし夏の間ずうっと厭だった。何とか忘れることが出来たらと思った。忘れてしまって、こんな気持でなかった頃に戻れればいいと思った。心が引き裂かれるようで、とても苦しかったわ。お願いだから、あたしのことは忘れて頂戴。」

私はそっと彼女の手を取った。彼女はもう片方の明いた手を私の手に重ねた。

「どうしてなんだい？　君が決心して古賀と別れてくれれば、僕たちは……。」

「そんなことは出来ないわ。あたしは古賀を愛しているのよ、あの人と別れる理由なんて何もないのよ。」

「じゃ君は僕を愛していないって言うのかい？」

「そうじゃない。でもそこのところを分って頂戴。それだからこそあたしの心が二つに引き裂かれるんじゃないの。」

「そんなに彼がいいのかなあ？」

「だってあたしはあの人を選んだのよ。それに結婚してからずうっとあの人と一緒にいるってこともあるわ。一緒にいるってことはつまり愛してるってことじゃないかしら。愛してる証拠なんて、そういうこと以外にないんじゃないかしら？」

「だから僕と一緒にいるようになれば、もっと別の愛が生れるんじゃないか。」

「でもそれは、やってみなければ分らないでしょう。あなたと結婚したら、すぐに喧嘩するかもしれないわ。古賀の方は今までに実績ってものがあるのよ。現在の生活は幸福だし、何の不満もないし。」

私はどうやら眉を曇らせたに違いない。彼女は私の眼を覗き込むようにして言った。

「あたしは平凡な女で、古賀のような平凡な男と一緒にいるのがちょうどいいのよ。あなたみたいな人とはとても駄目よ。」

「僕だって平凡な男さ。」

「でもあなたには藝術があるわ。藝術が何でもみんな吸収してしまうのよ。あたしにはよく分らないけど、きっとそうだと思う。あたしは犠牲になるのは厭なの。」

「それは十九世紀的な藝術観だよ、」と私は強く言った。

「外国にでも行ってしまえば、あたしはきっとあなたのために骨身を惜しまず働くでしょうけどね。」

「それじゃ行こうじゃないか。」

「そんな子供みたいな。あたしたち、せいぜい軽井沢ぐらいなのよ。それだって結局はお遊びなのよ。」

彼女は手を引き、溜息を吐いた。既にタクシイが迎えに来る時間になっていた。

帰りの急行は割合に混んでいて、私たちは別々にしか席が取れなかった。漸く並んで坐れるようになっても、大して口を利かないうちに上野駅に着いてしまった。そこからタクシイに乗ったが、彼女はまだ電車があるから郊外電車のターミナルで下してくれと頼んだ。「あなたは降りないでそのまま乗って行って、」と言った。そして私の肩にそっと凭れかかり、「これでおしまいね、」と呟いた。

「そんなことはないよ、」と私は抗議した。

「いいえ、これでおしまいにして。もう会いたくないわ。」

「何を言うんだい、君は？」

彼女はひっそりと押し黙ったまま答えなかった。

「僕はどうしても君を諦めることは出来ないよ。僕は前よりももっともっと君が好きになった。」

私は運転手に聞えないように、彼女の耳許で呟いた。

「いいえ。これでおしまいにして。もう会おうとしないで。」

「厭だ。」

「あたしどんな卑劣な手段を使っても、あなたにやめてもらうわ。」

私はその言いかたの激しさにびっくりした。彼女が何を考えているのか、今日のような一日を過して来たあとだけに一層分らなかった。

タクシイがターミナルの横手に着く直前に、彼女は私の方を見て殆ど聞き取れない程の小声で囁いた。

「あたし赤ちゃんが出来たらしいの。」

私は衝撃のために口籠った。彼女は急いで附け足した。

「でもあなたじゃない。だからあたしを好きにならないで。」

次の瞬間に車が止り、ドアが開いた。彼女は私の手を素早く握り、「降りないで、」と言うとドアから滑り下りた。ちょっと片手を上げてさよならの身振りをすると、くるりと向きを変え駅の方に走って行った。車の自動ドアが、彼女の意志でしたように、再びゆっくりと閉まった。

*

彼は小さな石の墓の前に佇んでいた。そこは一廓だけ広く仕切られた墓所の中のやや小高くなった奥で、中央には先祖累代《るいだい》之墓と刻まれた古びた石碑があり、その他にも違った名前と同じ姓とを刻んだ墓が幾基も並んでいた。そしてこの一廓の他にも、遠くの海を見はるかすような形で、なだらかな斜面を平らかに整地して墓石が林立していた。仕切りには背の低い茶の木が植えられて緑の縁取をなしていた。

彼は毎年のようにこの墓の前に額ずいて、彼が約束を破って一緒に死ぬことの出来なかった恋人の霊のために祈った。いつからそんな習慣が出来てしまったのか、もう思い出せない程いつも同じ季節、それも一年中で一番寒い季節になると、下りの急行に乗って或る都市で降り、真直にこの墓地へと足を運ばせた。此所は暖かい海沿いの斜面にあって、気候は冬でもそれほど厳しくはなかった。雨の降った年もあったし、珍しく雪の積っている年もあったが、おおむね晴天に恵まれて墓地の中を歩くのは気持がよかった。

その小さな墓には既に香華《こうげ》が捧げられていた。彼女の家は土地の旧家だったし、戦後没落したとはいえ、娘の忌日を祭ることも出来ない程落ちぶれたわけではなかった。彼女の父親も健在の筈である。しかし彼はその家に顔を出そうとはしなかったし、たまたま或る年この墓地で家族らしい人たちとぶつかった時も、素早く隠れてやり過した。彼はこっそりと彼女の霊を慰めれば足りたので、彼女の家族と再び誼《よし》みを通じようとは思わなかった。彼等に対して罪を感じる必要はなかった。というのは彼と彼女との約束は二人の間だけの秘密だったし、彼がそれを破ったからといって、彼女が父親に打明けた筈もなかったから。二人がこっそり死ぬ約束をし、彼が約束の場所に行かなかった日から数日後に戦争が終った。そして彼女は病床に臥したまま、翌年の二月の初めに死んだ。彼は父親から死亡通知を貰い、彼女は死ぬ前にもう一度彼に会いたいと、なぜ訴えなかったのだろうと疑った。しかし恐らくその方がよかったのかもしれないとも考えた。その翌年の命日に彼は初めてこの小さな墓に詣でた。その日も今日のように、やはりよく晴れていた。

彼の父親はこの地方の出で、彼女の一家とは遠縁に当っていた。彼もまたこの田舎で生れ本籍もそこにあったから、この地方の中心にある都市の聯隊に入営した。そして彼は縁故を辿ってその家に遊びに行き、そこで彼女と識り合ったのだ。彼女は女学生だったが勤労奉仕で工場で働いているうちに健康をそこない、家に帰って寝たり起きたりしていた。二人の気持は急速に燃え上った。

彼は小さな墓の前に立って、それからの年月を指折り数えた。彼女の家族には罪を感じないで済むとしても、彼女に対してはいまだに罪を感じていた。たとえ毎年遠くから汽車に乗ってこの墓に詣でたところで、この罪が消えることはないと信じていた。彼女は恐らく彼を赦してくれたに違いない。彼女は人を憎むことの出来ない性質だったし、何ごとにつけて諦めることしか知らない娘だった。寧ろ彼は自分で自分を責めるために、自分の中の卑劣なものを追求するために、年に一度ずつ此所へ来たのだ。或いは自分の中で死んだものと死ななかったものとを見詰めるために。

彼女は彼に対して「あなたのような立派な人」と言った。彼は今や一人前の画家として、あの頃とは見違える程「立派な人」になっていた。既に妻もあれば子供もあり、身分もあれば分別もあった。しかし彼は二十歳の時に持っていた多くのものを、いつのまにか失ってしまった。彼が最後に浮標《ぶい》のようにしがみついていた藝術家としての使命でさえも、どれだけ達成されたというのだろうか。寧ろ衰弱の海の中に浮標もろとも沈み行きつつあるのではないだろうか。

「しかしふさちゃん、死んだ方がましだったとは言えない筈だ。いくら僕があの時死ねなかった自分を責めたところで、生きていることの中には何かしら新しい意味がある筈だ。僕は自分の卑劣さを償うために、生きる方に賭けようと思い、人に対しても生きることに賭けさせて、そして一歩一歩あるいて来た。それが今さら失敗だったと分ったとしても、もう一度昔に帰って君と一緒に死ぬことは出来ないんだから。たとえ間違ったふうに生きたとしても、その間違いの中でせめて正しい道を見つけることの他に方法がないんだからね。君だってそう思うだろう、ふさちゃん?」

小さな墓は何も答えなかった。彼は寒い風に吹かれながら墓の前に立って、遠くの方で薄氷《うすらひ》のように光っている海を眺めていた。煙草を吹かすと、それは線香の煙と同じ方向に靡《なび》いた。彼は別の女と一緒に海の見える墓地にいた時のことを思い出した。その時何を考えていたかを思い出そうとした。やり切れない程の疲れを感じた。

墓の前から空《から》の閼伽桶《あかおけ》を取り上げ、それを手に持って墓地の間の道をゆっくりと歩いて、寺の庫裏《くり》に達した。住職が遠くからのんびりした声で返事をして、廊下を踏む跫音を近づかせて暗い土間に姿を現した。寺の中は静かで他に誰もいないようだった。

「もうお参りはお済みかな。一つお茶でもあがれ。」

彼は布施を包み、急ぐからと言って辞退した。

「お急ぎとは残念じゃな。たしかあなたは昨年もお参りになった、そう言えば毎年お見受けするような気がする。まだお名前も伺っておりませんなあ。」

彼は名を言う程の縁《ゆかり》のある者ではないと答えた。僧は固執しなかった。

「本家も不幸続きで、お気の毒なことじゃ。当主も昨年亡くなられるし。」

「亡くなられた？」

「御存じなかったかな。昨年の暮に慌しく亡くなられましたわ。戦争前はこの辺の長者だったのに、お気の毒にな、一人娘が死んだあとは何の愉しみもないお人じゃったが。」

彼は黙って頷き、預けておいたスーツケースを受け取り、住職に別れを告げて歩き出した。

寺の前に待たせておいたタクシイに乗ると駅まで行き、そこで下りの急行に乗り継いで暗い思い出のある地方から逃れ去った。

＊

「久しぶりだね。昔とちっとも変らないね、」と言いながら彼は眩しそうに彼女を見詰めた。

「ほんとにお久しぶり。御元気そうね。」

彼女はにっこりほほえみ、テーブルからストローを手に取った。しかしそれを玩具にしているだけで飲物に手をつけようとしなかった。

「今日はどういう風の吹きまわしだい？　御主人とはうまく行っているの？」

「勿論うまく行ってるわ。でもね、あたし少し気がくしゃくしゃすることがあるの。だからあなたと遊ぼうと思って。」

「おやおや。そんなことをして彼に叱られないかい？」

「そうね、ばれたら叱られるかな。」

彼女は悪戯をした子供のように舌を出した。それから漸くストローを飲物に入れて一口啜った。ストローに口紅の痕がかすかについた。彼はそれをじっと見ていた。

「君は結婚する前とちっとも変らないね。ちっとは年を取ったかい?」

「勿論よ。これで苦労をしてるのよ、あなたには分らないだろうけれど。」

「へえ。しかし僕と遊ぶなんて危険じゃないか。僕はまだ君のことが忘れられないんだから。」

彼女は吹き出した。

「悠長な人ね。そんなの今頃はやらないわ。あなたは安全よ、安全だから遊ぶのにちょうどいいのよ。」

「どうして分る?」

「どうしてって、あなたはお上品だし、臆病だし、潔癖だし、それにプラトニックでしょう。あなたの方でイニシアティヴを取るってことがないから安全なのよ。」

「そうかなあ。」

彼は考え込むような顔で下を向くと、飲物の残りを一息に飲み乾した。彼女はにこにこして相手を眺めていた。昔もやはり彼は煮え切らない様子のまま、それでも言いなりに彼女の遊び相手をつとめていた。二人は気軽に何処へでも出掛けて行った。そして彼は少し物足りないくらい危険を感じさせない青年だった。

「君のそのくしゃくしゃすることって何だい?」と彼が訊いた。

「何でもないのよ、あなたには関係のないこと。」

彼女はちょっと眉の間に皺を寄せ、それから溜息まじりに呟いた。

「あたしって悪い女なのかなあ、こうしてあなたと遊んだりなんかして。」

「君はもともと悪いよ。僕を振って他の人と結婚したんだからな。」

「そんなこと言うもんじゃないわ。それにもう時効よ。さあ、とにかく遊ぶことにきめたんだから、思い切って遊ぼう。」

彼女はいつのまにかストローを指の間で小さく千切ってしまっていた。

「いいとも、附き合うよ。で、何をする?」

「そこらで御飯を食べて、ボーリングでもしようか。それからバアに行こう。」

「よし、行こう。」と嬉しそうに同意すると、彼は勢いよく立ち上った。

軽井沢から帰って私は一種の明暗錯綜する感情に捉えられた。私は前よりも一層強く安見子に惹かれ、一日たりとも彼女に会わないではいられない気持だったが、その反面彼女はもう決して私の前に現れないのではないか、「どんな卑劣な手段を使っても、」と言ったのは彼女が私から離れようとする真剣な決意を示したものではなかったか、という不吉なものをも感じていた。また実際に彼女から電話がかかって来るわけでも、手紙が来るわけでもなかったから、勿論彼女に会うことは出来なかった。別れ際の彼女の様子を思い出すだけでも、私にはとうてい彼女に電話を掛ける勇気はなかった。従って私は毎日でも会っていたい程の気持にも拘らず、完全に絶縁した状態の中で暮していたのだ。考えれば私はもう四十歳で、こういうのぼせかたは二十歳《はたち》の昔ならふさわしかったろうが、現在の私にはそぐわないものだった。

それに彼女が別れ際に言ったあの驚くべき告白があった。私は軽井沢に行く前の電話の中で、そのことは彼女が打消したものと思っていたし、彼女に会っていた間も、少しもその徴候には気がつかなかった。ひょっとしたら、私の熱を醒ますための嘘かもしれないとも考えた。しかしもしもそのことが本当だとすれば、そして私の子でないことが確かだとすれば、彼女が私とはもう会いたくない、好きにならないでくれと頼んだとしても、それは無理もないことだったに違いない。その場合私にとって、我々にとって、もう希望というものはまったくないようだった。万一彼女が子供は要らないという決意に達するのでなければ。

私はこの事実の前に（それが事実だと仮定して）思い悩んだ。そして私としては、たとえ彼女が古賀の子供を産もうとも、それは私が彼女と結婚したい気持の障害をなすとは思えないという結論を得た。ただ、古賀は何と言うだろうか。彼等二人の間に別れるべき理由がまったくない時に、更に子供という絆まで生じたならば離婚は想像も出来ないほど困難になるだろう。一体彼女はそんなに古賀を愛しているのだろうか。一度選んだことに対してそれ程の責任を感じなければならないのだろうか。

しかしどのような論理も、向うには彼等の家庭という現実の重みがあり、もう片方には私の愛という、そして彼女の愛という、共に眼に見えぬ分銅をしか載せていない以上、秤《はかり》が自《おのずか》ら向うに傾くのをとどめることは出来なかった。私は日ましに憂鬱になり、その憂鬱の度合だけ個展の仕事に熱中した。

それは傍目《はため》には矛盾したことに映るかもしれない。画家というものは習い覚えたメチエがあるから、心理的な障害があっても仕事は出来るし、こういう状況の中では一層よく仕事に精が出せるのだ。勿論個展の日時や会場が既に極まっていた以上、今さら怠けることは出来なかったし、個展の時に彼女に会えるというのが今や私の唯一の希望だったから、それを目安にせっせと作品の数をふやして行ったということはある。しかし私は暗澹《あんたん》たる気分の中でカンヴァスに向っていた。出来上った作品はいずれも死をその内部に蔵していた。

それでも夜になって気持の落ちつかない時には、私は不意に決心して街に出て行った。私は彼女と別れた郊外電車のターミナルの附近をうろつき、例の喫茶店などで休んだ。しかし一番可能性があるのは古賀と落ち合ったアナスターシャというバアである。そこに行くことは古賀にぶつかるかもしれず、ましてや安見子と一緒に古賀がいたのではたまったものでないという気もした。しかし殺人者が犯行の現場に立ち戻るように、結局私は彼女の顔を一目見たい誘惑に負けてしまった。バアの中は賑やかだったが、古賀も安見子もいなかった。ホステスが目ざとく私を認めた。

「お珍しいのね、お一人ですの?」

「うん、一人。ハイボールをくれ給え。」

私はカウンターに凭れて、味のないハイボールを飲んだ。ホステスが私の隣の棲り木《とまぎ》に腰を下したので、私は彼女に奢ってやり、ありふれた話をした。そして何げなく訊いた。

「古賀は近頃来ないかい?」

「古賀先生? そう、このところお見かけしないようですわ。その代り、……こんなこと言っちゃ悪いかしら、先生は古賀先生のお友達でしょう?」

「友達は友達だが、そんなに秘密を要することかい?」

「そうなんですの。言っちゃおうか。」

「言っちゃいなさい。何だい?」

ホステスは媚《こび》のある眼で私を見、ちょっと声を潜ませた。

「古賀先生はお出でじゃないけど、あの若い奥さんは二度も見えたわ。」

私の声も自然に低くなった。

「へえ一人で来たの?」

「いいえ、それが一人じゃないんです。二度とも若いハンサムな男性と一緒。とても仲がいいようで、奥さんだいぶ酔ってたようだった。ね、驚いたでしょう?」

「驚いたね。」

私は確かに驚いたが、驚くことに少し馴れて来たせいもあってホステスに気取られることはなかった。古賀の馴染のバアに他の男と一緒に来たというのは、その男が古賀の公認の友人だということになるのか。それとも彼女が古賀に当てつけるために、そしてひょっとしたら私にも当てつけるために、わざわざ仕組んだことなのか。私はその間の事情をあれこれ臆測しながら、口ではホステスと取りとめのない会話を交していた。私はハイボールを二杯飲んだだけでそのバアを引き上げた。

アトリエに戻ると、私はその「若いハンサムな男性」に対して、棘のように突き刺さったまま抜けない嫉妬を覚え始めた。どこの誰とも知れない男が不意に現れたことは、一体何を意味するのだろう。安見子がそんな軽薄な女だとは思いたくなかった。会いさえすれば分ることだ、と私は考えた。

私は個展の通知を古賀信介に送り、ぜひ見に来てくれと一筆書き添えた。「奥さんも一緒に」と附け足すことを忘れなかった。そのあとでまた別に、同じ案内状を安見子あてにも出した。文言は入れなかったが、それだけで意味が通じるだろうと思った。個展の会期の間に彼女が一人で来てくれることを、私は祈るように願っていたのである。

*

個展は或る大きな画廊で一週間ほど開かれた。自分で言うのもおかしいがそれはかなりの成功だった。成功というのは、批評がいいとか絵が売れたとかいう以上に、私の藝術の途上に於て恐らくは重要な里程標を示していたからである。

私は二年ほど前にも或る百貨店で個展を開いたことがある。その時は自分でもはっきり分るほど衰弱のただ中にいて、個展は心機一転を目指す手段でもあったが、陳列された作品は旧作が多くてまるで回顧展の趣きがあった。そして私はまだ回顧する程の画歴があるわけではなかったから、徒らに抽象と具象との間で悪足掻《わるあが》きをしている醜態を曝《さら》したにとどまった。私の心理的な症状はその時から一層悪化したような気がする。

しかし今度の個展は初めから意図の違ったものだった。この春以来の新作だけを集め、絵の種類も「構図」と「室内」と「風景」と、それに少しばかりの「裸婦」とに限られていた。それは澁太吉の新面目を示すための実験的な試みであると自認できるもので、批評家もその点を認めてくれたようである。新緑の頃に私が出版記念会に顔を出した（そしてそこで古賀信介と何年かぶりに再会した）時の主賓だった美術評論家は、馴々しく私の手を握ってこう言った。

「澁さん、よいお仕事をなさいましたね。失礼ですが、こんな新機軸を出されるとは思いませんでしたよ。これは画壇に対する挑戦みたいなものだ。何と言っても裸婦がいいですね。具象だけやっている連中なんか、これを見たら眼を丸くしますよ。菱沼五郎も近いうちに個展をやるらしいが、きっと敵愾心《てきがいしん》を燃やすでしょうね。」

私は話半分に聞いていたが、自分の自信を裏づけられたようで悪い気持はしなかった。人間は誰しも自惚《うぬぼれ》なものだ。木本良作でさえも、「やっぱり先生は先生だけのことはある、」と言った。そして「先生が裸婦を描くとは実のところ思いませんでしたね、」とも言ったが、そこには格別批難するような語気はなかった。しかし木本の批評を聞いているうちに、私は彼が抽象以外の作品を先天的に認めようとしないことに、たとえ私がどんな境地を拓いても、具象の方へ歩み寄っている限りは不満であることに、勘づいた。私は木本良作が、私から、そして抽象美術協会から、離れて行くであろうような印象を受け取った。

私は毎日会場に詰めていたが、肝心の安見子はなかなか現れなかった。私の新しい仕事が成功だったとしたら、それは一にも二にも彼女によって霊感を与えられたためであり、私が見せたい相手も彼女がその筆頭だった。これだけの量の作品が一人の女性を識ったことによって、ひたすらその女性のために、描かれたのであると分れば、どんな頑なな心を持つ女性でも、描き手の愛を認めないわけにはいかないだろう。そう私は考えた。私が私の愛を証明するためには、これ以上の方法はないように思われた。彼女はこれらの作品のモデルを知り、原型をなす風景を知り、そのプロセスを知り、また作者の心をも知っているのだ。私が最も知らせたかったのは、愛に飢えている作者の暗い内部風景だった。

客は多かった。旗岡浪子が弓子と共に現れた時も、私は知人と立ち話をしていて彼女等の存在に暫くは気がつかなかった。二人は私に挨拶もせずに、真直に壁の前に行って絵を見始めたらしい。私はもともと弓子が私の作品を批評するのは嫌いだったから、というのは彼女はしばしば藝術とはまったく無関係なことを口走って私を苛々《いらいら》させたせいだが、個展なぞに顔を出されるのは好きでなかった。それに別居中の妻に案内状を出すこともないので、確か弓子には報せが行かなかった筈だ。とすればこれは旗岡浪子が引張って来たものに違いない。その御本人は連れから離れると、笑顔を見せて私の方に近づいた。

「おめでとう、澁さん。あなた随分仕事をしたのね。」

「多少はね。掛けませんか。」

私は片隅にある長椅子に旗岡浪子を誘った。弓子はこちらに背を向けてゆっくりと絵から絵へと歩いていた。旗岡浪子は早口の低い声で喋った。

「弓子さんと別れたらこれだけ仕事が出来るようになったというのじゃ、彼女ひがむわよ。」

「どうして弓子を連れて来たんです？　あいつは絵は分らないんだ。」

「まさか。それに誘わないわけにはいかないわ。大体あなたは弓子さんに案内を出さなかったの？」

「出しませんよ、沽券《こけん》にかかわるからな。」

「子供みたいね。それじゃいよいよ決心したのね？」

それは重大な問題で、客がひっそりと絵を見ている画廊の中なんかで論議すべきことではなかった。旗岡浪子は短兵急なあまりに不謹慎なところがあると私は考えた。

「そういう話はいずれにしましょう。此所じゃ困る。」

旗岡浪子は疑わしげな眼つきで私を見た。

「いずれったって、あなたちっとも来ないじゃないの。」

「忙しかったんですよ、個展の準備で。いずれ近いうちに。」

「澁さん、あなた珍しく訊こうとしないけれど、弓子さんのあのこと？」

彼女は一層声を潜ませ、私は弓子の後ろ姿を眼で追いながら、少しずつ不機嫌になって行った。

「大丈夫なんでしょう？」

「いやに関心がなくなったわね。勿論大丈夫よ、ああして元気にしているものね。でも彼女、もう気持が折れて来たんじゃないかしら。里心がついて来たよう、お酒も飲まないし。」

「勝手に里心がつかれちゃ困るな。菱沼とはどうなっているんです？」

「菱沼さんとは何でもないでしょう。」

「何でもある筈じゃなかったのかな。」

「まさか。あなた急に嫉《や》き出したの？」

「嫉きはしない。弓子にとっての心理的障害として、これは大事な問題なんだ。しかしよしましょう。もうこっちに来ますよ。」

弓子は絵を見終り、あたりを見まわしてから私どもが一緒にいるのに気がついた。ゆっくりとこちらに歩いて来た。

「お久しぶり、」と他人のような口を利いた。

「元気そうで何よりだね。」

弓子は横の椅子に腰を下し、「太平ちゃんはどうしてます、」と尋ねた。

「あいつますます腕白だ。」

「すっかりおばあちゃん子になったでしょう？」

「そうでもない。なかなか独立心のある子だよ。」

弓子の気持は分ったが、遊びにお出でとは言いにくかったし、連れて行こうとも言いにくかった。

「その辺に出てお茶でも飲まない？」と旗岡浪子が口を入れた。「此所に詰めてばかりいなくてもいいんでしょう？」

私は曖昧な返事をした。

「誰が来るか分らないものだからね。こうして番をしているのも楽じゃない。君たちは暇そうだなあ。」

「忙しいのよ、」と素早く言って弓子が友達の顔を見た。「寸暇を割いて勉強に来たのよ、ねえ浪子さん？」

「勉強はよかったわね、」と浪子が笑った。

その言いかたには、弓子と私とが持っていた家庭生活に於ての彼女の態度が、自然に滲み出ていた。私はほろ苦いものを感じた。弓子は結婚してから暫くの間はごく素直だった。結婚する前にはもっと素直だった。私のような頑固な人間と一緒に暮していた間に、彼女は持前の素直なところを徐々に失って行ったのだ。私は彼女にいつももっと勉強しろと言い、彼女は彼女でもっと勉強しなくちゃと口癖のように言っていた。大して昔のことではない。

私は煙草をくゆらせ、二人の女は立ち上った。

「わたしたち、もう行くわ、」と弓子が言った。

「いつかお店に寄って頂戴、」と旗岡浪子が咎めるような眼つきで私に念を押した。私は画廊の外まで二人を見送った。

確かに私はそっけなかったし、もう少し何とか話のしかたもあったろうとも考えた。しかし今さら弓子の御機嫌を取って何になるのか。私は一日も早く弓子と正式に離婚して、別の女性と結婚したいと希望しているのだ。ただその希望が夢のように手應えがないために、弓子とのことも荏苒《じんぜん》と日を送る結果になっているだけだ。いくら弓子がしおらしげなところを見せたからといって、私の心がゆらぐ筈もなかった。

次の日の午後遅くなってから、古賀夫妻が画廊に来た。古賀信介のうしろに和服姿の安見子の姿を認めた時に、私は息の詰るような歓喜を覚えた。彼女はよそ行きの微笑を浮べて、つつましく亭主のうしろに立っていた。

「早く見たいと思ったが、なかなか時間があかなくてね。凄く評判がいいらしいじゃないか、」と古賀が周囲に眼を向けながら言った。

「まあ何とか。ゆっくり見てくれ給え。」

安見子はちょっと私に会釈しただけで、先に壁の方に歩いて行った。私は二人が順に絵を見て行くのを隅の椅子から見守っていた。古賀が彼女に何やら説明し、彼女がそれに頷き返すのを、奇妙に腹立たしく感じていた。私の方がよほど上手に説明することが出来る筈だ、それなのに私はテーブルに置かれた花瓶のように身動きもせず此所にいる。せっかく安見子が来たというのに、古賀が一緒ではどうにもならない。

しかし安見子は私の気持を察したのかどうか途中から、少しずつ足を早めて古賀を後に残した。古賀の方は丹念に一点ずつ鑑賞していた。陳列されている絵の数は少くなかったから彼女がひと当り見終るには時間がかかったが、彼女は最後の壁のところから真直に私のいる椅子の方へ歩いて来た。私は長椅子をすすめ、小声でささやいた。

「どうして一人で来てくれなかったんです？」

「そんなの無理よ。古賀が一緒に行こうって誘ったんですもの。」

「じゃ明日でも一人でいらっしゃい。」

「駄目よ。それに此所じゃ誰に会うか分らないし。」

彼女は浅く椅子に腰を下して、気遣わしげに夫の方を見ていた。

「絵はどうでした?」

「素敵ですわ。本当に絵描きさんていいわねえ。御自分の心の中をああやって表現できるんだもの。」

「僕の心の中が、絵を見て分りますか。」

「それは分ります。でも……。」

多分彼女が理解してくれるだろうと私が望んでいたように、彼女がすぐさま理解してくれたことを私は知った。不意に画廊の中に彼女と私としかいないような錯覚が襲った。しかし彼女の次の言葉は私を脅《おびや》かすに充分だった。

「……でも藝術家って何でも御自分のためなのね。」

「え?」と私は問い返した。

「みんな材料なんですわ。みんな御自分の中に取り込んでしまうんですわ。」

彼女は私から眼をそらし、周囲の壁面を埋めた作品の方に眼を滑らせた。その中には抽象的な裸体として示された「彼女」の裸体も含まれていた。

「それはあなたの誤解だ、」と私は大急ぎで弁解した。「明日会いましょう。明日また来て下さい。」

「駄目よ、そんなの。」

「でも待っていますよ。」

古賀がゆっくりと戻って来た。

「何だ、もう見ちゃったのか、」と彼女に言いながら腰を下した。「いい絵が沢山あるね。すっかり気に入ったよ。」

「よかったら君に上げよう。実は自分でも気に入ったのには札を貼っておいたから。しかしそれ以外でも構わない、君がいいと思うのを選び給え。」

「本当かい？　馬鹿に気前がいいんだな。」

古賀は嬉しそうな声を出して立ち上った。

「奥さんもどうですか、」と私は彼女に呼び掛けた。

私たちは壁の前を歩きながら、私が特に自信のあるのをあれこれと指で差し、古賀は決心のつかない顔でためつすがめつしていた。

「あまり大きいんじゃ、僕等みたいな狭い家には向かないからな。うんそれもいいなあ、安見、どっちがいいだろう？」

「男らしくなさいな。絵には通《つう》だって、いつも威張っているくせに。」

「こうなると難しい。」

古賀が首を捻ってばかりいるので、私は彼女に意見を訊いた。

「奥さんならどれにします？」

「あたしならこれ。」

彼女が無造作に指し示したのは、左浦の入江を見下す丘の上で私が彼女と話しながらスケッチしていたのを作品に纏めたもので、ちょっと素人受けのするような小品だった。それを彼女が選んだことは、明かに私との出会いの思い出を大切にしている証拠とも思われた。

「よし、じゃそれに極めた、」と古賀が言った。

「君も自主性がないね、」と私は笑った。

「安見の直観はこれでなかなか正確なんだ、」と古賀は甘い顔をして細君の方を振り返った。

「もう少しましな額縁に取り換えてから、君のところに運ぼう。」

「うん、ありがとう。一度家へも来てもらわなくちゃな。安見が御馳走するよ。」

私たちはまた長椅子のある片隅に戻った。彼女は如何にも取り澄ました表情で、あたりを見ていた。決して私の方を見ようとはしなかった。

「それじゃ君は忙しいんだろうから、僕等はこれで失礼する。何だか絵をねだりに来たみたいで悪かったね。」

「そんなことはないさ。よく来てくれた。」

私は安見子ともう一言《ひとこと》でも話をしたかったが、とてもその機会はありそうになかった。一緒に画廊の外に出てお茶を飲もうと誘うのも、どうも気が進まなかった。私たちは入口で別れた。安見子はにっこりほほえんだが、その微笑が儀礼的なものか親密な性質のものか、私には区別がつかなかった。

古賀夫妻が立ち去るのと殆ど入れ違いに、見覚えのある顔が連れらしい若い男二人を従えて入口からはいって来た。私は椅子に凭れてぼんやりしていたが、すぐさま活潑に立ち上った。

「菱沼じゃないか。珍しいな。」

「やあ御無沙汰していて済まないね。この春帰って来たんだが、掛け違ってなかなか会えなかった。」

「この前は、……パリで会って以来だね。」

「そうだ。もう三年になるかな。」

菱沼五郎はパリ仕立のりゅうとした形《なり》をしていて、画家のようには見えなかった。といって、それなら他のどんな職業の人間に見えるかと言われても困る。恐らく菱沼は生れながらの藝術家であり、子供の頃から画家以外の何ものでもなかったのだろう。年は私とほぼ同じ筈だが、遙かに貫禄があり、自信が身体じゅうに漲《みなぎ》っている感じだった。彼は二人の連れを紹介しようとしなかったが、恐らく眼中になかったに違いない。

「見せてもらうよ、」と言って、彼はずんずん壁の方に歩いて行った。

菱沼が絵を見て歩いている後ろ姿を、私は一種の不安を抱いて椅子に掛けたまま見守っていた。彼は専門的な見かたをしていた。或る種のパターンに嵌《はま》った絵の前は一定のリズムに従って通り過ぎる、しかし自分に興味のある絵、或いは何等かの意欲的な、実験的な作品の前まで来ると、ぴたりとその足が止る。それは気味が悪いほど私の予想と一致していた。私が自分でもこれはと思っていた作品の前では、彼は必ず足をとめて動かなくなった。

菱沼五郎と私とは美術学校の同窓だったが、必ずしも親友というのではなかった。菱沼は愛想の悪い奴で、誰とも孤立していて、月並な関係以上に彼と友達附合をする相手があったとは思われない。卒業後いつのまにか私とはライヴァルのように見られていたから、私たちは外側から引き離されてしまったとも言える。しかし私は常に彼の仕事を尊敬していた。彼は昔から抽象の牙城を守って、パリで悪戦苦闘した結果、国際的にも認められ始めていた。私はいつでも彼を人間よりは画家として認めていたから、謂わば絵を描く機械のように彼を見ていたのかもしれない。それが弓子というものを間に置いて彼を問題にしなければならないような場合でも、つい彼を血の通った人間とは見ない癖がついてしまったのかもしれない。つまり菱沼五郎は天才的な絵を描くロボットだと、私は初めから信じていた。だから弓子のことでも殆ど嫉妬を覚えたことはなかった。そして心の片隅で、藝術家というものはああいうふうでなければ大成しないのだという気持も、かすかにあった。ただ私は、そういう藝術家になるのは真平だった。私は、死に損いであるとはいえ、まず人間になりたかった。

絵を見終ると、彼は脇目も振らずに私の許に来た。周囲の何物も彼の眼には映っていないように、瞬《まばた》ぎもせずに私を見詰めて言った。

「澁君、君の仕事は尊敬に値するものだ。僕は敬服した。ただ君は自分の中の疲労を、倦怠をと言った方がいいかな、技術の点で乗り越えようとする代りに、外側の要因によって、facteur extérieur《ファクトウール・エクステリユール》だな、それで乗り越えようとしている。だから君はnu《ニユ》を描いたのだろうね。僕はそれが間違っているとは言わない。君のnu《ニユ》は驚くほどのsensualité《サンシユアリテ》を持っている。しかしアブストラクトの画家は、自己の内部にある要因によって疲労を乗り越えるべきなんだ。僕も覚えがあるが、我々はしょっちゅう行き詰る。パリなんかで行き詰ってしまうと、廻りじゅう絵描きだらけだから、それを乗り越えることは並大抵の苦労じゃない。それでも前進するための道はいつでも内部の泉にあるのだ。そのためには、ペシミズムというものは藝術家を毒するんだと僕は思うね。君の作品の暗さは君の独自のもので、どんなに君の色彩感覚がすぐれていてもincontestablement《アンコンテスタブルマン》に出て来てしまう。それは君の本質なんだな。その本質は絶対に

exterieur《エクステリユール》なもので消されてはならないものだよ。」

私は菱沼の翻訳的な喋りかたには少々辟易《へきえき》した。しかし意のあるところはよく分った。

「つまりどうすればいいのかね?」

彼はフランス人のジェスチュアで両手をひろげて肩を竦《すく》めた。

「僕の色彩は明るすぎるかね?」

「いや、そうは思わない。しかし君の本質とは似つかわしくないような部分もあるな。」

「性格の暗さが作品の上でも暗くなるとは限らないさ。」

菱沼五郎は何かを考え込んだような顔で頷いた。

「では今日はこれで失礼する。また会おう。来月は僕も個展をやるから見に来てくれ。」

「ああ行くとも。で、君はいつパリへ帰るんだ?」

「個展が終り次第、ニューヨークへ立つ。そこでも個展をやらなくちゃならないんで、少し作品をこっちで描いていた。それじゃ。」

彼は握手をすると、さっさと出て行った。連れらしい二人の若い男は磁石に吸いつけられた二枚の鉄片のようにそのあとに従った。

あいつは僕を誤解したな、と私は考えた。弓子のことは話題に出なかった。しかし彼は暗に私の生活を批難し、私が自分の本質を見忘れて外部の要因に頼りすぎているようなことを言った。しかし実際はそうではないのだ。外部の要因は私が苦しまぎれに求めたものではなく、私の内部と一致し、私の成熟を促しているのだ。そして私は今や彼と同じ地盤に立っていることに気がついていた。――自由というこの地盤の上に。

*

「藝術家は何よりもまず自由でなくちゃならないんだ、あらゆる束縛から脱却しなければならないんだ、」と友人は言った。

二人はリュクサンブール公園に近いカフェのテラスで、テーブルを囲んでいた。そのテラスは道路に張り出していて、涼しげな街路樹の葉蔭がテーブルの上に緑と白との模様をつくり、二つのコップと水差とをも同じ色に染め上げた。

「何だい、それは皮肉かい?」と彼は訊いた。外国語を使うのにはくたびれていたから、久しぶりに会った友人と母国語で喋るのは愉しかった。しかし会話はまるで愉しくない方向に進行した。

「君は彼女と結婚したんだってね?」

「ああ。君がフランスに来てから暫くあとだった。」

「お目出とうと言うべきなんだろうな、」と友人はゆっくり考えるように一言ずつ区切って口を利いた。「彼女のためには大変よかった。僕は彼女にも、君と結婚しろってすすめたんだ。しかし君のためにいいかどうか、実はそこまでは考えなかった。お子さんは？」

「一人ある。」

「そうか。しあわせなんだろうな。」

「さあどうだろう。まあ平凡な家庭って言うんだろう。」

彼は憮然としてペルノを一口啜《すす》った。結婚してからもう幾年も経っていたが、特に幸福だと思ったことは殆どなかった。しかし友人にそれを告白する気にはならなかった。

「君はどうしているんだ？」と反対に訊いてみた。

「僕は相変らずの独身だ。週に二回掃除の小母さんが来る。定期的に女と会う。それだけだ。不自由ではあるが自由だ。日本語てのは面白いな。不自由の中に自由があるんだ。世話好きの女が押し掛けて来ることもあるし、つい情にほだされそうな時もある。しかし外国にいるというのは何と言っても強味だよ。結婚にまではなかなか至らない。」

「それは君の主義というわけか。」

「そう言えるかもしれんな。僕の考えでは、藝術家は結婚してはならないのだ。ミューズは嫉妬深いし、細君というのはもっと嫉妬深い。それに藝術家の生活は仕事が優先しなければならん。家庭の幸福なんてものは、しばしば仕事と両立しないんだ。と言って、不幸だったら一層仕事と両立しない。どっちにしたって独身の方が安全だよ。」

彼は相手の話に頷きながらペルノを啜っていた。通りを歩いている外国人たちを、彼等の何パーセントが結婚しているだろうかなどと考えていた。

「女は結婚した方がしあわせだ。ところが男はそうじゃないようだな。大体僕の見るところでは、女は一つところに落ちつきたがる性質だ、ところが男はいつでも何処かへ行きたがるのだ。一緒にいられる筈がないじゃないか。」

友人は声をあげて笑い、彼もそれに和した。確かにそうに違いない。彼は現にこうしてパリに逃げて来ているし、彼女の方はじっと家を守っているだろう。しかしこんなところで、友人から馬鹿にされるのは面白くなかった。

「しかし君、両立させることが出来たら、その方がいい仕事が出来る筈だよ。成熟するためには家庭生活というのはやはり大事だと思うな。」

「成熟か、」と友人は言った。「僕等は成熟などというものを目安にしてはならないんだ。寧ろ一歩一歩破壊して歩くべきなのだ。君、エゴイストになれなくちゃ駄目だよ。藝術家というのはエゴイストでない限りやって行けないメチエだよ。」

友人はのんきそうに煙草を吹かしていた。そして彼は、多分そうだろう、だが己はそうはいかないんだ、己は彼女に対して責任があるんだから、と思い続けていた。

＊

送迎デッキには春らしい砂埃を含んだ風が吹いていて、海の方は一面にぼんやりと霞んでいた。ひっきりなしに爆音が聞えていて、それにデッキを歩き廻っている人たちの話し声や子供の笑い声などが混った。彼女は何も見えない遠い空の方をぼんやりと見上げていた。

「ねえジェット機まだかい？　僕もうプロペラの飛行機は飽きちゃったよ、」と子供が言った。

「だってあんなに見たがってたんでしょう？　プロペラのだって面白いじゃないの。」

「それはそうさ。でもやっぱりジェットを見たいよ、せっかく来たんだもん。」

「大丈夫よ。もうすぐ着く筈だから。」

彼女は励ますように子供に言い、また空の方を見上げた。時間は知っているが定刻に着くものかどうか。それにどの方向の空から現れるのかも知らなかった。子供は国内機の着陸する光景を嬉しそうに叫びながら見ていたが、地面に動かなくなってしまった飛行機にはあまり興味がないらしかった。「プラモデルと同じじゃないか、」と言って彼女を笑わせた。声をあげて笑ったのは久しぶりだったし、子供がはしゃぐのを見ているのは愉しかったが、しかし彼女の心はややもすれば別の方に逸《そ》れて行った。子供と同じように、彼女もまたジェット機の着くのを待ちかねていた。

空に浮んだ黒点に最初に気がついたのは彼女の方だった。それは見る見るうちに姿を大きくし、着陸の態勢にはいった。

「来たわよ、」と彼女は子供に呼び掛けた。

デッキにいた人たちも、やがて手摺《てすり》の近くに集り、首を起して憑かれたように銀色に輝く機体を見詰めた。爆音はずっとあとになってからでなくては聞えなかったが、ジェット機は遠くから身を構えると、獲物を狙う猛禽のように軽々と滑走路の端に舞い下り、長く長く走っていた。

「凄いねえ、」と子供が叫んだ。

彼女もまた子供に負けないくらい熱心に近づいて来るものの姿を見守っていた。彼女は三年前にもこの飛行場に来たことがある。しかしその時は空港の建物の中にいたし、時刻は夜だった。その上他の出迎え客と一緒で子供は連れて来なかった。その時は今のように期待に胸を締めつけられて、遠い国から飛んで来る人工の渡り鳥を待っていたわけではなかった。謂わば日常の一些事《さじ》にすぎなかった。しかし今は奇妙に胸をときめかせて、スピイドを次第にゆるめた大型の旅客機が誘導路の方にコースを転じ、やがてゆっくりと止るのを見詰めていた。タラップが取りつけられ、ドアが開き、乗客が次々に現れた。

「大きいんだねえ。止ってもプロペラ機よりずっと素敵だね。」

子供は彼女の手をしっかり握ったまま、何やらぶつぶつと感心していた。しかし彼女は子供が何を言っているのかも、また握った手がすっかり汗ばんでしまったのも、気がつかなかった。彼女はタラップを踏んで下りて来る乗客たちを、一人一人細心の注意を籠めて眺めていた。或る人はそこで手を振っていた。帽子を振りまわすのもいた。しかし彼は（遂に彼女は遠目にその面影を認めたが）何の身振りもせず、足早にすたすたと建物の方へ歩み寄って来た。その姿は直に見えなくなった。

「さあもう帰りましょう、」と彼女は子供に言った。

「もう帰るの？」

「だってジェット機も見たでしょう、もういいわよ。どこかで晩御飯を食べさせてあげるわ。」

「もっと見ていたいけどな。」

「あんまり遅くなるとおばあちゃんに叱られるわ。」

「それじゃ、またモノレールに乗るかい？」

「ええ乗せてあげるわよ。」

ひょっとしたら、建物の外で彼と偶然に会えるかもしれない、と彼女は考えた。しかし出迎えの人たちもいるだろうし、誰か知った顔に見咎められる恐れもないわけではない。それにもうこれだけで充分なのだ。わたしはお別れの時に手を振ってさよならを言った。それから十年経ってこっそり出迎えに行き、お帰りなさいと言った。その上わたしが何を望めるというのだろう。

嬉しそうにぺちゃくちゃ喋る子供に手を引張られて、彼女は時々頷き返しながら春の日射《ひざし》の中を歩いて行った。

山門の前の広場には相変らず鳩が群がっていて、餌をやっている人たちのまわりを恐れげもなく歩き廻っていたが、山門をくぐると境内には人けもなく、高い石段が遠くの方で強い日射に白っぽく輝いて見えた。私たちはその方に向って、ゆっくりと歩いて行った。石段の右手に子供の遊び場があり、この前と同じように母親たちの見守る中で幼児《おさなご》たちが戯れていたし、その背後の富士山には人影も見えなかったが、彼女は黙ったまま真直に石段を昇り始めた。左右の勾配の躑躅《つつじ》の植込は今はただ緑の一色で、紅葉した蔦《つた》の類がその間に混っていた。

「秋めいて来ましたね、」と私は言った。

「あんなに綺麗だったのに、まるで嘘のよう。」

彼女はそれだけ言うと、さっさと石段を昇って行った。私の手につかまろうともせず、かなり長い石段を一息に駆け上った。私は取り残されて、一種の悦びを嚙みしめながら一歩一歩そのあとを追った。彼女のスカートが翻《ひるがえ》り、細い脚が次第に遠ざかった。石段の頂上に達すると、彼女はこちらを向いて男の子のような口調で、「おそいぞう、」と怒鳴った。

それまでの安見子はまるで借りて来た猫のようにおとなしかった。私は彼女が言い残した言葉もあり、もう一度一人だけで彼女が画廊に来てくれるものとは、殆ど期待していなかった。しかし彼女は、どこの他人かという顔つきで画廊の入口から一人ではいって来た。私はさりげなく受附をしている女の子に、「暫く外出する、」と言い残し、擦れ違いざま彼女に眼で合図をして外に出た。彼女は私の気を揉ませるに足りるだけの間を措《お》いてから漸く外に出て来た。何処に行こうかと訊いても、喫茶店は厭だとか、ちょっとしか暇がないとか駄々をこね、結局前に行ったことのある古いお寺に行くことにした。タクシイに乗っている間も、彼女は黙り込んでいて御機嫌が悪いようだった。しかし私にとっては、これは漸く訪れた、そして待ちに待った機会に他ならなかった。そしてまた私の決心を告げるべき時に他ならなかった。

石段の上まで来ると秋の爽かな風が吹き過ぎ、その風に洗われて本堂の苔むした甍《いらか》が海の深みのような濃い群青《ぐんじょう》の色に染っていた。

「安見さん、僕は今日は少し真面目な話があるんだ。」

再び並んで本堂の方に向って歩きながら、私は言った。

「あたしもよ。」

彼女はちらりと私の方を見、それからつんとした顔でまた前を向いた。そういうさりげない彼女の動作が私には可愛く映った。どうしてもこれが人の奥さんだという実感が出なかった。

「何です、あなたのは?」と私は訊いた。

「そっちで先におっしゃい。」

「うん。その前にね、この間アナスターシャってバアに行ったら、あなたが来たと言っていた。ボーイフレンドと一緒だって言ってたけど、本当ですか。」

彼女は脣を尖らせ、挑戦するように答えた。

「ええ本当よ。あたしが誰とバアに行ったっていいじゃありませんか。もうそんなことを言って干渉なさるの？」

「干渉ってわけじゃない、」と私はたじたじとなって慌てて弁解した。「しかしちょっと変な気がしたものだから。」

「何が変なの？」

「つまり、あなたには御亭主もあれば、僕という者もある。ちょっと猛烈なんじゃなかろうかと思って。」

「あたしを独占したいっておっしゃるのね？　他の人と一緒だったのが厭なのね？」

「それは当り前ですよ。厭にきまっている。あなたが古賀の細君だってことが、だんだんに辛くなって来た。これはどう見ても不自然ですよ。」

「そうよ。勿論そうなのよ。だからやめましょう。」

彼女はちょっと立ち止って私を見た。きらりと眼が光り、怒ったように脣を噛み、眉と眉の間に小皺を寄せた。そして不意にまた歩き出した。私は急いで追い着き、肩を並べて本堂の横手を迂回する石甃《いしだたみ》の道を辿った。

「やめられる位なら苦労はしませんよ、」と私は言った。「どうしてそうそっけないんです？怒ってるんですか。」

「怒ってなんかいないけど、でも駄目なのよ。あたしってきっと誰も愛せないんだわ。でなければ、きっと誰でも好きになってしまうんだわ。」

「そんなことはない。昨日だってあなたはあの絵を選んだでしょう。僕はとても嬉しかった。あれは僕等が最初に会った時の記念ですからね。」

「最初にお会いしたのは岬で、あの丘の上じゃありませんでした、」と彼女は訂正した。「でもあたしがあの絵を選んだのは、そんな意味じゃありません。」

「ふうん、じゃどういう意味です？」

「古賀はあのお隣にあった裸婦がほしかったのよ。あの絵ばかり横眼で見ていました。もう少しでこれにしたいって言い出すところ。」

「よく分りますね。」

「それは分るわ。だからあたし、あぶないと思ったから先廻りをしたの。」

私もその絵を古賀が狙っていたことを思い出した。肉感的な感じのする色彩の豊かな裸婦。

それもまた彼女なしでは決して作れなかったものだ。

「あれだってよかったのに。」

「まあ厭だわ。あたし絶対にいや、」と彼女は大きな声を出した。「こっそりあんな絵を描くなんて本当にひどいわ。」

「だってあなただかどうだか人には分らないでしょう？」

「そんなこと問題じゃありません。あれ、外側が裸なだけじゃなく、内側まで裸にされたよう、とても恥ずかしかった。それにこっそり描いて、展覧会に出して、それを見に来いなんて、残酷だわ。」

彼女は眼をきらきらさせて私を見詰めたが、その瞳は怒っているというより一種の情感を含んで輝いていた。

「御免。でも、あれが僕の本当の気持なんだ。あなたをどう見ているか、どういうふうに美しく感じているか。僕は裸体を描いたのはこれが初めてなんですよ。あなたのことを思い出すと、どうしても描かずにはいられなかった。描いた以上は見せずにはいられなかった。あの個展だって、あなたに見せるために開いたようなものだ。」

「そんな嘘をおっしゃるものじゃないわ。」

私は彼女の手を取ったが彼女は逆らわなかった。私たちは本堂の裏手の細い道を電車通りの方に歩いて行った。

「こっそりでなくて、大っぴらに描ければもっといいんだけどな、」と私は言った。

「そんなことは出来っこないでしょう。まさかあなたのアトリエにモデルになりに行けもしないし。」

「どうして？　古賀と別れて僕と結婚してくれれば、それでいいじゃないか。」

彼女は取られた手を離し、立ち止って私の顔を見た。

「本気でそんなことを思ってらっしゃるの？」

「勿論本気だ。僕は弓子と別れる。あなたさえ古賀と別れてくれれば僕等は一緒になれる。何なら僕は古賀のところに談判に行くつもりだ。彼に僕のこの気持を打明けて頭を下げよう。」

「そんなことは出来ないわ。あなたが古賀に話しに行くなんて滑稽だわ。それにあたしはあなたがそんなことをするの嫌い。しなければならないのなら自分でします。」

そして彼女はどんどん歩き出した。やがて電車通りが乗り越えられない障害のように私等の前に横たわった。私は彼女の手を取り、そこを横断した。その先の墓地の中はひっそりと静まりかえって人影もなく、欅《けやき》の高い梢が吹き過ぎる風に緑の葉簇《はむれ》を光らせていた。

「それじゃ彼女と話をしてくれるの？」と私は訊いた。

「いいえ。そんなことは出来ないって言ったでしょう。そんな子供みたいなこと、どうかもう

ってくれればいいけど、あたしが好きで奥さんになってるのに、それを棄てるなんてことは出来ない。あたしはもう会いたくないの。あなたはもう何とも

言わないで。」

彼女はまた立ち止り、私はその手を固く握った。彼女は買物のついでにちょっと寄ったというような、不断着らしいあっさりしたワンピースを着ていた。

「じゃどうすればいい？　僕はどうしても君が欲しい。君がいなければ僕はもう仕事が出来そうもない。」

「そんなことはありません。夏の間だって、あんなにお仕事をなさったじゃないの。あたしは夏の間とても苦しかった。もうお会いするのはやめようと思って、じっと我慢しているうちにとうとう病気のようになってしまった。あたしたち、もう会わない方がいいのよ。初めからその方がよかったんです。」

彼女の眼にいつのまにか涙がたまっていて、それが頰を傳ってぽとりと落ちた。私は彼女を引き寄せ、彼女の涙は私の頰をも濡らした。

「どうして駄目なんだろう、こんなに愛しているのに、」と私は嗄《しわが》れた声で叫んだ。

「駄目なのよ、どうか分って頂戴。あなたは藝術家だから、どんなことをなさってもお仕事さえ出来ればそれで埋《う》め合せがつくでしょう。しかしあたしはそうじゃない。あたしは何も持っていないし、あたしを取り囲む社会の框《わく》の中に縛られているのよ。あたしには古賀というものがあり、別れる理由なんか何もない。それは古賀の方であたしが嫌いだとか別れようとか言っ

てくれれば別だけど、あたしの方からそんな勝手なことを言い出せるものじゃないわ。あたしは道徳的な女じゃないから、古賀だけが好きなわけじゃない。けれどそれはお遊びだから許せるのよ。少くとも古賀だって、少しくらいあたしが他の人を好きになったからって、お遊びだとしたら許してくれるでしょう。あたしたちだってお遊びの間はよかった。この間の軽井沢だって向うにいる間は愉しかった。けれど帰りは厭、まるで盗んでるみたいな気持だった。こんなに真剣になっちゃ、あたしたちいけなかったのよ。」

「愛していれば、どうしたって真剣になるさ。それが当然じゃないか。」

「だからいけないのよ。愛しちゃいけないのよ。あたしたちは一緒にはなれっこない、逃げることも出来ない。そうかと言って死ぬことも出来ない。何て惨めなの。」

彼女の眼からまた涙が一しずく垂れた。私は再び彼女を抱き寄せ、接吻した。己はこの女を死ぬほど愛しているし、彼女だって己をこんなにも愛しているのに、なぜ駄目なんだ、なぜ己たちは愛し合うことが出来ないんだ、――そう私は狂おしく考え続けていた。

「歩きましょう。」

私が彼女を離すと、彼女はやさしくそう言った。ハンドバッグの中からハンカチを出して眼もとを拭いていた。少し歩いてから振り返って、「あたし泣いたことなんか一度もないのよ、」と言って、にっこりした。

「いつかも泣いたじゃないか。ほら、港を見ながら。」

「ああれ、あれは嘘泣きよ。」

「何だ、それじゃ今のも？」

「今のもきっと嘘よ。あなたを騙したのよ。」

私は再び彼女を横から抱いて接吻した。

「降参。」と彼女は口の中で言った。

私たちの姿は植込の蔭になっていて、区劃整理の整った狭い通路の両側に、大きな墓や小さな墓が無言で私たちを見守っていた。墓に供えた白や黄の小菊の花が、かすかな匂をくゆらせた。椎の実が砂利を敷いた小道の上に落ちていた。

「あたしキスされるのも厭よ。」

しかし彼女の顔つきには格別厭がるような色は浮んでいなかった。

「どうして？」と私はやさしく訊いた。

「あたしは欲ばりだって前にも言ったでしょう。もっともっとほしくなる、何でもみんなほしくなる。だから。」

「僕だってそうだ。僕は君みたいに我慢することなんか出来ないよ。」

私は彼女の背に片腕をまわし、よろけそうになるその身体を抱きしめて脣を貪《むさぼ》り吸った。もう片方の手で支えられた彼女の髪は、日のぬくもりのために唇と同じ温度にほてっていた。薄い洋服の衣地を通して、私は彼女の背や胸や腰の裸の皮膚を感じていた。私の手が腰から腹の方に動いて行った。私はそれを訊くことがタブーではないかと恐れながら、しかし訊かないわけにはいかなかった。

「赤ちゃんは……どうなの？」

彼女はそっと私の手を押しのけた。

「あれ、あれも嘘なの。びっくりした？」

「嘘だって？」

「ええ、担いだの。騙されたでしょう？」

彼女がにこにこしていたら、私も本気にしたかもしれない。しかし彼女はごく普通の、というよりも何やら苦しげな顔をしていたし、こう立て続けに嘘ばかり吐《つ》かれては私が疑いっぽくなるのも当然だったと思う。しかしそれが嘘だと彼女が言う以上、そんな筈はないと反対するのもおかしなものだった。

「君は嘘ばっかり言うんだねえ、」と私は冗談めかして言った。

「ええ、悪い女なの。」

「本当に悪い女だ。」

「お仕置につめってもいいわ。」

彼女はつねるというところを、つめると言って、片腕を差し出した。私は指の先でちょっと抓《つね》ってやった。

「もっとしてもいい。」

私はもう一度指に力を入れて腕の関節の少し手前のところを抓った。その部分の皮膚が赤くなった。彼女は痛そうに撫でて、「ひどくしたわねえ、」と言った。

私たちはもう暫くの間、日蔭になっているその場所に立っていて、それから小道を歩き出した。この前来た時と同じ道だったかどうかは分らない。しかし聳え立つ欅《けやき》の梢からは病葉《わくらば》が散り、風はより冷たく、空はより蒼く晴れていた。そして私の眼は空高く浮んでいる鱗雲の方を眺めるよりは、ひっそりと黙り込んでしまった彼女の横顔をつい見守った。墓地がもうすぐ終るというあたりまで行って、私は彼女を呼びとめた。

「もう少し此所で休んで行こう。」

彼女は黙って頷き、俯いたまま私に手を取られていた。

「何だか悲しそうだなあ。」

その時彼女は顔を起し、眉に可愛らしい皺を寄せて私の眼の中を覗き込むようにした。

「あたしが今何を考えているか、お分りになる?」

「分らない、」とすぐに私は謝った。

「あたしね、あなたを殺したいって考えていたの。」

彼女は眼をきらきらさせてそれだけ言い、また黙った。しかしそれだけで、私には彼女の気持が、愛がと言ってもいい、胸の中に矢を射込まれたようにはっきりと分った。殺したい――それは欲ばりな彼女が私のすべてを所有するための最後の方法に違いない。それに反して私は、如何に彼女を愛していても、彼女を殺そうなどということを一度だって考えたことはなかった。私は観念の死を弄び、それと戯れることはあっても、彼女の現実の死、彼女の永遠の喪失、永遠の不在に対しては、絶対に耐えられなかった。しかしもしも愛の燃焼が極限にまで達し、愛する相手を完全に自分のものとするためには、焼き滅ぼしてしまう以外に何の方法があろう。私はそれを知っていた筈だ、――死が完結だということを、あらゆる美しいものは死に終るということを。

「僕は君のために死んでもいいよ。」

彼女は怒ったように私を睨んでいた。そして私も多分、狂人のような顔をしていたに違いない。彼女はくるりと向きを変え、「馬鹿なことを言わないで、」と呟き、そのまま歩き出した。私たちは黙々と歩き、通りに出、流しのタクシイを摑まえた。彼女は別々に帰ると言って聞かなかった。別れる前に独り言のように彼女の呟いた言葉が、いつまでも私の耳に残っていた。

「あたし来ない決心をしていたのに、どうして来てしまったのだろう。」

まるで来てしまったために、すべてが駄目になったとでもいうように。

よく晴れた日が続き、一年一年と空気の汚《よご》れが日立って来る都会でも、夕陽を浴びて風に翻っている街路樹の銀杏《いちょう》の大きな葉は美しかった。その葉が少しずつ黄ばんで行くのを、私は研究所の帰りなどにしみじみと眺めることがあった。夏の間茂るにまかせていた庭の朝顔も立木に絡んだまま実を結び、種子がはじけて飛ぶようになっていた。庭の端に、むかし父が箱根から移し植えた通草《あけび》の棚があり、薄紫の実が熟れると、鳥がついばむよりも先に太平が見つけて、取ってくれとせがんだ。私は無精だから庭のことは放ったらかしだが、母がまめに茶花などを植えているらしく、垣根に近い藪の中に竜胆《りんどう》がまじり、烏瓜《からすうり》が赤い実をぶら下げているのに気がつく時などに、さすがに秋を感じた。その秋も次第に更けつつあった。

菱沼五郎の個展は私のなどとは比較にならぬ程盛大に行われた。それは久しく母国を留守にしていた菱沼の、存在証明たるに充分だった。私も勿論見に行ったが、彼がこの十年間異郷にあってどんなに苦労したか、その苦労が眼に見えるようだった。すべてが完全な抽象作品で、私などから見るとわざと渋い色彩を用いて、それが日本的なものを強調しているような気もした。しかしあくの強いパリの画壇で人に知られるためには、そういうジャポニスムは致しかたがなかったに違いない。彼は確かに彼自身の道をまっしぐらに進んでいて、衰弱や疲労の忍び入る餘地はないように思われた。しかしその反面、これは抽象というものがややもすると伴う弱点だが、あまりに非人間的な、機械のような冷たさをも感じさせた。

私は彼の仕事に敬服したが、何もパリくんだりまで行くことはあるまいという傲慢な気持を持ったことも否めない。これがもしも一年前だったら、私はすっかり打ちのめされて劣等感に捉えられていただろう。

菱沼五郎の個展と期を同じくして、木本良作をメンバーの一人とする若手抽象グループの展覧会が或る画廊で開かれた。そしてこのグループの謂わば顧問のような形で推薦文を書いているのが、菱沼五郎であることを知った時に私は多少驚いた。木本は私にはそのことについて、またグループ展のことについても、一言も相談を持ち掛けなかった。私は木本良作を子飼いの弟子のように考えていたから、このことは心外でないこともなかったが、しかしすぐに機嫌を直した。若い連中がドライだということもある。しかしそれ以上に、藝術家は常に一人であり、師弟関係とかグループとかいうものはその時の風まかせだという、よく言えば淡泊な、悪く言えば投げやりな考えが、私にあったせいかもしれない。木本が私を離れて菱沼五郎の弟子となったところで、私自身の藝術とは関係のないことだ。それでも木本は平然と研究所に教えに来ていたし、我々の、つまり抽象美術協会の、秋の公募展にも大作を出品すると息まいていた。

そういう話はしても、菱沼の話は私にはしなかった。

私も公募展のための仕事で忙しかったが、或る日曜日の午後、野々宮圭吾が家に訪ねて来た。太平君のお相手をしに来たと言い、子供の方も大悦びで友達扱いしていた。子供がいない間に、野々宮は私にこんな話をした。

「木本は近頃どうしていますか。」

「さあ、せわしそうにしているがね。あまり話もしない。君こそ友達でしょう、どうかした？」

「ずっと会わないものですから。実は少し気になったことがある。」

彼は如何にも心配そうに端正な顔を曇らせた。そして意外なことを言い始めた。

「僕が前から識っている人で若い奥さんがいるんですがね。結婚してもう三年くらいになるかな、その前から附き合っていたんです。」

私はすぐにそれが誰だか分った。しかしそのことを気取られないように黙って話の先を促した。

「その人がこの間から僕に何度も呼び出しを掛けましてね、一緒に遊びに行こうって言うんです。実は僕は今でもその人が好きなもんですから、お伴するのは厭じゃありません。御主人には悪いと思ったけど、一緒に遊んでいれば愉しいですからね。」

そうだったのかと私は思い当ったが、どういう話になるのか見当もつかなかった。ただ針のようなものが胸をちくちくと刺した。

「何か心の中に面白くないことがあるんでしょうね。飲みかたが荒いんです。酔っぱらうと管《くだ》を巻いて僕の気を惹くようなことを言う。ところがしまいに、あたしは好きな人があってとても苦しんでいるんだって、白状したんです。もともと惚れっぽいたちなんだなあ。だけど相手の名前は言わないんですよ。ただね、酔っぱらっているでしょう、だから時々おやと思うことがある。こんなことを言ったんです、――藝術家ってものは本当に女を愛せるだろうか、それは自分の仕事のための方便なんじゃないだろうかって。」

「なるほど、」と私は呟いた。

「こうも言いましたよ、――藝術家は実在の女の向うに幻の女を見ているだけじゃないだろうか、幻の女を愛していてそれを現実だと錯覚しているんじゃないだろうか、とね。心理学者の奥さんになったせいか、難しいことを言うんだな。ところで僕にしてみれば当然あれこれと推測するでしょう。どうも彼女がわざわざ僕に話したところを見ると、僕の識っている人間に違いない。とすると木本の奴がすぐに思い浮ぶ。何しろ木本も前から彼女を識っているんです。僕がむかし紹介しましたからね。それに時々会っているようなんです。しかしまさか木本がね。」

「君はそれで木本には話したの?」

「話すもんですか」と野々宮はやや意気込んで返事した。「あいつに言ったって、よせやいとか何とか言われればそれまでです。だから先生に訊いてみようと思って。」

「僕には分らないな。近頃木本は僕の弟子じゃないような顔をしているからね。しかしまずそんなことはないだろう。とても暇がないだろうし、だいいち女に夢中になるタイプじゃない。」

「ええ、しかし彼女の方が夢中になるタイプなんです。だから僕は心配なんですよ。他の人ならとにかく、木本は僕の親友ですからね。木本だったら絶対に許せない。」

野々宮の剣幕はいつものおとなしい彼とは別人の感があった。それは私を驚かせ一種の反省に導いた。親友だから絶対に許せない。私はそこのところを、これまで素通りして来たような気がする。それに彼女が苦しんでいる相手がこの私だということは分っても、彼女は野々宮とバアなどに出掛けているのだし、野々宮の方でも未だに彼女を愛している。それに万一彼女の心にある相手が木本良作だとしたら、そういうこともあり得ないことではないとしたら、——そう考えると私の胸を突き刺す棘は一層鋭くなった。

庭の方で太平が野々宮を相手にボール遊びをしている甲高い声を聞きながら、私は眉をひそめて考え込んでいた。信じるということは難しい。寧ろ信じられないことが愛している証拠のようなものだ。彼女が惚れっぽいたちだとすると、若い野々宮や木本と較べてどれだけの利点が私にあるというのか。それに彼女の亭主である古賀信介もいる。彼女は古賀を愛していると、私に向っても公言しているのだ。しかも彼は親友、二十年来の親友なのだ。果して一人の人間の愛は親友を裏切るに値するだろうか。古賀安見子を奪うことによって、古賀信介を傷つけてもよいものだろうか。——それにこういう話を聞かされると、彼女が真に私を愛しているのかどうか、疑う気持さえ生じて来る。たとえ愛しているとしても、彼女は私にやめてほしいと、もう好きにならないでほしいと頼み、そのためにはどんな卑劣な手段でも使うとまで言った。彼女が野々宮と一緒に、私が行くかもしれないバアに行ったのはその手段の一つの現れであり、それを偶然野々宮が洩らしてしまったということなのか。

私はさまざまに思いめぐらし、結局はどう考えてみてもこの愛を失ってはならないというところに戻った。しかしそれならどんな方法があるのだろうか。まず第一は何よりも弓子と正式に離婚すること、それに違いない。そして私が決心し、優柔不断な人間の例に洩れず弓子に会いに行くことを愚図愚図しているうちに、或る日ひょっこり旗岡浪子が訪ねて来た。

「いいところに来てくれたなあ。実は浪子さんに頼みたいことがあってね、」と私はすぐに切り出した。

「わたしの方でも話があって来たのよ。この間の個展の時は、あなたは本当にそっけなかったわね。」

「そうだったかな。」

「弓子さんとても嘆いていたわよ。まるで木で鼻をくくったみたいだった。わたしだって腹が立ったわ。」

「それは済みませんでしたね。」

この旗岡浪子はたとえ冗談にでも怒ると恐ろしいところがあった。逆三角がますます尖って、眼から光を発した。しかし今はそれ以上怖い顔もせず、寧ろやさしい声で話とやらを切り出した。

「実は弓子さんのことなんだけど、彼女やっぱりやって行けそうもないのよ。あなたのところに帰りたがっている様子よ。」

「自分でそう言ったんですか。」

「言わないけれど、それ位は見てれば分るわ。洋裁の方も行き詰ったみたいだし。洋裁だってただ見よう見真似じゃ駄目よね、自分で新しいものを発見して行かなくちゃ。それがうまく行かなくて、だいいち気力というか張りがないんだわ。」

「そっちが落第だから今度は家へ帰りたいってわけですかね。」

私が皮肉な口を利くのを、旗岡浪子は反撥もせずに頷いた。

「それに太平ちゃんに会いたいらしいわ。何と言っても不自然でしょう、離れているの？」

「いやに弓子に同情しましたね。別れた方がいいって力説していたのは浪子さんじゃなかったかな。」

「それはそうだったけど、わたしが少し計算違いをしたのかもしれないわ。それに菱沼さんもいなくなってしまったし。」

旗岡浪子が不用意に洩らしたその言葉で、私は菱沼五郎がアメリカへ旅立つと言っていたことを思い出した。たしか新聞にも出ていた筈だ。私は急に厭な気持になった。

「菱沼と何か関係があるんですか、」と私は訊いた。

「菱沼さんは、言ってみれば弓子さんの心の支えみたいなものだったでしょう。あの人はひどく子供っぽいところがあるのね。菱沼さんがいなくなったら、すっかりぼんやりしちゃったようよ。」

「ふん、亭主は心の支えにはならないというわけか。」

旗岡浪子はそこで私の機嫌がすっかり悪化していることに気がついた。

「御免ね、そういうつもりじゃなかった。」

「じゃどういうつもりです? 弓子が菱沼を好きだったことは僕も知っていますよ。あいつが失恋して死にそこなったから、僕が俠気《おとこぎ》を出して結婚したようなものだ。そもそもそれが間違いのもとだった。しかしそれはまあいい、僕だって承知でしたことだ。ところが今度はまた菱沼が日本からいなくなる、すると弓子はまた失恋して僕のところへ帰って来るというんですか。

ちょっと虫がよすぎはしませんかね。」

旗岡浪子は珍しく小さくなって、うろたえた。少し顔色が蒼ざめた。

「わたしの言いかたが悪かったんだけど、弓子さんの様子ったらそれは可哀そうなのよ。あの人は気の強い面もあるけど、本当は脆《もろ》いのね。あなたに済まないと思っていても口に出せないで、悩んでいるのよ。あなただって、本心は帰って来てほしいんでしょう?」

私はゆっくり首を横に振った。そしてなるべく平静に聞えるように祈りながら、かねて考えていたことを傳えた。

「僕は決心したんです。弓子に協議離婚の判をついてもらいたい、條件があるならそう言ってもらいたい、出来る限りのことはします。僕が浪子さんに頼みがあると言ったのは、そのことです。彼女にそう傳えてもらいたい。」

旗岡浪子はあきれたように私を見詰めた。その顔色が一段と蒼くなった。

「本気なの?」と訊いた。

「本気ですよ。」

「わたしがつまらないことを言ったから、それで気を悪くしているんじゃないの?」

「いや、浪子さんとは関係がない。ずっとそう思っていた。決心するのに時間がかかったけど、決心した以上は変らない。はっきり離婚した方が二人のためです。」

「太平ちゃんは？」

「それは太平の好きなようにきめさせましょう。うちのおばあちゃんは絶対に手放したがらないだろうな。しかし弓子が欲しいのなら、弓子が育てたっていいんですよ。どっちにしても太平がしあわせならいい。子供はどこにいたって育ちますよ。」

「そう。あなたはどっちでもいいの？」

「それは僕も太平を手放したくはないけどね。しかしこれはまず大人の問題だから。」

旗岡浪子は暫く黙っていた。それから劈《つんざ》くように言った。

「あなた、それ卑怯じゃないの？」

「卑怯？」

「そうよ。あなたはもっと早く決心すべきだったのよ。もっと早く決心していれば、太平ちゃんだってママの方を選んだ筈よ。それをこれまでパパの方に懐《なつ》かせておいて、今さら好きにしろって言ったってそれはパパがいいにきまっているわ。だいいち弓子さんが後悔して、やっぱり帰って来たいって気持になった時に、さあ協議離婚をするから條件を言えなんて、澁さん、それ少しひどすぎるんじゃないの？」

「いや、それは偶然なんだ、何もわざわざ今まで待っていたわけじゃないんだ、」と私は弁解した。「弓子だって、当然それ位のことは覚悟していた筈だと思う。その方が結局はいいんですよ。もう二人ともどうにもならないんだから。」

「本当にそう考えているのね、」と旗岡浪子は念を押すように言った。

「弓子にそう傳えて下さい、」と私は言った。

*

その時彼は煖炉の前の椅子にいて両足を焙《あぶ》るような形で投げ出し、彼女の方は飲物を運んで来たついでという恰好で、小机の横の椅子にちょこんと腰を下していた。彼は珍しく機嫌がよくて、妻を引き留めると取りとめのない話を始めた。そして話がふと旗岡浪子の上に落ちた。

「不如帰《ほととぎす》の浪子さんも、いつになったら結婚するのかな。あれじゃ名前に恥じるな。」

「それどういうこと?」と彼女が訊いた。

「なにね、武男さんがいての浪子さんだからね、独身じゃお話にならない。もっとも我々の知っている浪子さんは肺病じゃないけど。」

「厭ねえ、肺病だなんて。近頃は結核っていうのよ。」

彼は少し笑い、彼女が厭そうに眉をひそめるのを眺めた。

「病気にもはやりすたりがあるもんだな。僕もむかし肺病の女の子を知っていたが、その頃は肺病は不治の病《やまい》だった。ろくな薬もなかったからね。」

「いつ頃のお話？」

「終戦の頃だ。まだストマイも出ていなくて絶対安静が唯一の療法だった。」

「その人はどうなったの？」

「勿論死んだよ。近頃じゃ結核で死ぬなんてのは珍しいんだろうが、あの頃は体力が弱って来るともう救いようがなかった。冬の寒い季節になると、もう持ちこたえられないんだな。」

彼女はそれを聞いて暫く黙っていた。そして彼の方はぼんやりと煖炉の中で燃え盛っている焔を見詰めていた。すると不意に彼女が鋭い声で彼に訊いたのだ。

「あなたはそうやって、いつも思い出しているの？」

「何を？」

「何をじゃありません。その人のことよ。」

彼はびっくりし、彼女の方を振り向き、質問の意味を諒解した。

「まさかね、これは昔の話だよ、二十年も前のことだ。」

「いいえ。あなたは毎年、その寒い冬の季節とやらに、何処かに旅行に行くでしょう。京都の節分は面白いとか何とかおっしゃって。わたし、今わかりました。あなたは毎年、その人のお墓参りに行ってらしたのね？」

彼女もまた焔のように燃え上るものを眼の中に潜めていた。女というものは勘のいいものだと彼は感心し、同時につまらないことを言ってしまったと後悔したが、それが大した問題だとは考えなかった。

「大したことじゃないよ、」と彼はあっさり言ってのけた。「昔の話さ。もう二十年になる。」

「その二十年間、毎年お墓参りを欠かさなかったのね？」

「まさか。たまに思い出した年に行ったぐらいのものだ。君がそうむきになることはないさ。」

彼は穏かな声でたしなめるように言った。しかし彼女の方は込み上げて来るものに耐えられないかのように両手で胸を抑え、一気にその激情を迸《ほとばし》らせた。

「昔の話だとおっしゃったわね、わたしたちが結婚するよりも十年も前のお話なのね。あなたは確かわたしと結婚する時に、わたしを愛しているとおっしゃった筈よ、一緒に努力しよう、一緒にやってみようって。それなのにあなたは、わたしと結婚する前も、結婚したあとも、ずっとその人のことを思っていたのね。それを隠してわたしと結婚なさったのね？」

「馬鹿なことを言うな。その人はとうに死んでいるんだ。」

「そんなことが何なの。あなたはわたしが菱沼さんを好きなことを承知の上で結婚なさった。しかもそれを武器にして、いつもちくちくとわたしを苛めて来た。それなのに御自分はどうなの？　好きだった人がありながらそれを隠して結婚しておいて、今でも毎年、わざわざ遠くまでお墓参りに出掛けるなんて。そんなの卑怯じゃないの。あなたって人は、もともとそういう卑怯な人なのよ、女を騙すような卑怯な男なのよ。」

そして彼は、彼を罵っているのが昔の死んだ娘の口寄せであるかのような錯覚を覚えながら、狂ったように叫んでいる妻の顔をじっと見詰めていた。

＊

「君はこの頃ばかにサーヴィスがいいじゃないか、」と彼は言った。

「あら、そんなことはないわ。いつも同じよ。」

彼女は夫の言葉に笑っただけだったが、彼の方から頼むことは勿論、彼が気のつかないでいるような細かい点にも、いつも気をくばっていた。

「何か目的でもあるのかい？　まさかミンクの外套でも欲しいというのじゃあるまいね？」

「まさか。目的なんかなくってよ。」

テーブルの上に紅茶茶碗を並べ、レモンを切り、味の素の角壜をそばに置き、支度を整えたところで夫を呼んだ。彼の方はにこにこしていたが、彼女は何を考えているのか分らないような顔をしていた。といって御機嫌が悪いわけでもなかった。

「君もだんだんに良妻賢母型になって来たのかな。昔は、君には奥さま稼業はつとまるまいと思っていたんだがね。」

「馬鹿にしないでよ。これぐらいはやれる。」

彼は茶の間を見まわし、「また模様変えをしたね、」と訊いた。

「ええ、今度の方が広くなったでしょう。」

彼女は夫がいない間に、せっせと古物の整理をしたり、掃除をしたり、家具の位置を動かしたりした。そういう家の中の仕事が愉しいからでも、しなければならない義務感があるからでもなく、ただ、何か動いていなければ巨大な空ろなものの中へ吸い込まれて行くように感じていた。彼はのんきそうに煙草を吹かし、思い出したように訊いた。

「僕たちももう三年になるかな。」

「そうね。早いものね。」

「三年経っても倦怠期が来ないってのは、まず仲のいい夫婦の証拠なんだろうね。」

「多分そうでしょう。きっとあたしの操縦法がうまいのね。」

そう言って甘えるようににっこりするのを、彼は嬉しそうに見ていた。

暗い寝室の中で彼女は狂ったように彼にしがみついた。苦しげに眼を閉じ、罰せられる者のように呻いていた。彼との間に子供をつくることが、逃げるための唯一の手段だと考えていた。

しかしその閉じた眼の底に、夫のではない別の顔が浮び上るのを意志の力で消すことは出来なかった。

私は落ちつかない気分を、アトリエに引き籠りカンヴァスに向うことで何とか紛らしていた。しかし仕事ははかばかしく進まず、ともすれば椅子に腰を下して同じ言葉を馬鹿のように繰返していた。「どうすればいいのか、どうすればいいのか。」愛が成立するためには二人の意志が一致しなければならない。それなのに私は、自分の意志は決定することが出来ても、彼女の意志を決定することは出来なかったし、第一彼女の意志というのがあやふやだった。古賀のところに談判に行くのが最も肝要だと分ってはいたが、彼女に古賀と別れる気がないとしたらこんな滑稽なことはないだろう。そして彼女を説得し、彼女の意志を私のそれと一致させるためには、二人が会って愛を確かめあうことが大事なのに、私には彼女に会う方法さえも見つからなかった。電話を掛ければ彼女の代りに古賀が出るかもしれない、そして古賀と上っ面だけの話をするのは何とも厭だった。私は古賀に関してひどく臆病になっていたようである。

時雨《しぐれ》が降っているために夕暮には間があるのにアトリエに電燈の欲しい時刻だったが、お手傳さんがドアをノックして、「古賀さまとおっしゃる方がお見えになりました、」と告げた。私は反射的に椅子から立ち上り、お手傳さんを押しのけるようにして玄関に出て行った。

玄関にいたのは彼女ではなかった。古賀信介が滴《しずく》の垂れる雨傘を手に持って立っていた。

「君か。さあ上りたまえ。」

私は平静を装ってそう言い、彼が靴を脱ぐのを待ってさっさとアトリエの方に引返した。彼の方から私の家に来たというのは、一体どういう意味だろう。私の胸は気味悪く騒いでいた。古賀は案内を知った廊下を通ってアトリエにはいると、暫く開き戸のところに立って庭の方を眺めていた。

「昔と変らないようだね。」

「ああ、しかし君が来たのは久しぶりだ。僕も絵を持って行くつもりでいるんだが、額縁がいっこうに出来なくてね。まあ掛けたまえ。」

古賀はゆっくりと椅子に腰を下したが、いつもの彼らしい元気さがなかった。

「今日はどうしたんだい、不意に現れて?」と私は訊いた。

「君にちょっと相談があってね。」

彼はそれだけ言うと、くたびれたように頭のうしろで両手を組み、椅子の背に深々と凭れかかった。お手傳さんがお茶を運んで来た間も、行儀の悪い恰好のままでいた。私は不安になった。

「何だい?」と私は催促した。

「うん。実は安見がいなくなったんだ。」

私は暫くの間ぽかんとしていたらしい。私は彼の言った意味が、そしてそれを私に告げに来た意味が、理解できなかった。

「いなくなったって？」

「うん。一昨日《おとつい》からいなくなった。夜になっても帰って来ないんだ。実家の方にすぐ電話したんだが行ってないらしいし、心当りには大抵探りを入れてみたんだがね。事故かもしれないとも考えたんだが、そうでもないようだ。」

古賀は顔色が悪くて眼をしょぼしょぼさせていた。

「二晩《ふたばん》帰って来ないってわけか。」

「そうなんだ。」

僕のところには来ていないよ、とすんでのことに言いそうになって、彼がそんなことを考えた筈はないと思い返した。彼の表情に浮んだ濃い不安はすぐさま私に傳染した。

「置手紙はないのか。」

「うん、何もない。ずっと電話を待っていたんだが、いまだに何とも言って来ない。一人で電話の前にいるのが厭になって、ふと君のことを思い出した。君の奥さんもそういうことがあっただろう、だから経験者である君の意見を聞きたいと思って。」

そういうことか、と私は半分は安心し、しかし心のもう半分ではこの事件をどう解釈すればいいのか、不安が一層萌した。

「意見と言ったって、気休《きざ》めしか言えないよ。しかしまあ落ちつけ。」

それは自分自身に言い聞かせる言葉でもあった。本当に経験者としての私に相談に来たのだろうか。電話も掛けずに私の家に現れたというのは、彼女が此所にいると疑ってのことではないのか。しかし実際に来ていない以上、彼女は何処へ行ったのだろう。なぜ家出をしたのだろう。私が考えあぐねている間に、古賀はしんみりした声で言い続けた。

「僕には何も思い当る節がないんだ。このところ安見と喧嘩をした覚えもないし。もともと夫婦喧嘩なんて僕等はしたことがないんだよ。それに御機嫌だって悪くなかった。夏の間は苛々《いらいら》していたようだったが。」

「思い出したが、君はいつだったか、奥さんが妊娠したようなことを言っていただろう？　そのせいで神経過敏になっているんじゃないか。」

「ああ、あれか。」彼は眼の前で幻を拭い去るような手つきをした。「あれは安見が勝手に中絶してしまった。とても子供を育てるだけの自信がないとか何とか言ってね。ひょっとするとそのショックなのかなあ。他に心当りがないんだから。」

そうだったのか、と私は心の中で頷いた。それは彼女の中の或る意志を表明したものだ。しかしそれなら何処へ行ったのだろう。私のところへでなくて何処へ。

「家出というほど大袈裟なものじゃないんじゃないか。弓子の場合には僕という者が心理闘争の相手としてあったけど、奥さんの場合には一人相撲のような気がするな。何も君に当てつけるとか君の気を揉ませるとかいうためじゃなくて、気晴らしにふらふらと旅行にでも行ったんだろう。ちゃんとした家出なら、必ず置手紙をして行くよ。でないと心理的な効果がないからね。もっともこういう心理学の方は君の方の専門だから、僕が言うまでもないだろうが。」

「駄目なんだ。実際になるとまるで役に立たん、」と彼は自嘲するように言った。

「心配しない方がいい。今頃はもう帰っているかもしれない。結局は心配しただけ損をしたということになるものさ。」

「こんなことは初めてなんだ。どうしてもわけが分らない。」

「寧ろ事故の方が心配だな、」と私は遮った。「そういう方面は調べた？」

「実は警視庁にも電話して訊いてみたんだ。該当者なしさ。僕はこういうことになると、自分の家内なのに安見って女が分らなくなるよ。何を考えているのかさっぱり分らん。」

私は不安だけではなく、心の底に次第に沈澱して行く澱《おり》のようなものを感じ始めていた。安見子が何を考えているか、私にはよく分っていた、よく分っているつもりでいた。古賀信介の知らないことを心に隠して、心配そうに相槌を打っている自分というものが、ほとほと厭になった。彼よりも私の方が、多分に心配しなければならない立場に立っているとしても、彼を欺いてこうしているのは気が進まなかった。しかし、ではここで打明けるべきか。実は僕は安見さんを愛している、頼むから彼女と別れてくれ、――などと。そんな馬鹿なことが言える筈はない。たとえ言うとしても、今言うことではない。

しかし古賀信介を玄関まで送って行った時に、私は彼を呼びとめた。

「実はね、古賀……。」

彼は怪訝《けげん》そうな顔をして振り返った。私は思い直して別のことを口にした。

「奥さんはきっと帰って来るよ。帰って来たらあまり穿鑿《せんさく》しないで、やさしくそっとしておいた方がいいよ。」

それは如何にも経験者らしい言葉だったから、彼は素直に頷き、礼を言って帰って行った。私は戸がしまったあとも、彼が雨傘を立て掛けたあとの三和土《たたき》の水痕を見詰めながら、尚暫くそこに立っていた。己は衝動的に何を言おうとしたのだろうかと考えた。「己は君が考えているような友達甲斐のある男じゃないよ。君が相談に来るに値するような、そんな男じゃないんだ。」そういうことだったろうか。多分。

夕食の時に母に会うと浮かない顔をしていた。子供の姿は見えなかった。

「太平ちゃんの具合が何だかおかしいようなんだがねえ、」と母が言った。

「どうしたんです？　そう言えばさっきからちっとも声がしないようだな。」

「寝かしたんですよ。学校から帰って来たら元気がなくてね。お腹が痛いと言って晩御飯も要らないんだって。」

「へえ、あの食いしん坊にしては珍しいな。」

「お昼の給食も食べなかったらしいし。」

「食当りでもしたかな。あとで見てやりましょう。」

私は食事を済ませて座敷へ子供の様子を見に行った。太平は蒲団の上に腹這いになって漫画本なんかを見ていた。

「坊主、どうした？　ばかにおとなしいじゃないか。」

「パパか。僕、お腹が痛いんだよ。」

「晩御飯はどうしたんだ？　御馳走があるんだぞ。」

「うん要らない。食べたくない。」

太平はだるそうな様子をしていて眼にも輝きがなかったが、額に触ってみても熱はなさそうだった。私の後ろから母が心配そうな面持で覗いた。

「お医者さんには見せたんですか、」と私は母に訊いた。

「まだなんだけどね、どうしたものかしら、大して悪いようでもないけど。」

「一應来てもらいましょう。」

私は近くの掛りつけの医者に電話した。太平に聞えないところで、母が「こういう時には弓子さんがいてくれると、」と言った。私はそれを聞き流した。医者はすぐに来て太平を診察すると、多分食当りだろうと言って処方を書いてくれた。私は安心してアトリエに引き上げた。

その夜の十時頃、けたたましい音を立てて電話が鳴り出した。最初の私の反應は、てっきり古賀からだと思い、ついで安見子からではないだろうかという気がした。私は書斎の机の上にある受話器を攫《さら》うように手に取った。女の声が私に呼び掛けたがそれは彼女ではなかった。

「澁さん、旗岡ですがねえ、ちょっとこっちに来て下さらない?」

旗岡浪子の声はいつもと違って、ひどく慌てふためいた感じだった。しかも短兵急に切り出されて何のことか私には分らなかった。

「一体どうしたんです? こっちって?」

「わたし今、弓子さんのところにいるのよ。悪いけど来て下さらない?」

「やったんですか。」

私は瞬間ぎょっとしながら受話器を握り締めた。旗岡浪子の声は暗い予想をさせるに充分だった。

「そうじゃない。御免なさい、脅《おど》かして。酔っぱらっているだけなんだけど、それが凄いのよ。

放っとくとどうなるか分らない。加勢に来て下さい。」

「僕が行って効果があるかな?」

「そんな薄情なこと言ってないで。弓子さんのアパートは知ってるんでしょう、頼んだわよ。」

電話が向うから切れた。そして私は忌々しげに眼の前を睨みつけていた。たかが弓子が酔っぱらった位で私を呼びつけるとは。私は弓子にも旗岡浪子にも怒っていたが、私の性質として、そういう時に素知らぬ顔をしてはいられなかった。しかたなしに外に出てタクシイを拾い、弓子のアパートに駆けつけた。

部屋の中は惨憺たる有様で、食器や雑誌などが床の上に散乱していた。壁に懸った額縁が斜めにずりさがり、花瓶が壁の足許で砕け、水漬《みずびた》しの花が飛び散って萎《しお》れていた。弓子は長椅子にだらしなく寝そべり、その側に椅子を運んで旗岡浪子が見守っていた。

「どうしたんです?」と私はドアに立ってあきれて訊いた。

「女の酔っぱらいって本当に厭ねえ。」

旗岡浪子は立ち上って私の側まで来ると、弓子の方を見やりながらつけつけと言った。弓子は眠っているのか、私が来たことに気がついていないらしかった。

「この前のあなたの話ね、お店じゃ言いにくいから、今日お店がはねてからこのアパートまで一緒に来て、ここで話したのよ。初めのうちは神妙に聞いてたんだけど、そのうちにちょっと飲ませてとか何とか言って、コップにウイスキイを注いでぐっと飲んだ。その飲みっぷりのよさ。」

「つまらないことに感心しちゃ困るな。」

「飲みさしの壜が空《から》になったら、ちゃんとストックがあるんだから大したものよ。だんだんにべろべろになって来て、泣いたり喚いたり、それに暴れてこの有様。とてもわたしじゃ収らないと思って。」

「僕だって同じですよ。昔さんざん苦労をしたんだからな。僕の顔を見たら、一層暴れ出すんじゃないかな。」

「あなたが一喝すればいいのよ。何さ、亭主じゃありませんか。」

「その亭主を願い下げにしたいと、あなたに頼んだ筈だが。」

「それはそうだけど、この人はあなたを愛しているのよ。」

弓子は髪を乱したまま、まるで首が捩《ねじ》れたような恰好で顔を仰向かせて、眼をつぶっていた。時々その脣が動いた。私は顔を寄せてその言葉を聞き取った。

「わたしは駄目なのよ、わたしってどうしても駄目なのよ……。」

私たち二人は部屋の隅の椅子にともかくも腰を下した。

「もうこれで落ちつくでしょう。放っといても大丈夫ですよ、」と私は言った。

「このまま帰る気？」

旗岡浪子は、だから男というものはという顔で私を睨んだ。私は煙草にマッチで火を点けると、灰皿を探したが見つからないので食器棚の中から小皿を一枚持って来て、マッチの軸を捨てた。

「僕の経験では、これはいい徴候なんですよ、」と私は説明した。「危いのはね、じっと考え込んで少しずつ内攻する時なんだ。そういう時は次第に意識が集注して行って、死ぬ気になる。自殺するためには、或る種の冷静さも必要なんです。どういう道具を使うか、どういう場所を選ぶか、かっとなっただけじゃ出来っこない。弓子も初めはずっとそうだった。それから酒を飲むようになって、死にたい気持を済《な》し崩しにすることを覚えた。酒を飲んで発散してしまえば、それで或る程度死から遠ざかる。多分大丈夫だと思う。」

「あなた厭にそっけなく言うわね。まるで自分でも経験があるみたいじゃないの。」

「僕？」

私は笑って、もう一本新しい煙草に火を点けた。「わたしにも一本頂戴、」と旗岡浪子が言い、私は彼女に煙草の箱とマッチとをそっくり渡した。その言いかたに私は安見子のことを思い出した。

その時弓子が目を覚ましたらしく、ふらふらと起き上り、こちらの方を見て歩き出した。覚つかない足取で二三歩歩き、その場に足が萎《な》えたように坐り込んだ。

「あなた来ていたの。わたしどうも酔っぱらったらしいわ。」

「しっかりしなきゃ駄目じゃないか。」と私は頼まれた通りに一喝した。「浪子さんだって心配してるぞ。僕だってこの忙しいのに飛んで来たんだからね。」

「御免なさい。わたし飲まずにいられなかった。わたし駄目なのよ。みんな駄目よ。」

弓子は呂律《ろれつ》のまわらない声で呟き、眼にいっぱい涙を浮べていた。私は気を奮い起した。

「太平が具合が悪いんだ。僕はお前なんかの様子を見に来る暇はないんだぞ。」

「具合が、悪い?」

弓子は引き延したような発音で言い直し、「どうしてなの?」と訊いた。私はつまらないことを口走ったのを後悔した。

「大したことじゃない。しかしお前だって、ちゃんと一人立ちしなきゃ駄目だ。それ位のことは分っているんだろう?」

床の上に坐ったまま、弓子は人形のように首を上下に振り続けた。

「もしあの子が死んだら、わたしは死ぬ、わたしはきっと死ぬ、」と彼女は馬鹿のように繰返した。

＊

「わたしはどうしても子供が欲しいんだけど、あなたはどう思う？」

何げないようにそう切り出された時に、彼は暗闇の中で彼女の髪をそっと撫でながら、相手に動揺を勘づかれないように同じ緩慢な動作を繰返した。

「どうって、前にも言ったように子供は要らないよ。子供なんかなくったって、夫婦ってものが一つの単位でやって行けば、寂しいことはない筈だよ。」

「あなたはいいでしょう、お仕事があるから。でもわたしはどうなの？」

「君だって色んなことを勉強すればいいじゃないか。子供がいないために、どんなに得をするか分らないんだぜ。」

「それに損するかどうかも。」

彼女の顔は見えなかったが、恐らく眼を光らせて天井を睨んでいるのだろうと彼は推測した。しかし彼女は彼の方に寝返りを打つと彼の腕を枕にして倚《よ》り掛り、甘えるような優しい声で言った。

「わたし欲しいのよ、どうしても欲しいのよ。」

「無理なことを言うなよ。」

「何が無理？　わたしたち子供がいたってやって行けないわけじゃないわ。お母さんだって悦ぶにきまっているし。だいたいそれが人並の家庭というものよ。」

人並の家庭か、それが厭なんだなあ、と彼は考えた。子供なんかいたら重荷だ、それは未来永劫にわたって責任を負い込むことだ。己には既に仕事という責任があり、それだってこれからどうなるか、だいいち暮せるかどうかも自信はないんだからな。しかし彼女の方は綿々と掻き口説いていた。

「もうやめろよ。もう寝よう。」

確かに彼は眠かったし、少しうとうとしかけていた。彼女がごそごそしているような気配は感じたが、それが夢だか現《うつつ》だかよく分らなかった。しかしはっとなって目を覚ますと、横の方へ手を延した。そこに温《ぬく》もりはまだ残っていたが彼女の身体はなかった。彼は慌てて跳ね起き、スタンドの灯を点け、寝衣のまま茶の間の方へ出て行った。

眩しい程明るい茶の間の箪笥の前に、彼女はすっかり出支度を整えて立っていた。

「どうしたんだ？」と彼は険しい声で訊いた。

「どうもしない。ちょっと夜風に当って来ます。」

「馬鹿なことはよせ。」

彼は通せんぼをするように立ちはだかっていた。またいつもの悪い癖が出た、と思っていた。子供が欲しいというのは間歇的に彼女の持ち出す要求で、彼がはぐらかすたびに少しずつ彼女の神経の飽和点に達しようとしていた。

「あなたには分らないのよ。わたしはどうしたって子供が欲しいんだから。」

彼女はまるで魅入るような眼指《まなざし》で彼を見詰め、耐えがたい程の沈黙が部屋の中に充ちた。己にだって分らないことはない、大して反対するだけの理由はない、と彼は弱気になりながら考え始めた。もしどこまでも反対すれば、こいつはきっと何かし出かすだろう。家出をするとか、薬を呑むとか。それ位なら、何も己が頑張ることはないのだ。己が折れさえすればすむことだ。

「いいさ。何もそうむきになるな。子供が欲しいなら産むさ。但し一人だけだよ。」

彼がそれを言ってしまった瞬間に、彼は既に負い込んでいる母への責任と妻への責任とにかてて加えて、新しく子供への責任まで背負い込んだのだ。己はいつか、今うんと言ったことに対して、後悔させられるかもしれないな、と次第に潤《うる》みを帯びて来る彼女の眼を見詰めながら、落し穴に落ちたように考えていた。

＊

「どうしてこんなに海が蒼いんでしょう?」と眼をくるくるさせながら不思議そうに彼女が言ったので、彼は思わず笑い出した。

「君は本当におかしな人だな。海が蒼いのはね、太陽光線が水の中で屈折して……。」

「そういう意味じゃありません。」と彼女は脣を突き出して抗議した。「子供じゃないんですから。でもどうしてこんなに蒼いんでしょう?」

彼女の訊いている意味が彼には通じなかったらしい。確かに海の色は蒼いというよりは黒っぽい感じがするほどの緑青《ろくしょう》を帯びた濃い群青《ぐんじょう》の色に染められていて、神秘の感じを以て足許に迫っていた。彼女は魅せられたようにこの高い絶壁の上から眼下にひろがる海と、そして見はるかす水平線とを眺望し、いつまでも不思議そうに首を捻っていた。

それは燈台のある断崖の上で、この燈台を見物する大勢の客たちに混って、二人は新婚旅行の途中で此所に寄った。遙か下の方で岩に打ちつける浪が白い飛沫《しぶき》を上げ、水気を帯びた潮風が彼女のスカートをしきりにはためかせた。

「あたし、不意に幸福だって気がすることがあるの。きっとそういう時ね、そういう時に海がこんなに蒼く見えるんですわ。」

彼女は自分の解釈が如何にも気に入ったように、彼の方を見てにっこり笑った。彼の方は彼女の子供っぽい言いかたを可愛く思った。

「あたしは不意に幸福になったり、不意に不幸になったりするんです。変ね。」

「不幸になると海の色はどんなに見えるの？」と彼は訊いた。

「さあ？　海を見るといつだって幸福になるから。どんどん沖の方に泳いで行きたくなる。」

「帰りはくたびれて泳げなくなるよ。」

「そんなことは考えないんです。どんどん遠くまで行きたくなるの。変ね、やっぱり。」

「君はまったく変だよ。」

「でもそんな映画があったでしょう？　おしまいの方で、男の人が好きな女の人のことを諦めて、どんどん沖の方に泳いで行ってしまう映画？」

「僕は見た覚えがないね。しかしそれじゃ死んじまうじゃないか。」

「ええ、そうなの。可哀そうだった。その人はきっと海を見ているうちに、不意に不幸になってしまったんでしょうね。」

海は誘惑するようにどこまでも蒼く澄み切っていて、幾羽かの鷗《かもめ》が沖の方を何等かの象徴のように飛びまわっていた。

「さあ、君が幸福でいるうちに出掛けよう。もう充分に見ただろう？」と彼は言った。

「ええ、もういいわ。」と彼女は言った。

次の日も朝から小糠雨《こぬかあめ》が小歇みなく降っていた。私は依然として気分が落ちつかずアトリエの中で立ったり坐ったりしていた。太平は学校を休んでおとなしく寝ていたし、午後になって往診した医者は、多分収ると思うが、と語尾を濁したままで帰った。私は家出したという安見子の行方のことをあれこれと考え、自分の決意についても一層切実に考えた。彼女は快活な顔を装ったり嘘を吐《つ》いたりしていた間にも、いつも苦しんでいたのだ。「卑劣な手段」というのを押し進めて呪縛から逃れようとしながら、次第に魔法の網の中に自分を委ねてしまった。私は不吉なものをも感じないではいられなかった。一体「卑劣な手段」というのは、窮極に於てはどういう行為になるのだろうか。もし会えさえすればと私は考え、彼女からの電話を息苦しい気持で待ち受けていた。しかし電話は掛って来なかった。

夕食のあと、私は太平の枕許に様子を見に行った。相変らず何も食べようとせず、「僕、痛いんだよ、」と繰返していた。眼には光がなく、いつもの腕白坊主が哀れなほどぐんにゃりしていたが熱はないようだった。母はずっと側につききりだった。私が面白い冗談を搾《しぼ》り出しても母も息子も笑わなかった。

客が来たのはその時だった。古賀信介が雨傘を手に玄関に立っていた。

「どうした？　帰って来た？」と私はすぐに訊いた。

「帰って来た。それで、少し君と話したいことが出来た。」

古賀はこの一日で更に見違えるほど憔悴《しようすい》した面持をしていて、うちの息子よりももっと病人のように見えた。私はぎくっとなり、急いで彼をアトリエに通した。お手傳さんにこっちはいいと断り、書斎の抽出の中からコニャックの壜とグラスを二つ取り出して、彼のいる前のテーブルの上に置いた。彼は自分のグラスを手に取ると味も見ずに殆ど一息に飲んだ。

「どうしたんだ？」と私は新しく注《つ》いでやりながら、ゆっくり言った。「とにかく奥さんは帰って来たんだね。よかったじゃないか。」

「うん。今日の午後帰って来た。しおしおとしているから、僕だって怒ろうにも怒れやしない。学校を休んで毎日こうして待っていたんだぞって言ってやったら、御免なさい、あたしが悪いのよ、とこう言うだけだ。」

「何処へ行ってたんだい？」

「それは言わないんだ。それになぜ黙って出て行ったかも言わない。だからつい問い詰めた。もっともやさしく訊いたんだがね。そうするとこういうことを言った。」

私は指の間にグラスを抱えて、琥珀《こはく》色の液体をゆっくりと揺すぶっていた。それは緊張のためにその表面が小刻みに搖れるのを隠すためだったかもしれない。しかし彼は俯いていて私の方は見なかった。

「或る人が自分を好きになった、それが辛くてしかたがない。何とか好きにならないでくれと頼んだが、人の心をとめることは出来ない。辛くて気が違いそうだって、そう言うんだ。誰だか相手の名前は言わない。そんな曖昧なことじゃ、僕でなくったって我慢が出来ないだろう。だから僕は、それはおかしいって言ったんだ。他人が君を好きになったぐらい放っとけばいいじゃないか。それとも君は――。」

古賀はまるで彼女が前にいるかのように顔を起しかけて、すぐに再び眼を伏せた。

「そうすると安見が、急に怖い顔をして、実は自分の方も好きなのだと打明けたんだ。何とかやめようと思って努力したけど、どうしても駄目だって言うんだ。僕は冗談に取って何とか笑おうとした。もともと君は惚れっぽいたちなんだから、そのうちに忘れるさ、とか何とか言ってね。僕等が結婚する前にも、安見は或る銀行に勤めている若い男が好きだった。そんなことをいちいち気にしちゃいられない。そうむきになるなよと言ったら、死ぬほど好きなんだと、映画みたいな白《せりふ》を吐《ぬ》かしやがった。そこでつい、馬鹿野郎、その相手は一体誰だって、大声を出したんだ。そしたら僕が一度も見たことのないような顔をして、澁、君だって言った。」

古賀は顔を起した。彼もまた一度も見たことのないような暗い顔をしていた。私は顫《ふる》える手でグラスをそのままテーブルに戻した。彼女は遂にそれを言った。彼女は遂に決心した。しかし私は、彼女がそれを古賀に打明けたことで、かねて覚悟した通りの行動を取った、というふうには感じなかった。寧ろ風に耐えていた若木がぽきりと折れたような不吉なものを感じた。

「まるで青天の霹靂《へきれき》だった、」と古賀は言い続けた。「しかし僕はまるで信じなかった。当り前だろう。安見が君をよく識っている筈がない。一度君をバアで紹介した。それから画廊で会った。それだけじゃないか。あいつは僕を脅《おど》かすために根も葉もないことを言い出したのだと思った。選《え》りに選って君の名前を出すとはね。あいつはそれっきり牡蠣《かき》みたいに口を鎖《とざ》してしまった。何を訊いても答えようとしない。だから僕は安見を放っといて君のところへ来たんだ。君の口から一應それを聞きたいと思って。」

「君は安見さんをそのままにして来たのか。」

「側になんかいられたものじゃない。物も言わない、泣きもしない、まるで死んだような顔をしている。どうなんだ、嘘なんだろう?」

私の声は咽喉《のど》もとで掠《かす》れたが、私は言わなければならないことを言った。

「済まない、悪いと思っている。しかし安見さんが言ったのは本当だ。僕は安見さんを愛している。」

「どうして君が?」と古賀は文字通り天地が引繰り返ったような顔をした。

「初めは安見さんが君の奥さんだとは知らなかった。気がついた時にはもう遅すぎた。こんなことは弁解にも何もなりはしない。僕は安見さんと結婚したいんだ。」

古賀は真蒼な顔になり、椅子から立ち上りかけてまた坐り直した。

「そんな馬鹿なことが。だいいち、君には弓子さんという者がいるじゃないか。」

「弓子とは正式に離婚する。」

「信じられない。君は一体本気なのか。」

「勿論本気だ。」

「そんなに安見のことを識っているのか。」

「識っている。僕はどうしても安見さんと結婚したい。どうかあの人と別れてくれ。」

「そんな勝手な話があるものか、」と彼は堰《せき》を切ったように喚き出した。「たとえそれが本当だとしても、そんなのはみんな藝術家の気紛れだ。細君が厭になったから別れる、他に気に入った女を見つけて再婚する。冗談じゃない、その女には亭主がいるんだぞ。この僕が安見と別れるとでも思っているのか。己は安見と別れる位なら死んだ方がましだ。」

言い終ると、彼はがっくりとなって椅子の背に凭れかかった。

「しかし僕だって真剣なんだ。自分にもどうにもならないんだ。君になら分ると思うが……。」

「己に分る?」と彼はまた身を起して怒鳴った。「どうして己が分らなきゃならないんだ?

己の知っているお前は、一緒に死ぬと約束した女から逃げ出したような薄情な男じゃないか。己は何も、お前に安見を取られるために、二十年前にお前が死ぬのをとめたわけじゃないぞ。己はあの時、お前の友達として、女なんかと死ぬことはない、戦争で死ぬのならまだしもしかたがないが、肺病の娘に同情して死ぬのは意味がないと言ったんだ。そのお前は、生き延びて、友達として己に何をしようっていうんだ？　安見を愛してるって？　己だって愛しているんだ、己の方が百倍も愛しているんだ。」

彼は喘ぎ、テーブルの上のグラスを取って一口啜《すす》り、少し噎《む》せた。彼の言うのはいちいちもっともだった。怒るのも無理はなかった。私は辛うじてこれだけ言った。

「何も古傷をつつくことはない。」

「古傷だ？　それじゃ弓子さんのことはどうだ？　昔はあんなにのろけていたじゃないか。それが今じゃ正式に離婚するって？　藝術家ってのはそんなに調子のいいものか。ちょっとでも好きになったら、もう取り替えるのか。」

「僕は安見さんがちょっと好きとか何とかいうんじゃないんだ。そこを分ってくれ。それは昔、確かにふさちゃんと死のうとした。死ねなかったのは恐らく僕が臆病だったからだろう。弓子とも一生懸命にやってみた。十年やってみて駄目だと分った。僕は藝術的にも人間的にも行き詰っていた。そこへ安見さんが現れたんだ。僕は人間として、安見さんがどうしても必要なんだ。」

「それがエゴイズムじゃないか。お前が弓子さんとの結婚生活に一生懸命だったと言うのなら、己はどうなんだ？　己は一生懸命じゃなかったのか。己はおふくろのせいで長いこと結婚しなかった。一つには気に入った女が見つからなかったということもある。だからそれだけ安見が大事なんだ。大抵のことなら許してやる、眼をつぶってやる。しかし漭、まさかお前が好きになるなんて……。」

彼は怒っていたが、それ以上に疲れ切ったという表情だった。そして私も疲れ切っていた。私たちは二人とも黙り込んだ。そこにかすかにドアをノックする音がした。私はちょっと彼の様子を見、ドアのところまで行って声を掛けた。

「あとにしてくれないか。」

「わたしですよ。」それは母の声だった。「太平ちゃんがね……。」

私はドアを明け、廊下の薄暗い電燈の蔭に母の心配そうな顔を認めた。

「太平がどうしました？」

「どうも様子がおかしいんでね、ちょっと見に来てくれないか。」

「今すぐに行きます。」

私はそれだけ母に言うと、またドアを締め、椅子のところまで戻った。古賀は身動きもせずに首をうなだれていた。

「このことはまた落ちついた上で話し合おう、」と私は言った。「悪いけど、太平が病気でね。」

古賀は頷いたが私の声が耳にはいったのかどうだか、途方に暮れたような顔をしていた。

「僕は実を言うと少し心配なことがあるんだ、」と私は言った。

「そんなに具合が悪いのか。」

「何？　ああ太平のことか。そうじゃない、心配ってのは安見さんのことだ。彼女が君に打明けたというのが腑に落ちないんだ。何も隠しておけという意味じゃない。いずれ彼女が本当に決心したら君にそのことを話しただろう。しかし彼女はとてもそんな決心はしそうもない様子だった。君を愛しているから僕に好きにならないでくれと頼んだ位だ。君との生活をそれは大事にしていたんだ。それがどうして家出したんだろう、どうして帰って来てから、君に訊かれて打明けたんだろう？　やることが安見さんらしくないような気がする。」

「君は何を言いたいんだ？」

「安見さんが何だかやけになっているような、そんな気がする。君がかっとなって僕のところに来た気持は分るが、側についていた方がよかったんじゃないか。危険な精神状態じゃないのか。」

古賀はふらふらと立ち上った。身体がテーブルに触れてグラスが一つ引繰り返ったが、彼はそれを気にも留めなかった。

「そんな筈はない、」と彼は言ったが、まるで自信のない声で、幽霊のような顔をしていた。

私は玄関まで彼と一緒に行った。彼は帰り際にもう一度念を押した。

「僕は絶対に安見と別れることは出来ない。そんなつもりはない。これだけは決して忘れないでくれ。」

古賀がいなくなったあとの玄関に、私はぼんやりと突っ立ったまま雨の音を聞いていた。考えることが少しも纏まらなかった。ふと背中に気配を感じて振り返ると、母が物思わしげに立っていた。

私は母に連れられて太平の様子を見に行った。太平は一層具合が悪くなっていて、ひっきりなしに吐気と痛みとを訴えた。私は母と相談し、もう一度掛りつけの医者に来てもらうことにした。私は書斎に戻り、そこから医者に電話し、アトリエのテーブルの上の引繰り返ったグラスをお手傳さんを呼んで片づけさせた。それから前と同じ椅子に腰を下して頭を抱えていた。

電話が鳴ったのはその直後だった。私はそれが誰からであるかを直ちに暁った。受話器を手にした時に私の胸は抑えがたく騒いでいた。

「もしもし、漣です。」

「あたし……。」

「安見さんでしょう、どうしたんです？　何処にいるんです？」

「古賀がそちらに行きましたでしょう？」と彼女は反対に問い返した。

「来て、さっき帰った。用だったんですか。」

「あの人に用なんかありません。用はもう済んじゃったの。怒ってたでしょう？」

「怒っていた。そんなことはいいんです。あなたは今古賀のところから掛けているんですか。」

「いいえ。いま公衆電話なの。御免なさい、あたし色々やってみたんだけど、どうしても駄目なの。困ったものねえ。」

「何も困ることはない。古賀がそんなに簡単に承知する筈はないでしょう。」

「そのことじゃないの。あたし古賀に言うべきじゃなかったんだわ。それをついふらふらと言ってしまったのね。これはあたしとあなたとの問題なんだもの、古賀まで引き入れちゃ可哀そうよ。あたしってみんなを傷つけてしまうのね。」

「そんなことはない。そんなにしょげちゃ駄目ですよ。元気を出しなさい、安見さんらしくないぞ。」

「そうよ、まるであたしみたいじゃないの。……あたし、あなたにお会いしたいのよ。」

それは恥ずかしそうな、しかし思いあまって訴えるというような口調だった。

「僕も会いたい。これから……」と言い掛けて腕時計を見ながら私は少し迷った。「実は太平が病気でね、これから医者が来るところなんです。明日の方がいいな。」

「明日ね、ええいいわ。」

「しかし今晩どうするんです？　古賀のところに戻りますか。今どこか表にいるんでしょう？」

「あたしのことはあたしできめます。御心配なく。」

彼女は厭にそっけない声をした。私たちは明日の午後一時に、前に会った喫茶店で待ち合せることにした。それを極めるや、彼女はすぐに電話を切ってしまった。今晩はどうするつもりなのか、どこで泊るつもりなのかと私は考えた。しかし私は心の奥底で、もっと別のことをも考えていたに違いない。ただその内容は無意識の領域に沈んでいて、或る予感のようなものとしてしか意識の表面には浮ばなかった。

医者はすぐに駆けつけて太平を診断すると、容易ならぬという顔をして、これは腸閉塞かもしれないから至急に入院させましょうと言い出した。私と母とが事の意外さに驚いているうちに医者はあちこちに電話し、或る大学の総合病院に緊急入院する手続きを取った。

病院の中は寝しずまっていて、廊下には薄暗い電燈が点いていた。太平を乗せた担架車は、エレヴェーターで登り、長い廊下を通ってリカヴァリー室というのにはいった。他の病室が満員なので、そこを使うものらしかった。当直の医者が来て注射などをし、明日の午前中に診断、午後手術をすることになるでしょうと言った。深夜なので附添《つきそい》さんを呼ぶことも出来ず、私は廊下の公衆電話で家に電話し、母に私は今晩ここで泊るからと傳えた。

看護婦さんが親切にしてくれたので、私は太平のベッドの側に折り畳みの附添用ベッドを置いて横になることにしたが、とても寝つかれそうになかった。薬くさい臭いのするその病室には白いカーテンが窓を覆い、私はその間からひっそりと雨に濡れた暗い中庭を見下したりした。太平は注射が利いたのか静かに眠っているようだったが、時々譫言《うわごと》のようなものを洩らした。それは私の耳には、「ママ、ママ」と呼んでいるように聞えた。一体自分には父親たる資格があるのだろうかと私は考えた。

＊

奈落に落ち込んで行く間に、その奈落には色があるだろうか、と彼は考えていた。殆ど無意識の裡に複製で見たことのある「地獄草紙」の燃え上る火焔の色が、彼の脳裏に浮び上った。しかし彼の落ちて行く奈落は（まだ奈落の一番の奥底まで達したわけではなかった）その素早い落下の速度によって黒の一色にしか感じられなかった。あらゆるどぎつい色をすべて封じ込めた暗々たる黒、それが彼の意識に次第にひろがって行くのを彼は見ていた。

しかし彼は気を喪っていたわけでも、夢を見ていたわけでもない。彼は明晳《めいせき》な自覚を持ち、腕時計の小さな秒針がくるくる廻り、長針がゆっくりと時を刻んで行くのを見詰めながら、奈落の闇を感じていたのだ。己は奈落には落ちないだろう、なぜならば己は約束の場所へは行かなかったから。——そう彼は考えた。しかし彼女の方は約束の場所に行き（今、まさにこの時刻に）、そこで己を待ち、己が来ないことを知り、そこで一人で死ぬだろう。彼女はまっしぐらに奈落へ落ち、火焔に包まれ、それでも己がわざと約束を違《たが》えたとは思わず、あたしは運が悪くて一緒に死ぬことが出来なかったと、やさしい声で呟くだろう。己が卑怯な人間だったことを決して認めようとしないだろう。

しかし彼は間違いもなく卑怯だった。一緒に死ぬ約束をしていながら、あれほど固くそう極めておきながら、何の理由もなく約束を破った。彼の友人が反対したということもあった。未来の可能性をちらりと垣間見《かいまみ》たということもあった。どっちにしてももうすぐ死ぬだろうという予感もあった。しかしそれは全部、何等理由にはならなかった。要するに彼は逃げたのだ。奈落のすぐ近くまで行って、そこに恋人を置き去りにしたまま、引き返してしまったのだ。なぜだろう。恐れたのか、怖かったのか、勇気がなかったのか。

彼は腕時計を見、よく晴れた八月の空を見、そして立ち罩《こ》めて来る奈落の闇を見た。今この瞬間にも彼女は死んでいるかもしれない。しかし己は生きている、まだ生きている、もう暫くの間はこうして生きている。そして、このもう暫くは、同じ状態で持続し、ひょっとしたら価値あるものに転換し、遂には何ものかを生み出すようになるかもしれない。たとえほんのもう暫くの間でも、その間に、嘗て知らなかった生の本質が、ちらりとでも姿を現すかもしれない。――そういう論理が働いたのだろうか。己はまだ若いのだ。戦争で必ず死ぬときまったわけではない。どうせなら百万に一つのチャンスを狙って、生きる方に賭けてみたらどうだろう。その間に、また新しい希望が湧いて来ないとも限らないのだ。――そういう論理が働いたのだろうか。

どっちにしても卑怯者の論理だった。彼は生きることに執着がなく、この愛を絶対だと信じ、彼女と一緒に死ぬことを固く約束したのだ。せめてその場所まで行って、ふさちゃん僕は死ぬのが厭になった、どうか勘弁してくれと謝っても、彼女は決して怒らなかっただろう。ええいいんです、これはあたしの我儘《わがまま》なんですもの、と言ってくれただろう。しかし彼はそこに行こうともせず、遠くから腕時計の秒針がくるくる廻るのを見詰めているだけだ。恐らく行けば、彼女の顔を一目見れば、最早自分の意志というものがなくなり、彼女と共通の一つの意志、死にたいという一つの意志しか存在しないだろうことを、予《あらかじ》め知っていたかのように。

二人が約束した場所は、彼女の家の奥庭の崩れた土塀を通って、すぐのところにある荒れ果てたお稲荷さんの境内だった。そこら一面に曼珠沙華《まんじゅしゃげ》が咲き乱れていた。そこまでが彼女がどうにか歩いて行ける限度だった。朱塗の鳥居がすっかり色褪せて、聳《そび》え立つ椎の木にはいつも山鳩がとまって鳴いていた。そして今頃、彼女はそこで待っている筈だ。そこで待っている彼女を、彼はありありと見た。

彼は汗にまみれ、腕時計の硝子の上に滴り落ちた汗を指の腹で拭った。己は生きたいわけじゃない、己はいつ死んでもいいんだ。ただ、今は死にたくない。今だけは死にたくない。たとえこの後己が自分に罪があると感じ、死にそこなったと感じ、一人の女を殺してしまったと感じるとしても、己は寧ろ奈落を己のなかに持ち続けるために、もう暫くの間だけでも生きていたいのだ。虚無よりは苦悩を選んだ証拠として、もう暫く生きていたいのだ。彼は一心にそう自分に言い聞かせた。陰惨な黒々としたものが彼の意識にひろがり続けた。

私は眠られぬ一夜を明したが、朝は雲一つ見えないほど晴れ渡って、窓を開くと濃い紺青の秋の空が透明な太陽光線の微粒子を一面に孕《はら》んでいた。身顫いの出るようなうそ寒い風が病室の中に吹き込んだ。しかし日が昇るにつれて室内の気温も次第に上り、カーテンが涼しげにひらひらと風に翻《ひるがえ》った。

太平の様子はまた一段と哀れになった。それでも口を利くだけの元気は残っていた。

「どうだい、まだ痛むかい?」

「うん、痛すぎてよく分んないや。パパはずっといたのかい?」

「ずっといたよ。」

「それじゃお仕事が出来なかったね?」

私は昨夜来、仕事のことなど一度も考えたことはなかった。私には他に考えるべきことが沢山あった。しかし太平にとって、パパはただ仕事をすることにだけ存在理由があったのだろう。私は不断からもう少し一緒にいてやればよかったと後悔した。

「餘計な心配をするなよ。今日は病院のお医者さんが診てくれるから、すぐに癒るさ。」

「うん、僕早く癒りたいよ。今日も学校はお休みだねえ。」

「よくなる迄は学校へは行けないさ。もうじきおばあちゃんが来る。」

太平は潤《うる》んだような眼をして脣を尖らせた。何かを言いたそうな様子で、それは恐らく、「ママは？」と訊くつもりだったのだろうと私は思う。しかしこの子も親に似て強情で自分からそれを言い出すことはなかった。私もまた口を噤《つぐ》んでいた。

おばあちゃんは間もなく来た。さすがに年の功だけあって取り乱したところもなく、入院に必要な品々を取り揃えて運んで来た。それと殆ど同時に、頼んでおいた派出看護婦が来てくれた。五十がらみの親切そうな人で、母とすぐに親しくなった。狭い病室の中が漸く活気づいた。

そのあとは無闇と人が立て込んだ。診察や検査のために医師と看護婦とが入り代り立ち代り現れた。運動は好きですかとか、何か無理な運動をしませんでしたかとか、便秘がちじゃありませんかとか、質問が次々に出され、私にはどうも答える資格がなかった。お腹に潰瘍《かいよう》があるのかもしれないなどと、医師は重たい口を利いた。

検査が続いて、そこにいてもあまり用がなさそうなので、私は朝食を取りに行くことにした。附添さんにあとを頼み、母も私と一緒に構内の食堂までついて来た。がらんとした食堂の中はそろそろ後片づけの時間らしく、私が牛乳とトーストとをまずそうに食べるのを、母は曇った表情で眺めていた。

「どうなんだろうね?」と母は言った。

「手術をしてみなきゃ分らないんでしょうね。お医者は腸閉塞らしいと言ってますが。」

「大丈夫かしら?」

「大丈夫ですよ。もともと丈夫な子だ。あとはけろりだ。」

「手術ねえ、」と母は溜息を吐《つ》き、私の方を探るように見た。「弓子さんを呼んだ方がいいんじゃないだろうかねえ。」

「弓子ですか。」

「ええ。何と言っても母親なんだから。」

私もそのことは考えていた。一昨日の晩弓子に会った時のことを思い浮べ、あの子が死んだらわたしも死ぬと彼女が言ったことが、今でもつまらないことを言ったものだ、讖《しん》をなしたらどうするんだという忌々《いまいま》しい気持で甦った。しかし彼女が太平の母親であることは間違いなかったし、万一の場合だって考えないわけにはいかなかった。

「いいでしょう、電話してみます、」と私は答えた。

食事を済ませると、私は食堂の入口にある赤電話から旗岡洋裁店に掛けてみた。電話に出た女の子は弓子さんはまだ出ていないと突っけんどんに返事した。旗岡浪子もいなかった。私は次に弓子のアパートの番号を廻した。管理人らしい男の声がし、急用だから弓子を呼んでくれと頼むと、長い間待たされてから漸く弓子が電話口に出た。私は用件と病院の場所とを事務的に告げ、電話を切って病室に戻った。前とは違った医師が病人を診ていた。

弓子は驚くほど早く駆けつけた。病室の入口に立って私たちの顔を一あたり見廻すと、すぐにベッドに寄って太平の横に屈み込んだ。

「何だママか。」

それは弱々しい声で薄情なほどそっけなかったが、しかし太平のやつれた顔じゅうに正直な悦びが溢れ出していた。つまりそういうものだな、と私は感心し、こういう情愛の点に関しては到底太刀打ちできないことを認めた。もっとも太刀打ちする気もなかった。私の母は弓子が来たことでほっとした様子を露《あらわ》に見せていた。そして二人は病室の隅に立ったまま、如何にも仲が良さそうに小さな声でいつまでもお喋りをしていた。それが私には不思議なような、滑稽なような気がしてならなかった。弓子は気まりが悪そうにちらちらと私の方を見たが側へは来なかった。

その間も私は安見子との約束を忘れていたわけではない。午後一時。それは私の意識の底に澱《おり》のように沈澱していて、私の心が動くたびに舞い上り、また沈んだ。彼女は昨晩どこに泊り今頃は何をしているだろうかなどと考えた。

手術の準備は着々と進行し、私たちは担架車のあとについて手術室の前まで行った。母はおろおろし始めて、それに較べると弓子の方がかえって落ちつきがあった。私たちは廊下にある長椅子に腰を下して手術の終るのを待つことにした。そして私が気がついた時に腕時計は一時半を指していた。私は母に声を掛けてその場を離れ、廊下の端れにある赤電話のところへ行ったが、しかしそこの電話では人に聞かれる恐れがあったから、ボックス型の公衆電話を探して病院の入口まで出掛けた。電話帳を繰って喫茶店の名前を見つけ、急いで番号を廻した。出て来た女の子に古賀さんという名前を傳え、受話器の中にその子が大きな声で呼んでいるのが聞えていたが、やがてそのお客さまはいらっしゃいませんという答えが返って来た。私は諦めてまた手術室の前に戻った。

手術は約二時間かかって終り、太平が担架車で運び出されて来ると、私たちは一緒に病室に戻った。病名はやはり腸閉塞だったが、有難いことにもう危険はないだろうと教えられて胸を撫でおろした。私たちは交替で病院の食堂で夕食を取り、弓子が附添さんと一緒に泊ることにきまって、夜もかなり更けてから私は母を連れて自宅に戻ることにした。タクシイの中では物を言うのも大儀なほど私は疲れていた。玄関に私等を出迎えたお手傳さんは、太平の手術がうまく行ったと聞いて涙を浮べて悦んだ。そして私に古賀さんという方《かた》から何度も電話があったと告げた。その古賀さんというのは昨晩お見えになった男の人で、別に女の人から一度だけ電話があったが名前はおっしゃらなかった、旦那様はお坊っちゃまが入院なすったので昨晩からそちらにお泊りだと言っておきました、とお手傳さんは附け足した。私は母に早く休むように言い、自分はアトリエに引き上げた。そして一人になると、不安がまるで棍棒の一撃のように私を打ちのめした。

なぜ私は約束の喫茶店に行かなかったのだろう、と私は自分に尋ねた。午後一時。私はそれをつい忘れてしまった、子供の手術のために度を失って約束の時間をやり過した、――そう私は信じていた、そう信じようとした。しかし本当なのか、本当に忘れたのか、と心の中で執拗に訊く声があった。お前が彼女との約束を忘れるなどと、そんなことがある筈はない。それが子供の手術などよりもずっと重要なことを、お前はよく知っていた筈じゃないか。お前がそれを忘れたとしたら、それはお前が無意識に忘れることを望んでいたからだ。なぜならばお前は彼女と会った場合の結果を、既に無意識の裡に懼《おそ》れていたからだ。

不安は刻々に息苦しい程高まって行った。私は受話器の置いてある小机の前に腰を下し、暫く考えてから古賀の電話番号を廻した。ひょっとして彼女は家に帰っているかもしれない、気を揉んだだけ損をしたということになるかもしれない、と私は考えた。いな、そうなればいいと私は祈っていた。

「ああ澁か。」

その如何にも失望したような声が、私が名を言った時の古賀信介の返事だった。

「安見さんはどうした?」と私は訊いた。

「昨晩《ゆうべ》帰ってみたら家にいなかった。それからまだずっと帰って来ないんだ。君のところに連絡はないか。」

私は昼の約束を彼に打明けるだけの勇気がなかった。

「うん、僕は太平に附き添って病院にいたものだから。ついさっき帰って来たばかりだ。」

「そうだってね。お子さんはどうなの?」

「腸閉塞の手術をした。格別もう心配は要らないようだ。それより安見さんはどうしたんだろう?」

「わけが分らんよ。僕があの時怒鳴ったのが悪かったのかな。もし君のところに連絡があったら教えてくれ。こんなことじゃ今晩も寝られやしない。本当に人騒がせな奴だ。」

古賀の電話が切れてから、私は一層不安になった。古賀は私のことを怒っている筈なのに、その口調は比較的穏かだった。寧ろこの事件を日常茶飯と取ることによって、自分を騙そうとしているように見えた。しかし彼も内心では懼れていたに違いない。しかし私が懼れる程に、事態を把握して懼れていたかどうか。それともこういうことはみな私の杞憂にすぎず、今すぐにも彼女があの快活な声を響かせて、「何をびっくりなさっているの?」と笑うようなことになるのだろうか。私は魔物のような黒い受話器を一心に睨みつけ、こちらから掛ける方法さえあればと考えていた。夜が更けて手足が次第に冷たくなり、私は少し明けてある窓を閉めに行った。

そこに電話が掛って来た。魂を切り裂くような不吉な合図、私は最初の電鈴でもう受話器に飛びついていた。交換手が乾いた声で番号を訊き、「こちらは静岡県の友江です、暫くお待ち下さい、」と言った。私は反射的に左浦の沢木屋の電話番号は友江局だったことを思い出した。彼女はそこへ行ったのか、そこより他に彼女の行きそうなところはなかったのに、と私は思い当った。

「もしもし……。」

「ああ、安見さん？　よかった、どうしたんです、左浦にいるんですか。」

「あら、お分りになった？」

「いま交換手がそう言った。元気なんですね？」

「ええ元気よ。」

電話は少し遠くて雑音がはいったが、彼女の声は不断と大して違わないように聞えた。

「今日の昼は失礼しました。子供が病気だったものだから……。」

「ええ、聞きました。手術をなさるとか、如何でしたの？」

「無事に済みました。しかしそんなことはどうでもいい、あなたはどうして……。」

「あら、どうでもよくはないわ。お子さんの病気って大変なことじゃありませんか。あなたがお出掛けになれなかったの、当り前のことよ。あたしが馬鹿だったんですわ。」

「どうしてあなたが……。」

「あたしが自分できめなきゃならないことなのに、あなたを巻き込もうとしたのがいけないのよ。そんなことよく分っていたんです。馬鹿だから、一度きめたのにまたお会いしたくなっちゃったのね。あたし、もう会わないってあなたに言ったのに、自分の方からあなたを呼び出すなんて。」

「あれはまったく偶然だったんですよ。たまたま子供が入院したから、……もしそんなことがなければ、必ず行ったんです。」

「ええ、でもそういう偶然ってあるものですわ。大事なお子さまよ。でもそういう偶然がなくったって、あたしたちは会えなかったのよ。会ってはならなかったのよ。」

「そんなことはない。僕は明日の朝早くそちらへ行きます。会ってよく話しましょう。古賀だってきっと分ってくれる。」

「古賀が分ってくれたってどうにもならないわ、」と彼女は悲しげに言った。「あなたは前に、墓地のところで、意識の量ってことをおっしゃったわね、覚えていて?」

「あれはつまらないことだった。」

「いいえ、そうじゃありません。あなたは正直におっしゃったのよ、自分の量の方がいつでも相手の量を上まわっていなければ厭だって。そしてもしも相手の量の方が上まわったら嫌いになるって。あたしそのことよく分っていました。自分を抑えて、あなたをたくさん好きにならないように、一生懸命にやってみたんです。でも駄目でした。あたし、もうどうにもならなくなってしまったんです。」

「それでも僕の方が上だ。僕の方がずっとあなたを愛しているんだ。」

「いいえ、男の人は女のようには愛せないんです。だからあたしには分りました。たとえあたしたちが運がよくて、あなたが奥さまと別れることが出来、古賀があたしと別れてくれて、あたしたちが一緒になれたとしたって、あたしがこんなにのぼせているんだからあなたはだんだんにあたしが嫌いになる、きっと嫌いになる、それは目に見えたことだって。」

「そんな筈はない。」と私は悲鳴のような叫びをあげた。

彼女は暫く黙っていた。私は不安になり懸命に呼び掛けた。彼女はまたゆっくりと話し出したが、それはもう不断の彼女の声とはまったく違っていた。

「考えてみると、あたしたち一緒に愛し合っていたのじゃなかったんです。あたしたちは別々に愛していたんです、――あなたはあなたのやりかたで、あたしはあたしのやりかたで。そういうふうにしか、あたしたちは愛せなかったんだわ。」

「そんな筈はない、」と私は繰返した。「明日僕が行くから、待っていてくれ給え。顔を見ればまた気が変るよ。」

「いらっしゃることはないわ。もうお会いしないわ。でも電話っていいわねえ。顔を見ないから何でも喋れる、恥ずかしいことだって平気。あなたは今アトリエにいらっしゃるの？」

「アトリエの隣の書斎にいるけど。」

「そう。」

彼女はまた黙り込んだ。混線した話し声が遠くの方で聞えるために、沈黙は一層耐えがたかった。

「もしもし、安見さん。」

「あたし、ふと夢みたいなことを考えたんです。そんな出来もしないことを考えるなんて、あたしって本当に馬鹿なのねえ。」

「どんなことだって出来る、どんな夢みたいなことだって。こんなに愛しているのに。」

「ええ。でもね、やっぱし駄目なのよ。あたしが駄目だってきめちゃったんだもの。それじゃこれでおしまいにするわ。」

「安見さん、とにかく明日行くから、」と私は必死になって呼び掛けた。

「さようなら……。」

ゆっくりと彼女はその言葉を発音し、電話が切れた。私は受話器を台に載せてかちゃかちゃと動かしたが一度切れた電話は通じなかった。

私はそこに立ち竦《すく》んだまま、なぜあの約束の場所に行かなかったのかと再び考えた。私はそれを懼れたのだ。その「夢みたいなこと」を懼れたから、子供の手術を口実に、無意識の裡に約束の時間を忘れてしまったのだ。一度卑怯だった者は二度目もまた卑怯なのだ。あの時逃げたのだから今度もまた逃げたのだ。お前はそういう男だ、そういう卑怯な男だ。四十歳の分別がそうさせたのではなく、要するにお前は死ぬのが怖いのだ、或いは愛することが怖いのだ。

しかし己は彼女を愛している、と私は心の中で振り搾《しぼ》るように叫んだ。今、今、全身全霊を以て愛している。嘗て知らなかった程、すべてを擲《なげう》って悔いない程、死ぬことなんか何でもない程、今、彼女を愛している。明日まで待ってくれ、安見さん、明日は必ず君のところへ行くから。意識の量なんて問題じゃないんだ。君を嫌いになるなんてことは絶対にあり得ない。こんなにも君を愛しているのだから。そのことを君だってよく知っている筈なのに。

そして私の声は心の壁に反響し、低いざわめきを木霊《こだま》のように返し、それは次第に明瞭な言葉となって聞え始めた。ノオ、ノオ、ノオ。お前には愛することが出来ない、死ぬほど愛することなんか、お前には出来る筈がない。暗黒そのものの奈落の色が、深い静けさを以て、私の周囲に霧のように立ち罩《こ》めた。

*

結婚してから殆ど初めてぐらいに夫から五日間ほどの暇を貰って、彼女が一人で旅行しようと思い立った時に、彼女はすぐに南伊豆の友江というところに行ってみたいと考えた。結婚する前に附き合っていたボーイフレンドが、学生時代に毎年そこで夏休みを過したという話をかねて聞いていたし、また立つ少し前に、そのボーイフレンドの昔の相棒だった若い画家に偶然会ったところ、彼の先生格に当る画家にそこの風景を推薦したというようなことを言った。彼女はその画家の名前を知っていたばかりか、個展で絵を見たことさえあって前から興味を抱いていた。しかし自分の関心を相手に気取られるようなことはしなかった。もしも偶然にその人に会えたら面白いだろうな、とは考えたが、そんな偶然が人生に起るとは思わなかった。

彼女は電車とバスとを使って、春が闌《たけなわ》の季節に友江に行った。行き当りばったりの宿屋は混んでいたが、どうにか部屋を取ることが出来た。その日は絹のような春雨が降っていて、彼女は夕方までレインコートを着て海岸沿いをぶらぶらと歩いてみた。次の日はお弁当をつくってもらって、山越えをして落人《おちうど》という部落へ遊びに行った。お昼頃になるとまたしとしとと春雨が降り始めたが、空は明るく、空気は暖かで、お花畑が眼に沁《し》みるように鮮かだった。久しぶりに一人きりになると心はのびのびと自由で、大きな声で叫び出したいようだった。昔のボーイフレンドのことも、今の夫のことも意識から拭い取られ、ただ時々、どこかこの辺でばったり会えるかもしれない画家のことを、こそばゆいような気持で思い出した。

次の日は朝から雨が降っていた。彼女はお昼まで待ち、遊覧船に乗って野性の猿が棲息している崎《みさき》を見物に行った。そこも彼女には珍しくて、お猿さんが子猿を可愛がる有様などを感心して眺めていた。友江の宿屋に帰るとそこを引き払うことにし、バスに乗って隣の左浦まで戻り、小さな宿屋に泊った。この宿屋はがらがらに空《す》いていた。

彼女は夕食まで散歩でもしてみようと思い、頭にスカーフを巻いて宿屋の玄関を出た。お内儀《かみ》さんから岬の向う側へ出れば蜃気楼《しんきろう》が見られますと教わったので、ぶらぶらと裏山を登って行った。道はかなり急だったし時刻ももう夕暮に近かったから、餘程やめて戻ろうかとも思ったが、途中で諦めることは彼女の性《しょう》に合わなかった。やがて蒼い海が見え、彼女は不意に幸福を感じ、坂を下り切って岩だらけの断崖の裾に出た。用心しいしい岩の上を拾って前の方へと進んで行った。

夕暮が近づき、水平線に茜《あかね》色の雲が棚引いていた。あたりには誰もいず荒涼とした感じで、さっきの幸福感も日没の光線と共に少しずつ消えて行くようだった。廻りじゅうが黄昏の色に染《そま》って行くのが、何だか不吉なような気がした。あの画家はどうしたのだろう、と彼女はふと考えた。もし何処かで会ったとしても、あたしは一体その人の顔を覚えているだろうか。きっともう覚えてなんかいないに違いない。そんなことを思うともなく思いながら、彼女は水平線のあたりに僅かばかりの黄ばんだ明るみを残して、次第に黒ずんで暮れて行く海を、岩の上に立ってじっと眺めていた。

ふとその時、彼女は自分を見詰めている眼を感じた。どうして今まで気がつかなかったのだろう。レインコートを着て何かを小脇に抱えた一人の男が、夕闇の彼方に立って彼女の方を見詰めていた。黄昏の餘燼の残った海の面《おもて》を背景に、男は鴉《からす》のように黒っぽく見えた。その男は岩の上を慎重に踏んで一歩一歩彼女の方へ近づいて来た。そしてその一瞬一瞬に於て、彼女もまた近づいて行きつつあった、運命の定めた偶然の方へ、或いは彼女の死の方へ。

『海市』解説

愛とエゴイズム

池澤夏樹

もしも恋愛小説というものが、愛し合う二人が幾多の障害を乗り越えて結ばれるまでを書くものだとしたら、『海市』は恋愛小説ではない。むしろこれは愛し合うことの不可能性を書いた小説である。大人には『ダフニスとクロエー』のような恋はできないし、『アンナ・カレーニナ』の悲劇を避けるのはむずかしい。

「海市」とは冒頭の引用にあるように蜃気楼のことだ。「海上に蜃気、時に楼台を結ぶ。名付けて海市」。蜃は巨大な蛤で、その吐く息が海の上に幻を見せると信じられた。つまり、恋愛とは実体のない幻影であるということだ。

なぜ愛し合えないのか。

男が女を愛する。同じ女がその男を愛する。二つの恋愛が同時に起こるのが愛し合うということだ。二人は相手に愛されていることに喜びを見出し、恋愛は進行するだろうが、しかし魂が融合するわけではない。個はあくまでも個であり、そこに錯覚の入る余地はない。この厳粛な事実を孤独と呼ぶ。

個であるということはエゴがあることで、当然そこにはエゴイズムが働く。男は「僕は愛するだけでいいんです」と言い、女は「あたしは愛するのよりは、愛されることの方が好きです」と言う。それならばうまく行きそうなものだが、愛する方は貪るし、愛される方はおとなしくしていない。そもそもこの恋には家族とか友人知人の関係などハンディキャップが多すぎる。二人が出会う機会は少なく、連絡の手段も少ない。もともと解けない連立方程式なのだ。

話はもっぱら男の方、四十歳で画壇に地位もある画家澁太吉の視点から語られる。彼だけが地の文の中で「私」という言葉を使う。彼がいかに愛しているにしても、相手である古賀安見子の心の中は見えない。そもそもこの名の由来は『万葉集』の95番「我もはや安見子得たりみな人の得がてにすとふ安見子得たり」という歌で、つまり男に愛されることによって知られることになった女だ。これは象徴的ではないか。

太吉は世間に知られた画家であるがしばらく前から仕事に自信を失っている。だから旅先で出会った若い女と言葉を交わし、絵というものについて語り、さらに彼女が身を任せてくれたことに恢復のきっかけを見出そうとする。しかも相手はこちらの名を知っていた。この恋が続けば絵が描けると思うのは彼のエゴイズムである。だからそこを突いて相手に「……でも藝術家って何でも御自分のためなのね」と言われればたじろぐ。

彼が言葉で芸術を語り、制作意欲をかき立てる愛の力を雄弁に語ったところで、それはすべて彼の側の事情でしかない。この言葉に陶酔できる読者とそこから少し身を引く読者ではこの小説の印象は少し違うだろう。ぼくはこれを書いた時の作者の年齢を二十歳も超えてしまった身だからこの主人公に対して冷ややかなのかもしれないが、作者はそういう視点を許容する姿勢で書いているとも思う。

では安見子の方は何を考えていたのだろう。

彼女が自分の心を語ることはない。行動と会話から推測するしかなくて、そういう読みかたはどうしても通俗の側に傾く。彼女は登場人物の一人だから、主人公太吉のように自分のふるまいを美化する特権を与えられていない。

夫がいる身としては奔放かもしれない。日常に満足しているのにふらりと旅に出る。名前と作品は知っているが会ったことはない画家が伊豆のその小村にいるらしいと聞いたことは彼女の旅立ちの動機になっただろうか。偶然が二人に好意的に作用し、彼女は海岸で画家の姿を認めて言葉を交わす。その段階では好奇心だったかもしれないが、しかし彼女はもう一歩だけ前に出て夜の宿で裸身を見せ、次の夜にはためらいながらも身を任せる。「任せる」という受け身の表現になるのは、その場面が太吉の側から描写されているからだ。彼女のふるまいは彼には、促されてようやくと見える。

そして翌朝早く消える。残したのは安見子という名前のみ。

それっきりにしてしまえばこの話はそこで終わる。しかし彼女は夫の誘いに応じて太吉がいるとわかっているバーで出て行った。再会の機会を自ら作ったに近い。その後は太吉の呼び出しに応じたり拒んだり、揺れ動いているようにふるまう。真意が見えない分だけ翻弄されていると太吉は考える。

ここで彼女の思いを客観的に伝えるのは最後近くに置かれた夫との会話である。ある人が自分を好きになった。「放っとけはいいじゃないか」という夫の言葉に彼女は「実は自分の方も好きなのだ」と答えたと夫は言う。「何とかやめようと思って努力したけど、どうしても駄目だ」と。ここでようやく彼女の心の中がわかる。

この二人は互いを愛し合うのではなく、言わば愛し負かそうとして共に倒れた。愛を証明するためにそれぞれの供物の量を競うというポトラッチ状態に陥った。「僕の方がずっとあなたを愛しているんだ」と太吉は言う。争ってどうするのだ。

作者はこの小説をフーガの技法に沿って書いたと言っている。小さな主題をいくつも用意して、それらが互いを追い掛けながら大きな構成を作ってゆく。主旋律は読者に向けての太吉の一人称の告白であり、副旋律は安見子のふるまいと言葉。そこに周囲の何人もの人物たちの行動や会話の場面が短いパッセージに乗せていくつも繰り出される。この方法は成功していて、読者はこれで太吉のエゴイズムをあるところまで客観視できるようになる。社会ないし世間の中に彼を位置づけ、芸術家としての大言壮語を少し笑うことができる。

いちばん最後の場面で初めて作者は彼女の内面に入る。時を遡って話の冒頭に戻るこのからくりはとてもうまく出来ている。

この場面に至る全体の組立も見事。読者は詠嘆と共にページを閉じるしかない。

（作家・詩人）

P+D BOOKS ラインアップ

居酒屋兆治	山口瞳	高倉健主演作原作、居酒屋に集う人間愛憎劇
血族	山口瞳	亡き母が隠し続けた秘密を探る私
家族	山口瞳	父の実像を凝視する『血族』の続編的長編
江戸散歩(上)	三遊亭圓生	落語家の〝心のふるさと〟東京を圓生が語る
浮世に言い忘れたこと	三遊亭圓生	昭和の名人が語る、落語版「花伝書」
噺のまくら	三遊亭圓生	「まくら(短い話)」の名手圓生が送る65篇

P+D BOOKS ラインアップ

山中鹿之助　松本清張　●松本清張、幻の作品が初単行本化！

白と黒の革命　松本清張　●ホメイニ革命直後　緊迫のテヘランを描く

詩城の旅びと　松本清張　●南仏を舞台に愛と復讐の交錯を描く

風の息（上）　松本清張　●日航機「もく星号」墜落の謎を追う問題作

風の息（中）　松本清張　●〝特ダネ〟カメラマンが語る墜落事故の惨状

風の息（下）　松本清張　●「もく星」号事故解明のキーマンに迫る！

P+D BOOKS ラインアップ

廻廊にて　辻 邦生　●女流画家の生涯を通じ〝魂の内奥〟の旅を描く

夏の砦　辻 邦生　●北欧で消息を絶った日本人女性の過去とは…

海市　福永武彦　●長男・池澤夏樹の解説で甦る福永武彦の世界

虫喰仙次　色川武大　●戦後最後の「無頼派」、色川武大の傑作短篇集

遠い旅・川のある下町の話　川端康成　●川端康成 甦る珠玉の「青春小説」二編

親友　川端康成　●川端文学「幻の少女小説」60年ぶりに復刊!

P+D BOOKS ラインアップ

幻妖桐の葉おとし　山田風太郎　●風太郎ワールドを満喫できる時代短編小説集

わが青春　わが放浪　森　敦　●太宰治らとの交遊から芥川賞受賞までを随想

北京のこども　佐野洋子　●著者の北京での子ども時代を描いたエッセイ

小児病棟・医療少年院物語　江川　晴　●モモ子と凛子、真摯な看護師を描いた2作品

悲しみの港（上）　小川国夫　●現実と幻想の間を彷徨する若き文学者を描く

悲しみの港（下）　小川国夫　●静枝の送別会の夜結ばれた晃一だったが

P+D BOOKS ラインアップ

おバカさん	遠藤周作	●純なナポレオンの末裔が珍事を巻き起こす
宿敵 上巻	遠藤周作	●加藤清正と小西行長 相容れない同士の死闘
宿敵 下巻	遠藤周作	●無益な戦。秀吉に面従腹背で臨む行長
銃と十字架	遠藤周作	●初めて司祭となった日本人の生涯を描く
ヘチマくん	遠藤周作	●太閤秀吉の末裔が巻き込まれた事件とは？
焰の中	吉行淳之介	●青春＝戦時下だった吉行の半自伝的小説

P+D BOOKS ラインアップ

剣ケ崎・白い罌粟
立原正秋
●直木賞受賞作含む、立原正秋の代表的短編集

残りの雪（上）
立原正秋
●古都鎌倉に美しく燃え上がる宿命的な愛

残りの雪（下）
立原正秋
●里子と坂西の愛欲の日々が終焉に近づく

サド復活
澁澤龍彥
●澁澤龍彥、渾身の処女エッセイ集

マルジナリア
澁澤龍彥
●欄外の余白（マルジナリア）鏤刻の小宇宙

玩物草紙
澁澤龍彥
●物と観念が交錯するアラベスクの世界

P+D BOOKS ラインアップ

魔界水滸伝1　栗本薫
●壮大なスケールで描く超伝奇シリーズ第一弾

魔界水滸伝2　栗本薫
●〝先住者〟〝古き者たち〟の戦いに挑む人間界

魔界水滸伝3　栗本薫
●葛城山に突如現れた〝古き者たち〟

魔界水滸伝4　栗本薫
●中東の砂漠で暴れまくる〝古き者たち〟

魔界水滸伝5　栗本薫
●中国西域の遺跡に現れた〝古き者たち〟

魔界水滸伝6　栗本薫
●地球を破滅へ導く難病・ランド症候群の猛威

P+D BOOKS ラインアップ

魔界水滸伝7 栗本薫 ●地球の支配者の地位を滑り落ちた人類

魔界水滸伝8 栗本薫 ●人類滅亡の危機に立ち上がる安西雄介の軍団

魔界水滸伝9 栗本薫 ●雄介の弟分・耕平が守った〝人間の心〟

魔界水滸伝10 栗本薫 ●魔界と化した日本、そして伊吹涼の運命は…

魔界水滸伝11 栗本薫 ●第一部「魔界誕生篇」感動の完結！

魔界水滸伝12 栗本薫 ●新たな展開へ、第二部「地球聖戦編」開幕！

P+D BOOKS ラインアップ

親鸞 7 善鸞の巻（下）　丹羽文雄
● 善鸞と絶縁した親鸞に、静かな終焉が訪れる

天を突く石像　笹沢左保
● 汚職と政治が巡る渾身の社会派ミステリー

剣士燃え尽きて死す　笹沢左保
● 青年剣士・沖田総司の数奇な一生を描く

小説 葛飾北斎（上）　小島政二郎
● 北斎の生涯を描いた時代ロマン小説の傑作

小説 葛飾北斎（下）　小島政二郎
● 老境に向かう北斎の葛藤を描く

どくとるマンボウ追想記　北杜夫
● 「どくとるマンボウ」が語る昭和初期の東京

（お断り）

本書は１９８７年に新潮社より発刊された福永武彦全集第八巻を底本としております。
あきらかに間違いと思われるものについては訂正いたしましたが、
基本的には底本にしたがっております。
また、底本にある人種・身分・職業・身体等に関する表現で、現在からみれば、
不当、不適切と思われる箇所がありますが、著者に差別的意図のないこと、
時代背景と作品価値とを鑑み、著者が故人でもあるため、原文のままにしております。

福永武彦（ふくなが たけひこ）
1918年（大正７年）３月19日―1979年（昭和54年）８月13日、享年61。福岡県出身。1972年『死の島』で第４回日本文学大賞受賞。代表作に『草の花』『忘却の河』など。作家・池澤夏樹は長男。

P+D BOOKS
ピー プラス ディー ブックス

P+Dとはペーパーバックとデジタルの略称です。
後世に受け継がれるべき名作でありながら、現在入手困難となっている作品を、
B6判ペーパーバック書籍と電子書籍で、同時かつ同価格にて発売・配信する、
小学館のまったく新しいスタイルのブックレーベルです。

海市

2016年6月12日　　初版第1刷発行
2025年7月9日　　第7刷発行

著者　福永武彦
発行人　石川和男
発行所　株式会社　小学館
〒101-8001
東京都千代田区一ツ橋2-3-1
電話　編集　03-3230-9355
　　　販売　03-5281-3555
印刷所　株式会社DNP出版プロダクツ
製本所　株式会社DNP出版プロダクツ
装丁　おおうちおさむ（ナノナノグラフィックス）

ISBN978-4-09-352269-4

P+D BOOKS